Perdida en su memoria

Mary Higgins Clark

perdida en su memoria

Traducción de
Eduardo G. Murillo

PLAZA & JANÉS EDITORES, S.A.

Título original: *We'll meet again*

Primera edición: febrero, 2000

© 1999, Mary Higgins Clark
© de la traducción: Eduardo G. Murillo
© 2000, Plaza & Janés Editores, S. A.
    Travessera de Gràcia, 47-49. 08021 Barcelona

Printed in Spain – Impreso en España

ISBN: 84-01-01316-X
Depósito legal: B. 4.974 - 2000

Fotocomposición: Fort, S. A.

Impreso en Cayfosa-Quebecor, S. A.
Ctra. de Caldas, Km 3. Sta. Perpètua de Mogoda (Barcelona)

L 0 1 3 1 6 X

*Para Marilyn,
mi hija primogénita,
con amor*

AGRADECIMIENTOS

«Érase una vez» es la fórmula que emplean la mayoría de escritores para empezar una historia. Es el principio de un viaje. Definimos a los personajes que hemos perfilado en nuestra mente. Examinamos sus problemas. Contamos su historia. Y durante el proceso necesitamos mucha ayuda.

Que las estrellas iluminen a mis editores, Michael Korda y Chuck Adams, por su guía, supervisión y estímulo. Un millón de gracias, chicos.

Gypsy da Silva, supervisora de manuscritos, Carol Catt, preparadora de originales, Barbara Raynor, correctora de pruebas, y las asistentes Carol Bowie y Rebecca Head continúan superándose en su entrega de tiempo y generosidad. Dios os bendiga y muchas gracias.

Un tributo agradecido a mi publicista, Lisl Cade, siempre mi leal amiga, admiradora y portavoz.

Loor y gloria a mis agentes, Gene Winick y Sam Pinkus, por sus sabios consejos y estímulos.

Profundas gracias a mis amigos, que con tanta generosidad me han transmitido sus conocimientos médicos, legales y técnicos: el doctor Richard Roukema, psiquiatra, la doctora Ina Winick, psicóloga, el doctor Bennett Rothenberg, cirujano plástico, Mickey Sherman, abogado criminalista, las escritoras Lindy Washburn y Judith Kelman, la productora Leigh Ann Winick.

Muchísimas gracias a mi familia por toda su ayuda y apoyo:

los Clark, Marilyn, Warren y Sharon, David, Carol y Pat; los Conheeney, John y Debby, Barbara, Trish, Nancy y David. *Chapeau* para mis lectoras Agnes Newton, Irene Clark y Nadine Petry.

Y, por supuesto, amor y ramos de flores para *él,* mi marido, John Conheeney, un modelo de paciencia, solidaridad e ingenio.

Una vez más, citaré con alegría a mi monje del siglo XV: «El libro está terminado. Dejad que hable el escritor.»

PRÓLOGO

—El estado de Connecticut demostrará que Molly Carpenter Lasch mató premeditadamente a su marido el doctor Gary Lasch; que mientras él estaba sentado ante su escritorio, dándole la espalda, ella le rompió el cráneo con una pesada escultura de bronce; que le dejó desangrándose hasta morir mientras subía a su dormitorio y se quedaba dormida...

Los periodistas sentados detrás de la acusada escribían frenéticamente, redactando el borrador de los artículos que deberían entregar antes de un par de horas, si querían que llegaran antes del cierre de la edición. La veterana columnista del *Women's News Weekly* empezó a escribir con su habitual prosa farragosa: «El juicio de Molly Carpenter Lasch, acusada del asesinato de su marido, Gary, ha empezado esta mañana en la añeja y digna sala del tribunal de la histórica ciudad de Stamford, Connecticut.»

Medios de comunicación de todo el país cubrían el juicio. El enviado del *New York Post* estaba describiendo la apariencia de Molly, y hacía hincapié en el atavío que había elegido para el primer día. Qué maravilla, pensó, una notable mezcla de elegancia y seducción. No era una combinación que se viera con frecuencia, sobre todo en la mesa de la defensa. Observó que estaba sentada con la espalda recta, casi majestuosa. Alguien la calificaría de «desafiante», no cabía duda. Sabía que tenía veintiséis años. Comprobó con sus propios ojos que era delgada. Cabello rubio oscuro, largo hasta el cuello. Llevaba un vestido azul y pendientes de oro pequeños. Estiró el cuello hasta comprobar que exhibía la alianza matrimonial. Tomó buena nota del detalle.

Mientras miraba, Molly Lasch se volvió y paseó la vista en derredor, como si buscara rostros conocidos. Por un momento sus ojos se encontraron, y observó que los de la acusada eran azules, y las pestañas, largas y oscuras.

El reportero del *Observer* estaba anotando sus impresiones sobre la acusada y la sesión. Como su revista era semanal, podía dedicar más tiempo a redactar su artículo. «Molly Carpenter Lasch parecería más en su ambiente en un club de campo que en una sala de tribunal», escribió. Miró a la familia de Gary Lasch, sentada al otro lado del pasillo.

La suegra de Molly, la viuda del legendario doctor Jonathan Lasch, estaba sentada con su hermana y su hermano. Era una mujer delgada, de más de sesenta años, con una expresión rígida e inflexible. Era evidente que, si le concedieran la oportunidad, administraría de buen grado la inyección letal a Molly, pensó el reportero del *Observer*.

Se volvió y miró alrededor. Los padres de Molly, una atractiva pareja cincuentona, tenían un aspecto tenso, angustiado y dolorido. Anotó estas palabras en su libreta.

A las diez y media, la defensa empezó sus alegaciones.

—El fiscal les acaba de decir que demostrará la culpabilidad de Molly Lasch más allá de toda duda razonable. Damas y caballeros, les aseguro que las pruebas demostrarán que Molly Lasch no es una asesina. De hecho, es tan víctima de esta espantosa tragedia como su marido.

»Cuando hayan escuchado todo lo referente a las pruebas de este caso, llegarán a la conclusión de que Molly Carpenter Lasch regresó el pasado domingo por la noche, 8 de abril, de su casa de Cape Cod; de que encontró a su marido derrumbado sobre su escritorio; de que le aplicó el boca a boca para intentar reanimarle, oyó sus jadeos finales, y después, al comprender que había muerto, subió a su dormitorio y, conmocionada por completo, cayó inconsciente sobre la cama.

Molly, silenciosa y atenta, seguía sentada a la mesa de la defensa. Sólo son palabras, pensó, no pueden hacerme daño. Era consciente de todos los ojos clavados en ella, curiosos y críticos. Algunos de sus conocidos más íntimos habían salido a su encuentro en el pasillo, besado su mejilla, apretado su mano. Una de ellas era Jenna Whitehall, su mejor amiga desde los años de enseñanza secundaria en la academia Cranden. Ahora trabajaba en un gabinete de abogados. Su marido Cal era el presidente de la junta directiva del hospital Lasch y de la HMO[1] que Gary había fundado con el doctor Peter Black.

Los dos se han portado de maravilla, pensó Molly. Como necesitaba huir de todo, se había alojado con Jen en Nueva York algunas veces durante los últimos meses, y le había sido de gran ayuda. Jenna y Cal todavía vivían en Greenwich, pero durante la semana Jen solía pasar la noche en el apartamento que tenían cerca de la plaza de las Naciones Unidas, en Manhattan.

Molly también había visto en el pasillo al doctor Peter Black. Éste siempre la había tratado muy bien, pero al igual que la madre de Gary, había preferido no saludarla. La amistad entre Gary y él se remontaba a sus tiempos de la facultad de medicina. Molly se preguntó si Peter estaría a la altura de Gary como director del hospital y de la HMO. Poco después de la muerte de Gary, la junta le había elegido director general, con Cal Whitehall como presidente.

Tomó asiento, aturdida, cuando el juicio se inició. El fiscal empezó a llamar a los testigos. A medida que entraban y salían, para Molly no eran más que caras y voces borrosas. Después Edna Barry, la regordeta sesentona que había sido su ama de llaves a tiempo parcial, subió al estrado.

—Llegué a las ocho de la mañana, como de costumbre —declaró.

—¿El lunes 9 de abril?

—Sí.

—¿Desde cuándo trabajaba para Gary y Molly Lasch?

—Desde hacía cuatro años. Pero había trabajado para la madre de Molly desde que ésta era pequeña. Siempre fue muy buena conmigo.

Molly captó la mirada de compasión que la señora Barry le dirigió. No quiere hacerme daño, pensó, pero va a contar cómo me encontró, y sabe la impresión que causará.

---

1. Health Maintenance Organization, compañías de seguros médicos que han proliferado en la última década en Estados Unidos, muy controvertidas en los últimos tiempos por la corrupción imperante. (N. del T.)

—Me sorprendió que las luces de la casa estuvieran encendidas —decía la señora Barry—. La maleta de Molly estaba en el vestíbulo, y por eso supe que había regresado de Cape Cod.

—Señora Barry, por favor describa la distribución de la primera planta de la casa.

—El vestíbulo es amplio, como un recibidor. Cuando daban fiestas multitudinarias, servían cócteles allí antes de la cena. La sala de estar está justo al otro lado del vestíbulo, encarada hacia la puerta principal. El comedor está a la izquierda, y se llega mediante un amplio pasillo provisto de una barra de bar. La cocina y el salón se encuentran también en esa ala, mientras que la biblioteca y el estudio del doctor Lasch están situados a la derecha de la entrada.

Llegué a casa temprano, pensó Molly. No había mucho tráfico en la I-95, y realicé el trayecto en menos tiempo del que había calculado. Sólo me había llevado una bolsa de viaje, que dejé en el vestíbulo. Después, cerré la puerta con llave y llamé a Gary. Fui al estudio a buscarle.

—Entré en la cocina —dijo la señora Barry al fiscal—. Había copas de vino y una bandeja con restos de queso y galletas sobre la encimera.

—¿Eso le resultó extraño?

—Sí. Molly siempre limpiaba la cocina cuando tenían invitados.

—¿Y el doctor Lasch?

Edna Barry sonrió con indulgencia.

—Bueno, ya sabe cómo son los hombres. No solía recoger las cosas. —Hizo una pausa y arrugó el entrecejo—. Fue entonces cuando me di cuenta de que algo iba mal. Pensé que Molly había venido y vuelto a marcharse.

—¿Por qué?

Molly advirtió que la señora Barry vacilaba cuando volvió a mirarla. A mamá siempre le fastidió un poco que la señora Barry me llamara Molly y yo la llamara señora Barry. Pero a mí me daba igual, pensó. Me conoce desde que era una niña.

—Molly no estaba en casa cuando fui el viernes. El lunes anterior, cuando yo estaba allí, se fue a Cape Cod. Parecía muy disgustada.

—¿En qué sentido?

Fue una pregunta inesperada y brusca. Molly percibió la hostilidad que el fiscal sentía hacia ella, pero por algún motivo no la preocupó.

—Estaba llorando mientras hacía la maleta, y me di cuenta de que estaba muy enfadada. Molly es una persona muy tranquila. No se irrita con facilidad. En todos los años que trabajé para ella, nunca la vi tan irritada. No paraba de decir: «¿Cómo ha sido capaz? ¿Cómo ha sido capaz?» Le pregunté si podía ayudarla en algo.

—¿Qué dijo?

—Dijo: «Puede matar a mi marido.»

—¿«Puede matar a mi marido»?

—Sabía que no lo decía en serio. Pensé que habrían discutido, y supuse que se marchaba a Cape Cod hasta que el asunto se enfriara.

—¿Solía tener esas reacciones, hacer las maletas y largarse?

—Bueno, a Molly le gusta Cape Cod. Dice que le ayuda a aclarar las ideas. Pero esta vez era diferente. Nunca la había visto marcharse así, tan disgustada.

Miró a Molly con compasión.

—Muy bien, señora Barry, volvamos a ese lunes por la mañana, 9 de abril. ¿Qué hizo después de ver el estado de la cocina?

—Fui a ver si el doctor Lasch estaba en el estudio. La puerta estaba cerrada. Llamé con los nudillos pero nadie contestó. Giré el pomo, y noté que estaba un poco pegajoso. Entonces abrí la puerta y le vi. —La voz de Edna Barry tembló—. Estaba sentado en su silla y caído sobre el escritorio. Tenía la cabeza con manchas de sangre seca. Todo su cuerpo estaba ensangrentado, así como la silla, el escritorio y la alfombra. Comprendí al instante que estaba muerto.

Molly, después de oír el testimonio del ama de llaves, pensó en aquel domingo por la noche. Llegué a casa, entré, cerré con llave la puerta principal y fui al estudio. Estaba segura de que encontraría a Gary allí. La puerta estaba cerrada. La abrí... No recuerdo qué pasó después de eso.

—¿Qué hizo entonces, señora Barry? —preguntó el fiscal.

—Llamé a la policía. Después pensé en Molly, en que tal vez estaba herida. Corrí escaleras arriba hacia su dormitorio. Cuando la vi sobre la cama, pensé que también estaba muerta.

—¿Por qué lo pensó?

—Porque tenía la cara ensangrentada. Entonces, abrió los ojos, sonrió y dijo: «Hola, señora Barry. Creo que he dormido demasiado.»

Levanté la vista, pensó Molly, y caí en la cuenta de que seguía con la ropa puesta. Por un momento pensé que había sufrido un accidente. Mi ropa estaba sucia, y notaba las manos pegajosas. Me sentía atontada y desorientada, y me pregunté si estaba en un hospital en lugar de en mi habitación. Me pregunté si Gary también habría resultado herido. Entonces, oí que llamaban a la puerta de abajo. Era la policía.

La gente hablaba a su alrededor, pero las voces de los testigos sonaron borrosas de nuevo. Molly era vagamente consciente de que los días transcurrían, de que entraba y salía de la sala del tribunal, de ver gente subir y bajar del estrado de los testigos.

Oyó que prestaban declaración Cal, Peter Black y Jenna. Cal y Peter dijeron que el domingo por la tarde habían llamado a Gary para anunciarle su visita, pues sabían que algo iba mal.

Dijeron que encontraron a Gary muy nervioso, pues sabía que Molly había averiguado que mantenía relaciones con Annamarie Scalli.

Cal dijo que Gary le había contado que Molly había pasado toda la semana en su casa de Cape Cod, y que no quería hablar con él cuando la llamaba, que colgaba el teléfono en cuanto oía su voz.

—¿Cómo reaccionaron cuando el doctor Lasch confesó esta relación? —preguntó el fiscal.

Cal dijo que los dos se quedaron muy preocupados, tanto por el matrimonio de sus amigos como por los posibles perjuicios para el hospital si trascendía un escándalo que implicara al doctor Lasch y a una joven enfermera. Gary les había asegurado que no habría escándalo. Annamarie iba a abandonar la ciudad. Tenía pensado entregar el bebé en adopción. El abogado de Gary le había ofrecido setenta y cinco mil dólares de compensación a cambio de una declaración jurada de que guardaría el secreto, y Annamarie la había firmado.

Annamarie Scalli, pensó Molly, esa joven enfermera bonita, morena y de aspecto sexy. Recordaba que la había conocido en el hospital. ¿Se había enamorado Gary de ella, o se trataba sólo de la típica relación superficial que se le escapó de las manos cuando Annamarie se quedó embarazada? Tantas preguntas sin respuesta. ¿Gary me amaba?, se preguntó. ¿O nuestra vida en común era una farsa? Meneó la cabeza. No. Era demasiado doloroso pensar eso.

Entonces, Jenna subió al estrado. Sé que prestar testimonio es doloroso para ella, pensó Molly, pero el fiscal la había emplazado, y no tuvo otro remedio.

—Sí —admitió Jenna, en voz baja y vacilante—, llamé a Molly a Cape Cod el día que Gary murió. Me dijo que él mantenía relaciones con Annamarie y que ésta estaba embarazada. Molly estaba destrozada.

Apenas escuchaba lo que decían. El fiscal preguntó si Molly estaba furiosa. Jenna dijo que Molly estaba herida. Jenna admitió por fin que Molly estaba muy enfadada con Gary.

—Levántate, Molly. El juez se va.

Philip Matthews, su abogado, la ayudó a ponerse en pie y la acompañó mientras salían de la sala del tribunal. Los flashes destellaron en su cara. La hizo abrirse paso a toda prisa entre la multitud, y la metió dentro de un coche que esperaba.

—Nos encontraremos con tus padres en casa —dijo mientras se alejaban.

Sus padres habían venido desde Florida para estar con ella. Querían que se trasladara de la casa donde Gary había muerto, pero ella no podía hacerlo. Se la había regalado su abuela, y la adoraba. A instancias de su padre, había accedido a volver a decorar el estudio. Se desembarazaron de todos los muebles, y la habitación se remodeló de arriba abajo. Habían quitado el revestimiento de caoba, así como la colección de muebles y antiguos objetos artísticos norteamericanos que Gary tanto apreciaba. Sus pinturas, esculturas, alfombras, lámparas de aceite y el escritorio Wells Fargo, con su sofá y butacas de piel marrón, habían sido sustituidos por un sofá de calicó, un confidente a juego y mesas de roble descoloridas. Pese a todo, la puerta del estudio siempre permanecía cerrada.

Una de las piezas más valiosas de la colección, una escultura de 75 cm de altura que representaba a un caballo con su jinete, un original de Remington[1] en bronce, continuaba en poder de la oficina del fiscal. Decían que la había utilizado para golpear a Gary en la cabeza.

1. Frederic Remington, pintor y escultor norteamericano del siglo XIX. *(N. del T.)*

A veces, cuando estaba segura de que sus padres dormían, Molly bajaba de puntillas a la planta baja, se detenía ante la puerta del estudio y trataba de recordar los detalles del momento en que había encontrado muerto a Gary.

Por más que se esforzaba, cuando pensaba en aquella noche, no recordaba haberle dirigido la palabra, ni acercarse a él. No recordaba haber aferrado aquella escultura por las patas delanteras del caballo y haberle golpeado con fuerza suficiente para hundirle el cráneo. Pero decían que lo había hecho.

De vuelta a casa, después de otro día en la sala del tribunal, advirtió una preocupación creciente en el rostro de sus padres, y la ansiedad protectora con que la abrazaban. Se quedó rígida entre sus brazos, retrocedió y les miró inexpresivamente.

Sí, una hermosa pareja. Todo el mundo decía lo mismo. Molly sabía que se parecía a su madre Ann. Walter Carpenter, el padre, las superaba en estatura. Tenía el pelo canoso. Antes era rubio. Lo llamaba su herencia vikinga. Su abuelo era danés.

—Estoy seguro de que a todos nos apetece una copa —dijo, mientras las precedía hacia el bar.

Molly y su madre tomaron una copa de vino. Philip pidió un martini. Mientras su padre se lo preparaba, dijo:

—Philip, ¿ha sido muy perjudicial el testimonio de Black?

Molly notó el tono forzado, demasiado animoso, de la respuesta de Philip Matthews.

—Creo que podremos neutralizarlo cuando encuentre una fisura.

Philip Matthews, el todopoderoso abogado defensor de treinta y ocho años, se había convertido en una estrella de los medios. El padre de Molly había jurado que conseguiría para su hija lo mejor que su dinero pudiera comprar, y Matthews lo era, pese a su juventud. ¿Acaso no había conseguido la absolución para aquel ejecutivo de la televisión cuya esposa había sido asesinada? Sí, pensó Molly, pero no le habían encontrado cubierto de la sangre de la víctima.

Notó que sus ideas se aclaraban un poco, aunque sabía que el efecto volvería a reproducirse. Siempre sucedía. En aquel momento, sin embargo, comprendió lo que todo el mundo presente en la sala del tribunal debía pensar, sobre todo el jurado.

—¿El juicio se prolongará mucho más? —preguntó.

—Unas tres semanas —contestó Matthews.

—Y después me declararán culpable —dijo—. ¿Crees que lo soy? Sé que todo el mundo lo cree, porque estaba furiosa con él. —Exhaló un profundo suspiro—. La mayoría cree que miento cuando digo que no recuerdo nada de lo sucedido, y unos pocos creen que no recuerdo lo ocurrido aquella noche porque estoy loca.

Consciente de que la estaban siguiendo, Molly caminó por el pasillo hasta el estudio y abrió la puerta. Una sensación de irrealidad se apoderó de ella una vez más.

—Esa semana en Cape Cod. Recuerdo que paseaba por la playa y pensaba que todo era muy injusto. Que tras cinco años de matrimonio, perder el primer hijo y desear otro con todas mis fuerzas, me quedé embarazada, pero aborté a los cuatro meses. ¿Os acordáis? Vinisteis desde Florida, porque estabais preocupados por mí. Luego, sólo un mes después de perder a mi hijo, descolgué el teléfono y oí a Annamarie Scalli hablando con Gary, y comprendí que estaba embarazada de él. Me sentí furiosa, y muy herida. Recuerdo haber pensado que al arrebatarme a mi hijo Dios había castigado a la persona que menos lo merecía.

Ann Carpenter abrazó a su hija. Esta vez, Molly no opuso resistencia.

—Estoy asustada —susurró—. Muy asustada.

—Vamos a la biblioteca —dijo Philip Matthews—. Creo que allí nos enfrentaremos mejor a la realidad. Opino que deberíamos llegar a un acuerdo con el fiscal: una declaración de culpabilidad a cambio de una reducción de la pena.

Molly se puso de pie ante el juez e intentó concentrarse mientras el fiscal hablaba. Philip Matthews le había dicho que el fiscal había accedido a regañadientes a aceptar su declaración de culpabilidad, que significaba una sentencia de diez años, porque el punto débil del caso era Annamarie Scalli, la amante embarazada de Gary Lasch, que aún no había prestado declaración. Annamarie había dicho a los investigadores que aquel domingo por la noche estaba en casa sola.

—El fiscal sabe que intentaré desviar las sospechas hacia Annamarie —le había explicado Matthews—. Ella también estaba furiosa y resentida con Gary. Habríamos podido sembrar la duda en un jurado en desacuerdo, pero si te condenaran sería a cadena perpetua. De esta manera, saldrás en un plazo máximo de cinco años.

Le tocó el turno de pronunciar las palabras que todo el mundo esperaba.

—Su señoría, si bien no recuerdo nada de lo sucedido aquella horrible noche, reconozco que las pruebas de la acusación son contundentes y apuntan a mí como culpable. Acepto que las pruebas han demostrado que asesiné a mi marido.

Es una pesadilla, pensó Molly. No tardaré en despertar, y me encontraré en casa, sana y salva.

Quince minutos después de que el jurado le hubiera impuesto la sentencia de diez años, la condujeron esposada hasta la furgoneta que la trasladaría a la prisión de Niantic, el penal femenino del estado.

CINCO AÑOS Y MEDIO DESPUÉS

1

Gus Brandt, productor ejecutivo de la cadena por cable NAF, levantó la vista de su escritorio. Sus oficinas se encontraban en el número 30 de la plaza Rockefeller, en Manhattan. Fran Simmons, a la que acababa de contratar como periodista investigadora para el telediario de las seis, y para colaborar con regularidad en su nuevo programa *Crímenes verdaderos*, había entrado en su despacho.

—Todo el mundo lo sabe —dijo, muy exaltado—. Molly Carpenter Lasch ha obtenido la libertad condicional. Saldrá la semana que viene.

—¡Ha conseguido la condicional! —exclamó Fran—. Me alegro mucho.

—No estaba seguro de que recordaras el caso. Hace seis años vivías en California. ¿Qué sabes al respecto?

—Todo. No olvides que fui a la academia Cranden de Greenwich, con Molly. Encargué que me enviaran los periódicos locales durante todo el juicio.

—¿Fuiste al colegio con ella? Eso es estupendo. Quiero todo su historial para la serie lo antes posible.

—Claro, Gus, pero no pienses que tengo enchufe con Molly —le advirtió Fran—. No la veo desde el verano que nos graduamos, y eso fue hace catorce años. Cuando me matriculé en la Universidad de California mi madre se mudó a Santa Bárbara, y perdí el contacto con toda la gente de Greenwich.

En realidad, existían muchos motivos para que su madre y ella se trasladaran a California, alejándose de Connecticut lo máximo que su memoria podía permitir. El día de la graduación de Fran, su padre las había llevado a ella y a su madre a cenar para celebrarlo. Al final de la comida, brindó por el futuro de Fran, besó a ambas y después, con la excusa de que se había dejado el billetero en el coche, fue al aparcamiento y se descerrajó un tiro en la cabeza. Durante los días siguientes se esclareció el motivo aparente de su suicidio. Una investigación determinó rápidamente que se había apropiado mediante maniobras ilícitas de cuatrocientos mil dólares de los fondos destinados a construir la biblioteca pública de Greenwich, que él había aceptado presidir.

Gus Brandt ya estaba enterado de la historia, por supuesto. La había sacado a colación cuando fue a Los Ángeles para ofrecerle el empleo en la cadena.

—Escucha, son cosas del pasado. No hace falta que te escondas en California, y además, unirte a nosotros es lo que más te conviene. Todo el mundo que trabaja en esta profesión ha de trasladarse continuamente. Nuestro telediario de las seis está arrasando entre las cadenas locales, y el programa *Crímenes verdaderos* se encuentra entre los diez más vistos. Y para colmo, admítelo, echas de menos Nueva York.

Fran casi había esperado que citara el sobado chiste de que, fuera de Nueva York, todo es Bridgeport, pero no había llegado tan lejos. Gus, con el pelo cano y los hombros hundidos, aparentaba hasta el último segundo de sus cincuenta y cinco años, y su semblante exhibía permanentemente la expresión de alguien que ha perdido el último autobús en medio de una nevada.

No obstante, la expresión era engañosa, y Fran lo sabía. De hecho, poseía una mente penetrante, una reputación a prueba de bomba en el aspecto de crear noticiarios, y un talante competitivo sin parangón en la industria. Fran, sin pensarlo dos veces, había aceptado el empleo. Trabajar para Gus significaba el ascenso rápido hacia la cumbre.

—¿Nunca supiste nada de Molly después de la graduación? —preguntó Gus.

—Nada de nada. Le escribí durante el juicio, ofreciéndole mi solidaridad y apoyo, y recibí una carta muy formal de su abogado, en la cual afirmaba que, aparte de agradecer mi preocupación, Molly no tenía la menor intención de mantener correspondencia con nadie. Eso fue hace cinco años y medio.

—¿Cómo era? Cuando era joven, quiero decir.

Fran se remetió un mechón de pelo castaño claro detrás de la oreja, un gesto inconsciente que delataba concentración. Una imagen destelló en su mente, y por un instante vio a Molly a la edad de dieciséis años, en la academia Cranden.

—Molly siempre fue especial —dijo al cabo—. Ya has visto sus fotos. Siempre fue una belleza. Mientras que sus otras compañeras éramos torpes adolescentes, ella siempre conseguía que los chicos se volvieran. Tenía unos ojos de un azul increíble, casi iridiscentes, un tipo por el que las modelos matarían y un cabello rubio deslumbrante. Sin embargo, lo que más me impresionaba de ella era su serenidad. Recuerdo haber pensado que, si se encontraba con el Papa y la reina de Inglaterra en la misma fiesta, sabría cómo dirigirse a cada uno de ellos respetando el protocolo. Lo más divertido es que siempre sospeché que era tímida. Pese a su notable compostura, había algo vacilante en su comportamiento, como una especie de ave hermosa posada al final de una rama, preparada para emprender el vuelo de un momento a otro.

Había recorrido la sala como si se deslizara, pensó Fran, recordando la vez que la había visto con un traje elegante. Aparentaba más estatura de su metro setenta gracias a su porte.

—¿Erais muy amigas? —preguntó Gus.

—Oh, yo no estaba en su órbita. Molly pertenecía al grupo adinerado del club de campo. Yo era una buena atleta y me concentraba más en los deportes que en las actividades sociales. Te aseguro que mi teléfono nunca se recalentaba los viernes por la noche.

—Como diría mi madre, cuando creciste te hiciste muy guapa —dijo Gus.

Nunca estuve a gusto en la academia, pensó Fran. Había muchas familias de clase media en Greenwich, pero la clase media no era suficiente para papá. Siempre intentaba congraciarse con la gente rica. Quería que me hiciera amiga de las chicas adineradas, o de las que tenían buenos contactos.

—Dejando aparte su apariencia, ¿cómo era Molly?

—Muy cariñosa —dijo Fran—. Cuando mi padre se suicidó y se supo lo que había hecho, la estafa y todo lo demás, evité a todo el mundo. Molly sabía que yo corría cada día, y una mañana temprano me estaba esperando. Dijo que sólo quería hacerme compañía un rato. Como su padre era uno de los principales contribuyentes al fondo de la biblioteca, ya puedes imaginar lo que supuso para mí su demostración de amistad.

—No debiste avergonzarte por lo que tu padre había hecho —repuso Gus.

Fran repuso con tono crispado:

—No estaba avergonzada. Sólo sentía pena por él, e irritación, supongo. ¿Por qué pensaba que mi madre y yo necesitábamos cosas? Cuando murió, comprendimos que debía de estar muy nervioso los días anteriores, porque iban a realizar una auditoría de los libros mayores de la biblioteca, y él sabía lo que descubrirían. —Hizo una pausa—. Se portó mal, por supuesto. Por apropiarse de ese dinero y por pensar que lo necesitábamos. Además, era un hombre débil. Era terriblemente inseguro, pero al mismo tiempo era un tío muy divertido.

—Como el doctor Gary Lasch. También era un buen administrador. El hospital Lasch tiene una reputación a prueba de bomba, y Remington Health Management no es como tantas otras aseguradoras médicas de segunda fila que quiebran y dejan a médicos y pacientes en la estacada. —Gus sonrió—. Conoces a Molly y fuiste al colegio con ella, lo cual te proporciona más pistas. ¿Crees que era culpable?

—Sin la menor duda —contestó Fran—. Las pruebas en su contra eran abrumadoras, y he cubierto suficientes juicios por asesinato para saber que la gente más impensable arruina su vida por perder el control en una fracción de segundo. De todos modos, a menos que Molly hubiera cambiado drásticamente desde la última vez que la vi, sería la última persona del mundo a la que imaginaría culpable de un asesinato. Por ese mismo motivo, no obstante, puedo comprender que su mente se bloqueara en ese preciso momento.

—Y por eso este caso es tan importante para el programa —dijo Gus—. Ocúpate de él. Cuando Molly Lasch salga de la prisión de Niantic la semana que viene, quiero que formes parte del comité de recepción que le dará la bienvenida.

2

Una semana después, con el cuello del chaquetón subido para protegerse la garganta, las manos hundidas en los bolsillos y el pelo recogido bajo su gorra de esquiar favorita, Fran esperaba entre el grupo de periodistas congregados ante la puerta de la prisión, en aquel frío día de marzo. Su cámara, Ed Ahearn, la acompañaba.

Como de costumbre, todo el mundo se quejaba. Hoy, de la combinación del madrugón y el tiempo: aguanieve, empujada por ráfagas de viento helado. Como era de prever, también se repasó el caso que había acaparado los titulares de todo el país cinco años y medio antes.

Fran ya había grabado varios reportajes con la prisión como fondo. A primeras horas de la mañana había emitido un reportaje en directo, y mientras la emisora pasaba una grabación con su voz en *off*, había anunciado:

«Estamos esperando ante las puertas de la prisión de Niantic, al norte de Connecticut, situada a escasos kilómetros de la frontera con Rhode Island. Molly Carpenter Lasch saldrá dentro de poco, después de haber pasado encarcelada cinco años y medio, como consecuencia de haberse confesado culpable del asesinato de su marido, Gary Lasch.»

Ahora, mientras esperaba la aparición de Molly, escuchaba las opiniones de los demás. Todo el mundo coincidía en que Molly era culpable, en que había tenido mucha suerte por quedar en libertad después de sólo cinco años y medio, y en que no engañaba a nadie cuando afirmaba que no podía recordar haberle roto la cabeza al pobre tipo.

Fran alertó a la sala de control cuando vio que un sedán azul oscuro salía por detrás del edificio principal de la prisión.

—El coche de Philip Matthews se dispone a salir —dijo. El abogado de Molly había llegado media hora antes para recogerla.

Ahearn giró la cámara.

Los demás también se habían dado cuenta.

—Estamos perdiendo el tiempo —comentó el reportero del *Post*—. Diez a uno a que cuando la puerta se abra saldrán en estampida. ¡Eh, espera un momento!

Fran habló en voz baja por el micrófono.

—El coche que conduce a Molly Carpenter Lasch a la libertad acaba de iniciar su viaje. —Después, miró asombrada la silueta delgada que caminaba al lado del sedán—. Charley —dijo al presentador del telediario matinal—, Molly Lasch no va en el coche, sino que camina a su lado. Apuesto a que va a hacer una declaración.

Los flashes destellaron y los micrófonos y las cámaras se aglutinaron cuando Molly Carpenter Lasch llegó a la puerta, se detuvo y miró mientras se abría. Tenía la expresión de una niña que ve por primera vez funcionar un juguete mecánico.

—Es como si Molly no diera crédito a sus ojos —informó.

Cuando Molly salió a la calle, se vio rodeada de inmediato. La ametrallaron a preguntas. «¿Cómo se siente?... ¿Pensaba que llegaría este día?... ¿Irá a ver a la familia de Gary?... ¿Cree que algún día recordará lo que sucedió aquella noche?»

Al igual que los demás, Fran alargó su micrófono, pero prefirió quedarse a un lado. Estaba segura de que perdería toda oportunidad de conseguir una entrevista con Molly si ésta la percibía como una enemiga en ese momento.

Molly alzó una mano a modo de protesta.

—Concédanme la oportunidad de hablar, por favor —pidió.

Está pálida y delgada. Parece que hubiera estado enferma, pensó Fran. Está diferente, y no es por los años transcurridos. Fran estudió su apariencia en busca de pistas. El cabello, en otro tiempo dorado, era ahora tan oscuro como las pestañas y las cejas de Molly. Más largo que en la escuela, sujeto con una hebilla en la nuca. Su tez clara parecía ahora del color del alabastro. Los labios que Fran recordaba, siempre a punto de sonreír, estaban tensos y tristes, como si hiciera mucho tiempo que no sonreían.

Poco a poco, las preguntas que la asediaban enmudecieron, hasta que se hizo el silencio.

Philip Matthews había bajado del coche y se puso a su lado.

—Molly, no lo hagas. A la junta de libertad condicional no le gustará... —le advirtió, pero ella no le hizo caso.

Fran examinó con interés al abogado. El F. Lee Bailey de esta generación, pensó. ¿Cómo será? Matthews era de estatura mediana, cabello rubio, rostro delgado y expresivo. La imagen de un tigre protegiendo a su cría pasó por su mente. Se dio cuenta de que no la sorprendería que arrastrara por la fuerza a Molly al interior del coche.

Molly le interrumpió.

—No tengo otra alternativa, Philip.

Miró a las cámaras sin pestañear y habló con claridad a los micrófonos.

—Estoy muy contenta de volver a casa. Con el fin de que me fuera concedida la libertad condicional, tuve que confesarme culpable de la muerte de mi marido. He admitido que las pruebas eran abrumadoras. Pero ahora les digo que, pese a las pruebas, estoy convencida de que soy incapaz de acabar con la vida de otro ser humano. Sé que mi inocencia quizá no se demostrará nunca, pero espero que cuando me instale en casa y halle cierta serenidad en mi vida, tal vez recobre la memoria de todo cuanto ocurrió aquella terrible noche. Hasta ese momento no tendré paz ni seré capaz de iniciar una nueva vida.

Hizo una pausa. Cuando volvió a hablar, su voz sonó aún más firme.

—Cuando mi memoria sobre aquella noche empezó a regresar poco a poco, recordé haber encontrado a Gary muerto en su estudio. Más tarde recuperé una impresión muy nítida de aquella noche. Creo que había alguien más en casa cuando llegué, y creo que esa persona mató a mi marido. No creo que esa persona sea producto de mi imaginación, sino de carne y hueso, y la encontraré y la obligaré a pagar por lo que hizo.

Sin hacer caso de las preguntas que siguieron a la declaración, Molly dio media vuelta y subió al coche. Matthews rodeó el automóvil a toda prisa y se sentó al volante. Molly reclinó la cabeza en el asiento y cerró los ojos, mientras Matthews, haciendo sonar el claxon, se abría paso poco a poco entre la nube de periodistas y fotógrafos.

—Eso ha sido todo, Charley —dijo Fran por el micrófono—. La declaración de Molly, un grito de inocencia.

—Una declaración sorprendente, Fran —replicó el presentador—. Seguiremos paso a paso el desarrollo de los acontecimientos. Gracias.

—Bien, Fran, estás fuera de onda —le anunció la sala de control.

—¿Cuál es tu opinión sobre ese discurso, Fran? —preguntó Joe Hutnik, un veterano periodista del *Greenwich Time*.

Antes de que Fran pudiera contestar, intervino Paul Reilly, del *Observer*.

—Esa tía no es tan idiota. Estará pensando en el contrato de su libro. A nadie le gusta que un asesino obtenga beneficios a costa de su crimen, aunque sea legal, y a las almas bondadosas les encantará creer que otra persona asesinó a Gary Lasch, y que Molly también es una víctima.

Joe Hutnik enarcó una ceja.

—Quizá, pero en mi opinión, el siguiente tipo que se case con Molly Lasch no debería darle la espalda si se enfada con él. ¿Tú qué crees, Fran?

Fran entornó los ojos, irritada, y miró a los dos hombres.

—Sin comentarios.

3

Mientras se alejaban de la cárcel, Molly vio los letreros de la carretera. Abandonaron por fin la Merritt Parkway por la salida de Lake Avenue. Todo me resulta conocido, por supuesto, pero no recuerdo muy bien la ida hacia la cárcel, pensó. Sólo recuerdo el peso de los grilletes, y que las esposas se hincaban en mis muñecas. Fijó la vista al frente y sintió, más que vio, las miradas de reojo de Philip Matthews.

Respondió a su pregunta no formulada.

—Me siento extraña —dijo—. No. «Vacía» es la palabra.

—Ya te lo dije antes: fue un error conservar la casa, y peor volver a ella. También es una equivocación no permitir a tus padres que vengan a vivir contigo.

Molly continuó con la mirada fija en la lejanía. Los limpiaparabrisas eran incapaces de eliminar la capa de aguanieve que se estaba formando sobre el cristal.

—He hablado en serio a esos periodistas. Estoy convencida de que, ahora que esta pesadilla ha terminado, vivir en casa de nuevo me ayudará a recobrar el recuerdo de todos los detalles de aquella noche. Yo no maté a Gary. Es imposible. Sé que los psiquiatras opinan que estoy negando los hechos, pero estoy segura de que se equivocan. Pero aunque resultara que están en lo cierto, encontraría una forma de sobrevivir. La ignorancia es lo peor.

—Molly, supón que tu memoria es fidedigna, que encontraste a Gary herido y desangrado. Que caíste en un estado de shock y que algún día recobrarás la memoria de aquella noche. ¿Te das cuenta de que, si tienes razón y recuerdas, te convertirás en una amenaza para la persona que le mató? ¿Y de que el asesino puede considerarte ya una amenaza real, pues acabas de anunciar que cuando vuelvas a casa tal vez recuerdes algo más sobre la otra persona que estaba allí aquella noche?

Molly guardó silencio unos momentos. ¿Por qué crees que he dicho a mis padres que se quedaran en Florida?, pensó. Si estoy equivocada, nadie me molestará. Si estoy en lo cierto, dejaré abierta la puerta de par en par para que el verdadero asesino venga en mi busca.

Miró a Matthews.

—Philip, mi padre me llevó a cazar patos cuando yo era pequeña —dijo—. No me gustó ni un ápice. Era muy temprano, hacía frío y llovía, y yo sólo deseaba estar en mi cama. Pero aquella mañana aprendí algo. Un señuelo consigue resultados. Sé que, como todo el mundo, crees que maté a Gary en un arranque de locura. No me lo niegues. Te oí hablar con mi padre de que casi no tenías esperanzas de conseguir la absolución sugiriendo que Annamarie Scalli era la culpable. Dijiste que existían bastantes posibilidades de que el jurado me condenara por homicidio con atenuantes, convencidos de que había matado a Gary en un arrebato de ira, pero también dijiste que no había garantías de que no me condenaran por asesinato en primer grado, y que lo mejor era confesar. Lo dijiste, ¿verdad?

—Sí —reconoció Matthews.

—De manera que, si maté a Gary, he tenido mucha suerte de salir con tanta facilidad. Si tú y todo el mundo, incluyendo a mis padres, estáis en lo cierto, no corro el menor peligro si proclamo mi convicción de que había otra persona en casa la noche que Gary murió. Como tú no lo crees, tampoco crees que nadie me perseguirá. ¿Correcto?

—Sí —dijo el abogado a regañadientes.

—Entonces, nadie ha de preocuparse por mí. Por otra parte, si tengo razón y asusto a alguien, podría costarme la vida. Bien, lo creas o no, me gustaría que eso sucediera. Porque si me encuentran asesinada, tal vez alguien abra una investigación que no asuma automáticamente mi culpabilidad.

Philip Matthews no contestó.

—Es lógico, ¿verdad, Philip? —preguntó Molly, en un tono casi risueño—. Si muero, tal vez alguien investigará con más rigor el asesinato de Gary y descubrirá al verdadero culpable.

4

Es estupendo volver a Nueva York, pensó Fran mientras miraba desde su despacho del Rockefeller Center. La sombría mañana, acompañada de aguanieve, había dado paso a una tarde fría y gris, pero aún así le gustaba lo que veía, le gustaba mirar a los patinadores vestidos de alegres colores, algunos tan gráciles, otros tan patosos que apenas podían tenerse en pie. La mezcla peculiar de los dotados y los perseverantes, pensó. Después, desvió la vista hacia Saks y observó la forma en que los escaparates de la tienda de la Quinta Avenida iluminaban la penumbra de marzo.

Las multitudes que a las cinco en punto salieron de los edificios de oficinas le ratificaron que, al final del día, los neoyorquinos, como los habitantes de todo el mundo, volvían corriendo a casa.

Yo también puedo marcharme a casa, decidió, mientras cogía el chaquetón. Había sido un día muy largo, y aún no había terminado. Tenía una emisión a las 18.40 para dar la última hora sobre la liberación de Molly Lasch. Después podría marcharse a casa. Ya estaba enamorada de su apartamento de la Segunda Avenida con la Cincuenta y seis, con sus vistas a los rascacielos del centro y al río East. No obstante, volver a las cajas todavía sin abrir, sabiendo que tarde o temprano debería aliviarlas de su contenido, era desalentador.

Al menos su despacho estaba en orden, intentó consolarse. Los libros estaban desempaquetados y a su alcance, en las estanterías de detrás del escritorio. Las plantas alegraban la monotonía de los típicos muebles de oficina que le habían destinado. Reproducciones de pintores impresionistas prestaban colorido a las insípidas paredes beige.

Cuando Ed Ahearn y ella habían llegado a la oficina aquella mañana, había ido a ver a Gus Brandt.

—Dejaré pasar una o dos semanas, y luego intentaré concertar una cita con Molly —explicó tras comentar con él las inesperadas declaraciones de Molly Lasch a la prensa.

Gus había masticado vigorosamente el chicle de nicotina que no le proporcionaba el menor alivio en su campaña personal anti-tabaco.

—¿Cuáles son las probabilidades de que sea sincera contigo? —preguntó.

—No lo sé. Me quedé a un lado cuando Molly hizo la declaración, pero estoy convencida de que me vio. No sé si me reconoció. Sería estupendo conseguir su colaboración para el reportaje. De lo contrario tendré que hacerlo sin su ayuda.

—¿Qué opinas de esa declaración?

—En directo, yo diría que Molly fue muy convincente cuando insinuó que había alguien más en la casa aquella noche, pero creo que es una patraña. Algunas personas la creerán, por supuesto, y tal vez su auténtica necesidad sea crear esa sensación de duda. ¿Si hablará conmigo? Pues no lo sé.

Pero albergo esperanzas, pensó Fran, recordando aquella conversación mientras corría por el pasillo a la sala de maquillaje.

Cara, la maquilladora, colocó una toalla alrededor de su cuello. Betts, la peluquera, puso los ojos en blanco.

—Fran, no me atormentes. ¿Has dormido esta noche con tu gorro de esquiar?

Fran sonrió.

—No. Sólo me lo he puesto esta mañana. Obrad un milagro entre ambas.

Mientras Cara aplicaba base de maquillaje y Betts conectaba las tenacillas de rizar el pelo, Fran cerró los ojos y pensó en su frase inicial: «Esta mañana, a las siete y media, las puertas de la prisión de Niantic se abrieron, y Molly Carpenter Lasch bajó por el camino de acceso para realizar una declaración breve pero sorprendente a la prensa.»

Cara y Betts trabajaron a la velocidad de la luz, y Fran estuvo preparada pocos minutos después para hacer frente a la cámara.

—Como nueva —confirmó mientras se examinaba en el espejo—. Lo habéis conseguido otra vez.

—Fran, todo está ahí. Lo único que pasa es que tu colorido es monocromático —explicó Cara con tono paciente—. Es necesario destacarlo.

Destacarlo, pensó Fran. Lo último que necesitaba. Siempre me destaqué. La niña más bajita de la guardería. La chica más baja de octavo. El cacahuete. Había crecido de sopetón durante su primer año en Cranden y conseguido un respetable metro sesenta y dos.

Cara le quitó la toalla.

—Estás genial —anunció—. Déjales patidifusos.

Tom Ryan, un veterano presentador, y Lee Manners, una ex

mujer del tiempo muy atractiva, eran los presentadores del telediario de las seis. Al final del programa, mientras se quitaban los micros y se levantaban, Ryan comentó:

—Muy bueno tu reportaje sobre Molly Lasch, Fran.

—Te llaman, Fran. Cógela por la cuatro —indicó una voz desde la sala de control.

Para sorpresa de Fran, era Molly Lasch.

—Fran, creí reconocerte esta mañana en la prisión. Me alegro de que fueras tú. Gracias por el reportaje que acabas de emitir. Al menos no lo das todo por sentado sobre la muerte de Gary.

—Bien, la verdad es que quiero creerte, Molly. —Fran se dio cuenta de que había cruzado los dedos.

La voz de Molly adquirió un timbre vacilante.

—Me pregunto si te interesaría investigar la muerte de Gary. A cambio, permitiría que tu cadena me dedicara un programa. Mi abogado me ha dicho que han llamado casi todas las cadenas, pero preferiría ir con alguien a quien conozco y en quien puedo confiar.

—No te quepa duda de que me interesa mucho, Molly. De hecho, pensaba llamarte para eso.

Acordaron encontrarse a la mañana siguiente en casa de Molly, en Greenwich. Cuando Fran colgó el auricular, miró a Tom Ryan con las cejas enarcadas.

—Reunión de clase mañana —dijo—. Podría ser interesante.

5

La sede central de la Remington Health Management Organization estaba emplazada en los terrenos del hospital Lasch de Greenwich. El director general, el doctor Peter Black, siempre llegaba a su despacho a las siete en punto de la mañana. Afirmaba que esas dos horas de trabajo previas a la llegada del personal eran las más productivas de la jornada.

Aquel martes por la mañana, Black encendió la televisión y puso la cadena NAF, algo inhabitual en él.

Su secretaria, que llevaba años con él, le había dicho que Fran Simmons acababa de entrar a trabajar para la cadena, y le había recordado quién era Fran. Aun así, le había sorprendido que fuera

Fran la reportera encargada de cubrir la liberación de Molly. El suicidio del padre de Fran había ocurrido pocas semanas después de que Black aceptara la oferta de Gary Lasch de entrar a trabajar en el hospital, y durante meses el escándalo había sido la comidilla de la ciudad. Dudaba de que cualquiera que hubiera vivido en Greenwich en aquella época lo hubiera olvidado.

Peter Black estaba mirando el telediario de aquella mañana porque quería ver a la viuda de su antiguo socio.

Frecuentes miradas a la pantalla para asegurarse de que no pasaba por alto el fragmento que le interesaba le obligaron por fin a dejar la pluma y a ponerse las gafas progresivas. Black tenía una espesa mata de pelo castaño oscuro, prematuramente cano en las sienes, y grandes ojos grises, y exhibía un comportamiento cordial que los miembros recién contratados de su personal encontraban estimulante... hasta que cometían la grave equivocación de llevarle la contraria.

A las 7.32 empezó a emitirse el acontecimiento que esperaba. Vio con sombría mirada que Molly caminaba junto al coche de su abogado hasta la puerta de la prisión. Cuando habló a los micrófonos, acercó más la silla al aparato y se inclinó hacia adelante, concentrado en captar todos los matices de su voz y su expresión.

En cuanto la mujer empezó a hablar, subió el volumen del televisor, aunque podía oír las palabras con absoluta claridad. Cuando terminó, se reclinó en la silla y enlazó las manos. Un instante después, descolgó el auricular y marcó un número.

—Residencia de los señores Whitehall.

El leve tono inglés de la doncella siempre irritaba a Black.

—Ponme con el señor Whitehall, Rita.

No dijo su nombre adrede, pero tampoco era necesario. La mujer conocía su voz. Oyó que descolgaban el auricular.

Calvin Whitehall no perdió el tiempo con saludos.

—La he visto. Al menos, es consecuente sobre lo de que ella no mató a Gary.

—Eso no es lo que me preocupa.

—Lo sé. Tampoco me hace gracia que la Simmons se haya mezclado en el asunto. Si es necesario, nos encargaremos de ello —dijo Whitehall, e hizo una pausa—. Nos veremos a las diez.

Peter Black colgó sin despedirse. La intuición de que algo empezaba a torcerse le atormentó durante el resto del día, mientras asistía a una serie de reuniones de alto nivel, concernientes a la propuesta de adquisición por Remington de cuatro HMO más, un trato que convertiría a Remington en uno de los gigantes del lucrativo campo de las aseguradoras médicas.

6

Cuando Philip Matthews y Molly llegaron a casa de ésta procedentes de la cárcel, el abogado quiso entrar con ella, pero la mujer no se lo permitió.

—Por favor, Philip, deja mi bolsa de mano delante de la puerta —le indicó. Y añadió con ironía—: Conoces esa antigua frase de la Garbo, ¿verdad?, «Quiero estar sola». Bien, ésa soy yo.

Se la veía delgada y frágil, de pie en el porche de la hermosa casa que había compartido con Gary Lasch. Durante los dos años transcurridos desde la inevitable ruptura con su mujer, que ya había vuelto a casarse, Philip Matthews había caído en la cuenta de que sus visitas a la prisión de Niantic eran más frecuentes de lo que aconsejaba la práctica profesional.

—Molly, ¿has encargado a alguien que te hiciera la compra? —preguntó—. ¿Tienes comida en casa?

—La señora Barry iba a ocuparse de eso.

—¡La señora Barry! —Sabía que su voz había aumentado dos decibelios—. ¿Qué pinta en todo esto?

—Va a trabajar para mí otra vez —dijo Molly—. La pareja que cuidaba de la casa se ha marchado. En cuanto supieron que iba a salir, mis padres se pusieron en contacto con la señora Barry, que asumió la responsabilidad de adecentar la casa y llenar la despensa. Vendrá tres días a la semana.

—¡Esa mujer fue responsable en parte de que te metieran en la cárcel!

—No; se limitó a decir la verdad.

Durante el resto del día, incluso cuando negociaba con el fiscal el caso de su nuevo cliente, un importante agente de bienes raíces acusado de homicidio por conducción temeraria, Philip no pudo librarse de una sensación de inquietud por el hecho de que Molly estuviera sola en casa.

A las siete de la tarde, mientras cerraba su escritorio con llave y se debatía entre llamar a Molly o no, su teléfono particular sonó. Su secretaria ya se había marchado. Sonó varias veces antes de que su curiosidad se impusiera a la inclinación instintiva de dejar que el contestador automático se activase.

Era Molly.

—Buenas noticias, Philip. ¿Recuerdas que te hablé de Fran Simmons, que fue al colegio conmigo, y que estaba en la puerta de la prisión esta mañana?

—Sí. ¿Te encuentras bien, Molly? ¿Necesitas algo?

—Estoy bien, Philip. Fran Simmons vendrá a casa mañana. Desea iniciar una investigación sobre el asesinato de Gary para un programa en el que trabaja, *Crímenes verdaderos*. ¿No sería fantástico que, por algún milagro, me ayudara a demostrar que había alguien más en casa aquella noche?

—Molly, olvídalo. Por favor.

Siguió un momento de silencio. Cuando Molly habló de nuevo, su tono de voz había cambiado.

—Sabía que no debía esperar que me comprendieras. De todos modos, da igual. Adiós.

Philip Matthews sintió tanto como oyó el clic que resonó en su oído. Mientras colgaba, recordó que, años atrás, un capitán de los Boinas Verdes había aceptado la ayuda de un escritor convencido de que podía demostrar que era inocente del asesinato de su mujer y sus hijos, pero el escritor se había revelado más tarde como su principal acusador.

Caminó hasta la ventana. Su despacho estaba situado en Battery Park, y dominaba la Upper Bay y la estatua de la Libertad.

Molly, si yo hubiera sido el fiscal encargado de tu caso, te habría condenado por asesinato premeditado, se dijo. Si esa periodista empieza a investigar, te destruirá. Lo único que descubrirá es que saliste bien librada.

Oh, Dios, pensó, ¿por qué no admite que aquella noche estaba sometida a una espantosa tensión y perdió los estribos?

7

A Molly le costó creer que estaba por fin en casa, y le costó más todavía asimilar que había estado ausente cinco años y medio. Al llegar, había esperado a que el coche de Philip desapareciera en la lejanía antes de abrir el bolso y sacar la llave de su casa.

La puerta principal era de un magnífico caoba, con un panel lateral de vidrio coloreado. Una vez en el interior, dejó caer la bolsa, cerró la puerta y, con un gesto instintivo, se limpió las suelas de los zapatos en el felpudo. Después, recorrió con parsimonia todas las habitaciones, pasó la mano sobre el respaldo del sofá de la sala de estar, acarició el juego de té de su abuela, en el comedor, mientras procuraba no pensar en el comedor del penal, en los toscos platos, las comidas que le sabían a cenizas. Todo le resultaba familiar, pero se sentía como una intrusa.

Se entretuvo en la puerta del estudio, examinó el interior, aún sorprendida de que no estuviera exactamente como Gary lo había conocido, con su revestimiento de caoba, los muebles enormes y los objetos que había adquirido a base de tantos esfuerzos. El sofá de calicó y el confidente se le antojaron fuera de lugar, demasiado femeninos.

Después, Molly convirtió en realidad el sueño que había acariciado durante cinco años y medio. Subió a la habitación de matrimonio, se desnudó, buscó en el ropero el albornoz que tanto le gustaba, entró en el cuarto de baño y abrió los grifos del jacuzzi.

Se arrebujó en el agua humeante y perfumada, mientras lomas de espuma se formaban y aseaban su piel, hasta que se sintió purificada de nuevo. Emitió un suspiro de alivio cuando la tensión empezó a liberar sus huesos y músculos. Luego, cogió una toalla del toallero térmico y se envolvió en ella, disfrutando de su tibieza.

Después corrió las cortinas y se acostó. Cerró los ojos, acunada por el insistente tamborileo del aguanieve contra las ventanas. Se durmió poco a poco, mientras recordaba todas las noches en que se había prometido que este momento llegaría, cuando se encontrara de nuevo en la intimidad de su habitación, bajo la colcha de pluma, con la cabeza apoyada en la suave almohada.

Despertó ya avanzada la tarde. Se puso la bata y las zapatillas, y bajó a la cocina. Ahora, un poco de té y unas tostadas, pensó. Eso me mantendrá hasta la hora de cenar.

Con una taza de té humeante en la mano, cumplió la promesa de llamar a sus padres.

—Estoy bien —dijo con firmeza—. Sí, me alegro mucho de

volver a casa. No, la verdad es que necesito estar sola un tiempo. No mucho, pero un poco sí.

Después escuchó los mensajes del contestador automático. Jenna Whitehall, su mejor amiga, la única persona aparte de sus padres y Philip a la que había permitido visitarla en la cárcel, decía que quería pasar a verla aquella noche, sólo para darle la bienvenida. Pedía que Molly la llamara si estaba de acuerdo.

No, pensó Molly. Esta noche no. No quiero ver a nadie, ni siquiera a Jenna.

Puso el telediario de las seis en la NAF, con la esperanza de ver a Fran Simmons. Cuando el programa terminó, llamó al estudio, habló con Fran y pidió que la convirtiera en protagonista de una investigación especial.

Después llamó a Philip. Su evidente desaprobación era justo lo que esperaba de él, y procuró que no la molestara.

Tras hablar con el abogado, subió a su cuarto, se puso un jersey y unos pantalones, y se calzó sus viejas zapatillas. Estuvo sentada unos minutos delante del tocador, estudiando su reflejo en el espejo. Llevaba el pelo demasiado largo. Necesitaba remodelarlo. ¿Y si se lo aclaraba un poco? Antes era rubio, pero se había oscurecido con los años. Gary le gastaba la broma de que tenía el cabello tan dorado que la mitad de las mujeres de la ciudad creía que se lo teñía.

Se acercó al armario empotrado. Durante la siguiente hora se dedicó a examinar su contenido, y apartó a un lado la ropa que nunca volvería a utilizar. Algunas prendas la hicieron sonreír, como el vestido y la chaqueta oro pálido que se había puesto para la fiesta de Nochevieja del último año en el club de campo, y el traje de terciopelo negro que Gary había visto en el escaparate de Bergdorf e insistido en que se probara.

Cuando supo que iba a salir de la cárcel, había enviado a la señora Barry una lista de la compra. A las ocho, Molly bajó y empezó a preparar la cena que anhelaba desde hacía semanas: ensalada verde con aliño de aceto balsámico, pan italiano, recalentado en el horno, salsa de tomate rallado muy ligera servida sobre *linguine* cocidos al dente, una copa de Chianti Riservo.

Cuando estuvo preparada, se sentó en la esquina reservada para los desayunos, un lugar acogedor que dominaba el patio trasero. Comió con parsimonia, saboreó la pasta especiada, el pan crujiente y la sabrosa ensalada, disfrutó del toque aterciopelado del vino, mientras miraba el patio a oscuras, que ya anticipaba la primavera, para la que faltaban pocas semanas.

Las flores aún tardarán en brotar, pensó, pero todo florecerá pronto de nuevo. Otra promesa que se había hecho: cavar en el jardín, tocar la tierra, tibia y húmeda, contemplar los tulipanes con su popurrí de colores, plantar de nuevo balsaminas junto a los bordes del sendero de baldosas.

Comió sin prisas, agradecida por el silencio, tan diferente del ruido que reinaba en la prisión y enturbiaba las mentes. Después de poner orden en la cocina, entró en el estudio. Se quedó sentada en la oscuridad, abrazándose las rodillas. Se esforzó por escuchar el sonido que le había sugerido la presencia de alguien más en la casa aquella noche, el sonido, al mismo tiempo familiar y desconocido, que había recorrido sus pesadillas durante casi seis años. Sólo oyó el susurro del viento en el exterior y, más cerca, el tictac de un reloj.

8

Cuando Fran salió del estudio, atravesó la ciudad hasta llegar al apartamento de cuatro habitaciones que había alquilado en la Segunda Avenida con la Cincuenta y seis. Le había sentado muy mal vender su piso de Los Ángeles, pero ahora que estaba aquí, se daba cuenta de que, tal como Gus había intuido, llevaba Nueva York en la sangre.

Al fin y al cabo, viví en Manhattan hasta los trece años, pensó, mientras subía por Madison Avenue y pasaba ante Le Cirque 2000. Lanzó una mirada de admiración hacia el patio iluminado que conducía a la entrada. Después, papá ganó un montón de dinero en la bolsa y decidió ser un caballero rural.

Fue entonces cuando se mudaron a Greenwich y compraron una casa a escasa distancia de donde Molly vivía ahora. La casa se hallaba en un barrio muy exclusivo de Lake Avenue. Resultó que no se la podían permitir, por supuesto, y a la casa siguió un coche que no se podían permitir y ropas que no se podían permitir. Tal vez a papá le entró el pánico, y por eso no volvió a ganar dinero en la bolsa, pensó Fran.

Le gustaba implicarse en los problemas de la ciudad y conocer a gente. Creía que las personas voluntariosas hacían amigos, y él lo era como la que más. Al menos, hasta que «tomó prestadas» donaciones para el fondo de la biblioteca.

La idea de vaciar las cajas que había enviado al Este la aterraba, pero había parado de caer aguanieve y el frío era tonificante. Cuando introdujo la llave en la cerradura de su apartamento, el 21E, estaba mucho más animada.

Al menos, la sala de estar está en muy buen estado, se dijo mientras encendía la luz y paseaba la vista por la alegre habitación, con su tresillo de terciopelo verde musgo y su alfombra persa roja, marfil y verde.

La visión de las estanterías casi vacías la impulsó a entrar en acción. Se puso un jersey y unos pantalones viejos, y empezó a trabajar. Poner música animada en el estéreo la ayudó a aliviar la monotonía de vaciar cajas y clasificar libros y cintas. La caja que contenía los útiles de cocina fue la más fácil de clasificar. Tampoco es que haya gran cosa, pensó con ironía. Eso demuestra lo buena cocinera que soy.

A las nueve menos cuarto suspiró un fervoroso amén y arrastró la última caja vacía hasta el trastero. Hace falta mucho amor para convertir una casa en un hogar, pensó con satisfacción mientras recorría el apartamento, que por fin empezaba a parecer un hogar.

Fotos enmarcadas de su madre, su padrastro, sus hermanastros y sus respectivas familias conseguían que los sintiera más cercanos. Voy a echaros de menos, chicos, pensó. Ir a Nueva York de visita era una cosa, pero mudarse a la ciudad y saber que no les vería con mucha frecuencia era muy diferente. Su madre había borrado Greenwich de su vida. Nunca decía que había vivido allí, y cuando volvió a casarse, animó a Fran a adoptar el apellido de su padrastro.

Ni hablar, pensó Fran.

Complacida con sus logros, pensó en salir a cenar, pero después se conformó con un bocadillo de queso. Se sentó a comer a la diminuta mesa de hierro forjado, ante la ventana de la cocina, que ofrecía una espléndida vista del East River.

Molly está pasando su primera noche en casa después de cinco años y medio en prisión, pensó. Cuando la vea, le pediré una lista de personas con las que pueda hablar, personas dispuestas a hablar conmigo de ella. Pero hay una serie de preguntas a las que intentaré encontrar respuesta de paso, y no todas giran en torno a Molly.

Algunas de estas preguntas hacía mucho tiempo que la atormentaban. No se había encontrado el menor documento sobre los cuatrocientos mil dólares que su padre se había apropiado del fondo de la biblioteca. Teniendo en cuenta su historial en la bolsa, todo el mundo supuso que los había perdido invirtiendo en valores poco fiables, pero después de su muerte no se encontró ningún papel que lo demostrara.

Tenía dieciocho años cuando nos fuimos de Greenwich, pensó Fran. Eso fue hace catorce años. Pero ahora he vuelto, y veré a un montón de personas que conocía, hablaré con un montón de personas de Greenwich sobre Molly y Gary Lasch.

Se levantó y cogió la cafetera. Mientras se servía una taza, pensó en su padre y en el efecto que le causaba recibir un soplo. Recordó cuánto había ansiado ser invitado a unirse al club de campo, a convertirse en uno de los hombres que jugaban con regularidad en el campo de golf.

La sospecha había empezado a germinar de manera espontánea. Como no se había encontrado el menor registro del dinero que su padre había malversado, era lógico que albergara dudas. ¿Cabía la posibilidad de que alguien de Greenwich, alguien a quien su padre intentaba impresionar, le hubiera dado un soplo, y después aceptado, pero no invertido, los cuatrocientos mil dólares que su padre había «tomado prestados» de una forma tan imprudente del fondo de la biblioteca?

9

—¿Por qué no llamas a Molly?

Jenna Whitehall miró a su marido, sentado frente a ella al otro lado de la mesa. Vestida con una cómoda camisa suelta de seda y pantalones negros de seda, su aspecto era tremendamente atractivo, una impresión realzada por el cabello castaño oscuro y los ojos color avellana. Había llegado a casa a las seis y escuchado sus mensajes. No había ninguno de Molly.

—Cal —dijo intentando disimular su irritación—, sabes que dejé un mensaje a Molly en su contestador automático. Si quisiera compañía, ya me habría llamado. Está claro que esta noche desea estar sola.

—Aún no entiendo por qué ha querido volver a esa casa —dijo él—. ¿Cómo puede entrar en ese estudio sin recordar aquella noche, sin pensar en que cogió la escultura y le aplastó la cabeza al pobre Gary? A mí me pondría la carne de gallina.

—Cal, ya te he pedido antes que no hables de eso. Molly es mi mejor amiga, y la quiero. No recuerda nada sobre la muerte de Gary.

—Eso dice ella.

—Y yo la creo. Ahora que ha vuelto a casa, procuraré estar con ella siempre que quiera. Y cuando no lo quiera, me esfumaré. ¿De acuerdo?

—Estás muy atractiva cuando te enfadas e intentas disimularlo, Jen. Suéltalo. Te sentirás mejor.

Calvin Whitehall apartó la silla de la mesa y se acercó a su mujer. Era un hombre de aspecto formidable, alto y corpulento, de unos cuarenta años y pelo rojo no muy abundante. Las pobladas cejas que coronaban sus ojos de un azul pálido intensificaban el aura de autoridad que emanaba de él, incluso en su casa.

No había nada en la presencia o el porte de Cal que delatara sus comienzos humildes. Había puesto mucha distancia entre él y la casa de madera para dos familias de Elmira, Nueva York, donde se había criado.

Una beca en Yale, así como su habilidad para imitar los modales y porte de sus compañeros de mejor cuna, habían conducido a un ascenso espectacular en el mundo de los negocios. Su chiste privado era que lo único útil recibido de sus padres era un apellido que sonaba elegante.

Ahora, instalado en una mansión de doce habitaciones de Greenwich, amueblada con gusto exquisito, Cal saboreaba la vida con la que había soñado años antes en el diminuto y espartano cuarto donde se había refugiado de sus padres, que pasaban las noches bebiendo vino barato y peleando. Cuando las voces se alzaban en exceso, o las discusiones degeneraban en violencia, los vecinos llamaban a la policía. Cal aprendió a temer la sirena de la policía, el desprecio en los ojos de los vecinos, las burlas de sus compañeros de clase, los comentarios que circulaban acerca de sus impresentables padres.

Era muy inteligente, lo suficiente para saber que su única forma de progresar era la educación, y de hecho sus profesores pronto se dieron cuenta de que había sido bendecido por una inteligencia casi propia de un genio. En su habitación de suelo hundido y paredes desconchadas, con una sola bombilla colgando del techo, había estudiado y leído con voracidad, y se concentró en aprender todo lo posible sobre las posibilidades y el futuro de los ordenadores.

A los veinticuatro años, tras obtener un máster en administración de empresas, fue a trabajar a una empresa de informática muy competitiva. A los treinta años, poco después de trasladarse a Greenwich, arrebató el control de la empresa a su perplejo propietario. Fue su primera oportunidad de jugar al gato y el ratón, de juguetear con su presa sabiendo desde el primer momento que iba a ganar la partida. La satisfacción de la matanza aplacó la ira persistente provocada por las palizas de su padre, la consiguiente necesidad de halagar a una serie de patrones.

Años después, vendió la empresa por una fortuna, y ahora dedicaba el tiempo a controlar su miríada de empresas.

Su matrimonio no había dado hijos, y lo agradecía en lugar de obsesionarse por esa carencia, como le había sucedido a Molly Lasch. Jenna dedicaba todas sus energías a la práctica de la abogacía en Manhattan. Ella también formaba parte de su plan. El traslado a Greenwich. La elección de Jenna, una joven atractiva e inteligente, de una buena familia de recursos limitados. Sabía muy bien que la vida que podría proporcionar a Jenna constituiría un gran atractivo para ella. Al igual que a él, la seducía el poder.

A Cal también le gustaba jugar con ella. Le dedicó una sonrisa beatífica y acarició su pelo.

—Lo siento —dijo con aire contrito—. Creo que a Molly le habría gustado que fueras a verla, aunque no te haya llamado. Es un gran cambio volver a esa casa tan grande, y se sentirá muy sola. Tenía mucha compañía en la cárcel, aunque a ella no le gustara.

Jenna apartó la mano de su marido.

—Para. Ya sabes que no me hace gracia que me manoseen el pelo. He de repasar un informe para una reunión de mañana —anunció con brusquedad.

—Hay que estar siempre preparado. Así son los buenos abogados. No me has preguntado sobre mis reuniones de hoy.

44

Cal era presidente de la junta del hospital Lasch y de Remington Health Management. Con una sonrisa de satisfacción, añadió:

—Aún no está atado del todo. American National Insurance desea esas HMO tanto como nosotros, pero las conseguiremos. Y cuando lo hagamos, seremos la HMO más importante del Este.

Jenna lo miró con reticente admiración.

—Siempre consigues lo que deseas, ¿verdad?

Él asintió.

—Te conseguí a ti, ¿no?

Jenna apretó el botón situado debajo de la mesa para indicar a la doncella que ya podía despejar la mesa.

—Sí —musitó—, supongo que sí.

10

El tráfico de la I-95 se parece cada vez más al de California, pensó Fran mientras estiraba el cuello en busca de una oportunidad para cambiar de carril. Casi de inmediato se arrepintió de no haber cogido la Merritt Parkway. El camión con remolque que iba delante emitía un estruendo colosal, como si se estuviera produciendo un bombardeo, pero iba a quince kilómetros por debajo del límite de velocidad, lo cual convertía la experiencia de ir detrás de él en doblemente irritante.

Durante la noche el cielo se había despejado, pero, como había dicho el prudente hombre del tiempo de la CBS, «hoy habrá nubes y claros, con posibilidad de algunos chubascos».

Lo cual abarcaba todas las situaciones posibles, decidió Fran, y entonces se dio cuenta de que se estaba concentrando en el tiempo y la conducción porque estaba nerviosa.

A medida que cada giro de las ruedas la acercaba más a Greenwich y a su cita con Molly Carpenter Lasch, notaba que sus pensamientos regresaban una y otra vez a la noche en que su padre se había pegado un tiro. Sabía por qué. Para llegar a casa de Molly tendría que pasar por delante de Barley Arms, el restaurante donde las había llevado a ella y a su madre en la que resultó ser su última cena.

Detalles en los que no pensaba desde hacía años aparecieron en su mente, hechos peculiares sin importancia que, por algún motivo, se adherían a su memoria. Pensó en la corbata que llevaba su padre, fondo azul con un pequeño dibujo a cuadros verdes. Recordó que era muy cara, su madre lo había comentado cuando llegó la factura: «¿Está tejida con hilo de oro, Frank? Es un precio exorbitante por un trozo tan pequeño de tela.»

Llevó por primera vez la corbata aquel último día, pensó Fran. Durante la cena, su madre había dicho en broma que la guardara para el día de mi graduación. ¿Había algo simbólico en el hecho de ponerse algo tan extravagantemente caro, cuando sabía que iba a suicidarse por problemas de dinero?

Ya faltaba poco para la salida de Greenwich. Fran abandonó la I-95, y se recordó que la Merritt Parkway sería más directa. Después empezó a buscar las calles laterales que, al cabo de tres kilómetros, la conducirían al barrio donde había vivido cuatro años. Cayó en la cuenta de que temblaba, a pesar de la calefacción del coche.

Cuatro años formativos, se dijo. Muy formativos.

Cuando pasó ante el Barley Arms, se negó a dirigir una sola mirada hacia el aparcamiento, oculto en parte, donde su padre se había descerrajado un tiro en el asiento posterior del coche familiar.

También evitó la calle en la que había vivido aquellos cuatro años. Ya habrá tiempo para eso, pensó. Pocos minutos después, se detuvo ante la casa de Molly, un edificio de estuco marfileño de dos plantas, con postigos marrón oscuro.

Una mujer regordeta de unos sesenta años, con una mata de cabello cano y risueños ojillos, abrió la puerta casi antes de que el dedo de Fran pulsase el timbre. Fran la reconoció gracias a los recortes que guardaba del juicio. Era Edna Barry, el ama de llaves cuyo testimonio tanto había perjudicado a Molly. ¿Por qué la habría vuelto a contratar?, se preguntó Fran, estupefacta.

Mientras se estaba quitando el abrigo, sonaron pasos en la escalera. Un momento después, Molly cruzó corriendo el vestíbulo para recibirla.

Se estudiaron durante un momento. Molly vestía tejanos de algodón y una camisa azul con las mangas subidas hasta los codos. Llevaba el pelo recogido en vertical, sujeto de tal forma que algunos mechones caían alrededor de su cara. Como Fran había observado en la prisión, parecía demasiado delgada, y finas arrugas empezaban a circundar sus ojos.

Fran se había puesto su atavío diurno favorito, un traje pantalón a rayas finas cortado a su medida, y se sintió de repente engalanada en exceso. Luego se recordó con brusquedad que, si quería hacer un buen trabajo, era preciso que se diferenciara de aquella adolescente insegura de Cranden.

Molly fue la primera en hablar.

—Fran, tenía miedo de que cambiaras de opinión. Me sorprendió verte en la cárcel ayer, y cuando te vi en el telediario de anoche me quedé muy impresionada. Fue entonces cuando se me ocurrió esta loca idea de que tal vez podrías ayudarme.

—¿Por qué iba a cambiar de opinión, Molly?

—He visto el programa *Crímenes verdaderos*. Era muy popular en la prisión, y observé que no tocan muchos casos cerrados. Pero mis temores eran infundados: estás aquí. Empecemos. La señora Barry ha preparado café. ¿Una taza?

—Gracias.

Fran siguió a Molly por un pasillo situado a la derecha. Consiguió echar un vistazo a la sala de estar, y se fijó en los muebles, de gusto exquisito y aspecto caro.

Molly se detuvo ante la puerta del estudio.

—Esto era el estudio de Gary. Aquí fue donde lo encontraron. Antes de que nos sentemos me gustaría que vieras algo.

Entró en el estudio y se detuvo junto al sofá.

—El escritorio de Gary estaba aquí —explicó—, encarado hacia las ventanas delanteras, lo cual significa que daba la espalda a la puerta. Dicen que yo entré, agarré una escultura de la mesa auxiliar que estaba allí —volvió a señalar— y la descargué sobre su cabeza.

—Y accediste a declararte culpable porque tu abogado y tú pensasteis que el jurado te condenaría —dijo en voz baja Fran.

—Fran, quédate donde estaba el escritorio. Iré al vestíbulo. Abriré y cerraré la puerta de la calle. Te llamaré. Después volveré aquí. Ten paciencia, por favor.

Fran asintió y entró en el estudio. Se detuvo en el punto indicado por Molly.

El pasillo no estaba alfombrado, y oyó alejarse a Molly, y un momento después que la llamaba.

Lo que quiere probar es que, si Gary hubiese estado vivo, la habría oído, pensó Fran.

Molly volvió.

—Me oíste llamarte, ¿verdad, Fran?

—Sí.

—Gary me telefoneó a Cape Cod. Me rogó que le perdonara. No quise hablar con él en aquel momento. Dije que le vería el domingo por la noche, a eso de las ocho. Llegué un poco antes, pero aún así tenía que estar esperándome. ¿No crees que, si hubiera podido, se habría levantado o al menos habría vuelto la cabeza al oírme? Habría sido absurdo que no me hubiera hecho caso. El piso no estaba alfombrado como ahora. Aunque no me hubiera oído llamarle, me habría oído sin la menor duda en cuanto entré en la habitación. Y se habría vuelto. ¿Quién no lo habría hecho?

—¿Qué dijo tu abogado cuando le explicaste esto? —preguntó Fran.

—Que tal vez Gary se había dormido sobre el escritorio. Philip llegó a sugerir que la historia podía volverse contra mí, pues podían pensar que llegué a casa y me enfurecí porque Gary no estuviera loco de impaciencia por recibirme.

Molly se encogió de hombros.

—Bien, eso es todo por mi parte. Ahora, dejaré que me hagas preguntas. ¿Nos quedamos aquí, o te sentirás más cómoda en otra habitación?

—Creo que eres tú quien debe decidirlo, Molly.

—En ese caso, nos quedaremos aquí. En el lugar de los hechos. —Lo dijo con tono inexpresivo, sin sonreír.

Se sentaron en el sofá. Fran sacó la grabadora y la dejó sobre la mesa.

—Espero que no te importe, pero he de grabarlo.

—Ya me lo suponía.

—No te olvides de esto, Molly. La única forma en que puedo perjudicarte cuando hagamos este programa, será concluirlo con una frase como «Las pruebas abrumadoras sugieren que, pese a las repetidas afirmaciones de Molly Lasch de que no recuerda haber causado la muerte de su marido, no parece existir otra explicación plausible».

Por un instante, los ojos de Molly brillaron debido a las lágrimas.

—Eso no sorprendería a nadie —dijo—. Es lo que todo el mundo cree.

—Pero si hay otra respuesta, Molly, sólo podré ayudarte si eres totalmente sincera conmigo. No me ocultes nada, aunque alguna pregunta te resulte incómoda.

Molly asintió.

—Después de cinco años y medio en la cárcel, sé muy bien lo que significa la falta de intimidad. Si pude sobrevivir a eso, soportaré tus preguntas.

La señora Barry trajo café. Fran adivinó, por su mueca, que la mujer no aprobaba el hecho de que se hubieran quedado en aquella habitación. Intuía que el ama de llaves intentaba proteger a Molly, pero sus declaraciones en el juicio la habían perjudicado en gran manera. La señora Barry está en la lista de las personas a las que he de interrogar, y en un puesto destacado, pensó Fran.

Durante las dos horas siguientes, Molly contestó a las preguntas de Fran, en apariencia sin vacilar. A partir de las respuestas, Fran averiguó que la muchacha a la que había conocido superficialmente se había convertido en una mujer, y que poco después de graduarse en la universidad se había enamorado de un apuesto médico diez años mayor que ella, con el cual se había casado.

—Yo trabajaba en *Vogue* —contó Molly—. Me encantaba el trabajo y empecé a ascender deprisa. Después, cuando me quedé embarazada, sufrí un aborto. Pensé que tal vez era culpa de los horarios tan apretados y de los trayectos de ida y vuelta de casa a la ciudad, así que renuncié.

Hizo una pausa.

—Deseaba un hijo con todas mis fuerzas —continuó con voz triste—. Intenté quedarme embarazada durante cuatro años más, y cuando por fin lo conseguí, volví a perderlo otra vez.

—Molly, ¿cómo era la relación con tu marido?

—En otro tiempo la habría calificado de perfecta. Gary me prestó mucho apoyo cuando tuve el segundo aborto. Siempre decía que le era de gran utilidad, que no podría haber lanzado Remington Health Management sin mi ayuda.

—¿A qué se refería?

—A mis contactos, supongo. Los contactos de mi padre. Jenna Whitehall fue una gran ayuda. Era Jenna Graham, supongo que la recordarás de Cranden.

—Me acuerdo de Jenna. —Otro miembro de la gente guapa, pensó Fran—. Fue presidenta de nuestra clase en el último año.

—Exacto. Siempre fuimos muy buenas amigas. Jenna me presentó a Gary y Cal en una recepción ofrecida en el club de campo. Más tarde, Cal se convirtió en socio de Gary y Peter Black. Cal es un mago de las finanzas y consiguió que algunas empresas importantes firmaran contratos con Remington. —Sonrió—. Mi padre también significó una gran ayuda, por supuesto.

—Quiero hablar con los Whitehall —dijo Fran—. ¿Me echarás una mano?

—Sí, yo también quiero hablar con ellos.

Fran vaciló.

—Molly, hablemos de Annamarie Scalli. ¿Dónde está ahora?

—No tengo ni idea. Según creo, el niño nació el verano posterior a la muerte de Gary, y fue entregado en adopción.

—¿Sospechabas que Gary mantenía relaciones con otra mujer?

—Jamás. Siempre confié en él a pies juntillas. El día que lo descubrí, yo estaba arriba y descolgué el teléfono para hacer una llamada. Gary estaba hablando, y cuando ya iba a colgar, le oí decir: «Annamarie, te estás poniendo histérica. Yo me ocuparé de ti, y si decides quedarte el niño, te apoyaré.»

—Por su tono, ¿cómo dirías que estaba?

—Irritado y nervioso. Al borde del pánico.

—¿Cómo reaccionó Annamarie?

—Dijo «¿Cómo he podido ser tan idiota?», y colgó.

—¿Qué hiciste tú, Molly?

—Me quedé estupefacta. Bajé la escalera corriendo. Gary estaba aquí, delante del escritorio, a punto de irse al trabajo. Yo había conocido a Annamarie en el hospital. Le interrogué sobre lo que acababa de escuchar. Admitió que se había liado con ella, pero dijo que era una locura y que se arrepentía de todo corazón. Estaba a punto de llorar, y me suplicó que le perdonara. Yo estaba furiosa. Tuvo que irse al hospital. La última vez que le vi vivo fue cuando cerré la puerta después de que saliera. Un espantoso recuerdo para el resto de mi vida.

—Le querías, ¿verdad? —preguntó Fran.

—Le quería, confiaba en él y creía en él, o al menos eso me dije. Ahora ya no estoy tan segura. A veces lo dudo. —Suspiró y meneó la cabeza—. En cualquier caso, estoy segura de que la noche que volví de Cape Cod estaba mucho más herida y triste que furiosa. —Una expresión de profunda tristeza apareció en sus ojos.

Cruzó los brazos y sollozó—. ¿Entiendes por qué he de demostrar que yo no le maté?

Fran se fue unos minutos más tarde. Todos sus instintos le decían que la reacción precipitada de Molly era la clave de que deseara con tanto ahinco ser exculpada. Quería a su marido, y hará lo posible por encontrar a alguien que le diga que existe una posibilidad de que no le matara. Es probable que no lo recuerde, pero sigo creyendo que ella lo hizo. Es una pérdida de tiempo y dinero para la NAF-TV intentar suscitar serias dudas sobre su culpabilidad.

Se lo diré a Gus, pensó, pero antes voy a averiguar todo lo que pueda sobre Gary Lasch.

Guiada por un impulso, se desvió antes de llegar a la Merritt Parkway para pasar por delante del hospital Lasch, que había sustituido a la clínica privada fundada por Jonathan Lasch, el padre de Gary. Allí condujeron a su padre después de que se pegara un tiro, y allí había muerto, siete horas más tarde.

Se quedó estupefacta al ver que el hospital era ahora el doble de extenso de lo que recordaba. Había un semáforo delante de la entrada principal, que en ese momento se puso en rojo. Mientras esperaba, examinó las instalaciones, observó las alas añadidas al edificio principal, el nuevo pabellón erigido en el lado derecho de la propiedad, el garage elevado.

Buscó con una punzada de dolor la ventana de la sala de espera del tercer piso, donde había esperado noticias de su padre, si bien en el fondo sabía que no había nada que hacer.

Éste será un buen lugar para venir a hablar con gente, pensó Fran. El semáforo cambió, y cinco minutos después se encontraba en el acceso a la Merritt Parkway. Mientras conducía hacia el sur entre el veloz tráfico, reflexionó sobre el hecho de que Gary Lasch hubiera conocido y seducido a Annamarie Scalli, una joven enfermera del hospital, y que esa indiscreción le había costado la vida.

Pero ¿fue ésa su única indiscreción?, se preguntó de repente.

Existían posibilidades de que hubiera cometido un error monumental, al igual que su padre, pero por lo demás era el ciudadano importante, excelente médico y devoto protector de la salud que la gente conocía y recordaba.

Pero quizá no, se dijo Fran cuando cruzó la frontera entre Connecticut y Nueva York. Llevo en este oficio el tiempo suficiente para esperar lo inesperado.

11

Después de acompañar a Fran Simmons a la puerta, Molly regresó al estudio. Edna Barry se despidió de ella a la una y media.

—Molly, a menos que quieras algo más, me marcho.

—Nada más, gracias, señora Barry.

Edna Barry siguió en la puerta, indecisa.

—Ojalá me dejaras prepararte algo antes de irme.

—No tengo hambre.

Molly hablaba con voz apagada. Edna adivinó que había estado llorando. La culpa y el miedo que habían atormentado a Edna cada hora de los últimos seis años se intensificaron. Oh, Dios, suplicó. Compréndelo, por favor. No podía hacer otra cosa.

En la cocina, se puso la parka y se ciñó un pañuelo por debajo de la barbilla. Cogió su llavero de la encimera, lo miró un momento, y se apoderó de él con un gesto convulso.

Menos de veinte minutos después estaba en su modesta casa de Glenville, estilo Cape Cod. Wally, su hijo de treinta años, estaba mirando la televisión en la sala de estar. No apartó los ojos de la pantalla cuando ella entró, pero al menos parecía tranquilo. Algunos días, incluso con medicación, está muy nervioso, pensó la mujer.

Como aquel terrible domingo en que murió el doctor Lasch. Wally estaba muy enfadado aquel día porque el doctor Lasch le había reprendido a principios de semana, cuando fue a la casa, entró en el estudio y cogió la escultura de Remington.

Edna Barry había omitido un detalle en su declaración de lo que había pasado aquel lunes por la mañana. No había dicho a la policía que la llave de casa de los Lasch no estaba en su llavero, donde debía estar, que se había visto obligada a entrar con la llave que Molly guardaba escondida en el jardín, y que más tarde había descubierto la llave desaparecida en el bolsillo de Wally.

Cuando le preguntó al respecto, su hijo rompió a llorar y se metió a toda prisa en su habitación, cerrando la puerta con estrépito.

—No hables de eso, mamá —sollozó.

—Nunca hemos de hablar de esto con nadie —le había dicho, y el chico se lo había prometido. Y nunca lo había hecho.

Edna siempre había intentado convencerse de que había sido

una coincidencia. Al fin y al cabo, había encontrado a Molly cubierta de sangre. Las huellas dactilares de Molly estaban en la escultura.

Pero ¿y si Molly empezaba a recordar detalles de aquella noche?

¿Y si era cierto que había visto a alguien en la casa?

¿Había estado Wally allí? ¿Cómo saberlo?, se preguntó la señora Barry.

12

Peter Black volvía a su casa de Old Church Road en coche por las calles a oscuras. En otro tiempo había sido la cochera de una gran mansión. La había comprado durante su segundo matrimonio, que, como el primero, había terminado al cabo de pocos años. Su segunda esposa, no obstante, al contrario de la primera, tenía un gusto exquisito, y después de que le abandonara, Black no había hecho ningún esfuerzo por cambiar la decoración. La única alteración había consistido en añadir un bar y abastecerlo con generosidad. Su segunda esposa era abstemia.

Peter había conocido a su fallecido socio, Gary Lasch, en la facultad de medicina, donde se habían hecho amigos. Fue después de la muerte del padre de Gary, el doctor Jonathan Lasch, cuando Gary acudió a Peter con una propuesta.

—Las compañías de seguros médicos constituyen la última palabra de la medicina —dijo—. La clínica con fines no lucrativos de mi padre no puede continuar así. La ampliaremos, obtendremos beneficios de ella y fundaremos nuestra propia HMO.

Gary, distinguido con un apellido famoso en el mundo de la medicina, había sustituido a su padre al frente de la clínica, que más tarde se convirtió en el hospital Lasch. El tercer socio, Cal Whitehall, se sumó cuando juntos fundaron la Remington Health Management Organization.

Ahora, el estado estaba a punto de aprobar la adquisición por parte de Remington de varias HMO más pequeñas. Todo iba bien, pero el acuerdo aún no estaba firmado. Habían llegado al último paso en la cuerda floja. El único problema radicaba en que la American National Insurance también estaba pugnando por adquirir las empresas.

Pero todo podía irse al traste, se recordó Peter mientras aparcaba delante de su casa. No tenía la intención de salir por la noche, pero hacía frío y le apetecía una copa. Pedro, su cocinero y mayordomo desde tiempo inmemorial, que residía en la casa, ya metería el coche en el garaje más tarde.

Peter entró y fue a la biblioteca. La habitación siempre era acogedora, con el fuego ardiendo y la televisión conectada en el canal de noticias. Pedro apareció al instante y formuló la habitual pregunta nocturna:

—¿Lo de siempre, señor?

Lo de siempre era un whisky escocés con hielo, excepto cuando Peter pedía un bourbon o un vodka.

El primer escocés, que bebió con lentitud, paladeando cada sorbo, empezó a calmar los nervios de Peter. Una pequeña bandeja de salmón ahumado aplacó la escasa hambre que sentía. No le gustaba cenar hasta una hora después de haber llegado a casa, como mínimo.

Se llevó el segundo escocés a la ducha. Pasó con el resto de la copa al dormitorio, se puso unos pantalones cómodos y una camisa de cachemira de manga larga. Por fin, casi relajado, y con la preocupante sensación de que algo iba mal un poco mitigada, bajó a la planta.

Peter Black solía cenar con amigas. En su posición renovada de hombre soltero, le llovían invitaciones de mujeres atractivas y socialmente deseables. Las noches que pasaba en casa se llevaba un libro o una revista a la mesa. Esta noche hizo una excepción. Mientras cenaba pez espada al horno y espárragos al vapor, y bebía una copa de Saint Emilion, reflexionaba en silencio, pensando en las reuniones futuras relativas a la fusión.

El teléfono de la biblioteca no interrumpió sus pensamientos. Pedro se encargaría de explicar a quien llamaba que Black le telefonearía más tarde. Por eso, cuando Pedro entró en el comedor con el teléfono inalámbrico en la mano, Peter enarcó las cejas, irritado.

Pedro cubrió el auricular y susurró:

—Perdone, doctor, pero pensé que preferiría contestar a esta llamada. Es la señora Molly Lasch.

Peter Black vació la copa de vino de un solo trago, sin saborearla, y cogió el teléfono. Su mano temblaba.

13

Molly había entregado a Fran una lista de las personas con las que tal vez desearía empezar sus entrevistas. La primera de la lista era el socio de Gary, el doctor Peter Black. «Nunca volvió a dirigirme la palabra después de la muerte de Gary», le dijo. Después, Jenna Whitehall: «Te acordarás de ella de Cranden, Fran.» El marido de Jenna, Cal: «Cuando necesitaron un crédito para lanzar Remington, Cal se encargó de los trámites.» El abogado de Molly, Philip Matthews: «Todo el mundo piensa que fue maravilloso porque me consiguió una sentencia leve, y después luchó por la libertad condicional. Me gustaría más si creyera que jamás dudó de mi culpabilidad.» Edna Barry: «Todo estaba en perfecto orden cuando llegué a casa ayer. Fue casi como si no hubieran transcurrido esos cinco años y medio.»

Fran había pedido a Molly que hablara con todos ellos y les informara de que llamaría. Pero cuando Edna Barry se despidió de ella antes de marcharse, Molly no tuvo ganas de decírselo.

Por fin, Molly había entrado en la cocina y echado un vistazo a la nevera. Vio que la señora Barry había pasado por la charcutería. El pan de centeno con semillas de alcaravea, el jamón de Virginia y el queso suizo que había pedido estaban allí. Los sacó, preparó un bocadillo muy complacida, volvió a abrir la nevera y encontró la mostaza picante que tanto le gustaba.

Y unos encurtidos, pensó. Hace años que no me apetecía encurtidos. Sonrió, llevó el plato a la mesa, se sirvió una taza de té y buscó el periódico local.

Se encogió cuando vio una foto de sí misma en la portada. El titular rezaba: «Molly Carpenter Lasch en libertad después de cinco años y medio de cárcel.» El artículo repetía los detalles de la muerte de Gary, la confesión voluntaria y su declaración de inocencia a las puertas de la prisión.

Más difícil de leer fue la parte dedicada a los antecedentes de su familia. El artículo incluía un perfil de sus abuelos, pilares de la sociedad de Greenwich y Palm Beach, más una lista de sus logros y obras de caridad. También comentaba la excelente carrera de su padre en los negocios, la distinguida historia del padre de Gary en el campo de la medicina, y la modélica compañía de seguros médicos que Gary había fundado con el doctor Peter Black.

Todos buena gente, con una serie de logros impresionante, pero todo convertido en jugosos chismes por mi culpa, pensó Molly. Desganada, apartó el bocadillo. Como ya le había ocurrido en otros momentos del día, la sensación de fatiga y sueño era abrumadora. El psiquiatra de la prisión la había tratado de su depresión, y aconsejado que fuera a ver al médico que la había atendido mientras esperaba el juicio.

—Me dijiste que el doctor Daniels te caía bien, Molly. Dijiste que te sentías a gusto con él, porque te creyó cuando afirmaste que no recordabas nada sobre la muerte de Gary. Recuerda que un cansancio extremo puede ser un síntoma de la depresión.

Mientras Molly se masajeaba la frente para intentar repeler un principio de dolor de cabeza, recordó que el doctor Daniels le había caído muy bien, y por eso había incluido su nombre en la lista entregada a Fran. Quizá trataría de concertar una cita con él. Más importante aún, telefonearía y le diría que, si Fran Simmons llamaba, tenía permiso para hablar de ella con toda libertad.

Molly se levantó de la mesa, arrojó el resto del bocadillo a la basura y subió a su dormitorio con el té. El timbre del teléfono estaba desconectado, pero decidió escuchar el contestador automático, por si había mensajes.

Su número de teléfono no constaba en el listín telefónico, de modo que muy pocas personas lo sabían: sus padres, Philip Matthews y Jenna. Ésta había llamado dos veces. «Molly, me da igual lo que digas, pasaré esta noche —anunciaba el mensaje—: Iré con la cena a las ocho.»

Me alegraré de verla, admitió Molly mientras volvía a subir la escalera. Ya en el dormitorio, terminó el té, se quitó los zapatos, se tendió sobre la colcha y se envolvió con ella. Cayó dormida al instante.

Tuvo sueños interrumpidos. En ellos, estaba en la casa. Intentaba hablar con Gary, pero él la rechazaba. Entonces, se oía un sonido... ¿Qué era? Si pudiera reconocerlo, todo se aclararía. Ese sonido... ¿Qué era?

Despertó a las seis y media, con lágrimas en los ojos. Tal vez sea una buena señal, pensó. Por la mañana, cuando habló con Fran, fue la primera vez que lloró desde la semana pasada en Cape Cod, casi seis años atrás, cuando no había hecho otra cosa que llorar. En el momento en que averiguó que Gary estaba muerto, fue como si algo en su interior se secara, adquiriera una aridez absoluta. Desde aquel día, se había quedado sin lágrimas.

Bajó de la cama a regañadientes, se mojó la cara, se cepilló el pelo, se puso un jersey beige y unos calcetines cómodos. Después se adornó con unos pendientes y un toque de maquillaje. Cuando Jenna la visitaba en la cárcel, la animaba a llevar maquillaje en la sala de visitas. «Hay que esmerarse, Molly. Recuerda nuestro lema.»

Encendió la chimenea de gas del salón que había frente a la cocina. Las noches que pasaban en casa, a Gary y ella les encantaba ver viejas películas juntos. Su colección de clásicos aún ocupaba las estanterías.

Pensó en las personas a las que debía llamar para que colaboraran con Fran Simmons. Estaba indecisa sobre una. No quería llamar a Peter Black a su despacho, pero quería que aceptara hablar con Fran, así que decidió llamarle a casa. Y en lugar de aplazarlo, lo haría esta noche. No; lo haría ahora mismo.

Apenas había pensado en Pedro durante casi seis años, pero en cuanto oyó su voz, la asaltaron recuerdos de las cenas que Peter celebraba. Por lo general, eran ellos seis: Jenna y Cal, Peter y su mujer o amante de turno, Gary y ella.

No culpaba a Peter por no querer saber nada de ella. Sabía que ella actuaría de la misma manera si alguien hacía daño a Jenna. Vieja amiga, mejor amiga. Era la letanía que se dedicaban mutuamente.

Esperaba oír que Peter no estaba en casa, y se quedó sorprendida cuando el hombre cogió el teléfono. Molly dijo lo que debía decir, vacilante pero con rapidez.

—Mañana, Fran Simmons, de la NAF-TV, llamará para concertar una cita contigo. Está preparando un programa de *Crímenes verdaderos* sobre la muerte de Gary. Me da igual lo que digas de mí, pero por favor recíbela, Peter. Fran dijo que sería mejor contar con tu colaboración, te lo advierto, porque en caso contrario ya encontraría una forma de conseguir información.

Esperó. Tras una larga pausa, Peter Black dijo en voz baja:

—Pensaba que tendrías la decencia de dejarnos en paz, Molly. —Su voz era tensa, aunque arrastraba un poco las palabras—. ¿No crees que la reputación de Gary merece algo mejor que sacar a la luz de nuevo la historia de Annamarie? Pagaste un precio muy pequeño por lo que hiciste. Te lo advierto, tú serás la perjudicada en última instancia si un programa de televisión barato reproduce tu crimen ante una audiencia nacional...

El clic del teléfono al colgarse quedó casi apagado por el timbre de la puerta.

Durante las dos horas siguientes, Molly pensó que la vida casi volvía a ser normal. Jenna no sólo había traído cena, sino una botella del mejor Montrachet de Cal. Bebieron vino en el salón y cenaron en una mesita auxiliar de la misma estancia. Jenna dominó la conversación, mientras explicaba los planes que había hecho para su amiga. Molly iría a Nueva York, pasaría unos cuantos días en el apartamento, iría de compras y al nuevo salón de belleza que Jenna había descubierto, donde se sometería a un cambio de imagen total.

—Pelo, cara, uñas, cuerpo, todo el lote —dijo Jenna en tono triunfal—. Voy a dedicar mi tiempo libre a estar contigo. —Sonrió—. Dime la verdad. Estoy muy buena, ¿verdad?

—Eres un anuncio ambulante para el régimen que sigas —admitió Molly—. Ya me apuntaré a eso, pero de momento no.

Dejó la copa sobre la mesa.

—Jen, Fran Simmons ha venido hoy. Tal vez te acuerdes de ella. Fue a Cranden con nosotras.

—Su padre se pegó un tiro, ¿verdad? Era el tipo que se apropió del dinero de la biblioteca.

—Exacto. Ahora es una periodista de investigación, y trabaja para la NAF-TV. Va a hacer un programa sobre la muerte de Gary para *Crímenes verdaderos.*

Jenna Whitehall no intentó disimular su alarma.

—¡No, Molly!

Ésta se encogió de hombros.

—No esperaba que lo comprendieras, y sé que tampoco comprenderás lo que voy a decirte ahora, Jenna. He de ver a Annamarie Scalli. ¿Sabes dónde vive?

—¡Estás loca, Molly! ¿Por qué quieres ver a esa mujer? Pensar que...

—Pensar que si no hubiera coqueteado con mi marido, él seguiría vivo, ¿verdad? ¿Te refieres a eso? Bien, de acuerdo, pero he de verla. ¿Aún vive en la ciudad?

—No tengo ni idea. Según creo, aceptó las condiciones de Gary, se fue de la ciudad y nadie ha sabido de ella desde entonces. La habrían llamado a testificar en el juicio, pero no fue necesario después de la confesión voluntaria.

—Jen, quiero que pidas a Cal que su gente la localice. Todos sabemos que Cal puede conseguir cualquier cosa, o al menos ordenar a alguien que lo haga por él.

La «omnipotencia» de Cal era un chiste privado entre ellas desde hacía tiempo. Sin embargo, Jen no rió.

—No me pidas eso —dijo con voz tensa.

Molly creyó comprender los motivos de su reticencia.

—Has de entender una cosa, Jenna. He pagado el precio de la muerte de Gary, tanto si fui responsable como si no. Creo que, a estas alturas, me he ganado el derecho a saber qué sucedio aquella noche, y por qué. He de comprender mis acciones y reacciones. Tal vez después seré capaz de seguir adelante. He de reemprender algo parecido a una vida normal.

Molly se levantó, entró en la cocina y volvió con el periódico de la mañana.

—Quizá lo hayas visto ya. Es la clase de basura que me perseguirá hasta el fin de mis días.

—Lo he leído. —Jenna apartó el periódico y cogió las manos de Molly—. Un hospital, al igual que una persona, puede perder su reputación a causa de un escándalo. Todas las habladurías sobre la muerte de Gary, incluyendo la revelación de su lío con una joven enfermera, rematado todo ello por el juicio, perjudicaron mucho al hospital. Está haciendo un buen trabajo por la comunidad, y Remington Health Management está prosperando en un momento en que muchas otras HMO padecen graves problemas. Por tu bien, y por el del hospital, deshazte de Fran Simmons y dile que se olvide de encontrar a Annamarie Scalli.

Molly meneó la cabeza.

—Piénsalo bien —insistió Jenna—. Ya sabes que te apoyaré, hagas lo que hagas, pero antes de nada piensa en el plan A.

—Vamos a la ciudad y me someto a un cambio de imagen. Es eso, ¿verdad?

Jenna sonrió.

—No lo dudes. —Se levantó—. Bien, debo marcharme. Cal me estará echando de menos.

Caminaron hasta la puerta de la calle cogidas del brazo. Jenna apoyó la mano sobre el pomo, y vaciló.

—A veces me gustaría que aún estuviéramos en Cranden, para empezar desde cero, Moll. La vida era mucho más fácil entonces. Cal es diferente de ti y de mí. No se ciñe a las mismas reglas. Las cosas y las personas que le causan pérdidas de dinero se convierten en sus enemigos.

—¿Incluyéndome a mí? —preguntó Molly.

—Temo que sí. —Jenna abrió la puerta—. Te quiero, Molly. No te olvides de cerrar la puerta con llave y conectar el sistema de alarma.

14

Tim Mason, el locutor deportivo de la NAF-TV, que contaba treinta y seis años, estaba de vacaciones cuando Fran debutó en la cadena. Criado en Greenwich, había vivido una breve temporada en la ciudad después de la universidad, mientras trabajaba durante un año como aprendiz en el *Greenwich Time*. Fue en aquel período cuando comprendió que su vocación era el mundo de los deportes, y consiguió un trabajo de periodista deportivo en un diario del estado de Nueva York.

Al año siguiente ya realizaba transmisiones para la cadena local, y la docena de años posteriores le catapultaron hacia su objetivo, la sección deportiva de la NAF. En la zona común a los tres estados, su programa nocturno de una hora ya estaba causando estragos en los índices de audiencia de las tres cadenas más importantes, y Tim Mason no tardó en labrarse la reputación de ser el mejor comentador deportivo de las nuevas generaciones.

Tim, larguirucho y de facciones irregulares, que le dotaban de un atractivo infantil, afable y plácido por naturaleza, se convirtió en una personalidad de primer orden cuando comentaba o criticaba acontecimientos deportivos, lo cual creó un vínculo con fanáticos de los deportes de todas partes.

Cuando se dejó caer por el despacho de Gus Brandt la tarde que volvió de vacaciones, conoció a Fran Simmons. La periodista aún no se había quitado el abrigo, y estaba informando a Gus sobre su entrevista de aquella mañana con Molly Lasch.

La conozco, pensó Tim, pero ¿de qué?

Su prodigiosa memoria le proporcionó de inmediato los datos que buscaba. Tim había empezado a trabajar en el *Time* de Greenwich el mismo verano que el padre de Fran, Frank Simmons, enfrentado al escándalo de su desfalco, se había pegado un tiro. Se decia de él en Greenwich que era un lameculos arribista, que utilizó el dinero para intentar triplicarlo en la bolsa. De todos modos, el escándalo amainó en cuanto la esposa y la hija de Simmons abandonaron la ciudad, muy poco después del suicidio.

Mientras miraba a la atractiva mujer en que se había convertido Fran, Tim pensó que ella no le distinguiría de un socavón, como decía su madre, pero tuvo ganas de averiguar qué clase de persona era ahora. Trabajar de periodista de investigación en el caso de Molly Lasch, y en Greenwich, no era el trabajo que él hubiera elegido, de haber estado en su lugar. Pero no lo estaba, por supuesto, y no tenía ni idea de qué opinaba Fran sobre el suicidio de su padre.

Ese canalla dejó a su mujer y a su hija en la estacada, pensó Tim. Se comportó como un cobarde. Tim pensaba que su actitud habría sido la contraria. Habría sacado a su mujer y a su hija de la ciudad, y luego se habría enfrentado a las consecuencias de sus actos.

Había cubierto el funeral para el *Time*, y recordaba haber visto a Fran y a su madre salir de la iglesia después de la ceremonia. Fran era una niña entonces, de ojos afligidos y cabello largo. Ahora, Fran Simmons era una mujer muy atractiva, y descubrió que su apretón de manos era firme, su sonrisa cálida, y le miraba sin pestañear a los ojos. Como no podía leer sus pensamientos, ignoraba que estaba repasando en su mente el escándalo ocasionado por su padre, pero mientras se estrechaban las manos, Tim se sintió tímido y desmañado.

Se disculpó por la interrupción.

—Por lo general, Gus está solo a estas horas, intentando decidir qué fallará en el telediario.

Hizo ademán de marcharse, pero Fran le detuvo.

—Gus me ha dicho que tu familia vivía en Greenwich y que te criaste aquí. ¿Conocías a los Lasch?

En otras palabras, pensó Tim, está diciendo: sé que sabes quién soy y estás enterado de lo de mi padre, de modo que ahórratelo.

—El doctor Lasch, me refiero al padre de Gary, era nuestro médico de cabecera —dijo—. Un hombre estupendo y un buen médico.

—¿Qué me dices de Gary? —repuso Fran.

Los ojos de Tim se endurecieron.

—Un médico muy sacrificado —dijo con tono inexpresivo—. Hizo lo que pudo por mi abuela, antes de que muriera en el hospital Lasch. Ocurrió pocas semanas antes de que él muriera.

No añadió que la enfermera encargada de atender a su abuela había sido Annamarie Scalli.

Annamarie, una joven muy atractiva, excelente enfermera y adorable adolescente, aunque poco sofisticada, recordó. Su abuela la quería mucho. De hecho, Annamarie estaba en la habitación cuando su abuela murió. Cuando llegué, pensó Tim, la abuela ya había fallecido y Annamarie estaba llorando junto a su cama. ¿Cuántas enfermeras reaccionarían así?, se preguntó.

—Voy a ver qué novedades hay en mi sección —anunció—. Ya hablaremos más tarde, Gus. Encantado de conocerte, Fran.

Salió del despacho y se alejó por el pasillo. No consideró pertinente contar a Fran lo mucho que había cambiado su opinión acerca de Gary Lasch después de que se liara con Annamarie Scalli.

No era más que una cría, pensó irritado Tim, y no muy diferente de Fran Simmons, víctima del egoísmo de otra persona. Se había visto obligada a dejar su trabajo y a marchar de la ciudad. El juicio despertó la atención de toda la nación, y durante un tiempo fue pasto de todas las columnas de chismorreos.

Se preguntó dónde estaría ahora Annamarie, y por un momento temió que la investigación de Fran Simmons perjudicara la nueva vida que hubiera forjado.

15

Annamarie Scalli recorrió a paso vivo la manzana en dirección a la modesta casa de Yonkers donde comenzaba sus rondas diarias de atención domiciliaria a la tercera edad. Después de más de cinco años de trabajar para el servicio social, había hecho las paces con su vida, al menos hasta cierto punto. Ya no echaba de menos su trabajo de enfermera en el hospital, que tanto le gustaba. Ya no miraba cada día las fotografías del niño que había entregado en adopción. Después de cinco años, había contraído el acuerdo con los padres adoptivos de que ya no debían enviarle una foto anual.

Habían transcurrido meses desde que había recibido la última foto del niño que tanto se parecía a su padre, Gary Lasch.

Ahora utilizaba su apellido materno, Sangelo. Su cuerpo se había ensanchado, y ya gastaba la misma talla de su madre y su hermana. El cabello oscuro que antes resbalaba sobre sus hombros se había transformado en una aureola rizada alrededor de su cara en forma de corazón. A los veintinueve años parecía lo que era en realidad: competente, metódica, bondadosa. Nada en su apariencia recordaba a la curvilínea «tercera en discordia» relacionada con el asesinato del doctor Gary Lasch.

Dos noches antes, Annamarie había visto el reportaje sobre las declaraciones de Molly Lasch a los medios de comunicación. La visión, en segundo término, del penal de Niantic le había provocado un malestar casi físico. Desde entonces vivía atormentada por el recuerdo de aquel día, tres años antes, en que una necesidad desesperada la había impulsado a pasar en coche por delante de la prisión. Había intentado imaginarse en su interior.

Ahí es donde debería estar, susurró para sí mientras subía los agrietados peldaños de cemento que conducían a la casa del señor Olsen. Sin embargo, cuando aquel día había pasado ante la prisión, su valentía la había abandonado, y había vuelto directamente a su pequeño apartamento de Yonkers. Era la única vez que había estado a punto de llamar a aquel abogado paternal al que había atendido en el hospital Lasch, para pedirle que la ayudara a entregarse al fiscal del estado.

Mientras llamaba al timbre del señor Olsen, entraba con su llave y saludaba con un risueño «Buenos días», Annamarie experimentó la ominosa sensación de que el renovado interés por el asesinato de Lasch desembocaría de forma inevitable en un renovado interés por localizarla. Y ella no deseaba que eso sucediera.

Tenía miedo de que eso sucediera.

16

Calvin Whitehall hizo caso omiso de la secretaria de Peter Black, pasó junto al escritorio y abrió la puerta que daba acceso al lujoso despacho de Black.

Éste levantó la vista de los informes que estaba leyendo.

—Llegas pronto.

—No —replicó Whitehall—. Jenna vio a Molly anoche.

—Molly tuvo la desfachatez de telefonearme y advertirme que sería mejor que recibiera a Fran Simmons, la periodista de la NAF. ¿Te ha hablado Jenna del programa de *Crímenes verdaderos* que la Simmons está preparando sobre Gary?

Whitehall asintió. Los dos hombres se miraron.

—Hay algo peor —dijo Whitehall—. Molly parece decidida a localizar a Annamarie Scalli.

Black palideció.

—Entonces, te sugiero que le des largas. Te toca a ti mover ficha. Y será mejor que lo hagas con elegancia. No necesito recordarte lo que esto puede significar para ambos.

Lanzó sobre la mesa, irritado, los informes que había estado leyendo.

—Son nuevas denuncias en potencia sobre mala praxis.

—Líbrate de ellas.

—Ésa es mi intención.

Cal Whitehall observó el leve temblor en la mano de Peter Black, los capilares rotos de sus mejillas y barbilla.

—Hemos de detener a esa periodista —dijo, con desagrado en la voz—, y evitar que Molly encuentre a Annamarie. Entretanto, será mejor que tomes una copa.

17

En cuanto conoció a Tim Mason, Fran supo que estaba enterado de su historia. Será mejor que me vaya acostumbrando, pensó. Veré esa reacción una y otra vez mientras viva en Greenwich. Lo único que ha de hacer la gente es sumar dos y dos. ¿Fran Simmons? Espera un momento. Simmons. La mirada inquisitiva. ¿De qué me suena ese apellido? Ah, claro. Su padre fue el que...

No durmió bien aquella noche, y se sentía deshecha cuando llegó a la oficina a la mañana siguiente. Un inmediato recordatorio de sus sueños angustiantes la esperaba sobre el escritorio: un mensaje de Molly Lasch, con el nombre del psiquiatra que la había tratado durante el juicio: «He llamado al doctor Daniels. Ahora está medio retirado, pero le gustaría mucho verte. Su consulta está en Greenwich Avenue.»

El doctor Daniels; el abogado de Molly, Philip Matthews; el doctor Peter Black; Calvin y Jenna Whitehall; Edna Barry, el ama de llaves que Molly había vuelto a contratar... Ésas eran las personas a las que Molly sugería entrevistar para iniciar la investigación, pero Fran tenía otras personas en mente. Annamarie Scalli, por ejemplo.

Cogió el mensaje de Molly y lo estudió. Empezaré con el doctor Daniels, decidió.

Molly Lasch se había puesto en contacto con John Daniels, y éste esperaba la llamada de Fran. Sugirió al instante que, si deseaba ir a su casa por la tarde, la recibiría con mucho gusto. Aunque acababa de cumplir setenta y cinco años y estaba medio retirado, no había abandonado por completo la práctica de su profesión, pese a las protestas de su mujer. Había demasiadas personas que aún dependían de él y su ayuda.

Creía que una de las pocas a las que había fallado era Molly Carpenter Lasch. La conocía desde pequeña, cuando a veces iba a cenar al club con sus padres. Había sido una chica muy guapa, siempre educada y tranquila, más de lo que correspondía a su edad. Nada en su carácter ni en la batería de tests a la que la había sometido después de su detención sugería que fuera capaz del brote violento que había ocasionado la muerte de Gary Lasch.

Su recepcionista, Ruthie Roitenberg, llevaba con él veinticinco años, y con el privilegio que le concedía tal longevidad en el empleo, no dudaba en emitir sus opiniones con toda franqueza o comunicarle los chismorreos que llegaban a sus oídos. Fue ella quien, después de saber que Fran Simmons aparecería a las dos, dijo:

—Doctor, ¿sabe de quién es hija?

—¿Debo saberlo?

—¿Recuerda al hombre que robó el dinero del fondo de la biblioteca y que luego se suicidó? Fran Simmons es su hija. Fue a la academia Cranden con Molly Carpenter.

John Daniels disimuló su sorpresa. Recordaba a Frank Simmons demasiado bien. Él mismo había donado diez mil dólares para el fondo de la biblioteca. Dinero tirado, gracias a Frank Simmons.

—Molly no me lo dijo. No debió considerarlo importante.

Su leve reprimenda pasó desapercibida.

—Yo, en su lugar, me habría cambiado el apellido —dijo Ruthie—. De hecho, creo que Molly haría bien en cambiar el suyo, largarse de aquí y empezar de nuevo. Todo el mundo piensa, doctor, que sería mucho mejor dejar de remover el asunto y declarar públicamente lo mucho que lamenta haber matado a ese pobre hombre.

—¿Y si hay otra explicación de su muerte?

—Doctor, los que creen eso todavía esperan encontrar un regalo debajo de la almohada cuando se les cae un diente.

Fran no debía aparecer por la cadena hasta el telediario de la noche, de modo que pasó la mañana en su despacho, confeccionando la lista de las entrevistas. Después compró un bocadillo y un refresco para tomarlos en el coche y partió hacia Greenwich a las doce y cuarto. Se fue con antelación suficiente a su cita con el doctor Daniels para dar una vuelta por la ciudad y reconocer los lugares que había conocido cuando vivía en la ciudad.

En menos de una hora llegó a las afueras de Greenwich. Una ligera capa de nieve había caído durante la noche, y los árboles, arbustos y jardines brillaban tenuemente bajo el sol invernal.

Es un lugar encantador, pensó Fran. No culpo a papá por querer integrarse en él. Bridgeport, donde su padre se había criado, se hallaba a media hora más al norte, pero había un mundo de diferencia entre el estilo de vida de ambas localidades.

La academia Cranden estaba en Round Hill Road. Pasó poco a poco por delante del campus, admiró su antiguo edificio de piedra, recordó los años que había pasado allí, pensó en las compañeras que había conocido mejor, y en las que había conocido superficialmente. Una de ellas era Jenna Graham, ahora Whitehall. Molly y ella siempre fueron íntimas, pensó Fran, aunque muy diferentes. Jenna era más segura de sí misma, y Molly muy reservada.

Pensó en Bobbitt Williams, asaltada por una oleada de ternura, que había estado en el equipo de baloncesto con ella. ¿Será posible que aún viva por aquí?, se preguntó Fran. Recordó que también estaba muy dotada para la música. Intentó que tomara clases de piano con ella, pero yo era una negada. Dios eliminó el talento musical de mis genes.

Mientras giraba por Greenwich Avenue, Fran comprendió con una punzada de dolor que deseaba llamar a alguna compañera de colegio, al menos a las que recordaba con afecto, como Bobbitt. Mi madre y yo nunca hablamos de los cuatro años que pasé aquí, pero existieron, y tal vez sea hora de que los asuma, pensó. Apreciaba a muchas personas. Quizá sea terapéutico ver a algunas.

¿Quién sabe?, pensó mientras echaba un vistazo a su agenda para comprobar la dirección del doctor Daniels, puede que algún día venga a esta ciudad sin revivir la ira y la vergüenza que he sentido desde el momento en que averigüé que mi padre era un estafador.

John Daniels pasó con Fran ante los ojos observadores de Ruthie y la invitó a entrar en su despacho. Le gustó lo que vio en Fran Simmons, una joven equilibrada, de hablar dulce, bien vestida en su estilo informal.

Debajo del abrigo llevaba una chaqueta de tweed marrón y pantalones de color tostado. Su cabello castaño claro, cuyo ondulado era natural, rozaba el cuello de la chaqueta. El doctor Daniels la observó con atención mientras se sentaba en la silla ante él. Era muy atractiva. Lo que de verdad le intrigaron fueron sus ojos, de un tono gris azulado poco habitual. El azul se intensifica cuando está contenta, pero vira a gris cuando se repliega. Meneó la cabeza, consciente de que se estaba dejando llevar por sus fantasías. Tuvo que admitir que estaba examinando a Fran Simmons con tanto detenimiento debido a lo que Ruthie le había contado acerca de su padre. Confió en que ella no se hubiera dado cuenta.

—Doctor, ya sabe que estoy preparando un programa sobre Molly Lasch y la muerte de su marido —dijo Fran—. Tengo entendido que Molly le ha concedido permiso para hablar sin cortapisas conmigo.

—Así es.

—¿Fue paciente de usted antes de la muerte de su marido?

—No. Yo conocía a sus padres, sobre todo a través del club de campo. Se puede decir que vi a Molly crecer desde que era una niña.

—¿Observó algún comportamiento agresivo en ella?

—Nunca.

—¿La cree cuando dice que es incapaz de recordar los detalles concernientes a la muerte de su marido? Se lo preguntaré de otra manera. ¿Cree que no puede recordar los detalles sobre la muerte de su marido, o sobre haberle encontrado agonizante o muerto?

—Creo que Molly dice la verdad, tal como ella la conoce.

—¿Qué quiere decir?

—Que lo sucedido aquella noche fue tan doloroso que lo ocultó en su inconsciente. ¿Lo sacará a la luz alguna vez? No lo sé.

—Si recobra la memoria de aquella noche, su sensación de que había alguien más en la casa cuando regresó, ¿será un recuerdo preciso?

Daniels se quitó las gafas y las limpió. Volvió a ponérselas, al tiempo que se daba cuenta, por ridículo que pareciera, que había llegado a depender tanto de ellas para hablar, que su ausencia le hacía sentir vulnerable.

—Molly Lasch sufre amnesia disociativa. Esto supone lapsos de memoria relacionados con acontecimientos sumamente estresantes y traumáticos. Es evidente que la muerte de su marido, independientemente de las causas, entra en esa categoría.

»Algunas personas que padecen este trauma responden bien a la hipnosis, y son capaces de recuperar recuerdos significativos, y con frecuencia fidedignos, del acontecimiento. Molly accedió a someterse a hipnosis antes del juicio, pero no funcionó. Piénselo bien. Estaba emocionalmente destrozada por la muerte de su marido, y aterrorizada por el juicio inminente, demasiado perturbada y frágil para dejarse hipnotizar con facilidad.

—¿Tiene alguna posibilidad de recuperar recuerdos precisos, doctor?

—Ojalá estuviera en condiciones de afirmar que Molly cuenta con grandes posibilidades de recobrar su memoria y limpiar su nombre. Para ser sincero, opino que, si alguna vez cree recordar algo, no será fiable. Si Molly recobra alguna noción de lo que sucedió aquella noche, es muy posible que esté desvirtuada por su deseo de modificar los hechos, pero eso no significará que ocurrió de esa forma. Ese fenómeno se conoce como «falsificación de la memoria retrospectiva».

Cuando salió de casa de Daniels, Fran se quedó sentada en su coche unos minutos mientras intentaba decidir qué hacer a continuación. Las oficinas del *Greenwich Time* se encontraban a escasas manzanas de distancia. De pronto, pensó en Joe Hutnik. Trabajaba en el diario. Había cubierto la liberación de Molly. Había insistido en que creía en su culpabilidad. ¿Habría cubierto también el juicio?, se preguntó.

Parecía un tipo legal, pensó Fran, y con mucha experiencia en la profesión.

¿Tal vez demasiada?, susurró una voz en su interior. Quizá también había cubierto la historia de su padre. ¿De veras quieres enfrentarte a eso?

El sol se estaba apagando, oscurecido por nubes grises y espesas. Marzo, el mes impredecible, pensó Fran, mientras continuaba pensando en su siguiente movimiento. Qué demonios, decidió por fin, y sacó el móvil.

Quince minutos después estaba estrechando la mano de Joe Hutnik. Se encontraba en su cubículo, situado junto a la sala de redacción, llena de ordenadores, del *Greenwich Time*. Hutnik, de unos cincuenta años, cejas pobladas y oscuras y ojos inteligentes, indicó que tomara asiento en un sillón, cuya mitad estaba atestada de libros.

—¿Qué te trae a «la puerta de Nueva Inglaterra», como se conoce a nuestra hermosa ciudad, Fran? —No esperó respuesta—. Déjame adivinar: Molly Lasch. Se dice que estás preparando un programa sobre ella para *Crímenes verdaderos*.

—Los rumores corren demasiado aprisa para mi gusto —dijo Fran—. Joe, ¿podemos sincerarnos?

—Por supuesto. Siempre que no me cueste un titular.

Fran enarcó las cejas.

—Eres de los míos. Pregunta: ¿cubriste el juicio de Molly?

—¿Y quién no? Era una época que no abundaba en buenas noticias, y nos hizo un favor a todos.

—Joe, puedo obtener de Internet toda la información que necesite, pero por más testimonios que hayas leído, es más fácil juzgar la verdad cuando consigues ver el comportamiento de un testigo sometido a interrogatorio. Tú debes de estar convencido de que Molly Lasch mató a su marido.

—Por completo.

—Siguiente pregunta. ¿Cuál era tu opinión sobre el doctor Gary Lasch?

Joe Hutnik se reclinó en su silla y la hizo girar de un lado a otro mientras meditaba la respuesta.

—Fran, he vivido en Greenwich toda mi vida. Mi madre tiene setenta y seis años. Habla de cuando mi hermana padeció pulmonía, hace cuarenta años. Tenía tres meses. En aquellos tiempos los médicos venían a casa. Eran auténticos médicos de cabecera. No era lógico envolver en mantas a tus críos enfermos y llevarles a urgencias, ¿verdad?

Hutnik enlazó las manos sobre el escritorio.

—Vivíamos en lo alto de una bonita colina empinada. El doctor Lasch, Jonathan Lasch, o sea el padre de Gary, no pudo subir en coche a la colina. Las ruedas resbalaban. Salió del coche y subió hasta casa con la nieve hasta las rodillas. Eso fue a las once de la noche. Le recuerdo de pie, inclinado sobre mi hermana. La tenía iluminada con una luz potente, tendida sobre la mesa de la cocina. Se quedó con ella tres horas. Le dio una inyección de penicilina doble, y no regresó a casa hasta ver que respiraba sin dificultades y la fiebre había bajado. Por la mañana, volvió de nuevo para examinarla.

—¿Gary Lasch era esa clase de médico? —preguntó Fran.

Hutnik pensó un momento antes de contestar.

—Hay muchos médicos abnegados en Greenwich, y supongo que también en todas partes. ¿Era Gary Lasch uno de ellos? La verdad, no lo sé, Fran, pero por lo que he oído, él y su socio, Peter Black, eran más propensos a considerar la medicina un negocio que un servicio al prójimo.

—Da la impresión de que les ha ido muy bien. El hospital Lasch ha duplicado su tamaño desde la última vez que lo vi —comentó Fran, y confió en que su voz sonara serena.

—Desde que tu padre murió allí —se apresuró a decir Hutnik—. Escucha, llevo mucho tiempo en este oficio. Conocía a tu padre. Era un hombre estupendo. No hace falta que te diga que, como muchos ciudadanos, no me sentí nada complacido cuando todas las donaciones desaparecieron de la noche a la mañana. Ese dinero era para construir una biblioteca en uno de los barrios más humildes de la ciudad, para que los chicos pudieran frecuentarla cuando quisieran.

Fran se encogió de hombros y apartó la vista.

—Lo siento —dijo Hutnik—. No tendría que haber removido

el pasado. Ciñámonos a Gary Lasch. Después de la muerte de su padre, trajo de Chicago a su compañero de estudios, el doctor Peter Black. Convirtieron la clínica Jonathan Lasch en el hospital Lasch. Fundaron la Remington Health Management Organization, una de las HMO que más han prosperado.

—¿Qué opinas de las compañías de seguros médicos en general? —preguntó Fran.

—Lo que casi todo el mundo. Son una mierda. Incluso las mejores, y Remington entra en esa categoría, ponen a los médicos entre la espada y la pared. Casi todos los médicos han de integrarse en una, o incluso varias, de esas compañías, lo cual significa que sus diagnósticos están sujetos a revisión, y que no siempre se respeta su dictamen de que el paciente ha de ser derivado a un especialista. Además, los médicos tardan cierto tiempo en cobrar su sueldo, hasta el punto de que muchos se encuentran en una posición económica difícil. Envían a los pacientes a centros distantes, para evitar que repitan sus visitas. Y al mismo tiempo que contamos con fármacos y tratamientos susceptibles de mejorar la calidad de vida, los tíos que deciden si recibes un tratamiento son los mismos que ganan dinero si no lo recibes. Un gran progreso, ¿no crees?

Joe meneó la cabeza, indignado.

—Ahora mismo, Remington Health Management, es decir, el director general Peter Black y el presidente de la junta Cal Whitehall, nuestro magnate local, están negociando con el estado el permiso para absorber cuatro HMO más pequeñas. Si eso sucede, las acciones de la empresa subirán como la espuma. ¿Algún problema? Pues no. Salvo que la American National Insurance también quiere absorber a las HMO más pequeñas, y se habla de que tal vez lancen una *opa* hostil contra Remington.

—¿Es posible?

—¿Quién sabe? No me parece probable. Remington Health Management y el hospital Lasch gozan de buena fama. Han superado el escándalo del asesinato del doctor Gary Lasch y de la revelación de que estaba tonteando con una joven enfermera, pero estoy seguro de que a Black y Whitehall les hubiera gustado cerrar el trato antes de que Molly Lasch volviera a la ciudad, insinuando que la historia del asesinato del doctor era más complicada de lo que en principio parecía.

—¿Cómo podría afectar eso a la fusión? —preguntó Fran.

Joe se encogió de hombros.

—Cariño, aunque te parezca raro, la sordidez está pasada de moda, al menos de momento. El presidente de la American National es un ex secretario de Sanidad que ha jurado reformar las compañías de seguros médicos. Remington aún lleva las de ganar en la pugna, pero en este mundo enloquecido, cualquier granizada puede echar a perder la cosecha. Y cualquier insinuación de escándalo puede dar al traste con el trato.

18

No puedo contar con nadie, fue lo primero que pensó Molly cuando despertó. Echó un vistazo al reloj. Las seis y diez. No está mal, decidió. Se había acostado poco después de que Jenna marchara, de modo que había dormido siete horas.

Muchas noches dormía mal en la cárcel, cuando el sueño era como un pedazo de hielo apretado entre sus ojos, y ella suplicaba que se derritiera y fundiera con su cuerpo.

Se estiró, y su brazo izquierdo tocó la almohada vacía de su lado. Nunca había imaginado a Gary a su lado en la estrecha cama de la prisión, pero ahora era consciente de su ausencia en cada momento, incluso después de tantos años. Era como si todo ese período de tiempo hubiera sido un simple sueño. ¿Un sueño? No. ¡Una pesadilla!

Se sentía totalmente unida a él. «Estamos unidos por la cadera», era su frase favorita de aquellos tiempos. ¿Había alimentado una fantasía?

Entonces hablaba con tono remilgado, pensó Molly. Era una estúpida. Se sentó, despierta por completo. He de saber, pensó. ¿Cuánto tiempo duró su asunto con la enfermera? ¿Cuánto tiempo fue una mentira mi vida con Gary?

Annamarie Scalli era la única persona capaz de proporcionarle las respuestas.

A las nueve, telefoneó al despacho de Fran Simmons y dejó el nombre del doctor Daniels. A las once telefoneó a Philip Matthews. Había estado muy pocas veces en su oficina, pero la visualizó sin dificultad. Desde su despacho del World Trade Center se veía la estatua de la Libertad. Cuando había estado allí, escuchando su plan de defensa, se le había antojado incongruente: clientes en peligro de ir a la cárcel, observando el símbolo de la libertad.

Molly recordó que se lo había comentado a Philip, y éste había dicho que consideraba la vista de la estatua un buen augurio. Cuando aceptaba un cliente, su objetivo era lograr su libertad.

Era muy posible que Philip tuviera la última dirección de Annamarie Scalli, porque la habían citado para prestar testimonio en el juicio, razonó Molly. Al menos, sería un punto de partida.

Philip Matthews se estaba debatiendo entre telefonear o no a Molly, cuando su secretaria le anunció su llamada. Se apresuró a descolgar. Desde el momento en que había salido de la cárcel había consumido sus pensamientos. No le había servido de ayuda asistir a una fiesta, dos noches antes, en que la diversión principal consistía en que les dijeran la buenaventura a los invitados. No pudo evitar seguir la corriente, si bien clasificaba todos los métodos de decir la buenaventura (quiromancia, astrología, tarot, el tablero ouija) dentro de la misma categoría: paparruchas.

Pero la adivina le había intranquilizado. Había estudiado las cartas seleccionadas por él, fruncido el entrecejo, vuelto a barajar, para que él escogiera otras, y después había dicho: «Alguien muy cercano a usted, me parece que se trata de una mujer, corre un grave peligro. ¿Sabe quién puede ser?»

Philip intentó creer que la mujer se refería a una clienta acusada de homicidio por conducción temeraria, que sin duda pasaría una temporada en la cárcel, pero su instinto le dijo que la adivina estaba hablando de Molly.

Ahora, Molly confirmó sus temores de que no tenía la menor intención de permitir que sus padres fueran a Greenwich a vivir con ella.

—Aún no, en cualquier caso —dijo Molly—. Philip, quiero que localices a Annamarie Scalli. ¿Tienes su última dirección?

—Molly, olvídalo, por favor. Todo ha terminado. Has de iniciar una nueva vida.

—Eso intento. Y por eso quiero hablar con ella.

Philip suspiró.

—Sú última dirección conocida era el apartamento donde vivía cuando Gary murió. No tengo ni idea de dónde está ahora.

Adivinó que estaba a punto de colgar, y deseaba retenerla un poco más.

—Molly, voy a verte. Si no accedes a cenar conmigo, llamaré a tu puerta hasta que los vecinos protesten.

A Molly no le costó imaginarle en dicha tesitura. La misma intensidad que había visto en el juicio, cuando estaba interrogando a un testigo, aparecía en su voz ahora. Era un hombre decidido, acostumbrado a salirse con la suya. Pero aún no quería verle.

—Philip, necesito un poco más de tiempo para estar sola. Escucha, hoy es jueves. ¿Por qué no vienes a cenar el domingo? No quiero salir. Prepararé algo.

El abogado aceptó la invitación después de decidir que, de momento, debería contentarse con eso.

19

Edna Barry estaba rociando un pollo con su jugo. Era una de las cenas favoritas de Wally, sobre todo cuando ella lo rellenaba. La verdad era que utilizaba un relleno preparado con antelación, pero el secreto residía en añadir cebollas salteadas, apio y el jugo del propio pollo.

La invitadora fragancia impregnaba la casa, y el acto de cocinar calmaba a Edna. Le recordó los años en que su marido Martin vivía y Wally era un niño normal y alegre. Los médicos dijeron que la muerte de Martin no había provocado el cambio en su hijo. Dijeron que la esquizofrenia era una enfermedad mental que solía surgir en los años de adolescencia o a principios de la madurez.

Edna no creyó que ésa fuera la respuesta.

—Wally siempre ha añorado la compañía de su padre —decía a la gente.

En ocasiones Wally hablaba de casarse y fundar una familia, pero Edna sabía que eso no ocurriría nunca. La gente le esquivaba. Era demasiado quisquilloso y perdía los estribos con facilidad.

Lo que sería de Wally después de su muerte preocupaba a

Edna, pero mientras ella viviera cuidaría de él, de aquel hijo suyo al que la vida había tratado tan mal. Le obligaría a tomar su medicina, aunque sabía que a veces la escupía.

Wally había respondido tan bien al doctor Morrow... Ojalá siguiera vivo.

Cuando Edna cerró la puerta del horno, pensó en Jack Morrow, el dinámico y joven doctor que era tan bueno con pacientes como Wally. Practicaba la medicina general, y tenía su consulta en la planta baja de su modesta casa, a sólo tres manzanas de allí. Lo habían encontrado acribillado a balazos sólo dos semanas antes de que el doctor Lasch muriera.

Las circunstancias fueron muy diferentes, por supuesto. Habían forzado y vaciado el botiquín del doctor Morrow. La policía aseguraba que era un crimen relacionado con la droga. Habían interrogado a todos sus pacientes. Edna siempre se decía que era curioso estar agradecida de que su hijo se hubiera roto el tobillo poco antes. Le obligó a ponerse el yeso antes de que la policía fuera a hablar con él.

Tan sólo después de un día, ya sabía que no tendría que haber vuelto a trabajar para Molly Lasch. Era demasiado peligroso. Siempre existía la posibilidad de que Wally se las ingeniara para entrar en casa de Molly, como había hecho pocos días antes de que el doctor Lasch muriera. Ella le dijo que esperara en la cocina, pero él había entrado en el estudio del doctor Lasch y robado la escultura de Remington.

¿Acabarían algún día sus preocupaciones?, se preguntó Edna. Nunca, se contestó, mientras suspiraba y ponía la mesa.

—Mamá, Molly está en casa, ¿verdad?

Edna levantó la vista. Wally estaba en la puerta, con las manos en los bolsillos, el cabello oscuro caído sobre la frente.

—¿Por qué quieres saberlo, Wally? —preguntó con brusquedad.

—Porque quiero verla.

—No debes volver a esa casa.

—Ella me gusta, mamá. —Los ojos de Wally se entornaron, como si intentara recordar algo. Con la mirada clavada en un punto situado por encima del hombro de Edna, dijo—: Ella no me gritaba como el doctor Lasch, ¿verdad?

Edna sintió un escalofrío. Wally no había sacado a colación el incidente en años, desde que ella le había prohibido hablar del doctor Lasch o de la llave encontrada en el bolsillo de Wally, al día siguiente del asesinato.

—Molly es muy amable con todo el mundo —dijo con firmeza—. Bien, no volveremos a hablar nunca más del doctor Lasch, ¿verdad?

—De acuerdo, mamá. De todos modos, me alegro de que el doctor Lasch haya muerto. No volverá a chillarme. —Hablaba con voz inexpresiva.

El teléfono sonó. Edna, nerviosa, lo atendió. Cuando dijo hola, su voz tembló de angustia.

—Señora Barry, espero no molestarla. Soy Fran Simmons. Nos conocimos ayer, en casa de Molly Lasch.

—Sí, lo recuerdo. —Edna Barry cayó en la cuenta de su tono brusco—. Claro que me acuerdo —añadió con voz más relajada.

—Me pregunto si podría pasarme a verla un momento el sábado.

—¿El sábado?

Edna Barry buscó una razón para negarse a ver a Fran.

—Sí. A menos que el domingo o el lunes le vayan mejor.

¿Para qué aplazarlo?, decidió. Estaba claro que no iba a poder disuadir a aquella mujer.

—El sábado me va bien —dijo, tirante.

—¿A las once es demasiado temprano?

—No; está bien.

—Estupendo. Dígame su dirección, para asegurarme de que me han dado la correcta.

Cuando Fran colgó el teléfono, pensó que esa mujer era un saco de nervios. Noté la tensión en su voz. Ayer también estaba nerviosa, cuando fui a casa de Molly. ¿Por qué estará tan nerviosa?, se preguntó.

Edna Barry era la persona que había encontrado el cadáver de Gary Lasch. ¿Era posible que la decisión de Molly de volver a contratarla estuviera relacionada con alguna vaga intuición que albergara acerca de su versión de los acontecimientos?

Una interesante perspectiva, pensó Fran, mientras, tras echar un vistazo a la nevera, se ponía de nuevo el chaquetón con la idea de ir hasta P. J. Clarke y comprar una hamburguesa.

Mientras caminaba a paso vivo por la calle Cincuenta y seis, pensó en la interesante posibilidad de que tal vez Molly no fuera la única que sufriera falsificación de la memoria restrospectiva.

20

—Jenna, sé que eres una mujer inteligente, por consiguiente comprenderás que hablo en serio cuando digo que Annamarie Scalli, a todos los efectos, ha desaparecido de la faz de la tierra. Y aún en el caso de que pudiera localizarla, te aseguro que Molly Lasch sería la última persona del mundo a la que informaría de su paradero.

Las manchas rojas en las mejillas de Calvin Whitehall eran una clara advertencia a su mujer de su creciente impaciencia, pero Jenna no hizo caso.

—Cal, ¿por qué te opones a que Molly se ponga en contacto con esa mujer? Podría ayudarla a cerrar su caso.

Estaban tomando café y zumo en la sala de estar contigua a su dormitorio. Jenna estaba a punto de irse a trabajar. Calvin dejó la taza de café en la mesa con brusquedad.

—Molly me importa un pimiento. Lo que hay que cerrar son las negociaciones en las que llevo embarcado tres años, por el bien de los dos. —Respiró hondo—. Será mejor que cojas tu tren. Ni siquiera Lou logrará llevarte a tiempo a la estación si tardas más.

Jenna se levantó.

—Creo que esta noche dormiré en el apartamento.

—Como quieras.

Se miraron un momento. La expresión de Calvin Whitehall cambió, y sonrió.

—Cariño, ojalá pudieras ver tu expresión. Apuesto a que si tuvieras esa escultura del caballo y el vaquero en la mano, me harías lo mismo que Molly hizo a Gary. Las chicas de la academia Cranden tienen sentimientos fuertes.

Jenna palideció.

—Estás muy preocupado por tus negociaciones, ¿verdad, Cal? Por lo general no eres tan cruel.

—Por lo general no suelo correr el riesgo de que un trato de miles de millones de dólares se me escurra entre los dedos. Jen, parece que eres la única persona a la que Molly hace caso. Convéncela de que vaya a Nueva York contigo. Hazla entrar en razón. Recuérdale que al tratar de convencer al mundo y a ella misma de que no mató a Gary, no hace más que mancillar su recuerdo, y de paso perjudicarse a sí misma.

Jenna, sin contestar, se puso el abrigo y cogió el bolso. Mientras caminaba hacia la escalera, su marido dijo:

—Un trato de miles de millones de dólares, Jen. Admítelo, tú tampoco quieres que se pierda.

Lou Knox, el chófer y mayordomo de Cal desde tiempo inmemorial, bajó del coche en cuanto vio que Jenna salía de la casa. Mantuvo la puerta abierta, la cerró detrás de ella y corrió a sentarse al volante.

—Buenos días, señora Whitehall. Parece que hoy vamos un poco justos. Bien, siempre puedo llevarla en coche si pierde el tren.

—No. Cal quiere el coche, y yo no quiero el tráfico —replicó con brusquedad Jenna.

A veces las joviales observaciones de Lou la irritaban, pero qué remedio. Era compañero de clase de Cal en la escuela secundaria a la que ambos habían asistido, y Cal lo había traído con él cuando llegó a Greenwich, quince años antes.

Jenna era la única que conocía el origen de su relación. «Como es lógico, Lou comprende que a nadie le interesa saber que cantábamos juntos el himno de la escuela», solía decir Cal.

Había que reconocer algo a Lou: se adaptaba a su estado de ánimo. Intuyó de inmediato que ella no deseaba hablar y se apresuró a sintonizar su canal de música clásica favorito, con el volumen bajo.

Lou era de la edad de Cal, cuarenta y seis años, y si bien estaba en buena forma física, Jenna siempre había sospechado que había algo enfermizo en él. Era demasiado obsequioso para su gusto, demasiado ansioso por complacer. No confiaba en él. Incluso ahora, durante el corto trayecto hasta la estación, experimentó la sensación de que sus ojos la estudiaban por el espejo retrovisor y analizaban su talante.

He hecho lo que he podido, se dijo, pensando en la discusión con su marido. Cal no ayudará a Molly a localizar a Annamarie Scalli. No obstante, en lugar de sentir rabia, comprendió que, pese a sentir resentimiento por el tono que había utilizado, empezaba a emerger su habitual admiración reticente por él.

Cal era un hombre fuerte, y poseía el carisma que acompañaba al poder. Se había hecho a sí mismo desde la primera empresa de ordenadores, a la que se refería como la tienda de chucherías, y ahora era un hombre que imponía respeto. Al contrario que los empresarios exhibicionistas que encabezaban los titulares, al tiempo que ganaban y derrochaban fortunas, Cal prefería permanecer en la sombra, aunque era conocido y respetado como una figura importante del mundo financiero, y temido por cualquiera que se interpusiera en su camino.

El poder: eso era lo que había atraído a Jenna desde el primer momento. También era lo que continuaba subyugándola. Le gustaba trabajar en un prestigioso bufete. Era algo que había conseguido por méritos propios. Si Cal no hubiera irrumpido en su vida, habría disfrutado de una carrera triunfal, y esa certeza le proporcionaba la sensación de tener su territorio privado. «La parcelita de Jenna», como la llamaba Cal, pero ella sabía que la respetaba por eso.

Al mismo tiempo, le encantaba ser la señora de Calvin White-hall, con todo el prestigio que se iba acumulando alrededor de ese apellido. Al contrario de Molly, nunca había anhelado tener hijos, ni la elitista vida suburbana que su madre y la madre de Molly siempre habían preferido.

Se estaban acercando a la estación. Sonó el silbato del tren.

—Justo a tiempo —dijo Lou mientras frenaba. Bajó y le abrió la puerta—. ¿La recojo esta noche, señora Whitehall?

Jenna vaciló.

—Sí —dijo—. Llegaré a la hora habitual. Dígale a mi marido que me espere.

21

—Buenos días, doctor.

Peter Black levantó la vista de su escritorio. La inseguridad que vio reflejada en el rostro de su secretaria le advirtió que iba a decir algo desagradable. Como persona, Louise Unger era tímida, pero como secretaria era de lo más eficiente. Su timidez le irritaba, pero valoraba su eficacia. Sus ojos se desviaron hacia el reloj de pared. Sólo eran las ocho y media. La mujer había llegado al trabajo con antelación, como de costumbre.

Murmuró un saludo y esperó.

—El señor Whitehall acaba de llamar. Tenía que hacer otras llamadas, pero pidió que mantuviera la línea libre. —Louise Unger vaciló—. Creo que está muy disgustado.

Hacía mucho tiempo que Peter Black había aprendido a controlar sus músculos faciales con el fin de disimular sus emociones.

—Gracias, Louise —dijo, con una leve sonrisa—. El señor Whitehall casi siempre está disgustado. Los dos lo sabemos, ¿verdad?

La mujer asintió y sus ojillos brillaron.

—Sólo quería prevenirle, doctor.

Para ella, era una frase muy atrevida. Peter Black prefirió hacer caso omiso.

—Gracias, Louise —dijo con amabilidad.

Sonó el teléfono de su escritorio. Asintió, para indicar que la mujer contestara.

—Despacho del doctor Black —dijo la secretaria, pero se interrumpió—. Doctor, es el señor Whitehall.

Salió a toda prisa y cerró la puerta.

Peter Black sabía que no se podía demostrar debilidad ante Calvin Whitehall. Había aprendido a hacer caso omiso de los comentarios acerca de su afición a la bebida, y estaba convencido de que Whitehall se abstenía de tomar una copa de vino para demostrar su fuerza de voluntad.

—¿Cómo va el imperio, Cal? —dijo. Le gustaba hacer esa pregunta. Sabía que irritaba a Whitehall.

—Iría mucho mejor si Molly Lasch no fuera por ahí tocando los cojones.

Peter Black sintió que el tono resonante de Calvin Whitehall hacía vibrar el auricular. Cogió el teléfono con la mano izquierda y estiró los dedos de la derecha, un truco para aliviar la tensión.

—Creo que ya habíamos llegado a la conclusión de que estaba tocando los cojones —contestó.

—Sí, después de que Jenna la viera anteanoche. Molly quiere que localice a Annamarie Scalli. Insiste en que debe verla, y no permitirá que nadie la disuada. Jenna me dio la paliza al respecto esta mañana. Le dije que no tenía ni idea de dónde estaba la Scalli.

—Ni yo.

Black sabía que su tono era sereno, y precisas sus palabras. Recordó el pánico percibido en la voz de Gary Lasch: «Annamarie, has de colaborar, por el bien del hospital.»

En aquel tiempo no sabía que estaba liada con Gary, pensó. ¿Qué pasaría si Molly la localizara ahora?, se preguntó. ¿Qué pasaría si Annamarie decidiera decirle lo que sabe? Tomó conciencia de que Cal continuaba hablando. ¿Qué le estaba preguntando?

—¿... hay alguien en el hospital que se haya puesto en contacto con ella?

—No tengo ni idea.

Un minuto después de haber colgado, el doctor Black habló por el intercomunicador.

—Retén mis llamadas, Louise.

Apoyó los codos en el escritorio y se apretó la frente con las manos.

La cuerda floja se estaba deshilachando. ¿Cómo iba a impedir que se rompiera y le precipitara al vacío?

22

—Ella no quería que te preocuparas, Billy.

Billy Gallo miró a su padre, de pie al otro lado de la cama de su madre, en la unidad de cuidados intensivos del hospital Lasch. Los ojos de Tony Gallo estaban llenos de lágrimas. Su escaso cabello gris estaba despeinado, y la mano que palmeaba el brazo de su mujer temblaba.

El parentesco entre ambos hombres era inconfundible. Tenían rasgos muy similares: ojos castaño oscuro, labios gruesos, mandíbula cuadrada.

Tony Gallo, de sesenta y seis años, ex guardia jurado, ejercía como guardia de tráfico en la localidad de Cos Cob, un elemento severo e inspirador de confianza en el cruce de Willow con Pine, delante de la escuela. Su hijo Billy, de treinta y cinco años, trombonista en la orquesta de la compañía ambulante que representaba un musical de Broadway, había venido en avión desde Detroit.

—No metas a mamá en esto —dijo Billy, irritado—. Tú no dejaste que me llamara, ¿verdad?

—Billy, te fuiste a trabajar durante seis meses. No queríamos que perdieras el empleo.

—A la mierda el empleo. Tendrías que haberme llamado. Les habría plantado cara. Cuando le negaron el permiso para que fuera a un especialista, yo no habría dejado que se salieran con la suya.

—Billy, no lo entiendes. El doctor Kirkwood luchó para que la enviaran a un especialista. Ahora han aprobado la operación. Se recuperará.

—No la envió a un especialista lo bastante pronto.

Josephine Gallo se removió. Oía discutir a su marido y su hijo, y tenía la vaga sensación de que era por ella. Se sentía soñolienta e ingrávida. En algunos aspectos era una bonita sensación, estar acostada y casi flotar, sin participar en la discusión. Estaba cansada de suplicar a Tony que ayudara a Billy cuando se quedaba sin trabajo. Billy era un músico excelente, y no estaba hecho para trabajos de horario fijo. Tony no lo comprendía.

Siguió oyendo sus voces airadas. No quería que discutieran más. Josephine recordaba el dolor que la había despertado aquella mañana. Era el mismo dolor del que había hablado al doctor Kirkwood, su médico de cabecera.

Continuaba la discusión. Daba la impresión de que sus voces aumentaban de tono, y tuvo ganas de decirles que pararan de una vez. Entonces, oyó un tañir de campanas en la lejanía, unos pies que corrían. Y el dolor que la había despertado aquella mañana regresó como un torrente. Intentó tocarles.

—Tony... Billy...

Mientras exhalaba su último suspiro, oyó sus voces, al unísono, perentorias, llenas de miedo, teñidas de dolor: «Mamaaaá», «Josieeee». Después, ya no oyó nada.

23

A las doce menos cuarto, Fran entró en el vestíbulo del hospital Lasch. Rechazó recuerdos del mismo lugar años antes, recuerdos de caminar vacilante, y del brazo de su madre a su alrededor, y se obligó a parar y pasear la vista por el lugar.

El mostrador de recepción e información se hallaba al fondo, frente a la entrada. Estupendo, pensó. No quería que un voluntario solícito o un guardia se ofrecieran para ayudarla a localizar a un paciente. Si eso sucedía, ya había preparado una excusa: iba a recoger a una amiga que había ido a visitar a un paciente.

Cualquier paciente, pensó.

Examinó la zona. Los muebles (sofás y sillas individuales) estaban forrados de imitación piel, con brazos y patas de plástico en un acabado de arce falso. Menos de la mitad de los asientos estaban ocupados. En un corredor situado a la izquierda del mostrador de recepción se veía una flecha y una señal que indicaba ASCENSORES. Entonces, Fran encontró lo que estaba buscando: la señal al otro lado del mostrador de recepción, que decía CAFETERÍA. Cuando se encaminaba hacia ella, pasó ante el quiosco. El periódico semanal de la comunidad estaba desplegado, y una foto de Molly en la puerta de la cárcel aparecía en la primera página. Fran buscó dos monedas de veinticinco centavos en el bolsillo.

Había llegado a propósito antes de la hora de comer, y se paró un momento en la entrada de la cafetería mientras miraba en torno para elegir el asiento más conveniente. Había unas veinte mesas en el restaurante, y una barra con una docena de taburetes. Las dos mujeres que había detrás de la barra, con delantales a rayas color caramelo, eran voluntarias del hospital.

Había cuatro personas sentadas a la barra. Otras diez estaban distribuidas por las mesas. Tres hombres con batas blancas, obviamente médicos, estaban enfrascados en una conversación junto a la ventana. Había una mesa pequeña a su lado. Por un momento, Fran se debatió entre pedir o no pedir la mesa, mientras la jefa de comedor, también con un delantal color caramelo, se acercaba a ella.

—Iré a la barra —se apresuró a decir Fran.

Mientras tomaba café quizá podría entablar conversación con alguna voluntaria. Las dos mujeres aparentaban unos sesenta años. Tal vez alguna de las dos trabajaba ya en el hospital seis años antes, cuando Gary Lasch dirigía el hospital.

La mujer que le sirvió el café y una rosquilla llevaba un rótulo con un rostro sonriente que rezaba: «Hola, soy Susan Branagan.» Una mujer de rostro agradable, cabello blanco y movimientos enérgicos, convencida sin duda de que parte de su trabajo era animar a la gente.

—Nadie diría que faltan dos semanas para la primavera —comentó a Fran.

Y así concedió a Fran la oportunidad que buscaba.

—He estado viviendo en California, y es difícil acostumbrarse de nuevo al clima de la costa Este.

—¿Ha venido a visitar a alguien?

—Espero a una amiga que ha venido de visita. ¿Hace mucho tiempo que es voluntaria?

Susan Branagan sonrió de oreja a oreja.

—Acabo de recibir mi insignia conmemorativa de los diez años de servicios.

—Me parece maravilloso que se haya ofrecido como voluntaria para trabajar aquí —dijo Fran.

—Estaría perdida si no viniera al hospital tres días a la semana. Soy viuda, y mis hijos están casados y enredados en sus propias vidas. ¿Qué haría yo sola, pregunto?

Estaba claro que era una pregunta retórica.

—Debe de ser muy enriquecedor —dijo Fran.

Dejó el periódico local sobre el mostrador, de forma que Susan Branagan pudiera ver con claridad la foto de Molly y el titular que la encabezaba: LA VIUDA DEL DOCTOR LASCH PROCLAMA SU INOCENCIA.

Ella meneó la cabeza.

—Tal vez no lo sepa, ya que es de California, pero el doctor Lasch era el jefe de este hospital. Se armó un escándalo terrible cuando murió. Sólo tenía treinta y seis años, y era un hombre muy apuesto.

—¿Qué pasó? —preguntó Fran.

—Oh, se enredó con una enfermera joven de aquí, y su mujer... bueno, creo que la pobre mujer sufrió un acceso de locura temporal, o algo por el estilo. Afirmó que no recordaba haberle matado, pero nadie lo cree, por supuesto. Fue una tragedia y una gran pérdida. Y lo más triste es que la enfermera, Annamarie, era una muchacha maravillosa. La última persona en el mundo a la que imaginaría capaz de liarse con un hombre casado.

—Suele pasar —comentó Fran.

—¿A que es verdad? De todos modos, fue sorprendente, porque había un joven doctor, un encanto de hombre, que la perseguía. Todos pensamos que el romance tendría un final feliz, pero luego se decantó por el doctor Lasch. Dejó en la estacada al pobre doctor Morrow, descanse en paz.

«Doctor Morrow. Descanse en paz.»

—No se referirá a Jack Morrow, ¿verdad?

—Ah, ¿le conocía?

—Le vi una vez, hace años, cuando viví aquí una temporada.

Fran pensó en el rostro amable del joven médico que había intentado consolarla aquella terrible noche de catorce años antes, cuando su madre y ella habían seguido a su padre agonizante al hospital.

—Lo mataron a tiros en su consulta, dos semanas antes de que el doctor Lasch fuera asesinado. Habían forzado su botiquín. —Susan Branagan suspiró al recordar aquellos tiempos—. Dos médicos jóvenes, y ambos murieron de forma violenta. Sé que las muertes no están relacionadas, pero me pareció una terrible coincidencia.

¿Coincidencia?, pensó Fran, y los dos estaban relacionados con Annamarie Scalli. ¿Existía la casualidad en lo tocante al crimen?

24

Tres noches en casa, pensó Molly. Tres mañanas despertando en mi cama, en mi habitación.

Hoy había despertado unos minutos antes de las siete, había bajado a la cocina, preparado café, se lo había servido en su tazón favorito y regresado arriba, con el café aromático y humeante. Ahuecó las almohadas, se metió en la cama de nuevo y bebió poco a poco el café. Paseó la vista por la habitación, consciente de un espacio que había dado por seguro durante los cinco años de su matrimonio.

Durante noches de insomnio en la cárcel había pensado en su habitación, pensado en sus pies cuando tocaban la alfombra mullida de tonos marfil, pensado en el tacto de la colcha de raso sobre su piel, pensado en su cabeza hundida en las suaves almohadas, pensado en dejar las persianas subidas para poder ver el cielo nocturno, algo que había hecho a menudo con su marido dormido al lado.

Mientras bebía el café, Molly reflexionó sobre los meses, y después los años, de largas noches en la cárcel. Cuando, muy lentamente, su mente empezó a recobrar la lucidez, empezó a plantearse las preguntas que ahora casi la obsesionaban. Por ejemplo, si

Gary había sido capaz de engañarla de una forma tan brutal en su relación íntima, ¿cabía la posibilidad de que hubiera sido deshonesto en otras parcelas de su vida?

Iba a tomar una ducha cuando se detuvo para mirar por la ventana. Era algo muy simple, pero se lo habían negado durante cinco años y medio, y la libertad de tal acto la asombraba. Era otro día nublado, y vio placas de hielo en el camino de entrada. Aun así, decidió ponerse el chándal y salir a correr.

Correr en libertad, pensó mientras se vestía. Y yo estoy en libertad, para salir sin pedir permiso, y sin esperar a que se abran las puertas. Experimentó un júbilo repentino. Diez minutos después estaba corriendo por las viejas calles familiares, que de repente se le antojaban desconocidas.

No dejes que me encuentre con nadie conocido, por favor, rezó. No dejes que alguien pase en coche y me reconozca. Pasó por la casa de Kathryn Busch, un encantador edificio colonial asentado en la esquina de Lake Avenue. Recordó que Kathryn estaba en la junta de la Sociedad Filarmónica y se había implicado mucho en intentar formar un cuarteto de cámara local.

Como Bobbitt Williams, pensó Molly, y vio en su mente el rostro de su antigua compañera de colegio, que casi se había borrado de su memoria. Bobbitt iba a clase con Jenna, Fran y conmigo, pero nunca nos tratamos mucho, y después se mudó a Darien.

Mientras Molly corría, su mente pareció recobrar la lucidez, y calles, casas y personas adquirieron una mayor definición. Los Brown habían añadido un ala. Los Cates habían vuelto a pintar la fachada. De pronto cayó en la cuenta de que era la primera vez que salía sola desde el día, cinco años y medio antes, en que la llevaron esposada hasta la furgoneta que iba a conducirla a la prisión de Niantic.

El viento era gélido pero vivificante, aire fresco y puro que agitaba su cabello y henchía sus pulmomes y cuerpo. Molly tuvo la sensación de que, milímetro a milímetro, sus sentidos cobraban vida.

Ya estaba empezando a cansarse y a quedarse sin resuello cuando, después de un trayecto circular de tres kilómetros, subió corriendo por su camino de acceso. Se dirigía hacia la puerta de la cocina, cuando un repentino impulso la llevó a atajar por el jardín helado y recorrer casi toda la longitud de la casa, hasta detenerse frente a la ventana de la habitación que había sido el estudio de Gary. Se subió a la ventana, apartó los matorrales y miró al interior.

Por un breve instante esperó ver el hermoso escritorio Wells Fargo de Gary, las paredes chapadas de caoba, las librerías llenas de volúmenes de medicina, las esculturas y cuadros que Gary había coleccionado con tanto entusiasmo. En cambio, vio una habitación igual a las otras de la casa, demasiado grande para una sola persona. De repente, los impersonales muebles y las mesas de roble descolorido se le antojaron muy poco atractivos.

Yo estaba en el umbral de la puerta, pensó, mirando hacia fuera.

Fue un pensamiento errático que cruzó repentinamente su mente y se desvaneció con la misma rapidez.

Consciente de que alguien la podía ver mirando por la ventana de su propia casa, Molly volvió sobre sus pasos y entró por la puerta de la cocina. Mientras se quitaba las zapatillas, comprobó que le quedaba tiempo para otra taza de café y una madalena, antes de que la señora Barry llegara.

La señora Barry.

Wally.

¿Por qué pienso de repente en él?, se preguntó Molly mientras subía la escalera, esta vez para tomar su ducha.

Fran la llamó a última hora de la tarde desde su despacho, donde estaba preparando el telediario de la noche.

—Molly, una pregunta rápida —dijo—. ¿Conocías al doctor Jack Morrow?

La mente de Molly retrocedió una serie de años olvidados, hasta aquella mañana en que una llamada telefónica interrumpió su desayuno. Comprendió que era una mala noticia, porque Gary había palidecido mientras escuchaba en silencio. Después de colgar, habló casi en un susurro: «Han encontrado a Jack Morrow muerto a tiros en su consulta. Sucedió anoche.»

—Apenas le conocía —dijo Molly a Fran—. Trabajaba en el hospital y nos habíamos encontrado en algunas fiestas de Navidad y ese tipo de cosas. Gary y él murieron asesinados con dos semanas de diferencia.

Consciente de sus propias palabras, imaginó cómo le habría sonado la frase a Fran. «Murieron asesinados.» Algo que había ocurrido a los dos hombres, pero que no tenía nada que ver con un acto que ella hubiera cometido. Al menos, nadie podrá decir que estuve implicada en el asesinato de Jack Morrow, pensó. Gary y yo estábamos en una fiesta aquella noche. Se lo dijo a Fran.

—Molly, has de saber que no estaba insinuando que tuviste algo que ver en la muerte del doctor Morrow —contestó Fran—. Te he hablado de él porque he descubierto algo interesante. ¿Sabías que estaba enamorado de Annamarie Scalli?

—Pues no.

—Cada vez es más evidente que debo hablar con Annamarie. ¿Conoces a alguien que pueda saber dónde encontrarla?

—Ya le he pedido a Jenna que hable con Cal para que su gente intente localizarla, pero Cal no quiso ni oír hablar de ello.

Hubo un silencio antes de que Fran contestara.

—No me dijiste que tú también intentabas localizar a Annamarie, Molly.

Molly percibió el tono de sorpresa de Fran.

—Fran, mi deseo de hablar en persona con Annamarie no tiene nada que ver con tu investigación. Los cinco años y medio que pasé en la cárcel estaban relacionados directamente con el hecho de que mi marido mantenía relaciones con ella. Me parece extraño que alguien a quien no conozco en absoluto haya influido hasta tal punto en mi vida. Hagamos un trato: si la localizo o consigo una pista, te lo diré. Del mismo modo, si tú la encuentras, me lo dirás. ¿De acuerdo?

—Tendré que pensarlo —dijo Fran—. Te diré que voy a llamar a tu abogado para preguntar por ella. Annamarie estaba en la lista de los testigos citados en tu juicio, y por eso debería tener su última dirección en el expediente.

—Ya he hablado de eso con Philip, y jura que no la tiene.

—De todos modos lo intentaré, por si acaso. He de irme. —Hizo una pausa—. Ve con cuidado, Molly.

—Es curioso. Jenna me dijo lo mismo la otra noche.

Molly colgó y pensó en lo que había dicho a Philip Matthews: si algo le ocurría, al menos demostraría que alguien tenía motivos para temer la investigación de Fran.

El teléfono volvió a sonar. Intuyó que eran sus padres, desde Florida. Hablaron de las trivialidades habituales, antes de que se abordara el tema de cómo le iba «sola en esa casa». Tras asegurar que todo iba bien, preguntó:

—¿Qué fue de todo lo que había en el escritorio de Gary después de su muerte?

—La oficina del fiscal se lo llevó todo, salvo los muebles del estudio de Gary —dijo su madre—. Después del juicio, guardé lo que devolvieron en cajas y las subí al desván.

La respuesta provocó que Molly abreviara la conversación lo máximo posible y subiera disparada hacia el desván en cuanto colgó el teléfono. Allí encontró las cajas de las que su madre había hablado, sobre los estantes. Apartó las que contenían libros y esculturas, fotos y revistas, y buscó las que llevaban la etiqueta ESCRITORIO. Sabía lo que estaba buscando: la agenda que Gary siempre llevaba encima y el bloc de citas que guardaba en el cajón superior del escritorio.

Tal vez encuentre alguna anotación que ilumine otros aspectos de la vida de Gary, pensó Molly.

Abrió la primera caja con una sensación de temor, aterrada por lo que podría descubrir, pero decidida a averiguar todo lo posible.

25

Hace siete años nuestras vidas eran muy diferentes, pensó Barbara Colbert mientras veía desfilar el paisaje familiar. Como cada semana, su chófer Dan la conducía desde su apartamento en la Quinta Avenida hasta la residencia de cuidados intensivos Natasha Colbert, situada en los terrenos del hospital Lasch en Greenwich. Cuando llegaron a la residencia, permaneció sentada varios minutos, armándose de valor, consciente de que durante la siguiente hora su corazón se destrozaría, mientras sostuviera la mano de Natasha y dijera palabras que Natasha probablemente no oiría ni comprendería.

Barbara Colbert, una mujer de espalda recta y cabello blanco, adentrada en la setentena, sabía que aparentaba haber envejecido veinte años durante los siete transcurridos desde el accidente. La Biblia se refiere a los acontecimientos cíclicos en términos de siete años de vacas gordas y siete años de vacas flacas, pensó, mientras se abrochaba el último botón de su chaqueta de visón. Los acontecimientos cíclicos implicaban que algo podía cambiar, pero sabía que no había cambios posibles para Tasha, que cumplía su séptimo año de vida vegetativa.

Tasha, que nos deparó tanta dicha, pensó Barbara Colbert, desgarrada por el dolor. Nuestro hermoso, inesperado regalo. Barbara tenía cuarenta y cinco años, y su marido cincuenta, cuando se dio cuenta de que estaba embarazada. Con sus hijos en la universidad, estaban convencidos de que ya habían cumplido el deber de fundar una familia.

Cada vez que llegaba este momento, cuando se armaba de valor para bajar del coche, siempre acudía a ella el mismo recuerdo. En aquella época vivían en Greenwich. Tasha, que acababa de llegar de la facultad de derecho, apareció en el comedor. Iba vestida con el chándal, el cabello recogido en una coleta con sus ojos azul oscuro cálidos, vivos e inteligentes. Sólo faltaba una semana para que cumpliera veinticuatro años. «Hasta luego, tíos», dijo, y se fue.

Fueron las últimas palabras que la oyeron pronunciar.

Una hora después recibieron la llamada que les precipitó hacia el hospital Lasch. Les dijeron que había ocurrido un accidente, y que Tasha había sido conducida al hospital. Barbara recordó el breve trayecto hasta el hospital y el terror que sentía. Recordó la oración incoherente que había recitado una y otra vez: «Por favor, Dios mío, por favor.»

Jonathan Lasch había sido el médico de cabecera de la familia de Barbara cuando los niños eran pequeños, de modo que encontró cierto consuelo en el hecho de saber que Gary Lasch, el hijo de Jonathan, se ocuparía de Tasha. No obstante, en cuanto le vio en la sala de urgencias, supo por su expresión que algo horrible había sucedido.

Les contó que, mientras corría, Tasha había caído y se había golpeado la cabeza con el bordillo. La herida en sí no era seria, pero antes de llegar al hospital se le había manifestado una arritmia cardíaca.

«Estamos haciendo todo lo posible», prometió, pero pronto resultó evidente que no podían hacer nada. Un ataque había bloqueado el bombeo de oxígeno al cerebro de Tasha, y lo había destruido. Aparte de la capacidad de respirar sin ayuda, Tasha estaba muerta en todos los sentidos.

Todo el dinero del mundo, el clan periodístico más poderoso

del país, y no pudimos hacer nada por nuestra hija, pensó Barbara, mientras indicaba a Dan que se disponía a bajar del coche.

El hombre, al observar la rigidez de sus movimientos, le pasó la mano por el brazo.

—Puede que haya un poco de hielo, señora Colbert —dijo—. Permítame que la ayude a llegar hasta la puerta.

Después de que su marido y ella se resignaran al hecho de que no existía la menor esperanza de que Tasha se recuperara jamás, Gary Lasch había insistido en instalarla en la futura unidad de cuidados intensivos que iba a construirse junto al hospital.

Les enseñó los planos del modesto edificio, y constituyó para ellos una dichosa distracción convocar al arquitecto y hacer la donación que cambió y amplió por completo la residencia, con todas las habitaciones bien iluminadas y ventiladas, provistas de baño privado, cómodos muebles hogareños y equipo médico de alta tecnología. Ahora, todos los residentes cuya vida había quedado destrozada inexplicable e inesperadamente, como Tasha, recibían todos los cuidados que el dinero y la sanidad podían proporcionar.

Habían destinado a Tasha un apartamento especial de tres habitaciones, réplica exacta de la suite de su casa. Una enfermera y una doncella la atendían a todas horas. La música clásica que tanto amaba Tasha sonaba día y noche. Cada día la trasladaban del dormitorio a la sala de estar, encarada hacia un jardín privado.

Ejercicios pasivos, tratamientos faciales, masajes, pedicuras y manicuras mantenían su cuerpo hermoso y flexible. Lavaban y cepillaban a diario su cabello, aún de un rojo llameante, que caía suelto alrededor de los hombros. Vestía con pijamas y batas de seda. Las enfermeras habían recibido órdenes de hablar con ella, como si comprendiera hasta la última palabra.

Barbara pensó en los meses en que Charles y ella habían ido a ver a Tasha casi cada día. Pero los meses no tardaron en convertirse en años. Agotados física y emocionalmente, fueron reduciendo el número de visitas hasta dos a la semana. Cuando Charles murió, siguió a regañadientes el consejo de sus hijos, dejó la casa de Greenwich y se instaló en el apartamento de Nueva York. Ahora sólo realizaba el trayecto una vez a la semana.

Hoy, como siempre, Barbara atravesó la zona de recepción y siguió el corredor que conducía a la suite de su hija. Las enfermeras habían sentado a Tasha en el sofá de la sala de estar. Barbara sabía que, bajo la colcha, había cinturones que la sujetaban para evitar que cayera, una precaución contra los espasmos involuntarios que sufrían en ocasiones los músculos de Tasha.

Barbara estudió con un dolor harto conocido la serena expresión de Tasha. A veces pensaba que podía detectar el movimiento de un ojo, o quizá oír un suspiro, y acariciaba en su mente la insensata posibilidad de que aún existía alguna esperanza.

Se sentó al lado del sofá y cogió la mano de su hija. Durante una hora le estuvo hablando de la familia.

—Amy va a empezar la universidad, Tasha. Parece increíble, ¿verdad? Sólo tenía diez años cuando sufriste el accidente. Se te parece mucho. Casi podría pasar por tu hermana, no tan sólo tu sobrina. George hijo añora un poco su casa, pero por lo demás le gusta mucho la escuela primaria.

Al final de la hora, agotada pero en paz, Barbara besó a Tasha en la frente e indicó a la enfermera que volviera a entrar en la sala.

Cuando llegó a la zona de recepción, Peter Black la estaba esperando. Después del asesinato de Gary Lasch, los Colbert habían discutido la posibilidad de trasladar a Tasha a otro centro, pero el doctor Black les había convencido de dejarla allí.

—¿Cómo ha encontrado hoy a Tasha, señora Colbert?

—Como siempre, doctor. Es lo mejor que se puede esperar, ¿no?

Barbara sabía que sus sentimientos ambiguos hacia Peter Black eran irracionales. Gary Lasch le había elegido como socio, y carecía de motivos para pensar que Tasha estaba descuidada en algún aspecto. De todos modos, no le caía bien. Quizá debido a su estrecha relación con Calvin Whitehall, a quien Charles había definido de forma burlona como un «aspirante a señor feudal». Cuando iba a Greenwich a cenar en el club con sus amigas, solía ver juntos a Black y Whitehall.

Mientras deseaba buenas noches a Peter Black y caminaba hacia la puerta, Barbara no sabía que el médico la estaba mirando fijamente, ni que estaba recordando el terrible momento en que su hija sufrió daños irreversibles, ni que también estaba recordando las palabras que una traumatizada Annamarie Scalli había gritado a Gary: «¡Esa chica llegó aquí con una simple contusión, pero entre los dos la habéis destruido!»

26

Durante casi seis años Philip Matthews había creído que, al conseguir una sentencia leve para Molly Lasch, había llevado a cabo el mejor trabajo que un abogado defensor podía hacer. Cinco años y medio por el asesinato de un médico con una esperanza de vida de treinta y cinco años más era una ganga.

Como Philip había dicho con frecuencia a Molly cuando la visitaba en la cárcel: «Cuando salgas, olvidarás todo esto.»

Pero ahora Molly había salido y estaba haciendo justo lo contrario. Era evidente que ella no creía haber salido tan bien librada.

Philip sabía que, más que cualquier otra cosa, deseaba proteger a Molly de la gente que intentaría explotarla.

Como esa Fran Simmons.

El viernes, a última hora de la tarde, cuando estaba a punto de marcharse, su secretaria anunció una llamada de la Simmons.

Philip consideró la posibilidad de no atender la llamada, pero decidió que lo mejor sería hablar con ella. No obstante, su saludo fue frío.

Fran fue al grano.

—Señor Matthews, usted tendrá una transcripción del juicio de Molly. Me gustaría recibir una copia lo antes posible.

—Señorita Simmons, tengo entendido que fue al colegio con Molly. Como vieja amiga, me gustaría que pensara en la posibilidad de suspender el programa. Los dos sabemos que sólo puede perjudicar a Molly.

—¿Podría enviarme una copia de la transcripción el lunes, señor Matthews? —preguntó Fran con tono crispado, y añadió—: Ha de saber que preparo este programa con la total colaboración de Molly. De hecho, me embarqué en el proyecto a petición suya.

Philip decidió abordar el problema desde un ángulo diferente.

—No hará falta que espere al lunes. Pediré que hagan una copia y se la entreguen mañana, pero voy a rogarle que piense en algo. Creo que Molly es más frágil de lo que cree la gente. Si durante el curso de sus investigaciones se convence de su culpabilidad, le pido que cancele el programa. Molly no va a lograr la reivindicación pública a que aspira. No la destruya con un veredicto de culpabilidad sólo para lograr mayores niveles de audiencia, gracias a esa caterva de subnormales que sólo desean ver a alguien destripado.

—Le daré mi dirección para el mensajero —dijo Fran, casi escupiendo, con la esperanza de aparentar tanta furia como sentía.

—Le paso con mi secretaria. Adiós, señorita Simmons.

En cuanto Fran colgó el teléfono, se levantó y caminó hacia la ventana. Tenía que ir a maquillarse, pero antes necesitaba un momento para calmarse. Sin conocerle en persona, ya detestaba a Philip Matthews, si bien reconocía que era apasionadamente sincero en su deseo de proteger a Molly.

Se preguntó de repente si alguien se había preocupado de pensar en otra explicación para la muerte de Gary Lasch. Los padres y amigos de Molly, el abogado, la policía de Greenwich, el fiscal que la había acusado, todos habían partido de la base de su presunta culpabilidad.

Justo lo que yo estoy haciendo ahora, pensó. Tal vez haya llegado el momento de empezar desde un ángulo distinto.

Molly Carpenter Lasch no mató a su marido, se dijo, y pensó qué tal sonaba y adónde la conduciría.

27

El viernes por la tarde, Annamarie Scalli volvió a casa después de atender a su último paciente. El fin de semana se cernía ante ella, y ya sabía que iba a ser difícil. Desde el martes por la mañana, cuando la liberación de Molly Lasch había recibido tanta atención por parte de la televisión, la mitad de los pacientes de Annamarie le había hablado del caso.

Sabía que era pura casualidad, que ignoraban su relación con el caso. Sus pacientes no podían salir de casa, y siempre veían los mismos programas, sobre todo culebrones. Tener un crimen más o menos local como éste era algo nuevo y diferente: una joven privilegiada que afirmaba no haber asesinado a su marido, aunque había reconocido su culpabilidad para obtener una condena menor y había pasado cierto tiempo en la cárcel por esa muerte.

Los comentarios eran variados, desde la amargada señora O'Brien, quien sustentaba la tesis de que el médico había recibido lo que todo marido infiel merecía, hasta el señor Kunzman, convencido de que si Molly Lasch hubiera sido negra y pobre le habrían caído veinte años.

Por Gary Lasch no valía la pena pasar ni un día en la trena, pensó Annamarie, mientras abría la puerta de su apartamento. Lástima que fui tan imbécil de no darme cuenta a tiempo.

La cocina era tan diminuta que, comparada con ella, la de un avión parecía espaciosa, como solía decir ella, pero la había adecentado a base de pintar el techo de un azul cielo y dibujar un enrejado con flores en las paredes. Como resultado, el reducido espacio se convirtió en su jardín interior.

Esta noche, sin embargo, no consiguió animarla. El hecho de tener que revivir recuerdos dolorosos le hizo sentir deprimida y sola, y comprendió que debía marcharse. Había un lugar que la ayudaría. Su hermana mayor, Lucy, vivía en Buffalo, en la casa donde se habían criado. Annamarie no la visitaba con frecuencia desde la muerte de su madre, pero esta semana haría el viaje. Después de guardar los últimos comestibles, llamó por teléfono.

Tres cuartos de hora más tarde tiró una bolsa de lana, que había llenado a toda prisa, en el asiento trasero del coche y, más animada, encendió el motor. El viaje era largo, pero no le importaba. Conducir le daría tiempo a pensar. Dedicó casi todo ese tiempo a arrepentirse. Arrepentirse de no haber escuchado a su madre. Arrepentirse de haber sido tan idiota. Despreciarse por su relación con Gary Lasch. Si hubiera podido obligarse a amar a Jack Morrow... si se hubiera dado cuenta del gran afecto que ya sentía por él...

Recordó con renovada vergüenza la confianza y el amor que había visto en sus ojos. Había engañado a Jack Morrow como a todo el mundo, y él ni sabía ni sospechaba que estaba liada con Gary Lasch.

Pese a que llegó pasada la medianoche, su hermana Lucy había oído el ruido del coche y ya estaba abriendo la puerta. Annamarie cogió la bolsa con renovada alegría. Un momento después estaba abrazando a su hermana, contenta de estar en un lugar donde, al menos durante el fin de semana, podría olvidar los dolorosos pensamientos de lo diferente que habría podido ser su vida.

28

El sábado por la mañana, Edna Barry despertó nerviosa. Hoy vendría a verla la periodista, y tenía que quitarse de encima a Wally mientras Fran Simmons estuviera en casa. Llevaba de mal humor varios días, y desde que había visto a Molly en la televisión no dejaba de decir que quería ir a verla. Anoche había anunciado que no iría al club, como casi todos los sábados por la mañana. El club, gestionado por el condado de Fairfield para pacientes externos como Wally, era uno de sus lugares favoritos.

Le pediré a Marta que le retenga en casa, pensó Edna. Marta Gustafson Jones había sido su vecina durante treinta años. Se habían confortado en la enfermedad y la viudez, y Marta quería a Wally. Era una de las pocas personas que podían calmarle y manejarle cuando se enfadaba.

Cuando el timbre de Edna sonó a las once de la mañana, Wally ya no estaba, y Edna logró fingir un recibimiento cordial y hasta le ofreció café, que Fran aceptó.

—Sentémonos en la cocina —sugirió mientras se desabrochaba el chaquetón.

—Como guste.

Edna estaba muy orgullosa de su inmaculada cocina, con su pequeño juego de muebles para comedor nuevo de arce comprado en las rebajas.

Una vez sentada a la mesa, Fran extrajo la grabadora del bolso y la dejó sobre la mesa.

—Bien, señora Barry, he venido porque quiero ayudar a Molly, y estoy segura de que usted también. Por eso, con su permiso, he de grabar sus palabras. Tal vez surja algo que sea de ayuda para Molly. Estoy segura de que cada vez está más convencida de que ella no fue la responsable de la muerte de su marido. De hecho, empieza a recordar cosas sobre aquella noche, y una de ellas es que había alguien más en la casa cuando llegó a casa desde Cape Cod. Si fuera capaz de demostrarlo, podría significar la revocación de su condena, o al menos la reapertura de la investigación. Sería maravilloso, ¿verdad?

Edna Barry estaba vertiendo agua en la cafetera.

—Sí, por supuesto, ya lo creo —dijo—. Oh, Dios.

Fran entornó los ojos cuando vio que la señora Barry había

derramado agua sobre la encimera. Su mano está temblando, pensó. Hay algo que la inquieta. Ya me fijé el otro día en que estaba nerviosa, cuando la conocí en casa de Molly, y desde luego estaba muy tensa cuando le pregunté por teléfono si podía venir hoy.

Cuando el aroma del café empezó a impregnar la habitación, Fran intentó que Edna Barry bajara la guardia.

—Fui al colegio con Molly, a la academia Cranden —dijo—. ¿Se lo contó?

—Sí.

Edna cogió tazas y platillos de la alacena y los puso sobre la mesa. Miró a Fran por encima de las gafas antes de sentarse.

Está pensando en el escándalo de la biblioteca, pensó Fran, y prosiguió la entrevista.

—Tengo entendido que usted la conoce desde antes de eso.

—Oh, sí. Empecé a trabajar para sus padres cuando era pequeña. Después, ellos se fueron a vivir a Florida cuando se casó, y entonces fui a trabajar para ella.

—Así pues, conocía muy bien al doctor Lasch, ¿no?

Edna Barry meditó la respuesta.

—Sí y no. Yo iba tres mañanas a la semana. El doctor ya se había ido a trabajar cuando yo llegaba, a las nueve, y muy pocas veces volvía antes de la una, cuando yo me iba. Claro que si Molly daba una cena, lo cual sucedía con bastante frecuencia, yo iba a servir y limpiar. Eran las únicas veces que les veía juntos. Cuando estaba en casa, siempre era muy agradable.

Fran observó que los labios de Edna Barry se tensaban en una delgada línea recta, como si lo que pensaba mientras hablaba no fuera muy agradable.

—Cuando les veía juntos, ¿pensaba que eran felices? —preguntó.

—Hasta el día en que llegué y Molly estaba haciendo la maleta para irse a Cape Cod, nunca presencié ni un asomo de discusión. Diré que, antes de ese día, me había parecido que no sabía muy bien qué hacer con su tiempo. Hacía muchos trabajos voluntarios en la ciudad, y sé que juega bien al golf, pero a veces me decía que echaba de menos trabajar. También tuvo momentos malos, por supuesto. Estaba muy ansiosa por tener descendencia, y desde que sufrió el último aborto parecía diferente, muy silenciosa y reservada.

Nada de lo que Edna Barry estaba diciendo era de gran ayuda para Molly, pensó Fran, cuando media hora más tarde terminó su segunda taza de café. Sólo le quedaban unas pocas preguntas, y hasta el momento la mujer no había sido muy afable.

—Señora Barry, el sistema de alarma no estaba conectado cuando usted fue a trabajar aquel lunes, ¿verdad?

—No, no lo estaba.

—¿Comprobó si había alguna puerta sin cerrar por la que un intruso hubiera podido entrar?

—No había ninguna puerta sin cerrar. —La voz de Edna Barry sonó a la defensiva, y sus pupilas se ensancharon.

He tocado un punto sensible, pensó Fran, y hay algo que no quiere decirme.

—¿Cuántas puertas hay en la casa?

—Cuatro —contestó la mujer—. La delantera y la de la cocina, que se abrían con la misma llave. Una puerta que comunicaba el salón con el patio, que sólo se abría desde dentro. Y la puerta del sótano, que siempre estaba cerrada con llave y candado.

—¿Las verificó todas?

—No; pero la policía sí, señorita Simmons. ¿Por qué no habla con ellos?

—No estoy poniendo en duda lo que me dice, señora Barry —dijo Fran con tono conciliador.

—Aquel viernes por la tarde —repuso Edna Barry, en apariencia apaciguada—, cuando me fui, comprobé todas las puertas para asegurarme de que estaban cerradas con llave. El doctor Lasch siempre entraba por la principal. La falleba no estaba puesta aquel lunes por la mañana, lo cual significa que alguien utilizó la puerta durante el fin de semana.

—¿La falleba?

—Molly siempre la ponía por la noche. La puerta de la cocina estaba cerrada con llave cuando entré. Estoy segura.

Las mejillas de Edna enrojecieron. Fran advirtió que la mujer estaba a punto de llorar. ¿Tiene miedo porque piensa que fue descuidada y dejó la casa abierta?, se preguntó.

—Gracias por su ayuda, señora Barry, y por su hospitalidad. Ya le he robado bastante tiempo, pero tal vez quiera hacerle unas preguntas más dentro de unos días, y es posible que le pida que participe en el programa en calidad de invitada.

—No quiero ser invitada del programa.

—Bien. Como prefiera.

Fran apagó la grabadora y se levantó. Cuando llegó a la puerta, lanzó una última pregunta.

—Señora Barry, asumamos la posibilidad de que había alguien más en la casa la noche en que el doctor Lasch murió. ¿Sabe si han cambiado las cerraduras de alguna puerta?

—No que yo sepa.

—Voy a sugerir a Molly que las cambie. Tal vez exista el peligro de que se cuele un intruso. ¿No cree?

Edna Barry palideció.

—Señorita Simmons —dijo—, si hubiera visto lo que vi yo cuando subí a su cuarto, Molly tumbada en la cama y cubierta de sangre seca, sabría que ningún intruso entró en la casa aquella noche. Deje de crear problemas a personas inocentes.

—¿A qué personas inocentes estoy intentando crear problemas, señora Barry? Pensaba que intentaba ayudar a una persona joven, alguien a quien usted conoce desde hace años y afirma apreciar, para demostrar tal vez su inocencia en ese crimen.

La mujer no dijo nada, y apretó los labios cuando abrió la puerta para que Fran saliera.

—Volveremos a hablar, señora Barry. Tengo la sensación de que aún he de formularle varias preguntas que requieren una respuesta.

29

Como Molly sospechó cuando el teléfono sonó el sábado por la tarde, era Jenna.

—Acabo de hablar con Phil Matthews —dijo Jenna—. Tengo entendido que le has invitado a cenar en tu casa. Lo apruebo.

—Señor, ni se te ocurra pensar en esos términos —protestó Molly—. Si no le hubiera dejado venir, habría aporreado mi puerta, y como aún no estoy preparada para ir a un restaurante, me pareció lo más lógico.

—Bien, hemos decidido que, invitados o no, pasaremos a tomar una copa. Cal tiene muchas ganas de verte.

—No estáis invitados —dijo Molly—, pero pasaos a las siete.

—Molly... —dijo Jenna, pero vaciló.

—Dilo. No pasa nada.

—Oh, no se trata de nada dramático. Es que vuelves a parecer la de siempre... y me encanta.

¿Quién es «la de siempre»?, se preguntó Molly.

—No hay nada como ventanas sin barrotes y una colcha de raso sobre la cama —comentó—. Obran maravillas para el alma.

—Espera a que te lleve a Manhattan para el cambio de imagen. ¿Qué haces hoy?

Molly decidió que no estaba dispuesta a revelar, ni siquiera a Jenna, el hecho de que iba a examinar la agenda y el bloc de citas de Gary, para buscar una pista día a día. Se decantó por una verdad a medias.

—Como voy a ser la anfitriona, aunque no me haga ninguna ilusión ese papel, he de trabajar un poco en la cocina. Ha pasado mucho tiempo desde que hice algo parecido.

Eso era cierto. El resto de la verdad era que los blocs de citas de Gary, que se remontaban a varios años antes de su muerte, estaban apilados sobre la mesa de la cocina. Empezó a trabajar hacia atrás, empezando por la fecha de su muerte, estudiando cada página, línea por línea.

Molly recordó que la agenda de Gary siempre había sido apretada, y que siempre tomaba notas para recordar algo. Ya había topado con varias de esas anotaciones, tales como «17 h. Llamar a Molly al club».

Recordó con una punzada de dolor que a veces la telefoneaba y preguntaba: «¿Por qué anoté en mi agenda que he de llamarte ahora?»

A las cinco y media, justo antes de poner la mesa para la cena de la noche, Molly encontró la anotación que ansiaba. Era un número de teléfono que aparecía varias veces en la última agenda de Gary. Llamó a información y averiguó que el código de zona de ese número pertenecía a Buffalo.

Marcó el número, y cuando una mujer contestó, Molly preguntó por Annamarie.

—Al habla —dijo Annamarie Scalli.

30

Cuando salió de casa de Edna Barry, Fran se embarcó en un peregrinaje a través de Greenwich, un viaje más por el sendero de la memoria. Esta vez fue en coche hasta el pub Stationhouse con la intención de comer allí. Veníamos a tomar algo rápido antes de ir al cine, recordó con nostalgia.

Pavo sobre una rebanada de pan de centeno era lo que pedía Fran. Era el plato favorito de su madre. Paseó la vista por el comedor. No era probable que su madre volviera a pisar Greenwich. Los recuerdos eran demasiado dolorosos. Aquel verano, el chiste más popular era que, en lugar de una nueva biblioteca, la ciudad contaba con una institución de préstamos diferente: la Caja de Ahorros Simmons. Menudo chiste, pensó con amargura.

Había considerado la posibilidad de pasar por delante de la casa donde habían vivido cuatro años, pero se dio cuenta de que no tenía fuerzas. Hoy no, pensó Fran, mientras pedía la cuenta.

Cuando volvió a su apartamento de la ciudad, Fran vio que Philip Matthews había cumplido su palabra. Un abultado paquete la esperaba en el mostrador del vestíbulo. Lo abrió y comprobó que era la transcripción completa del juicio de Molly Lasch.

Lo miró con anhelo, ansiosa por empezar, pero sabía que debería esperar. Los recados primero, se recordó. Tenía que ir a comprar comida, a la tintorería, y finalmente a Bloomingdale, en busca de medias y afeites.

Eran las cuatro y media cuando al fin pudo desentenderse de todo lo demás, preparar una taza de té, sentarse en su butacón, apoyar los pies sobre la otomana y abrir la transcripción.

El texto no proporcionaba una lectura amena. El fiscal presentaba una argumentación firme y escalofriante: «¿Existen pruebas de forcejeo? No. Herida profunda en la cabeza del doctor Gary Lasch. El cráneo hundido. Fue golpeado mientras estaba sentado ante su escritorio, de espaldas a su atacante, totalmente indefenso. Las pruebas demostrarán que las huellas dactilares de Molly Lasch, claras y ensangrentadas, estaban en la escultura, que la sangre de Gary Lasch estaba en su cara, manos y ropa, que no había señales de que hubieran entrado por la fuerza.»

No había señales de que hubieran entrado por la fuerza, pensó Fran. Era evidente que la policía había examinado las puertas. No dicen nada sobre que no estuvieran cerradas con llave. ¿Se fijó en eso Philip Matthews?, se preguntó. Subrayó ese fragmento del testimonio con un rotulador amarillo.

Molly Lasch no mató a su marido. Empiezo a creer que podría ser verdad, pensó Fran. Demos un paso más. Supongamos que otra persona mató a Gary Lasch y tuvo la suerte de que, cuando Molly entró y encontró muerto a su marido, sufrió tal impresión que, sin darse cuenta, hizo lo posible por acusarse. Manoseó el arma homicida, tocó la cara y la cabeza de su marido, se manchó con su sangre.

Se manchó con su sangre, pensó. Si Gary Lasch aún estaba vivo cuando Molly le encontró, ¿es posible que le dijera algo?, se preguntó. Eso explicaría por qué ella le tocó, por qué su boca y su cara estaban cubiertas de sangre. ¿Intentó aplicarle el boca a boca cuando le encontró? ¿O lo había intentado después de darse cuenta de lo que acababa de hacer? Si nos ceñimos a la idea de que es inocente, alguien debe de estar ahora muy nervioso, comprendió Fran.

Así pues, ¿Molly Lasch corría un grave peligro? Si Gary Lasch había estado solo en la casa, una casa con las puertas cerradas con llave, tal como habían demostrado las pruebas, y al parecer no había oído a su atacante entrar en el estudio, lo mismo habría podido suceder a Molly, pensó.

Cogió el teléfono. Pensará que estoy loca, pero voy a llamarla.

El saludo de Molly sonó apresurado.

—Fran. Parece que es la hora de la reunión —explicó—. Philip Matthews viene a cenar, y Jenna y Cal insistieron en pasar a tomar una copa. Acaba de llamarme Peter Black. No le hizo ninguna gracia el anuncio de que ibas a llamarle, pero ahora se ha comportado como una persona civilizada. También pasará por aquí.

—En ese caso, no te retendré, pero se me ha ocurrido una cosa. Por lo que me ha dicho la señora Barry, las puertas conservan las mismas cerraduras de cuando comprasteis la casa, ¿no?

—Exacto.

—Pues, creo que cambiarlas sería una gran idea.

—No lo había pensado.

—¿Cuántas personas tienen un juego de llaves?

—No es un juego. En realidad sólo hay una llave. La puerta principal y la de la cocina tienen la misma cerradura. Las del patio y el sótano siempre están cerradas por dentro. Sólo había cuatro llaves. La de Gary, la mía, la de la señora Barry y la que estaba escondida en el jardín.

—¿Quién sabía lo del jardín?

—Creo que nadie. Era para emergencias y nunca llegó a utilizarse. Gary nunca olvidó sus llaves, y yo tampoco. La señora Barry nunca olvida nada. Fran, tendrás que perdonarme, pero he de colgar.

—Molly, el lunes llama a un cerrajero. Por favor.

—Fran, no corro peligro; a menos que...

—A menos que hubieras tenido la mala suerte de llegar al escenario del crimen y sumirte en estado de shock, y ahora alguien quizá tema lo que puedas recordar.

Fran oyó la exclamación ahogada de Molly.

—Es la primera vez en seis años que alguien insinúa que podría ser inocente —dijo con un nudo en la garganta.

—¿Ahora entiendes por qué quiero que cambies las cerraduras? Iremos juntas el lunes.

—Muy bien. Quizá tenga noticias interesantes para ti —dijo Molly.

¿Qué habrá querido decir?, se preguntó Fran mientras colgaba.

31

Tim Matheson había planificado un último fin de semana de esquí en Stowe, Vermont, pero una llamada de su primo Michael, que aún vivía en Greenwich, cambió sus planes. La madre de Billy Gallo, un antiguo amigo común del colegio, había muerto de un ataque al corazón, y Michael pensó que a Tim le gustaría asistir al funeral.

Por ese motivo Tim se encontraba el sábado por la noche en la Merritt Parkway, conduciendo en dirección sur hacia Connecticut y pensando en los años de la escuela secundaria, cuando Billy Gallo y él habían tocado juntos en una banda. Billy ya era entonces un músico de pies a cabeza, pensó Tim. Recordó que habían intentado formar su propio grupo en el último año, y que siempre habían ensayado en casa de Billy.

La señora Gallo, una mujer amable y hospitalaria, siempre les invitaba a cenar, y no necesitaba esforzarse para convencerles. Su cocina les embriagaba con aromas a pan horneado, ajo y salsa de tomate. Tim recordó que el señor Gallo llegaba a casa del trabajo e iba derecho a la cocina, como temeroso de que su mujer no estuviera allí. En cuanto la veía, sonreía de oreja a oreja y decía: «Josie, ya has vuelto a abrir latas.»

Tim pensó en sus padres con cierta melancolía, así como en los años anteriores al divorcio, cuando se había alegrado de escapar de la creciente frialdad nacida entre ellos.

El señor Gallo nunca dejaba de pronunciar la frasecita, y la señora Gallo siempre reía, como si fuera la primera vez que la oía. Era evidente que estaban locos el uno por el otro. Sin embargo, el señor Gallo nunca se entendió con Billy. Pensaba que perdía el tiempo con su afición a la música.

Mientras Tim evocaba aquellos lejanos días, recordó otro funeral al que había asistido en Greenwich. En aquella época ya trabajaba de reportero.

Pensó en Fran Simmons, en su enorme dolor. Sus sollozos ahogados se habían oído durante todo el funeral. Después, cuando introdujeron el ataúd en el coche fúnebre, se había sentido como un *voyeur*, anotando observaciones para su artículo mientras el cámara tomaba fotos.

Catorce años habían cambiado a Fran Simmons. No sólo porque se había convertido en una mujer adulta, sino por su fría profesionalidad, como una armadura invisible. La percibió en cuanto se encontraron en el despacho de Gus. Tim se avergonzó al darse cuenta de que, cuando les habían presentado, pensó en su padre y en que había sido un estafador. ¿Por qué experimentaba la incómoda sensación de que le debía una disculpa por ello?

Estaba tan abismado en sus pensamientos que llegó a la salida de North Street antes de darse cuenta, y estuvo a punto de pasar de largo. Tres minutos después estaba en la funeraria.

El lugar estaba lleno de amigos de la familia Gallo. Tim vio caras conocidas, gente con la que había perdido contacto, algunas de las cuales se acercaron a él cuando hacía cola para dar el pésame al señor Gallo y a Billy. La mayoría hicieron comentarios elogiosos sobre sus reportajes, pero enseguida siguieron comentarios sobre Fran Simmons, porque ahora trabajaba en el programa con él.

—Es la Fran Simmons cuyo padre se pulió el capital de la biblioteca, ¿verdad? —preguntó la hermana de la señora Gallo.

—Mi tía cree que la vio en la cafetería del hospital Lasch —comentó alguien—. ¿Qué demonios haría allí?

Hicieron la pregunta a Tim cuando llegó frente a Billy Gallo, quien la oyó. Estrechó la mano de Tim, con los ojos hinchados de tanto llorar.

—Si Fran Simmons está investigando algo en el hospital, dile que averigüe por qué dejan morir a los pacientes cuando no les toca —dijo con amargura.

Tony Gallo tocó la manga de su hijo.

—Billy, fue la voluntad de Dios.

—No, papá, no lo fue. Mucha gente que sufre ataques de corazón se salva. —La voz de Billy, agitada y tensa, aumentó de volumen. Señaló el ataúd de su madre—. Mamá no debería estar allí, al menos hasta dentro de veinte años. Los médicos del Lasch no se preocuparon de ella. La dejaron morir. —Estaba sollozando—. Tim, Fran Simmons, tú y todos los reporteros de tu programa tenéis que investigar esto. Tenéis que averiguar por qué esperaron tanto, por qué no la examinó un especialista a tiempo.

Billy Gallo se cubrió la cara con las manos y emitió un gemido ahogado, y se rindió a las lágrimas que había contenido. Tim le aferró los hombros, hasta que los sollozos de Billy se calmaron, y logró preguntar por fin con voz triste:

—Tim, dime la verdad, ¿a que nunca probaste una salsa para pasta mejor que la de mi madre?

32

No sé por qué lo he permitido, pensó Molly mientras dejaba una bandeja con queso y galletas sobre la mesa del salón. Ver a Cal y a Peter Black juntos, allí, la trastornaba hasta extremos que no había imaginado. La serenidad, el consuelo que experimentaba por estar en su casa se habían esfumado de repente. Era como si hubieran violado su intimidad. Ver a los dos hombres allí le traía recuerdos de las numerosas ocasiones en que se habían reunido con Gary en su estudio. Los tres pasaban horas allí dentro. Los demás miembros de la junta de Remington Health Management eran simples convidados de piedra.

Durante los últimos días, la casa le había parecido diferente de como la recordaba. Era como si los cinco años y medio pasados en la cárcel hubieran cambiado su percepción de la vida.

Antes de que Gary muriera, creía que era feliz, pensó Molly. Creía que aquella desazón desgarradora era consecuencia de mi frustración por no tener hijos.

Ahora sentía que aquel conocido abatimiento volvía a apoderarse de ella. Adivinó que Jenna había notado su cambio de humor y estaba preocupada. Jenna la había seguido hasta la cocina, insistido en cortar el queso en tacos, dispuesto las galletas en la bandeja y doblado las servilletas.

Después de ser tan brusco por teléfono, daba la impresión de que Peter Black se esforzaba por ser agradable. Cuando entró, la besó en ambas mejillas y apretó su mano. Su mensaje era claro: vamos a olvidar esta terrible tragedia.

¿De veras?, se preguntó Molly. ¿Podemos lograr que algo como el asesinato, los años de cárcel, desaparezcan como por ensalmo, como si no hubieran existido? No lo creo, decidió mientras miraba a esos viejos amigos, si es que lo eran, congregados en el salón.

Miró a Peter Black. Parecía terriblemente incómodo. ¿Por qué había insistido en venir?

El único que parecía a gusto era Philip Matthews. Había sido el primero en llegar, a las siete en punto, con una maceta de amarilis.

—Sé que tienes muchas ganas de empezar un jardín —dijo—. Quizá encuentres un rincón para una amarilis.

Los capullos, enormes y de un rojo pálido, eran exquisitos.

—Ve con cuidado —le advirtió ella—. La amarilis también recibe el nombre de lirio belladona, y la belladona es un veneno.

La alegría que había sentido ya no existía. Pensaba que incluso el aire estaba envenenado. Cal Whitehall y Peter Black no constituían un comité de bienvenida, eso quedó claro desde el principio. Sus intenciones eran muy diferentes. Eso explica el nerviosismo de Jenna, decidió Molly. Era ella la que había forzado el encuentro.

Molly quiso decir a Jenna que no pasaba nada. Sabía que Cal

siempre se salía con la suya, y que si había tomado la decisión de venir, Jenna no había podido impedírselo.

La razón de su visita no tardó en surgir a la luz. Fue Cal quien abordó el tema.

—Molly, ayer esa reportera de la tele, Fran Simmons, estuvo en la cafetería del hospital haciendo preguntas. ¿Fue a instancia tuya?

—No, yo no pedí a Fran que fuera allí —contestó Molly, al tiempo que se encogía de hombros—, pero me parece bien.

—Oh, Molly, por favor —murmuró Jenna—. ¿No te das cuenta de lo que te estás haciendo?

—Sí, Jen, ya lo creo —dijo Molly en voz baja, pero con firmeza.

Cal dejó el vaso en la mesa con fuerza innecesaria y derramó algunas gotas.

Molly resistió la tentación de pasar un paño al instante, como una forma de escapar a aquella pesadilla. Miró a los dos hombres que habían sido socios de su marido.

Cal se dio cuenta del resultado de su brusquedad, se puso en pie y murmuró:

—Iré por un papel absorbente.

Buscó en la cocina y localizó el portarrollos. Cuando volvió sobre sus pasos, sus ojos se desviaron hacia la única anotación que había en el calendario de pared. La examinó con atención.

Peter Black tenía las mejillas coloradas. Estaba claro que no era su primera copa de la noche.

—Molly, ya sabes que hemos entablado negociaciones para adquirir otras compañías de seguros médicos. Si insistes en permitir, y ya no digamos alentar, la grabación de este programa, ¿podrías pedirle a Fran Simmons que espere a que la fusión se haya producido?

De modo que esto es lo que quieren, pensó Molly. Tienen miedo de que, si abro heridas, la infección pueda contagiarles.

—No hay nada que ocultar, por supuesto —añadió Black con énfasis—, pero los rumores y las habladurías han arruinado muchas negociaciones importantes.

Estaba bebiendo whisky escocés, y Molly vio cómo vaciaba su vaso. Recordó que años atrás era un bebedor compulsivo. Eso no había cambiado.

—Además, Molly, haz el favor de desechar la idea de localizar a Annamarie Scalli —suplicó Jen—. Si se entera de lo del programa sería capaz de vender su historia a una de esas revistas sensacionalistas.

Molly seguía sentada en silencio, mirando a las tres personas, y sentía que sus temores y dudas pugnaban por salir a la plácida superficie que, de momento, exhibía aquella noche.

—Creo que el caso ya ha sido presentado —dijo con brusquedad Philip Matthews, rompiendo así el embarazoso silencio—. ¿Por qué no suspendemos la sesión?

Peter Black, Jenna y Cal se fueron pocos minutos después. Philip Matthews preguntó después:

—Molly, ¿prefieres que dejemos la cena y me esfume?

Molly asintió, a punto de llorar.

—Te daré un vale, si quieres —logró balbucear.

—Descuida.

Molly había elegido *coq au vin* con arroz integral. Cuando Philip se marchó, cubrió los platos y los guardó en la nevera. Luego, comprobó las cerraduras y entró en el estudio. Esa noche, tal vez porque Cal y Peter Black habían estado en la casa, tenía la intensa sensación de que algo acechaba en los límites de su mente consciente, y de que trataba de penetrar en ella.

¿Qué era?, se preguntó. ¿Viejos recuerdos, temores que la hundirían más en la depresión? ¿O proporcionaría respuestas, la ayudaría a escapar de la oscuridad que la amenazaba? Tendría que comprobarlo.

No encendió ninguna luz y se aovilló en el sofá, con las piernas dobladas bajo el cuerpo.

¿Qué pensarían Cal, Peter y Philip si sospecharan que mañana por la noche, a las ocho, en un restaurante de carretera de Rowayton, se había citado con Annamarie Scalli?

33

No hay nada como un domingo por la mañana en Manhattan, decidió Fran cuando abrió la puerta del apartamento a las siete y media y encontró el grueso *Times* dominical esperándola. Preparó zumo, café y una madalena, se acomodó en su butacón, plantó los pies sobre la otomana y hojeó la primera sección del periódico. Pocos minutos después lo dejó, a sabiendas de que le interesaba muy poco lo que había leído.

—Estoy preocupada —dijo en voz alta, y luego se recordó que era una mala costumbre hablar sola.

No había dormido bien, y estaba segura de que su insomnio tenía relación con la críptica declaración de Molly de que tal vez tendría noticias interesantes para ella. ¿Qué clase de noticias podían ser «interesantes»?, se preguntó.

Si Molly está llevando a cabo una especie de investigación privada, podría meterse en problemas. Se levantó, se sirvió una segunda taza de café y volvió a la butaca, esta vez para leer la transcripción del juicio de Molly.

Examinó la transcripción durante la siguiente hora, línea por línea. Había el testimonio de los primeros policías que llegaron al lugar de los hechos, así como la del forense. A continuación constaba el testimonio de Peter Black y de los Whitehall, en el que describían su último encuentro con Gary Lasch, pocas horas antes de su muerte.

Había sido muy difícil arrancar a Jenna algo negativo, pensó Fran mientras leía su declaración.

FISCAL: ¿Habló con la acusada durante la semana anterior a la muerte de su marido, mientras estaba en su casa o en Cape Cod?

JENNA: Sí.

F.: ¿Cómo definiría su estado emocional?

J.: Triste. Estaba muy triste.

F.: ¿Estaba furiosa con su marido, señora Whitehall?

J.: Estaba disgustada.

F.: No ha contestado a mi pregunta. ¿Estaba Molly Carpenter Lasch furiosa con su marido?

J.: Sí, yo diría que sí.

F.: ¿Expresó una gran furia hacia su marido?

J.: ¿Le importa repetir la pregunta?

F.: Desde luego. ¿Su señoría querría ordenar a la testigo que conteste sin ambigüedades?

JUEZ: Se ordena a la testigo que conteste sin ambigüedades.

F.: Señora Whitehall, durante sus conversaciones telefónicas con Molly Carpenter Lasch en la semana anterior a la muerte de su marido, ¿expresó una gran cólera hacia él?

J.: Sí.

F.: ¿Conocía los motivos de que Molly Carpenter Lasch estuviera furiosa con su marido?

J.: Al principio no. Se lo pregunté, pero no me lo dijo. Lo hizo el domingo por la tarde.

Cuando leyó el testimonio de Calvin Whitehall, Fran decidió que, de manera intencionada o no, había sido un testigo muy perjudicial. El fiscal del estado debió ponerse a dar saltitos de alegría, pensó.

FISCAL: Señor Whitehall, usted y el doctor Peter Black visitaron al doctor Gary Lasch la tarde del domingo 18 de abril. ¿Correcto?
CALVIN WHITEHALL: Sí, en efecto.
F.: ¿Cuál fue el propósito de su visita?
C. W.: El doctor Black me había dicho que estaba muy preocupado por Gary. Lo había visto muy atribulado durante toda la semana, de modo que decidimos ir a verle.
F.: Cuando dice «decidimos», se refiere a...
C. W.: Al doctor Peter Black y a mí.
F.: ¿Qué pasó cuando llegaron a su casa?
C. W.: Fue sobre las cinco de la tarde. Gary nos condujo hasta el salón. Había preparado una bandeja con queso y galletas, y abrió una botella de vino. Nos sirvió una copa a cada uno y dijo: «Lamento decirlo, pero ha llegado el momento de confesarlo.» Después, admitió que había mantenido relaciones con una enfermera del hospital llamada Annamarie Scalli, y que ella estaba embarazada.
F.: ¿Estaba preocupado el doctor Lasch por la previsible reacción de ustedes?
C. W.: Por supuesto. Esa enfermera tenía poco más de veinte años. Temíamos las consecuencias. Una denuncia por acoso sexual, por ejemplo. Al fin y al cabo, Gary era el director del hospital. El apellido Lasch, gracias a la herencia de su padre, es un símbolo de integridad que, por supuesto, abarca al hospital y a Remington Health Management. Nos preocupaba mucho la posibilidad de que un escándalo alterara esa imagen.

Fran continuó leyendo la transcripción del juicio durante otra hora. Cuando la dejó, se frotó la frente, para mitigar el dolor de cabeza que se estaba gestando.

Da la impresión de que Gary Lasch y Annamarie Scalli llevaron su relación muy en secreto, pensó. Lo que se desprende de esto es la gran sorpresa de Molly, Peter Black, los Whitehall y sus conocidos más íntimos cuando se enteraron.

Recordó la expresión de estupor de Susan Branagan, la voluntaria de la cafetería del hospital. Afirmó que todo el mundo había dado por sentado que Annamarie Scalli estaba enamorada del simpático doctor Morrow.

Jack Morrow, que había sido asesinado pocos días antes que Gary Lasch, se recordó Fran.

Eran las diez. Pensó en ir a correr, pero hoy no le apetecía. Miraré la cartelera, pensó. Me atizaré una peli, como decía papá.

El teléfono sonó justo cuando abría la sección de espectáculos del periódico, con el fin de localizar la película adecuada, en el cine adecuado y a la hora adecuada.

Era Tim Mason.

—Sorpresa —dijo—. Espero no molestarte. He llamado a Gus, y me ha dado tu número de teléfono.

—En absoluto. Si se trata de una entrevista sobre deportes, aunque he vivido en California durante catorce años, los Yankees es mi equipo favorito. También quiero que reconstruyan Ebbets Field. Y debo añadir que, entre los Giants y los Jets, la cosa está difícil, pero si debo elegir ante un altar, me quedaría con los Giants.

Mason rió.

—Me gustan las mujeres que saben tomar decisiones. De hecho, he llamado para saber si no tenías nada mejor que hacer y accederías a tomar el *brunch* conmigo en Neary's.

El restaurante Neary's estaba justo en la esquina del apartamento de Fran, en la calle Cincuenta y siete.

Fran cayó en la cuenta de que no sólo estaba sorprendida, sino muy complacida por la invitación. Cuando se conocieron, había lamentado leer en los ojos de Mason que sabía quién era ella y quién había sido su padre, pero después se había dicho que debía esperar tal reacción. No era culpa de Fran que él conociera los antecedentes delictivos de su padre.

—Gracias. Me gustaría mucho —contestó.

—¿A mediodía?

—Fantástico.

—No te vistas de largo, por favor.

—No pensaba hacerlo. Día de descanso y todo eso.

Después de colgar, Fran habló en voz alta por segunda vez aquella mañana.

—¿De qué va este rollo? Apesta al tipo de cita pasado de moda.

Fran llegó a Neary's y encontró a Tim Mason conversando con el camarero. Vestía un niki, una chaqueta de pana verde oscuro y pantalones color tostado. Llevaba el pelo desgreñado, y la chaqueta estaba fría cuando le tocó el brazo.

—Tengo la sensación de que no has cogido un taxi —dijo cuando él se volvió.

—No me gusta abrocharme el cinturón de seguridad —dijo Tim—. He venido a pie. Me alegro de verte, Fran.

Sonrió.

Fran calzaba botas hasta el tobillo de tacones bajos, y se dio cuenta de que se sentía como en primer grado: bajita.

Un sonriente Jimmy Neary les condujo hasta una de sus cuatro mesas rinconeras, lo cual reveló a Fran que Tim Mason debía de ser un cliente habitual. Durante las semanas transcurridas desde que se había instalado en Nueva York, había ido una vez al local, con una pareja de su edificio de apartamentos. También les habían dado una mesa rinconera, y ellos le habían explicado el significado de ese gesto.

Mientras tomaban un par de bloody-mary, Tim habló de sí mismo.

—Mis padres se fueron de Greenwich cuando se divorciaron. Fue el año posterior a la universidad, cuando yo ya trabajaba para el *Greenwich Time*. El director me llamaba aprendiz de periodista, pero en realidad era el chico de los recados. Fue la última vez que viví allí.

—¿Cuántos años hace de eso? —preguntó Fran.

—Catorce.

Fran efectuó unos rápidos cálculos mentales.

—Por eso reconociste mi apellido cuando nos conocimos. Sabías lo de mi padre.

Tim se encogió de hombros.

—Sí.

Esbozó una sonrisa de disculpa.

La camarera les entregó la carta, pero los dos pidieron huevos Benedict sin consultarla. Cuando la camarera se alejó, Tim bebió un sorbo de su bloody-mary.

—No me lo has pedido, pero voy a contarte la historia de mi vida, que te resultará particularmente fascinante, pues es evidente que sabes de deportes.

No somos muy diferentes, pensó Fran mientras escuchaba a Tim hablar de su primer trabajo, la retransmisión de los juegos de las escuelas secundarias de una pequeña ciudad en el norte del estado de Nueva York. Después, Fran le contó que había hecho prácticas en una localidad cercana a San Diego, donde el acontecimiento más emocionante era el pleno del ayuntamiento.

—Cuando empiezas, aceptas el primer trabajo que cae —dijo, y él asintió.

Tim también era hijo único, pero al contrario que ella no tenía hermanastros.

—Después del divorcio, mi madre se trasladó a Bronxville —explicó—. Era la ciudad donde tanto ella como mi padre se habían criado. Compró una casa en la ciudad. ¿Y sabes qué? Mi padre compró una en la misma urbanización. Nunca se llevaron bien cuando estuvieron casados, pero ahora salen a menudo, y en vacaciones vamos a casa de él a tomar el aperitivo y a casa de ella a comer. Al principio me quedé perplejo, pero parece que ese sistema les va de maravilla.

—Bueno, me complace decir que mi madre es muy feliz, y con buenos motivos —dijo Fran—. Se volvió a casar hace ocho años. Supuso que yo regresaría a Nueva York tarde o temprano, y sugirió que adoptara el apellido de mi padrastro. Ya sabes la publicidad que hubo por lo de mi padre.

Tim asintió.

—Sí. ¿Estuviste tentada de hacerlo?

Fran dobló y desdobló su servilleta.

—No, nunca.

—¿Estás segura de que es una decisión prudente llevar a cabo investigaciones para un programa centrado en Greenwich?

—Es probable que no, pero ¿por qué lo preguntas?

—Fran, anoche asistí en Greenwich al funeral de una mujer que había conocido cuando era adolescente. Murió de un ataque de corazón en el hospital Lasch. Su hijo es amigo mío, y está furioso. Por lo visto, no hicieron todo lo posible por salvarla, y él piensa que, aprovechando las circunstancias, deberías investigar el tratamiento que reciben los pacientes en el hospital.

—¿Se pudo hacer algo más por su madre?

—No lo sé. Tal vez estaba loco de dolor, pero no me sorprendería que tuvieras noticias de él. Se llama Billy Gallo.

—¿Y por qué querría llamarme precisamente a mí?

—Porque oyó que te habían visto en la cafetería del Lasch el viernes. Apuesto a que toda la ciudad lo sabe ya.

Fran meneó la cabeza, incrédula.

—No sabía que había salido tanto en la tele para que la gente me reconociera. Lo siento. —Se encogió de hombros—. La verdad es que conseguí una información interesante, hablando con una voluntaria en la cafetería. Supongo que se habría cerrado en banda de haber sabido que era periodista.

—¿Tu visita estaba relacionada con el programa que estás preparando sobre Molly Lasch?

—Sí, pero más que nada para reunir información básica —dijo, pero no quería ahondar más en el tema—. Tim, ¿conoces a Joe Hutnik, del *Greenwich Time*?

—Sí. Joe ya trabajaba allí cuando yo entré. Un buen tipo. ¿Por qué lo preguntas?

—Joe no tiene muy buena opinión sobre las HMO en general, pero por lo visto cree que Remington Health Management no es peor que las demás.

—Bien, Billy Gallo no piensa lo mismo. —Advirtió preocupación en el rostro de Fran—. Descuida. Es un tipo muy simpático, aunque ahora está muy disgustado.

Mientras despejaban la mesa y servían el café, Fran paseó la vista alrededor. Casi todas las mesas estaban ocupadas, y un murmullo risueño reinaba en el local. Tim Mason es un chico muy agradable, pensó. Su amigo quizá me llame, o quizá no. El auténtico mensaje de Tim es que la atención de Greenwich está centrada en mí, y que los viejos chismes y chistes sobre la muerte de mi padre van a resucitar.

Fran no captó la mirada compasiva de Tim, ni fue consciente de que la expresión de sus ojos recordaban al periodista la imagen de la adolescente desolada por la muerte de su padre.

34

Annamarie Scalli había accedido a encontrarse con Molly a las ocho en un restaurante de Rowayton, una ciudad situada a quince kilómetros al noreste de Greenwich. Ella había sugerido el lugar y la hora.

—No es elegante, y está muy tranquilo los domingos, sobre todo a esa hora —había dicho—. Estoy segura de que no queremos toparnos con algún conocido.

A las seis (demasiado pronto, y lo sabía) Molly estaba preparada para marcharse. Se había cambiado dos veces de ropa, tras haberse sentido demasiado elegante con el traje negro que se puso primero, y demasiado informal en tejanos. Por fin, se decidió por pantalones azul oscuro y un jersey blanco de cuello cisne. Se recogió el pelo en un moño, y recordó que a Gary le gustaba que lo llevara de esa forma, sobre todo por los mechones que escapaban y caían sobre su cuello y orejas. Decía que le daban un aspecto muy natural. «Siempre tienes un aspecto perfecto, Molly —solía decirle—. Perfecta, elegante, refinada. Consigues que unos tejanos y una sudadera parezcan un traje de noche.»

En aquel tiempo, pensaba que se burlaba de ella. Ahora, ya no estaba tan segura. Era lo que necesitaba averiguar. Los maridos hablan de sus esposas a sus amiguitas, pensó. He de saber lo que Gary contó de mí a Annamarie Scalli. Además quiero preguntarle qué hacía la noche en que Gary murió. Al fin y al cabo, tenía muy buenos motivos para estar furiosa con él, igual que yo. Lo sé por la forma en que habló con él por teléfono.

A las siete, Molly decidió que ya era una hora razonable para salir hacia Rowayton. Cogió el impermeable y ya se dirigía hacia la puerta cuando, de pronto, volvió a su dormitorio, cogió una sencilla bufanda azul y unas grandes gafas de sol Cartier, de un estilo que estaba de moda seis años antes. Bien, al menos me proporcionarán la sensación de ir disfrazada, pensó.

En otro tiempo, el garaje con capacidad para tres coches había albergado su BMW descapotable, el Mercedes sedán de Gary, y la furgoneta negra que él había comprado dos años antes de su muerte. Molly recordó su sorpresa cuando Gary apareció un día con el vehículo.

—No pescas, no cazas y no irías ni loco de camping. El maletero del Mercedes es gigantesco, y en él caben sin problema tus palos de golf. ¿Para qué quieres la furgoneta?

En aquel momento no se le ocurrió que, para sus propósitos particulares, Gary deseara un vehículo parecido a docenas de otras furgonetas de la zona.

Después de la muerte de Gary, el primo de éste se encargó de vender los coches. Cuando Molly fue a la cárcel, había pedido a sus padres que vendieran el suyo. En cuanto le concedieron la libertad condicional, le compraron un coche nuevo para celebrarlo, un sedán azul oscuro que ella había elegido en los folletos publicitarios que le enviaban.

Había echado un vistazo al coche el primer día que llegó a casa, pero ahora subió en él por primera vez, y disfrutó del olor a nuevo. Hacía casi seis años que no conducía, y de repente se le antojó que la sensación de la llave de encendido en su mano era muy liberadora.

La última vez que había conducido fue el domingo que regresó de Cape Cod. Con las manos en el volante, Molly reprodujo en su mente aquel trayecto. Agarraba el volante con tanta fuerza que las manos me dolían, recordó mientras salía del garaje en marcha atrás, y después utilizó el control remoto para cerrar la puerta. Bajó poco a poco por el camino de acceso hasta salir a la calle. En circunstancias normales habría guardado el coche en el garaje, pero recuerdo que aquella noche paré delante de la casa y lo dejé allí. ¿Por qué lo hice?, se preguntó, mientras se esforzaba por recordar. ¿Porque llevaba la maleta, y así no tendría que cargar con ella tanto trecho?

No; fue porque estaba desesperada por hablar con Gary. Iba a hacerle las mismas preguntas que voy a formular a Annamarie Scalli ahora. Necesitaba saber qué sentía por mí, por qué se ausentaba con tanta frecuencia, por qué, si no era feliz en nuestro matrimonio, no se había sincerado conmigo, en lugar de dejarme desperdiciar tanto tiempo y energías en intentar ser una buena esposa.

Molly sintió que el resentimiento recorría su cuerpo. ¡Basta!, se dijo.

Annamarie Scalli llegó al Sea Lamp Diner a las siete y veinte. Sabía que era ridículamente temprano para su encuentro con Molly Lasch, pero deseaba ser la primera en llegar. No asimiló la impresión de hablar en persona con Molly, de que hubiera descubierto su paradero, hasta después de acceder a la cita.

Su hermana Lucy se había opuesto con todas sus fuerzas al encuentro.

—Annamarie, esa mujer estaba tan rabiosa contigo que mató a golpes a su marido —había dicho—. ¿Qué te hace pensar que no te atacará? El mismo hecho de que quizá diga la verdad cuando afirma que no recuerda haberle matado revela que es un caso clínico. Y tú siempre has tenido miedo porque sabías demasiado sobre lo que pasaba en el hospital. ¡No vayas!

Las hermanas habían discutido toda la noche, pero Annamarie estaba decidida. Había razonado que, como Molly Lasch la había localizado, sería mejor encontrarse con ella en un restaurante que correr el riesgo de que se presentara en su casa de Yonkers, o de que la acosara mientras intentaba cuidar de sus pacientes.

Una vez en el restaurante, Annamarie se encaminó al reservado de un rincón, al fondo de la larga y estrecha sala. Unas pocas personas estaban sentadas a la barra, con expresión cabizbaja. Igual de hosca estaba la camarera, que se molestó cuando Annamarie rechazó la mesa de la entrada en la que había intentado acomodarla.

El ambiente deprimente del restaurante no hizo más que aumentar la sensación de abatimiento que la había embargado durante el largo trayecto desde Buffalo. La fatiga se iba adueñando de su cuerpo. Estoy segura de que por eso me siento tan deprimida, se dijo sin demasiada convicción, mientras bebía el café tibio que la camarera le había servido con brusquedad.

Sabía que el problema era debido en gran parte a la discusión sostenida con su hermana. Aunque quería mucho a su hermana, Lucy no era tímida a la hora de herirla donde más dolía, y su letanía de «ojalás» la había afectado al fin.

—Annamarie, ojalá te hubieras casado con Jack Morrow. Como decía mamá, era uno de los hombres más bondadosos que jamás han calzado zapatos de piel. Estaba loco por ti. Y era médico, y muy bueno. ¿Recuerdas que la señora Monahan vino a vernos aquel fin de semana que le trajiste aquí? Jack dijo que no le gustaba su color. Si él no la hubiera convencido de hacerse aquellas pruebas y no hubieran descubierto el tumor, hoy no estaría viva.

Annamarie había dado la misma respuesta que repetía desde hacía casi seis años.

—Escucha, Lucy, Jack sabía que no estaba enamorada de él. Tal vez en otras circunstancias habría podido quererle. Tal vez la relación habría funcionado si las cosas hubieran sido diferentes, pero no era así. Yo era muy joven y acababa de obtener mi primer empleo. Empezaba a vivir. No estaba preparada para el matrimonio. Jack lo comprendió.

Annamarie recordó que, la semana anterior al asesinato de Jack, se había peleado con Gary. Iba hacia el despacho de Gary, pero voces airadas la detuvieron en la sala de recepción.

—El doctor Morrow está reunido con el doctor Lasch —había susurrado la secretaria—. Está muy disgustado. No se por qué, pero imagino que por lo de siempre: el tratamiento previsto para un paciente ha sido rechazado.

Recuerdo que en aquel momento me aterrorizó la posibilidad de que discutieran por mí, pensó Annamarie. Huí antes de que Jack me viera allí. Estaba segura de que lo había descubierto.

Pero más tarde, cuando Jack la detuvo en el pasillo, no había dado muestras de estar irritado con ella. En cambio, le preguntó si iría a ver a su madre pronto. Cuando Annamarie contestó que pensaba ir dentro de dos fines de semana, dijo que iba a fotocopiar un expediente muy importante, y le pidió que guardara la copia en el desván de su madre.

Me sentí tan aliviada de que no hubiera descubierto lo nuestro, y tan torturada por lo que sabía del hospital, que ni siquiera tuve curiosidad por saber qué contenía el expediente, pensó Annamarie. Dijo que me lo entregaría pronto, y me hizo prometer que no se lo contaría a nadie. Pero no me lo dio nunca, y una semana más tarde estaba muerto.

—¿Annamarie?

Sobresaltada, levantó la vista. Estaba tan absorta en sus pensamientos que no había visto entrar a Molly Lasch. Un vistazo a la otra mujer bastó para que se sintiera gorda y falta de atractivo. Las gafas de sol no conseguían ocultar las facciones exquisitas de Molly. Las manos que desanudaron el cinturón del abrigo eran largas y esbeltas. Cuando se quitó el pañuelo de seda de la cabeza, su cabello era más oscuro de lo que Annamarie recordaba, pero todavía bonito y terso.

Molly estudió a Annamarie mientras tomaba asiento frente a ella. No es como me esperaba, pensó. La había visto en el hospital varias veces, y recordaba que era muy bonita, con una figura provocativa y una masa de cabello oscuro. Pero no había nada provocativo en aquella mujer vestida con sencillez. Llevaba el pelo corto, y aunque su cara todavía era bonita, estaba un poco hinchada. Había ganado varios kilos, pero sus ojos eran adorables, castaño intenso con pestañas oscuras, si bien su expresión era de desdicha y miedo.

Me tiene miedo, pensó Molly, sorprendida de causar ese efecto en alguien.

La camarera se acercó, esta vez más cordial. Annamarie comprendió que Molly la había impresionado.

—Un té con limón, por favor —pidió ésta.

—Y más café para mí, si no le importa —añadió Annamarie cuando la camarera se volvía.

Molly esperó a que estuvieran solas para hablar.

—Me alegro de que accediera a reunirse conmigo. Sé que esto ha de resultarle tan violento como a mí, pero prometo que no la retendré demasiado, y creo que podrá ayudarme si es sincera conmigo.

Annamarie asintió.

—¿Cuándo empezó su relación con Gary?

—Un año antes de que muriera. Un día, mi coche no se puso en marcha y él me llevó a casa. Entró para tomar una taza de café. —Miró sin pestañear a Molly—. Sabía que deseaba acostarse conmigo. Una mujer siempre se da cuenta de esas cosas, ¿verdad? —Hizo una pausa y se miró las manos—. La verdad es que me gustaba, y se lo puse fácil.

Deseaba acostarse con ella, pensó Molly. ¿Fue la primera? No, probablemente no. ¿La décima? Nunca lo sabría.

—¿Había mantenido relaciones con otras enfermeras?

—No que yo sepa, pero sólo llevaba trabajando unos meses en el hospital cuando empezó lo nuestro. Insistió en la necesidad de una discreción absoluta, lo cual me iba bien. Procedo de una familia italiana muy católica, y a mi madre le hubiera dado un ataque de llegar a saber que salía con un hombre casado.

»Señora Lasch, quiero que sepa...

Annamarie se interrumpió cuando la camarera regresó con el té y más café. Annamarie observó que no dejaba con brusquedad la taza delante de Molly.

Cuando la camarera se alejó, continuó.

—Señora Lasch, quiero que sepa que lamento profundamente lo sucedido. Sé que destruí su vida. Acabó con la vida del doctor Lasch. Renuncié a mi hijo porque deseaba que empezara su vida con un padre y una madre que pudiesen proporcionarle un hogar feliz. Tal vez algún día, cuando sea adulto, querrá verme. Confío en que usted sea capaz de comprenderme, incluso de perdonarme.

Puede que usted acabara con la vida de su padre, pero mis actos desencadenaron esta tragedia.

—¿Sus actos?

—Si no me hubiera liado con el doctor Lasch, nada de esto habría sucedido. Si no le hubiera telefoneado a casa, quizá usted nunca se habría enterado.

—¿Por qué le llamó a casa?

—Bien, para empezar, me dijo que usted y él estaban hablando de divorciarse, pero no quería que usted supiera que había otra mujer de por medio. Dijo que le complicaría el divorcio, y que usted se pondría celosa y vengativa.

¿Eso decía mi marido a su amiguita de mí?, pensó Molly. ¿Dijo que estábamos hablando de divorciarnos, que yo era celosa y vengativa? ¿Ése era el hombre por cuyo asesinato fui a la cárcel?

—Dijo que había sido una suerte que usted perdiese el niño. Dijo que un niño sólo serviría para complicar la ruptura.

Molly guardó un silencio estupefacto. Santo Dios, ¿era posible que Gary hubiera dicho eso?, pensó. ¿Dijo que era una suerte que yo hubiera perdido el niño?

—Pero cuando le dije que estaba embarazada, se asustó. Dijo que me deshiciera del bebé. Dejó de verme y ni siquiera me saludaba en el hospital. Su abogado me telefoneó y me ofreció un acuerdo, siempre que yo firmara una declaración jurada de que no iba a divulgar los hechos. Llamé a su casa porque tenía que hablar con él. Estaba desesperada. Quería hablar con él de si quería o no responsabilizarse del niño. En aquel momento no era mi intención cederlo en adopción.

—Y yo descolgué el otro teléfono y oí la conversación.

—Ya.

—¿Mi marido habló alguna vez de mí con usted, Annamarie? Aparte de decir que estábamos hablando de divorciarnos, claro.

—Sí.

—Cuénteme qué le dijo, se lo ruego. He de saberlo.

—Ahora comprendo que sólo me contó de usted lo que yo deseaba oír.

—De todos modos, me gustaría saber qué fue.

Annamarie vaciló y miró a los ojos a la mujer sentada frente a ella, una mujer a la que primero había despreciado y después odiado, pero por la cual empezaba a sentir compasión.

—La consideraba una esposa aburrida.

Una esposa aburrida, pensó Molly. Por un momento creyó estar otra vez en la cárcel, cuando tomaba comida insípida, oía el ruido de las cerraduras y pasaba noche tras noche en vela.

—Como marido, y como médico, no valía el precio que usted pagó por matarle, señora Lasch —musitó Annamarie.

—Annamarie, usted cree que maté a mi marido, pero yo no estoy tan segura. La verdad es que no sé qué pasó. No sé si, pese a mis esfuerzos, algún día recordaré todo lo ocurrido aquella noche. Dígame, ¿dónde estaba usted aquel domingo por la noche?

—En mi apartamento, haciendo la maleta.

—¿Había alguien con usted?

Las pupilas de Annamarie se dilataron.

—Señora Lasch, pierde el tiempo si ha venido aquí con el propósito de insinuar que tuve algo que ver con la muerte de su marido.

—¿Sabe de alguien que tuviera motivos para matarle? —Molly percibió el sobresalto en los ojos de la otra mujer—. Annamarie, usted teme algo. ¿Qué es?

—No temo nada y no sé nada más. Escuche, debo marcharme.

Annamarie se dispuso a levantarse.

Molly la retuvo por la muñeca.

—Annamarie, en esa época apenas tenía veinte años. Gary era un hombre sofisticado. Nos engañó a las dos, y ambas teníamos motivos para estar furiosas, pero no creo que yo le matara. Si tiene motivos para pensar que otra persona estaba resentida con él, dígame quién es, se lo ruego. Al menos me concedería un punto de partida. ¿Se peleó con alguien?

—Sí. Con el doctor Jack Morrow.

—¿Morrow? Pero si murió antes que Gary.

—Sí, y antes de morir el doctor Morrow se comportaba de una manera extraña. Me pidió que le guardara una copia de un expediente. Le asesinaron antes de que me la entregara. —Annamarie liberó su mano—. Señora Lasch, ignoro si mató o no a su marido, pero si no lo hizo, no debería ir por ahí haciendo preguntas.

Annamarie casi tropezó con la camarera, que volvía por si querían algo más. Molly pidió la cuenta y pagó a toda prisa. Cogió su abrigo, ansiosa por alcanzar a Annamarie. Conque una esposa aburrida, pensó airada, mientras salía del restaurante.

De regreso a Greenwich, Molly repasó su breve conversación con Annamarie Scalli. Sabe algo que no quiere decirme, pensó. Es como si tuviera miedo. Pero ¿de qué?

Aquella noche, Molly miró con incredulidad la noticia de portada del telediario de la CBS de las once, referente al cadáver recién descubierto de una mujer no identificada que había sido apuñalada en su coche, en el aparcamiento del Sea Lamp Diner de Rowayton.

35

Tom Serrazzano, ayudante del fiscal del distrito, no había intervenido en el caso de Molly Carpenter Lasch, pero siempre lo había lamentado. Para él, no cabía duda de que la mujer era culpable, y debido a quién era había recibido el mejor trato posible: sólo cinco años y medio por asesinar a su marido.

Tom estaba en funciones cuando Molly fue juzgada, y se quedó anodadado cuando el fiscal aceptó una condena leve a cambio de la confesión voluntaria. Creía que todo fiscal digno de ese cargo habría continuado el juicio y buscado la condena por asesinato en primer grado.

Le molestaba en especial que los culpables tuvieran dinero y buenos contactos, como Molly Carpenter Lasch.

Tom, al que faltaba poco para cumplir los cincuenta, había dedicado toda su carrera legal a la defensa de la ley. Después de hacer oposiciones a juez, había entrado en la oficina del fiscal del distrito, y al cabo de cierto tiempo se había ganado fama de fiscal duro.

El lunes por la mañana, el asesinato de una joven, identificada al principio como Annamarie Sangelo, vecina de Yonkers, adquirió un nuevo significado cuando la investigación reveló que su verdadero nombre era Annamarie Scalli, la «otra mujer» en el caso del doctor Gary Lasch.

La declaración de la camarera del Sea Lamp Diner, sobre todo cuando describió a la mujer con quien la Scalli se había citado, convenció a Serrazzano. Para él, ya era un caso cerrado.

—Sólo que esta vez no aceptaremos una confesión voluntaria —dijo a los detectives que trabajaban en el caso.

36

Es muy importante que sea precisa en todo lo que les diga, se repitió Molly una y otra vez durante toda la noche.

Annamarie salió del restaurante antes que yo. Pagué la cuenta. En el trayecto entre la mesa y la puerta sólo podía oír la voz de Annamarie, diciendo que Gary se alegraba de que hubiera perdido el niño, que me consideraba una esposa aburrida. De pronto experimenté la sensación de que me faltaba el aire.

Había muy pocos coches en el aparcamiento cuando salí del restaurante. Uno de ellos era un jeep, que seguía allí cuando me fui. Vi marcharse un coche. Pensé que era Annamarie, y la llamé. Recuerdo que quería preguntarle algo. Pero ¿qué? ¿Qué quería preguntarle?

La camarera me describirá. Sabrán que era yo. Me harán preguntas. He de llamar a Philip y explicarle lo que pasó.

Philip cree que maté a Gary.

¿Lo hice?

Santo Dios, sé que no hice nada a Annamarie Scalli. ¿Lo creerán? ¡No! ¡Otra vez no! No puedo sufrir el mismo calvario por segunda vez.

Fran. Fran me ayudará. Empieza a creer que no maté a Gary. Sé que me ayudará.

En las noticias de las siete de la mañana dijeron que la víctima del asesinato de Rowayton era Annamarie Sangelo, empleada del Visiting Nurse Service de Yonkers. Aún no saben quién es, pensó Molly. Pero pronto lo averiguarán.

Se obligó a esperar hasta las ocho para llamar a Fran, y se encogió cuando captó preocupación e incredulidad en su voz.

—Molly, ¿me estás diciendo que te encontraste con Annamarie Scalli anoche, y que la han asesinado?

—Sí.

—¿Has llamado a Philip Matthews?

—Todavía no. Dios mío, me dijo que no la viera.

Fran revivió en un segundo la transcripción del juicio que había leído, incluido el abrumador testimonio de Calvin Whitehall.

—Molly, voy a llamar a Matthews ahora mismo. —Hizo una pausa, y luego añadió, con voz más perentoria—: Escúchame bien. No contestes al teléfono. No abras la puerta. No hables con nadie, ni siquiera con Jenna, hasta que Philip Matthews esté contigo. Júralo.

—Fran, ¿crees que maté a Annamarie?

—No, Molly, yo no, pero otras personas sí lo creerán. Ahora, siéntate y espera. Llegaré lo antes posible.

Una hora después, Fran llegó a casa de Molly. Ésta abrió la puerta antes de que su amiga pudiera llamar.

Aparenta estado de shock, pensó Fran. Por Dios, ¿es posible que sea culpable de dos asesinatos? Molly tenía la tez cenicienta, tan blanca como la bata de felpilla que parecía demasiado grande para su delgado cuerpo.

—Fran, no lo soportaré otra vez. Antes prefiero suicidarme —susurró.

—Ni se te ocurra —dijo Fran, mientras le estrechaba las manos. Las notó frías y temblorosas—. Philip estaba en su despacho cuando le llamé. Viene hacia aquí. Sube al baño, toma una ducha caliente y vístete. Oí por la radio del coche que han identificado a Annamarie. No cabe duda de que la policía vendrá a hablar contigo. No quiero que te vean con este aspecto.

Molly asintió y, como una niña obediente, dio media vuelta y subió la escalera.

Fran se quitó el chaquetón y miró con aprensión por la ventana. Sabía que en cuanto circulara la noticia de que Molly se había encontrado con Annamarie Scalli en el restaurante, los medios acudirían como una manada de lobos.

Aquí viene el primero, pensó, cuando un coche rojo giró por la calle. Fran se sintió aliviada cuando vio a Edna Barry detrás del volante. Fue a la cocina y observó que no había señales de que Molly hubiera preparado café.

Sin hacer caso de la hostilidad instantánea que apareció en la cara de la señora Barry cuando entró, Fran dijo:

—Señora Barry, ¿quiere hacer el favor de preparar café y lo que Molly acostumbre a desayunar?

—¿Ha pasado algo...?

El timbre de la puerta principal la interrumpió.

—Yo iré —dijo Fran. Dios mío, por favor, que sea Philip Matthews.

En efecto, era Philip, pero su expresión preocupada la convenció todavía más de la gravedad de la situación.

El abogado fue al grano.

—Señorita Simmons, agradezco que me llamara, y agradezco que haya advertido a Molly de que no hablara con nadie. No obstante, esta situación no hace más que beneficiar a usted y a su programa. Debo advertirle que no permitiré que interrogue a Molly o esté presente cuando yo hable con ella.

Se comporta igual que la semana pasada, cuando intentó impedir a Molly que hablara con la prensa a las puertas de la prisión, pensó Fran. Tal vez crea que mató a Gary Lasch, pero es la clase de abogado que Molly necesita. Si es preciso, se batirá en duelo por ella. Era una idea consoladora.

—Señor Matthews —dijo—, conozco lo suficiente la ley para saber que sus conversaciones con Molly son privadas y las mías no. Creo que aún está convencido de que Molly mató a su marido. Yo también lo creía al principio, pero durante los últimos días me han entrado serias dudas. Al menos, hay un montón de preguntas que exigen respuesta.

Matthews continuó mirándola con frialdad.

—Quizá piense que es un truco periodístico —dijo con brusquedad Fran—. No lo es. Como persona que quiere mucho a Molly y desea ayudarla, y que quiere averiguar la verdad, por dolorosa que sea, sugiero que afronte el caso de Molly con mentalidad abierta. De lo contrario, será mejor que desista.

Le dio la espalda. Necesito una taza de café tanto como Molly, decidió.

Matthews la siguió a la cocina.

—Escucha, Fran... Te llamas Fran, ¿verdad? —preguntó—. Quiero decir, así te llaman tus amigos, ¿verdad?

—Sí.

—Creo que será mejor que nos tuteemos. Cuando hable con Molly no podrás estar presente, pero sería útil que me informaras de todo lo que sabes.

El antagonismo se había esfumado de su rostro. El tono protector con que pronunció el nombre de Molly impresionó a Fran. Significa mucho más para él que una simple cliente, decidió. Era un pensamiento tranquilizador.

—De hecho, me gustaría comentar ciertas cosas contigo —dijo.

La señora Barry había terminado de preparar la bandeja para Molly.

—Café, zumo, y tostada o magdalena, como siempre —explicó.

Fran y Matthews se sirvieron café. Fran esperó a que la señora Barry subiera la escalera con la bandeja.

—¿Sabes que toda la gente del hospital se llevó una sorpresa cuando se enteró de la relación de Annamarie con Gary Lasch, porque pensaban que vivía un romance con el doctor Jack Morrow, que también trabajaba en el hospital Lasch? ¿Y que Jack Morrow fue asesinado en su consulta dos semanas antes de que Lasch muriera? ¿Lo sabías?

—No.

—¿Llegaste a conocer a Annamarie Scalli?

—No, el caso se resolvió antes de que prestara declaración.

—¿Recuerdas si se habló de algo referente a una llave de la casa que guardaban escondida en el jardín?

Matthews frunció el entrecejo.

—Tal vez se comentara algo, pero no condujo a nada. Yo albergaba la sensación de que, teniendo en cuenta las circunstancias del asesinato y que Molly tenía manchas de sangre del doctor Lasch, la investigación de su muerte empezaba y terminaba con ella.

»Fran, sube a decirle a Molly que he de verla ahora mismo. Recuerdo que tiene una salita de estar en su suite. Hablaré con ella antes de permitir que la policía se le acerque. Ordenaré a la señora Barry que les haga esperar aquí abajo.

En ese momento, una afectada señora Barry apareció en la cocina.

—Cuando subí a su habitación hace un momento, con el desayuno, Molly estaba acostada, vestida de pies a cabeza y con los ojos cerrados. —Hizo una pausa—. ¡Dios santo, es igual que la última vez!

37

Peter Black siempre empezaba el día echando un vistazo al mercado de valores internacional en uno de los canales por cable de economía y finanzas. Luego, tomaba un desayuno espartano, durante el cual exigía un silencio absoluto, y más tarde escuchaba música clásica en la radio del coche mientras iba al trabajo.

En ocasiones, cuando llegaba al hospital, daba un breve paseo antes de dirigirse a su despacho.

El lunes por la mañana el sol se había ocultado. Durante la noche, la temperatura había descendido siete grados, y Black decidió que un paseo de diez minutos le despejaría la cabeza.

Había sido un fin de semana difícil. La visita a Molly Lasch, el sábado por la noche, había resultado otro fracaso, debido a la idea estúpida y mal concebida que se había hecho Cal Whitehall de cómo conseguir la colaboración de la mujer.

Peter Black frunció el entrecejo cuando vio el envoltorio de un chicle tirado al borde del aparcamiento, y tomó nota mental de ordenar a su secretaria que llamara al servicio de mantenimiento y criticara su inoperancia.

La tozuda insistencia de Molly en aferrarse a la idea de su inocencia en la muerte de Gary le enfurecía. «Yo no lo hice. El asesino escapó.» ¿A quién quería engañar? De todos modos, sabía bien lo que Molly hacía. Era una estrategia: repite una mentira, con énfasis, y a la larga se convertirá en verdad.

Todo saldrá bien, se dijo. Las fusiones se llevarán a cabo. A fin de cuentas, partían con ventaja sobre la competencia, y el proceso de absorción de las demás HMO ya se había iniciado. Aquí es donde echamos de menos a Gary, pensó Black. Yo no tengo paciencia para las interminables piruetas sociales y agasajos necesarios para captar a ejecutivos clave de otras empresas. Cal puede utilizar su influencia para conquistar a algunos, se dijo, pero la agresividad de Cal no funciona con todo el mundo. Si no somos cautos, algunos podrían fichar por otras compañías de seguros médicos.

Peter Black arrugó la frente y, con las manos en los bolsillos, continuó su paseo alrededor de la nueva ala del hospital, pensando en sus primeros tiempos en el centro, y recordando con torva admiración la facilidad de Gary Lasch para desenvolverse en cualquier acontecimiento social. Podía renunciar a su encanto y, en caso necesario, a su comportamiento solícito para adoptar aquella expresión preocupada que tan bien había perfeccionado.

Gary sabía lo que hacía cuando se casó con Molly, reflexionó Black. Molly era la perfecta anfitriona estilo Martha Stewart, con su aspecto, su dinero y los contactos de su familia. La gente importante se sentía halagada cuando era invitada a sus fiestas.

Todo había funcionado a la perfección, como un mecanismo de

relojería, pensó Peter Black, hasta que Gary cometió la locura de liarse con Annamarie Scalli. De todas las mujeres jóvenes y sexies del mundo, tenía que elegir a una enfermera que también era lista.

Demasiado lista.

Había llegado a la entrada del edificio de ladrillo estilo colonial que albergaba las oficinas de Remington Health Management. Pensó por un momento en proseguir su paseo, pero después decidió entrar. El día acababa de empezar, y tarde o temprano tendría que hacerle frente.

A las diez recibió una llamada de una Jenna casi histérica.

—Peter, ¿te has enterado de la noticia? Una mujer que fue asesinada anoche en el aparcamiento de un restaurante de Rowayton ha sido identificada como Annamarie Scalli, y la policía está interrogando a Molly. En la radio acaban de decir que se sospecha de ella.

—¿Annamarie Scalli ha muerto? ¿Molly es sospechosa?

Peter Black ametralló a Jenna con preguntas, a fin de obtener todos los detalles.

—Al parecer, Molly se reunió con Annamarie en ese restaurante —dijo Jenna—. Si te acuerdas, el sábado dijo que quería verla. La camarera declaró que Annamarie fue la primera en salir del local, pero Molly la siguió menos de un minuto después. Cuando el restaurante cerró, un poco más tarde, por lo visto alguien reparó en un coche que llevaba en el aparcamiento bastante rato, y fueron a echar un vistazo, porque han tenido problemas con adolescentes que aparcan allí y beben. Y encontraron a Annamarie cosida a puñaladas.

Cuando Peter Black colgó, se reclinó en la butaca con expresión pensativa. Un momento después, sonrió y exhaló un gran suspiro, como si se hubiera librado de un gran peso. Abrió un cajón del escritorio y extrajo una botella. Se sirvió un dedo de whisky, y levantó el vaso para brindar.

—Gracias, Molly —dijo en voz alta, y luego bebió.

38

El lunes por la mañana, cuando Edna Barry llegó a su casa después de trabajar en casa de Molly, su vecina y amiga íntima Marta se acercó presurosa antes de que hubiera bajado del coche.

—Lo han dicho en todas las emisoras —dijo Marta casi sin aliento—. La policía está interrogando a Molly Lasch, y es sospechosa del asesinato de la enfermera.

—Entra a tomar una taza de té conmigo —dijo Edna—. No puedes imaginar el día que he tenido.

Sentadas a la mesa de la cocina, mientras tomaban té y su tarta de café casera, Edna explicó el susto que se había llevado al ver a Molly acostada vestida.

—Pensé que el corazón me iba a fallar. Estaba dormida como un tronco, al igual que la última vez. Cuando abrió los ojos parecía confusa, y luego sonrió. Sentí escalofríos. Era como hace seis años. Casi esperé verla cubierta de sangre.

Explicó que había bajado corriendo la escalera para decírselo a esa periodista, Fran Simmons, que había aparecido en la casa a primera hora de la mañana, y al abogado de Molly. Habían obligado a Molly a incorporarse, después la habían conducido a su sala de estar, donde había tomado varias tazas de café.

—Al cabo de un rato, las mejillas de Molly empezaron a tomar color, aunque sus ojos no perdieron aquella mirada inexpresiva. Y después —se inclinó hacia Marta—, Molly dijo: «Philip, yo no he matado a Annamarie Scalli, ¿verdad?»

—¡Oh! —exclamó Marta, cuya boca formaba un círculo de asombro, con los ojos abiertos de par en par detrás de sus gafas.

—Bueno, te puedo decir que, en cuanto dijo eso, Fran Simmons me cogió del brazo y me empujó escaleras abajo a la velocidad del rayo. No quería que pudiera informar de nada a la policía.

Edna no añadió que la pregunta de Molly la había liberado de una terrible sospecha. Estaba claro que Molly era una perturbada. Nadie que no estuviera enfermo mataría a dos personas sin siquiera recordarlo después. Todas sus preocupaciones secretas acerca de Wally habían sido estériles.

A salvo en su cocina, alejadas sus preocupaciones por Wally, describió los acontecimientos de la mañana a su confidente.

—Apenas habíamos bajado, cuando una pareja de detectives apareció en la puerta. Eran de la oficina del fiscal. Fran Simmons les condujo al salón y les dijo que Molly estaba reunida con su abogado, pero yo sabía que el pobre hombre estaba intentando serenarla. No habrían podido sacarla en ese estado.

Su boca formó una línea recta, en señal de desaprobación. Edna se sirvió una segunda porción de tarta de café.

—Pasó media hora antes de que el abogado de Molly bajara. Es el mismo que la defendió en el juicio.

—¿Qué pasó después? —preguntó Marta, ansiosa.

—Matthews, el abogado, dijo que iba a hacer una declaración en nombre de su cliente. Dijo que Molly se había reunido con Annamarie Scalli en el restaurante la noche anterior, porque deseaba dar por concluida la terrible tragedia de la muerte de su marido. Estuvieron juntas durante quince o veinte minutos. Annamarie Scalli se fue del restaurante mientras Molly pagaba la cuenta. Molly fue directamente a su coche y volvió a casa. Se enteró de la muerte de la señorita Scalli por las noticias, y expresó sus condolencias a la familia. Aparte de eso, no sabía nada más sobre lo sucedido.

—Edna, ¿viste a Molly después de eso?

—Bajó en cuanto la policía se fue. Debía de estar escuchando desde el pasillo de arriba.

—¿Cómo se comportó?

Por primera vez desde que se había iniciado la conversación, Edna mostró cierta compasión por su patrona.

—Bueno, Molly siempre es tranquila, pero esta mañana estaba diferente. Parecía no enterarse de lo que estaba sucediendo. Igual que después de la muerte del doctor Lasch, como si dudase de dónde estaba o de qué había pasado.

»Lo primero que dijo a Matthews fue: "Creen que yo la maté, ¿verdad?" Entonces, Fran Simmons me dijo que quería hablar conmigo en la cocina, una forma de no dejarme oír lo que estaban planeando.

—¿No sabes de qué hablaron? —preguntó Marta.

—No, pero lo imagino. La policía quiere saber si Molly mató a esa enfermera.

—Mamá, ¿alguien quiere perjudicar a Molly?

Edna y Marta, sobresaltadas, alzaron la vista y vieron a Wally en la puerta.

—No, Wally, nada de eso —dijo Edna—. No te preocupes. Sólo le están haciendo algunas preguntas.

—Quiero verla. Siempre fue amable conmigo. El doctor Lasch me trataba mal.

—Bueno, Wally, no hablemos de eso —dijo Edna, nerviosa, con la esperanza de que Marta no captara nada significativo en la ira que revelaba la voz de Wally, ni reparara en su mueca de rabia.

Wally se acercó a la encimera y les dio la espalda.

—Ayer pasó a verme —susurró Marta—. Hablaba de que quería ir a ver a Molly Lasch. Tal vez deberías acompañarle a saludarla. Eso le tranquilizaría.

Edna ya no escuchaba. Toda su atención estaba concentrada en su hijo, que estaba rebuscando algo en un bolsillo.

—¿Qué haces, Wally? —preguntó con brusquedad.

Él se volvió hacia ella y exhibió un llavero.

—Voy a buscar la llave de Molly, mamá. Te prometo que esta vez la devolveré a su sitio.

39

El lunes por la tarde, la camarera Gladys Fluegel acompañó de muy buena gana al detective Ed Green al palacio de justicia de Stamford, donde refirió lo que había observado del encuentro entre Annamarie Scalli y Molly Carpenter Lasch.

Al tiempo que Gladys intentaba disimular su placer por el trato deferencial que le deparaban, Victor Packwell, otro hombre joven que se presentó como ayudante del fiscal de distrito, salió a recibirles. Les guió hasta una habitación con una mesa de conferencias, y preguntó a Gladys si le apetecía café, un resfresco o agua.

—Le ruego que no se ponga nerviosa, señora Fluegel. Tal vez nos sea de gran ayuda —la tranquilizó.

—Para eso he venido —respondió ella con una sonrisa—. Un refresco. *Light*, por favor.

Gladys, de cincuenta y ocho años, tenía la cara surcada de arrugas, el resultado de cuarenta años de fumar un cigarrillo tras otro. Su cabello, de un rojo intenso, mostraba raíces grises. Gracias a su afición a comprar por Internet, siempre estaba endeudada. Nunca se había casado, nunca había tenido un novio formal, y vivía con sus pendencieros padres ancianos.

A medida que la treintena daba paso a la cuarentena, y ésta a la cincuentena, casi sin darse cuenta la visión de la vida de Gladys se agrió. Daba la impresión de que las contingencias ya no albergaban posibilidades. Ya no estaba segura de que, algún día, fuera a sucederle algo maravilloso. Había esperado con paciencia a que surgieran emociones en su vida, pero nunca había pasado. Hasta ahora.

Le gustaba mucho el oficio de camarera, pero con los años había llegado a ser brusca e impaciente con los clientes, al menos en ocasiones. Le molestaba ver parejas con las manos enlazadas sobre la mesa, o a padres que sacaban a sus hijos a cenar por las noches, porque había dejado pasar aquel tipo de vida.

A medida que su actitud resentida se profundizaba, le había costado cierto número de empleos, hasta que por fin se convirtió en un elemento decorativo más del Sea Lamp, donde la comida era mediocre y la clientela escasa. Daba la impresión de que el lugar encajaba con su personalidad.

El domingo por la noche se había sentido particularmente irritada, debido al hecho de que la otra camarera fija había llamado para decir que se encontraba indispuesta, y Gladys se había visto obligada a sustituirla.

—Llegó una mujer a eso de las siete y media —explicó a los detectives, disfrutando de la sensación de importancia que le proporcionaba su atención solícita, por no mencionar al funcionario que tomaba nota de cada una de sus palabras.

—Descríbala, por favor, señora Fluegel. —Ed Green, el joven detective que la había acompañado en coche a Stamford, se comportaba con extrema educación.

¿Sus padres estarán divorciados?, se preguntó Gladys. En tal caso, no me importaría conocer a su padre.

—¿Por qué no me llama Gladys? Todo el mundo lo hace.

—Como prefieras, Gladys.

Ella sonrió y luego se llevó la mano a la boca como si intentase recordar.

—La mujer que llegó antes... Vamos a ver... —Apretó los labios. No iba a decirles que aquella mujer la había irritado porque había insistido en ocupar un reservado del fondo—. Aparentaba unos treinta años, tenía el pelo corto y oscuro, delgada. Me cuesta precisar más. Llevaba pantalones y una parka.

Comprendió que sabían muy bien el aspecto de la mujer, y que se llamaba Annamarie Scalli, pero también intuyó que, paso a paso, necesitaban precisar los hechos. Además, su atención la tenía encantada.

Les dijo que la señorita Scalli sólo había pedido café, ni siquiera una pasta o un trozo de tarta, lo cual significaba que la propina no daría ni para chicles.

Sonrieron al oír ese comentario, y ella lo interpretó como un estímulo.

—Después entró esa mujer tan elegante, y al instante me di cuenta de que no sentían el menor afecto la una por la otra.

El detective Green alzó una foto.

—¿Es esta la mujer que se reunió con Annamarie Scalli?

—¡La misma!

—¿Puedes describirnos su actitud, Gladys? Piénsalo bien. Podría ser muy importante.

—Las dos estaban nerviosas —dijo la camarera, poniendo énfasis en sus palabras—. Cuando llevé el té a la segunda dama, oí que la otra la llamaba señora Lasch. No oí lo que hablaban, salvo fragmentos de conversación cuando les atendí y cuando limpié una mesa cercana. —Se dio cuenta de que su información decepcionaba a los detectives, de modo que se apresuró a añadir—: Pero había pocos clientes, y como estaba limpiando y esas mujeres habían despertado mi curiosidad, me senté en un taburete de la barra y las observé. Más tarde, claro, me di cuenta de que había visto la foto de Molly Lasch en el periódico de la semana pasada.

—¿Qué sucedió entre Molly Lasch y Annamarie Scalli?

—Bueno, la mujer de cabello oscuro, me refiero a Annamarie Scalli, empezó a ponerse cada vez más nerviosa. Francamente, era como si tuviera miedo de Molly Lasch.

—¿Miedo, Gladys?

—Sí, miedo. No la miraba a la cara, y la verdad es que no la culpo. La rubia, me refiero a la señora Lasch... bueno, créanme, tendrían que haber visto la cara que puso mientras Annamarie Scalli hablaba. Fría como un iceberg. No le gustaba nada lo que estaba oyendo.

»Después, vi que la señorita Scalli se disponía a levantarse. Era evidente que deseaba estar a mil kilómetros de allí. Me acerqué para ver si deseaban algo más, ya saben, otra ronda.

—¿Dijo algo? —preguntaron al unísono el detective Green y el ayudante del fiscal Victor Packwell.

—Dejen que se lo explique —respondió Gladys—. Annamarie

Scalli se levantó y la señora Lasch la agarró por la muñeca para impedir que se marchara. Entonces, la señorita Scalli se soltó y salió corriendo. Con las prisas, estuvo a punto de derribarme.

—¿Qué hizo la señora Lasch? —preguntó Packwell.

—No pudo reaccionar con la misma rapidez. Le di la cuenta, un dólar treinta. Lanzó cinco dólares sobre la mesa y salió corriendo tras la señorita Scalli.

—¿Parecía enfadada? —preguntó Packwell.

Gladys entornó los ojos, en un dramático esfuerzo por recordar y describir la apariencia de Molly en aquel momento.

—Yo diría que tenía una expresión extraña, como si le hubieran dado un puñetazo en el estómago.

—¿Vio a la señora Lasch subir a su coche?

Gladys meneó la cabeza.

—No. Cuando abrió la puerta que daba al aparcamiento, tuve la impresión de que hablaba sola, y luego la oí gritar «Annamarie», y supuse que quería decirle algo más.

—¿Sabes si Annamarie Scalli la oyó?

Gladys presintió que los detectives sufrirían una horrible decepción si no les daba una respuesta contundente. Vaciló.

—Bueno, estoy segura de que logró llamar su atención, porque la señora Lasch la llamó de nuevo, y después gritó «Espere».

—¿Gritó a Annamarie que esperara?

Fue así, ¿verdad?, se preguntó Gladys. Imaginaba que la señora Lasch volvería por el cambio, pero luego me di cuenta de que lo único que le interesaba era alcanzar a la otra mujer.

Espere.

¿Gritó eso Molly Lasch, o la pareja que acababa de entrar dijo en voz alta «Camarera»?

Gladys vio la emoción en los rostros de los detectives. No quería que aquel momento terminara. Era algo que siempre había esperado. Toda su vida. Por fin le tocaba a ella. Miró de nuevo los rostros ansiosos.

—Lo que quiero decir es que gritó dos veces el nombre de Annamarie, y cuando después dijo «Espere», tuve la sensación de que había logrado atraer su atención. Creí que Annamarie Scalli esperaría en el aparcamiento para hablar con la señora Lasch. —Así debió de ser, más o menos, se dijo mientras los dos hombres sonreían de oreja a oreja.

—Gladys, eres de vital importancia para nosotros —repuso Victor Packwell, agradecido—. Debo decirte que, en su momento, te necesitaremos de nuevo para que prestes declaración.

—Me alegro de poder ayudar —aseguró Gladys.

Al cabo de una hora, después de haber leído y firmado su declaración, Gladys regresaba a Rowayton en el coche del detective Green. Lo único que empañaba su felicidad era la respuesta de Green a su pregunta sobre el estado civil de su padre.

Sus padres acababan de celebrar su cuarenta aniversario de bodas.

Al mismo tiempo, en el palacio de justicia de Stamford, el ayudante del fiscal Tom Serrazzano comparecía ante un juez para solicitar una orden de registro de la casa y el automóvil de Molly Carpenter Lasch.

—Señoría —dijo Serrazzano—, tenemos probables motivos para creer que Molly Lasch asesinó a Annamarie Scalli. Creemos que pueden encontrarse pruebas pertinentes sobre este crimen en ambos lugares. Si hay manchas de sangre, cabellos o fibras en sus ropas, o un arma en su coche, queremos encontrarlos antes de que esa mujer se deshaga de ellos.

40

Mientras regresaba a Nueva York desde Greenwich, Fran repasaba los acontecimientos de la mañana.

La prensa había llegado a casa de Molly justo cuando los detectives de la oficina del fiscal se marchaban. Gus Brandt había pasado una cinta de archivo sobre la liberación de Molly Lasch, mientras Fran emitía en directo por teléfono desde casa de Molly.

Cuando la Merritt Parkway se convirtió en la Hutchinson River Parkway, Fran reprodujo su reportaje mentalmente:

«En un giro insospechado de los acontecimientos, se ha confirmado que la mujer encontrada anoche muerta a puñaladas en el aparcamiento del Sea Lamp Diner de Rowayton, Connectituct, ha sido identificada como Annamarie Scalli. La señorita Scalli fue la denominada "otra mujer" en el caso del asesinato del doctor Gary Lasch, que ocupó los titulares hace seis años y también la semana pasada, cuando Molly Carpenter Lasch, la esposa del doctor

Lasch, salió de la cárcel donde había estado recluida por el asesinato de su marido.

»Aunque los detalles todavía son escasos, la policía ha señalado que la señora Lasch fue vista anoche en el restaurante de Rowayton, junto con la víctima del asesinato.

»En una declaración preparada, el abogado de la señora Lasch, Philip Matthews, explicó que su clienta había solicitado una entrevista con la señorita Scalli para poner fin a un doloroso capítulo de su vida, y que ambas habían mantenido una conversación sincera y franca. Annamarie Scalli fue la primera en marcharse del restaurante, y Molly Lasch no volvió a verla. Expresa su pésame a la familia Scalli.»

Después de terminar la emisión, Fran había subido al coche con la intención de volver a la ciudad, pero la señora Barry había salido de la casa para alcanzarla. Cuando entró, un Philip Matthews de rostro sombrío y expresión desaprobadora había pedido que le acompañara al estudio. Cuando entró, encontró a Molly sentada en el sofá, con las manos enlazadas y los hombros caídos. La primera impresión de Fran fue que los tejanos y el jersey de punto de Molly habían aumentado una talla, tan encogida se la veía.

—Molly me ha asegurado que, en cuanto me vaya, te dirá todo lo que me ha contado —dijo Matthews—. Como abogado suyo, sólo puedo aconsejarla. Por desgracia, no puedo obligarla a que acepte mis consejos. Me doy cuenta de que Molly te considera su amiga, Fran, y creo que la aprecias, pero la cuestión es que, si te citaran a declarar, tal vez te verías obligada a contestar a preguntas que no querrías responder. Es por ese motivo que le he aconsejado que no te explique los acontecimientos de esta noche. Como ya he dicho, sólo puedo aconsejarla.

Fran había advertido a Molly que lo que decía Philip era completamente cierto, pero ella había insistido en que Fran supiera lo ocurrido.

—Anoche me encontré con Annamarie. Hablamos durante quince o veinte minutos —dijo Molly—. Se fue antes que yo, y volví a casa. No la vi en el aparcamiento. Un coche se puso en marcha cuando salí del restaurante, y la llamé creyendo que era ella. Sin embargo, la persona del coche o no me oyó o no quiso oírme.

Fran preguntó si era posible que el conductor del coche fuera Annamarie, y sugirió que tal vez había vuelto al aparcamiento después, pero Philip indicó que habían encontrado a Annamarie en su jeep. Molly estaba segura de que el vehículo que vio salir del aparcamiento era un sedán.

A continuación, Fran preguntó a Molly de qué habían hablado ella y Annamarie. Sobre la cuestión de la cita, Fran pensaba que Molly no se había sincerado del todo. ¿Hay algo que no quiere que sepa?, pensó. Si es así, ¿de qué se trataba, y por qué Molly se mostraba reservada? ¿Intentaba utilizarla de alguna manera?

Cuando Fran entró en la Cross County Parkway, que la conduciría a la West Side Highway de Manhattan, repasó otras preguntas sin respuesta concernientes a Molly Lasch, por ejemplo: esta mañana, ¿por qué volvió Molly a acostarse después de ducharse y vestirse?

Un escalofrío recorrió la espina dorsal de Fran. ¿Tenía yo razón desde el primer momento?, se preguntó. ¿Asesinó Molly a su marido? Tal vez la pregunta crucial era: ¿quién es Molly, y qué clase de persona es?

Ésa fue la misma pregunta que Gus Brandt lanzó a Fran cuando la periodista regresó a su despacho.

—Fran, parece que esto se va a convertir en un caso parecido al de O. J. Simpson, y tú tienes enchufe con Molly Lasch. Si continúa cargándose gente, cuando llegue el momento de emitir su programa necesitaremos dos episodios en lugar de uno para contar toda la historia.

—¿Estás convencido de que Molly apuñaló a Annamarie Scalli? —preguntó.

—Fran, hemos echado un vistazo a las cintas del lugar de los hechos. La ventanilla del conductor del jeep estaba abierta. Imagínalo. Scalli oyó que Lasch la llamaba y bajó la ventanilla.

—Eso debería significar que Molly acudió a la cita con todo planeado, incluido el cuchillo —repuso Fran.

—Quizá no encontró una escultura que cupiera en su bolso —dijo Gus, y se encogió de hombros.

Fran volvió a su despacho, reflexionando. Va a pasar lo mismo de la otra vez, pensó. Aunque no encuentren la menor prueba que relacione a Molly con la muerte de Annamarie Scalli, dará igual. Ya ha sido juzgada culpable de un segundo asesinato. Tan sólo ayer, pensaba que hace seis años nadie se molestó en buscar otra explicación a la muerte de Gary Lasch. Lo mismo está pasando ahora.

—Edna Barry —dijo en voz alta cuando entró en el despacho.

—¿Edna Barry? ¿Qué pasa con ella?

Fran se volvió, sobresaltada. Tim Mason estaba detrás de ella.

—Tim, acabo de darme cuenta de algo. Esta mañana, el ama de llaves Edna Barry bajó corriendo la escalera para decirnos a Philip Matthews y a mí que Molly había vuelto a acostarse. Dijo: «Dios mío, es igual que la última vez.»

—¿Qué quieres decir, Fran?

—Hay algo que me ha estado torturando. Más que lo que Edna Barry dijo, fue la forma como lo dijo. Como si se alegrara de encontrar a Molly de esa manera. ¿Por qué habría de gustarle a esa mujer que Molly repitiera su reacción ante la muerte de Gary Lasch?

41

—Molly no contesta al teléfono. Llévame a su casa, Lou.

Jenna, irritada e impaciente por no haber podido escapar de su despacho debido a una larga reunión celebrada durante la hora de comer, había cogido el tren de las dos y diez a Greenwich, donde Lou Knox la esperaba en la estación, siguiendo sus instrucciones.

Lou entornó los ojos mientras miraba por el retrovisor. Como era consciente de su mal humor, sabía que no era el momento de llevar la contraria a Jenna, pero no tenía elección.

—Señora Whitehall, su marido quiere que vaya directamente a casa.

—Bien, pues es una pena, Lou. Mi marido tendrá que esperar. Llévame a casa de Molly y déjame allí. Si necesita el coche, ven a buscarme después, o llamaré a un taxi.

Estaban en el cruce. Un giro a la derecha les conduciría a casa de Molly. Lou puso el intermitente de la izquierda y obtuvo la reacción que sospechaba.

—Lou, ¿estás sordo?

—Señora Whitehall —dijo Lou, con tono cortés—, ya sabe que no puedo contrariar al señor Whitehall.

Sólo tú puedes hacerlo, pensó.

Cuando Jenna entró en casa, cerró la puerta con tal fuerza que todo el edificio se estremeció. Encontró a su marido sentado ante el escritorio de su despacho del segundo piso. Con lágrimas de indignación y voz temblorosa de furia por el trato arrogante que había recibido, Jenna se acercó al escritorio y se apoyó con las dos manos.

—¿Desde cuándo albergas la absurda idea de que ese lacayo lameculos tuyo puede decirme adónde puedo o no ir? —espetó a su marido.

Calvin Whitehall le devolvió la mirada con ojos gélidos.

—Ese «lacayo lameculos», como has llamado a Lou Knox, no tuvo otro remedio que obedecer mis órdenes. De modo que la discusión es conmigo, querida, no con él. Ojalá pudiera inspirar la misma devoción en todos mis colaboradores.

Jenna intuyó que había ido demasiado lejos y suavizó el tono.

—Lo siento, Cal, pero mi amiga más querida está sola. La madre de Molly me ha llamado esta mañana. Se ha enterado de lo de Annamarie Scalli y me suplicó que estuviera con Molly. No quiere que su hija lo sepa, pero el padre de Molly sufrió un ataque leve la semana pasada, y los médicos le han prohibido viajar. De lo contrario ya habrían acudido a su lado.

La ira abandonó el rostro de Calvin Whitehall cuando se levantó y rodeó el escritorio. Abrazó a su mujer y le musitó al oído:

—Parece que no nos entendemos, ¿eh, Jenna? No quise que fueras a casa de Molly porque recibí un soplo hace una hora. La oficina del fiscal ha conseguido una orden de registro, y también embargarán su coche. Así que ya ves, no le habrías sido de ninguna ayuda, y sería un desastre para la fusión si alguien tan importante como la señora de Calvin Whitehall fuera relacionada públicamente con Molly mientras prosiga la investigación. Más adelante dejaré que vayas a verla, por supuesto. ¿De acuerdo?

—¡Una orden de registro! ¿Por qué, Cal? —Se apartó de su marido y le miró.

—Por el motivo de que las pruebas circunstanciales contra Molly por la muerte de esa enfermera empiezan a ser abrumadoras. Mi fuente me ha dicho que están surgiendo a la luz más datos.

Al parecer, la camarera del restaurante de Rowayton ha hablado con los fiscales y ha cargado las tintas sobre Molly. Además, mi fuente posee más información. Por ejemplo, el billetero de Annamarie Scalli fue encontrado en el asiento, a su lado. Contenía varios cientos de dólares. Si el motivo hubiera sido el robo, lo habrían cogido. —Atrajo a su mujer y volvió a abrazarla—. Jen, tu amiga todavía es la chica que fue a la escuela contigo, la hermana que nunca tuviste. La quieres, claro, pero has de comprender que algo en su interior la ha impulsado a convertirse en una asesina.

El teléfono sonó.

—Debe de ser la llamada que estaba esperando —dijo Cal, mientras soltaba a Jenna y palmeaba su hombro.

Jenna sabía que, cuando Cal esperaba una llamada, era la señal de que debía dejarle solo y cerrar la puerta al salir.

42

¡Esto no está ocurriendo!, se dijo Molly. Es un mal sueño. No, no es un mal sueño, sino una mala pesadilla. ¿Existe algo así, o «mala pesadilla» es como decir «se repite de nuevo»?

Desde aquella mañana, su mente había sido una confusión de pensamientos conflictivos y momentos recordados a medias. Intentar concentrarse en la cuestión de la redundancia gramatical se le antojaba el ejercicio más práctico del mundo. Mientras reflexionaba sobre la «mala pesadilla», se sentó en el sofá del estudio, con la espalda apoyada contra el brazo y las rodillas cogidas con las manos y la barbilla apoyada en éstas.

Casi una posición fetal, pensó. Aquí estoy, acurrucada de esta forma en mi propia casa, mientras unos completos desconocidos la destripan y vuelven del revés. Recordó que Jen y ella decían en broma «Adopta la posición fetal» siempre que algo era demasiado insoportable.

Pero eso había sido mucho tiempo antes, cuando una uña rota o un partido de tenis perdido significaban una tragedia. De pronto, «insoportable» había adquirido un nuevo significado.

Me dijeron que esperara aquí, pensó. Supuse que, en cuanto saliera de la cárcel, nunca más aceptaría órdenes que restringieran mis movimientos, nunca más. Hace una semana aún estaba encerrada.

Pero ahora estoy en casa. Y aun así no puedo conseguir que estos hombres horribles se vayan.

Me despertaré y todo habrá terminado, se dijo y cerró los ojos. Pero no le sirvió de nada, por supuesto.

Los abrió y miró alrededor. La policía había terminado de registrar la casa, había levantado los almohadones del sofá y abierto todos los cajones de las mesillas auxiliares, manoseado las cortinas de las ventanas por si había algo escondido en los pliegues.

Se dio cuenta de que dedicaban mucho tiempo a la cocina. Sin duda registraban cada cajón y cada alacena. Había oído decir a alguien que debían coger todos los cuchillos que encontraran.

Había oído al investigador de más edad decir al más joven que requisara el vestido y los zapatos que la camarera había descrito.

Sólo podía esperar. Esperar a que la policía se marchara, y esperar a que la normalidad, fuera lo que fuese, regresara a su vida.

Pero no puedo quedarme sentada aquí, pensó Molly. He de salir. ¿A qué lugar puedo ir donde la gente no me señale con el dedo, donde no hable de mí en susurros, donde los medios de comunicación me dejen en paz?

El doctor Daniels. He de hablar con él, decidió. Él me ayudará.

Eran las cinco. ¿Estaría aún en su consulta? Es curioso, aún recuerdo su número, pensó. Aunque han pasado casi seis años.

Cuando el teléfono sonó, Ruthie Roitenberg estaba cerrando su escritorio, y el doctor Daniels estaba a punto de ponerse el abrigo. Se miraron.

—¿Quiere que conteste algún ayudante? —preguntó Ruthie—. El doctor McLean está de guardia.

John Daniels estaba cansado. Había tenido una sesión difícil con uno de sus pacientes más conflictivos, y sentía cada día de sus setenta y cinco años sobre las espaldas. Tenía ganas de irse a casa, y agradecía que hubieran cancelado la cena a la que él y su esposa estaban invitados.

No obstante, un instinto le dijo que debía contestar la llamada.

—Al menos averigua quién es, Ruthie —dijo.

Vio sorpresa en los ojos de Ruthie cuando contestó y formó con los labios las palabras «Molly Lasch». Por un momento no supo qué hacer, y se quedó inmóvil con el abrigo en las manos.

—Temo que el doctor ya se ha marchado —dijo Ruthie—. Acaba de salir hacia el ascensor. Veré si puedo alcanzarle.

Molly Lasch. Daniels se acercó al escritorio y cogió el auricular.

—Me he enterado de lo de Annamarie Scalli, Molly. ¿En qué puedo ayudarte?

Escuchó, y media hora después Molly estaba en su consulta.

—Siento haber tardado tanto, doctor. Fui a buscar mi coche, pero la policía me prohibió cogerlo. Tuve que llamar un taxi.

El tono de Molly expresaba perplejidad, como si ni siquiera ella creyera lo que estaba diciendo. Sus ojos consiguieron que Daniels pensara en el tópico de un ciervo deslumbrado por unos focos, aunque Molly estaba algo más que sobresaltada. Casi parecía perturbada. Comprendió que estaba a punto de sumirse en el mismo estado letárgico padecido después de la muerte de Gary Lasch.

—Será mejor que te tiendas en el diván mientras hablamos, Molly —sugirió. La joven estaba sentada frente a él, al otro lado del escritorio. Como ella no contestó, se acercó y la cogió por el codo. Notó la rigidez de su cuerpo—. Ven, Molly —dijo, mientras la ayudaba a incorporarse.

Ella no opuso resistencia.

—Sé que es muy tarde. Ha sido muy amable conmigo, doctor.

Sus palabras le recordaron a la muchacha de exquisitos modales que había observado en el club. Una chica de oro, pensó, el producto perfecto de una educación excelente y una riqueza discreta. ¿Quién habría sospechado que un día sería sospechosa de un segundo crimen, que la policía registraría su casa en busca de pruebas acusadoras? Meneó la cabeza, entristecido.

Durante la siguiente hora, Molly intentó explicar lo que necesitaba decir sobre Annamarie.

—¿Qué pasa, Molly? Dime lo que estás pensando.

—Ahora me doy cuenta de que, cuando huí a Cape Cod aquel fin de semana, lo hice porque estaba furiosa. Pero no estaba furiosa por haber descubierto lo de Annamarie. La verdad, doctor, no estaba furiosa porque Gary mantuviera relaciones con otra mujer, sino porque había perdido a mi hijo y ella estaba embarazada. Yo debería haber tenido ese niño.

Daniels esperó a que continuara, con el corazón en un puño.

—Doctor, quería ver a Annamarie porque pensaba que, si yo no maté a Gary, tal vez ella lo habría hecho. Sabía que ella estaba enfadada con él. Lo noté en su voz cuando la oí hablar con Gary por teléfono.

—¿La interrogaste al respecto cuando hablaste con ella anoche?

—Sí, y la creí cuando dijo que no le mató. Sin embargo, me contó que Gary se había alegrado cuando perdí al niño, que iba a pedirme el divorcio y que el niño lo habría complicado todo.

—Los hombres suelen decir a sus amantes que piensan pedir el divorcio. Casi nunca es verdad.

—Lo sé, y tal vez Gary le estaba mintiendo, pero no mintió cuando le dijo que estaba contento por mi aborto.

—¿Annamarie te lo dijo?

—Sí.

—¿Cómo te sentiste?

—Eso es lo que me asusta, doctor. Creo que en ese momento la odié hasta la última gota de mi sangre, sólo por decir esas palabras.

Hasta la última gota de mi sangre, pensó Daniels.

De pronto, Molly empezó a hablar con rapidez.

—¿Sabe lo que me pasó por la cabeza, doctor? Ese pasaje de la Biblia: «Raquel lloró a sus hijos perdidos y no encontró consuelo.» Pensé en lo mucho que había llorado a mi hijo. Había sentido que una vida se agitaba en mi interior, y después la perdí. En aquel momento me convertí en Raquel, me quedé despojada de ira y el dolor me invadió.

Molly suspiró, y cuando continuó, toda emoción había desaparecido de su voz.

—Doctor, Annamarie se fue antes que yo. Ya no estaba cuando salí al aparcamiento. Sólo recuerdo que volví a casa y me acosté temprano.

—¿Sólo recuerdas eso?

—Doctor, la policía está registrando mi casa. Los detectives han intentado hablar conmigo esta mañana. Philip me ordenó que no contara a nadie, ni siquiera a Jen, lo que Annamarie Scalli me dijo. —Su voz expresó nerviosismo de nuevo—. Doctor, ¿es como la última vez? ¿He hecho algo terrible y lo he bloqueado? Si es así, y son capaces de demostrarlo, no permitiré que me encarcelen de nuevo. Antes preferiría morir.

Otra vez, pensó Daniels.

—Molly, desde que volviste a casa, ¿has vuelto a sospechar que había alguien más la noche que Gary murió? —La observó, mientras la tensión abandonaba su cuerpo y cierta esperanza alumbraba en sus ojos.

—Había alguien más en casa aquella noche —afirmó—. Empiezo a estar segura.

Y yo empiezo a estar seguro de que no había nadie, pensó Daniels con tristeza.

Unos minutos más tarde, la llevó en coche a casa. El edificio estaba a oscuras. Molly indicó que no había coches aparcados enfrente, ni señal de la policía. Daniels no se marchó hasta que ella entró, y encendió las luces del recibidor.

—No olvides tomar la pastilla esta noche —le advirtió—. Hablaremos mañana.

Daniels esperó hasta oír la llave de la puerta, y después volvió lentamente hacia su coche.

No creía que hubiera llegado hasta el punto de autolesionarse. Pero si descubrían pruebas que la acusaran de la muerte de Annamarie Scalli, sabía que Molly Lasch tal vez elegiría otra forma de escapar de la realidad. Esta vez no habría amnesia disociativa, sino muerte.

Volvió a casa entristecido, para tomar una cena ya fría.

43

Cuando Fran llegó al despacho el martes por la mañana, encontró un mensaje urgente de Billy Gallo. Sólo decía que era amigo de Tim Mason, y que confiaba en que le llamara por un asunto muy importante.

Cuando lo hizo, Billy Gallo descolgó al primer timbrazo y no se anduvo por las ramas.

—Señora Simmons, ayer enterraron a mi madre. Murió de un ataque de corazón, que podrían y deberían haber evitado. Me han dicho que está preparando un reportaje sobre el asesinato del doctor Gary Lasch, y quería pedirle que incluyera una investigación sobre la supuesta compañía de seguros médicos que él fundó.

—Tim me habló de su madre, y lamento mucho su fallecimiento —dijo Fran—, pero estoy segura de que puede presentar una reclamación si cree que no la atendieron debidamente.

—Señora Simmons, estará enterada de las evasivas que te dan cuando intentas presentar una reclamación —repuso Billy—. Escuche, soy músico y no puedo arriesgarme a perder mi trabajo, que por desgracia es ahora un espectáculo en Detroit. He de reintegrarme al espectáculo cuanto antes. Hablé con Roy Kirkwood, el médico de cabecera de mi madre, y me dijo que había enviado una recomendación urgente de realizar más pruebas. Pero la petición fue rechazada. Está convencido de que mi madre habría podido recibir un tratamiento mucho mejor, pero ni siquiera le dejaron intentarlo. Le ruego que hable con él, señora Simmons. Fui a su consulta dispuesto a partirle la cabeza, y salí compadeciéndolo. El doctor Kirkwood acaba de cumplir los sesenta, pero me dijo que va a cerrar su consulta y solicitar la prejubilación. Y todo por culpa de Remington Health Management.

Partirle la cabeza, pensó Fran, y se le ocurrió que existía la posibilidad entre un millón de que un pariente de algún paciente hubiera deseado hacerle lo mismo a Gary Lasch.

—Déme la dirección y el teléfono del doctor Kirkwood —dijo—. Hablaré con él.

A las once de la mañana, salía una vez más de la Merritt Parkway para ir a Greenwich.

Molly había accedido a comer con ella a la una, pero a pesar de los ruegos de Fran no quiso salir de casa.

—No puedo —se limitó a decir—. Me siento demasiado expuesta. Todo el mundo me miraría. Sería espantoso. No me siento capaz.

Aceptó la propuesta de Fran de comprar una quiche en la pastelería del pueblo y comerla en casa.

—La señora Barry no viene los martes —explicó—, y la policía ha incautado mi coche, de modo que no puedo salir a comprar.

Hasta el momento, pensó Fran, la única buena noticia es que la señora Barry no estará presente cuando comamos. Por una vez, será estupendo hablar con Molly sin que esa mujer entre y salga del comedor cada dos minutos.

Pero tenía muchas ganas de ver a Edna Barry, y su primera parada cuando llegó a Greenwich fue una visita inesperada a su casa.

Seré franca con ella, decidió mientras buscaba la puerta de la Barry. Por algún motivo que desconozco, Edna Barry es hostil a Molly y me tiene miedo. Tal vez pueda descubrir cuál es el problema.

Los planes mejor trazados de ratones y hombres, pensó mientras llamaba al timbre de Edna Barry. No hubo respuesta, ni tampoco vio el Subaru de la mujer en el camino de entrada.

Decepcionada, meditó sobre el acierto de deslizar una nota por debajo de la puerta, anunciando que había pasado porque era importante que hablaran. Un mensaje de tales características molestaría a la señora Barry, lo cual le iba de perlas. Su intención era crisparle los nervios.

Pero ¿y si la nota sólo servía para ponerla en guardia y provocar que se comportara con más cautela todavía? No cabe duda de que oculta algo, y podría ser muy importante. No debo correr el riesgo de asustarla.

Mientras Fran reflexionaba, alguien llamó.

—Yuju.

Se volvió y vio a una mujer de más de cincuenta años, con el pelo cardado y gafas llamativas, que se acercaba corriendo por el jardín desde la casa de al lado.

—Edna no tardará en volver —explicó la mujer, sin aliento—. Su hijo Wally estaba muy nervioso, así que Edna le llevó al médico. Cuando Wally no toma su medicamento se convierte en un problema. ¿Por qué no la espera en mi casa? Soy Marta Jones, la vecina de Edna.

—Es muy amable —dijo Fran—. La señora Barry no me esperaba, pero me gustaría hablar con ella. —Y me gustaría hablar contigo, pensó—. Soy Fran Simmons.

Marta Jones sugirió que esperaran en la sala de la televisión, que en otro tiempo había formado parte del porche.

—Es muy agradable y alegre, y así veremos a Edna cuando vuelva —explicó, mientras servía tazas de café humeante recién preparado—. Me gusta más el café hecho en cafeteras con filtro, a la antigua usanza —dijo—. No sabe igual que con las máquinas actuales. —Se instaló en la butaca opuesta a Fran—. Es una pena que Edna tuviera que llevar a Wally al médico hoy. Pero al menos no tuvo que pedir permiso para ausentarse del trabajo. Trabaja para Molly Lasch tres días a la semana: lunes, miércoles y viernes.

Fran asintió y almacenó aquella información.

—Puede que haya oído hablar de Molly Lasch —dijo Marta Jones—. Es la mujer que acaba de salir de la cárcel, después de cumplir una condena por matar a su marido, y ahora corre el rumor de que ha sido detenida por asesinar a la amante de su marido. ¿Sabe algo de ella, señorita...? Lo siento, no recuerdo su apellido.

—Simmons, Fran Simmons.

Captó la mirada de Marta y supo lo que pasaba por su cabeza: Es esa periodista de la tele, la hija del hombre que robó el dinero destinado a la biblioteca y luego se suicidó. Fran hizo acopio de fuerzas, pero la expresión de Marta Jones cambió a otra de compasión.

—No voy a fingir que ignoro quién fue su padre —dijo en voz baja—. En aquel tiempo lo sentí mucho por usted y su madre.

—Gracias.

—Y ahora trabaja en la televisión, y está preparando un programa sobre Molly. De modo que lo sabe todo sobre ella.

—Exacto.

—Bien, tal vez Edna quiera escucharla. ¿Puedo llamarte Fran?

—Por supuesto.

—Estuve despierta toda la noche, pensando en si era peligroso para Edna trabajar para Molly Lasch. Una cosa es que matara a su marido. Eso fue locura temporal, no me cabe duda. Él la estaba engañando y todo lo demás. Pero si menos de una semana después de salir de la cárcel apuñala a su amante, eso significa que está desquiciada.

Fran pensó en lo que Gus Brandt había dicho sobre Molly. La idea de que era una asesina desquiciada estaba adquiriendo solidez.

—Voy a decirte una cosa —continuó Marta—. No me gustaría estar sola durante horas en una casa con esa clase de persona. Esta mañana, cuando hablé con Edna, cuando iba al médico con Wally, dije: «Edna, ¿qué sería de Wally si Molly Lasch pierde los pedales y te aplasta la cabeza o te mata a puñaladas? ¿Quién se ocuparía de él?»

—¿Wally precisa muchos cuidados?

—Mientras toma el medicamento, todo va bien. Pero cuando no lo toma y se pone tozudo, bueno, se convierte en una persona diferente, y a veces se descontrola un poco. Ayer mismo cogió la llave de la casa de Molly Lasch del llavero de Edna. Quería ir a verla. Edna lo obligó a devolverla, por supuesto.

—¿Cogió la llave de la casa de Molly Lasch? —Fran intentó no subir la voz—. ¿Lo había hecho antes?

—No creo. Edna no le permite que vaya a la casa. El doctor Lasch era muy quisquilloso con su colección de arte norteamericano. Al parecer, algunas piezas eran muy valiosas. No obstante, sé que Wally entró una vez y cogió algo que no debía, y Edna se puso muy nerviosa. Wally no rompió nada, pero era una pieza valiosa, y por lo visto el doctor perdió los estribos y lo echó de su casa. A Wally no le hizo ninguna gracia... Mira, aquí llega Edna.

Alcanzaron a Edna Barry cuando estaba abriendo la puerta. La expresión afligida de Edna cuando vio a Fran en compañía de Marta Jones confirmó a la periodista que ocultaba algo.

—Entra, Wally —dijo a su hijo.

Fran apenas vislumbró a un hombre alto y apuesto de unos treinta años, antes de que Edna le metiera a empujones en la casa y cerrara la puerta.

Cuando se volvió hacia Fran, la ira tiñó sus mejillas y provocó que su voz temblara.

—Señorita Simmons —dijo—, no sé para qué ha venido, pero he tenido una mañana muy difícil. Ahora no puedo hablar con usted.

—Oh, Edna —terció Marta Jones—, ¿Wally está más calmado?

—Wally está perfectamente —replicó con brusquedad Edna, en un tono que revelaba miedo y furia al mismo tiempo—. Marta, espero que no hayas contado a la señorita Simmons habladurías sobre él.

—¿Cómo puedes decir eso? Wally no tiene mejor amigo que yo.

Las lágrimas afloraron en los ojos de Edna Barry.

—Lo sé. Es que es tan difícil... Has de perdonarme. Te llamaré, Marta.

Por un momento, Fran y Marta no se movieron de los peldaños, con la vista clavada en la puerta que Edna acababa de cerrarles en las narices.

—Edna no es una persona grosera —dijo en voz baja Marta—. Es que lo ha pasado muy mal. Primero murió el padre de Wally, y luego el doctor Morrow. Justo después, el doctor Lasch fue asesinado, y...

—¿El doctor Morrow? —la interrumpió Fran—. ¿Qué tenía que ver con Edna Barry?

—Era el médico de cabecera de Wally, y lo llevaba de maravilla. Era un hombre encantador. Si Wally se negaba a tomar su medicamento, o causaba problemas, bastaba con que Edna llamara al doctor Morrow.

—Morrow —dijo Fran—. ¿Está hablando del doctor Jack Morrow?

—Sí. ¿Le conocías?

—Sí.

Fran pensó de nuevo en el hombre joven y afable que, catorce años antes, la había abrazado cuando le comunicó la noticia de la muerte de su padre.

—Si recuerdas, fue asesinado durante un robo sólo dos semanas antes de que el doctor Lasch muriera —dijo Marta con tristeza.

—Supongo que eso debió disgustar a Wally.

—No lo puedes ni imaginar. Fue horroroso. Y creo que ocurrió justo después de que el doctor Lasch le echara de su casa. Pobre Wally, la gente no lo comprende. No tiene culpa de ser como es.

No, pensó Fran, mientras daba las gracias a Marta Jones por su hospitalidad y subía a su coche. Pero la gente no sólo no comprendía. Ni siquiera conocía la gravedad de los problemas de Wally. ¿Cabía la posibilidad de que Edna encubriera algo? ¿Permitió que Molly fuera condenada por un crimen que no cometió?

¿Era posible que hubiera sucedido de esa forma?

44

El somnífero que el doctor Daniels prescribió a Molly fue muy eficaz. Lo tomó a las diez de la noche y durmió hasta las ocho de la mañana. Fue un sueño profundo y pesado, del cual despertó algo atontada pero como nueva.

Se puso una bata y preparó café y zumo. Su intención era subirse el desayuno a la cama, para luego analizar los acontecimientos, pero antes de llegar a la cocina comprendió que, antes que nada, debía ocuparse del desorden reinante en toda la casa.

Pese a que se habían esforzado por devolverlo todo a su sitio, la policía había cambiado la apariencia de la casa. Eran sutiles, pero Molly reconoció los cambios. Todo cuanto habían tocado estaba desordenado, fuera de sitio, alterado. La armonía de la casa, el recuerdo gratificante que había atesorado de ella durante aquellos días y noches pasados en la cárcel, había desaparecido, y debía ser restaurado.

Tras una rápida ducha, se puso tejanos, zapatillas y una vieja sudadera y se dispuso a trabajar. La tentación de llamar a la señora Barry para que le echara una mano se desvaneció enseguida. Es mi casa, se dijo Molly. Yo la ordenaré.

Tal vez haya perdido el control sobre mi vida, se desesperó mientras llenaba el fregadero con agua caliente y jabón líquido, pero aún conservo la suficiente entereza para poner manos a la obra.

No es que la casa esté llena de manchas horrorosas, sólo huellas de dedos y así, pensó mientras volvía a ordenar los platos y enderezaba las sartenes y ollas.

Que la policía entrara a saco en mi casa fue como una inspección sorpresa en mi celda, pensó. Recordó el sonido estridente de los pasos por el pasillo del pabellón del presidio, la orden de retirarse contra la pared y ver cómo destripaban su cama en busca de drogas.

No se dio cuenta de que estaba sollozando hasta que se frotó la mejilla con el dorso de la mano.

Hay otro motivo para alegrarme de que la señora Barry tenga el día libre, pensó: no he de disimular mis sentimientos. Puedo darles rienda suelta. El doctor Daniels me daría una matrícula de honor.

Estaba sacando brillo con cera a la mesa del vestíbulo, cuando Fran Simmons telefoneó a las nueve y media.

¿Por qué he accedido a comer con ella?, se preguntó Molly mientras colgaba. Pero sabía el motivo. Pese a las advertencias de Philip, quería decir a Fran que, por algún motivo, Annamarie Scalli había parecido asustada. Y no de mí, pensó. No tenía miedo de mí, aunque estaba convencida de que maté a Gary.

Oh, Dios mío, ¿por qué permites que me suceda esto?, preguntó en silencio mientras se derrumbaba en una butaca.

Oyó sus propios sollozos. Estoy tan sola, pensó, tan sola. Recordó lo que su madre le había dicho por teléfono el día anterior: «Querida, si estás bien, no vale la pena que vayamos todavía.»

Quería oír a mamá decir que venían, pensó Molly. Les necesito ahora. Necesito que alguien me ayude.

El timbre de la puerta sonó a las diez y media. Caminó de puntillas hasta la puerta y esperó. No voy a contestar, pensó. Sea quien sea, pensará que no estoy en casa.

Entonces oyó una voz.

—Abre, Molly. Soy yo.

Molly abrió con un sollozo de alivio, y un momento después rompió a llorar desconsoladamente en brazos de Jenna.

—Mi querida amiga, mi mejor amiga —dijo Jenna con lágrimas de pena en sus ojos—. ¿En qué puedo ayudarte?

Molly consiguió lanzar una carcajada entre los sollozos.

—Haz retroceder el reloj doce años —dijo—, y no me presentes a Gary Lasch. Aparte de eso, no te separes de mí.

—¿Philip aún no ha llegado?

—Dijo que no sabía cuándo llegaría. Tenía que asistir a un juicio.

—Molly, llámale. Cal recibió un soplo. Encontraron rastros de la sangre de Annamarie Scalli en las botas que llevabas el domingo por la noche, y también en tu coche. Lo siento. Cal se ha enterado de que el fiscal pedirá tu detención.

45

Después de que Calvin Whitehall recibiera el soplo de que rastros de la sangre de Annamarie Scalli habían sido encontrados en el zapato y en el coche de Molly Lasch, fue de inmediato al despacho del doctor Peter Black.

—Algo espectacular se está preparando —le anunció, y le observó—. No pareces muy preocupado por ello.

—¿Debo estar preocupado porque Annamarie Scalli, una liosa de mucho cuidado, ya no exista? —repuso Peter con expresión relamida.

—Me dijiste que no existía la menor prueba de nada, y que si ella hablaba, tiraría piedras sobre su propio tejado.

—Sí, lo dije, y aún es cierto. No obstante, de pronto me siento muy agradecido con Molly. Por sórdida que sea esta publicidad, no tiene nada que ver con nosotros, el hospital o Remington Health Management.

Whitehall reflexionó sobre aquello.

La capacidad de Cal para sentarse muy tieso y muy callado cuando se estaba concentrando siempre había intrigado a Peter. Era como si su poderoso cuerpo se transformara en una roca.

Por fin, Calvin Whitehall asintió.

—Tienes toda la razón, Peter.

—¿Cómo lo lleva Jenna?

—Jenna está con Molly ahora.

—¿Es eso prudente?

—Jenna sabe que esta vez no toleraré fotografías de ella del brazo con Molly. En cuanto finalice la fusión, podrá ayudar a Molly todo cuanto le plazca. Hasta entonces ha de mantener cierta distancia.

—¿En qué puede serle de ayuda, Cal? Si Molly va a juicio otra vez, ni siquiera ese brillante abogado conseguirá el trato que pactó con el fiscal la otra vez.

—Lo sé, pero has de comprender que Molly y Jenna son como hermanas. Admiro la lealtad de Jenna, aunque de momento debo mantenerla a raya.

Black consultó su reloj, impaciente.

—¿Cuándo dijeron que llamarían?

—De un momento a otro.

—Será mejor así. Roy Kirkwood va a venir. Perdió una paciente el otro día y culpa al sistema. El hijo de la paciente está hecho una furia.

—Kirkwood no será demandado. Quiso realizar más pruebas. Podrá manejar al hijo de la paciente.

—No es una cuestión de dinero.

—Todo es cuestión de dinero, Peter.

El teléfono privado de Peter Black sonó. Descolgó, escuchó un momento, pulsó el botón del altavoz y contestó:

—Cal está aquí, y estamos preparados, doctor —dijo con tono respetuoso.

—Buenos días, doctor. —La voz de Cal había perdido todo rastro de su habitual arrogancia.

—Felicidades, caballeros. Creo que hemos logrado otro avance significativo —dijo la voz al otro extremo de la línea—. Si estoy en lo cierto, todos los demás logros palidecerán en comparación.

46

Cuando Fran llegó a casa de Molly a la una, se dio cuenta de que su amiga había estado llorando. Tenía los ojos hinchados, y aunque se había puesto algo de maquillaje, había rastros de manchones en ambas mejillas.

—Entra, Fran. Philip llegó hace poco. Está en la cocina, contemplando cómo preparo una ensalada.

Así que Philip está aquí, pensó Fran. Me pregunto a qué vienen tantas prisas. Sea lo que sea, no le gustará verme aquí.

Mientras recorrían el pasillo hasta la cocina, Molly dijo:

—Jenna estuvo aquí esta mañana. Tuvo que marcharse hace unos minutos para ir a comer con Cal, pero ¿sabes lo que hizo, Fran? Me ayudó a limpiar y ordenar la casa. Tal vez la policía debería seguir un cursillo sobre cómo cumplir una orden de registro sin dejar la casa hecha un desastre.

La voz de Molly se quebró en varias ocasiones. Parece al borde de la histeria o de un ataque de nervios, pensó Fran.

Era evidente que Philip Matthews había llegado a la misma conclusión. Sus ojos seguían a Molly mientras ella se movía por la habitación, sacaba la quiche de la caja y la metía en el horno. Durante todo el rato, Molly siguió hablando con la misma voz rápida y nerviosa.

—Al parecer, encontraron rastros de sangre de Annamarie en las botas que llevaba el domingo por la noche, Fran. Y un rastro de sangre en mi coche.

Fran cambió una mirada apesadumbrada con Philip Matthews, segura de que su expresión de preocupación reflejaba la suya como un espejo.

—¿Quién sabe? Quizá sea mi última comida en casa durante una temporada. ¿No es verdad, Philip?

—No, no lo es —replicó él con voz tensa.

—Quieres decir que cuando me detengan volveré a salir en libertad bajo fianza. Bueno, es estupendo tener dinero, ¿verdad? La gente afortunada como yo siempre puede extender un cheque.

—Basta, Molly —repuso con brusquedad Fran. Se acercó a su amiga y la cogió por los hombros—. Inicié mi investigación creyendo que habías matado a tu marido —dijo—. Después empecé a tener dudas. Pensé que la policía debería haber investigado más en profundidad la muerte de Gary, haber considerado un par más de posibilidades. De todos modos, admito que me preocupaba el hecho de que tuvieras tantas ganas de localizar a Annamarie Scalli. Después la encontraste, y ahora está muerta. Si bien aún no estoy segura de que seas una asesina patológica, continúo albergando serias dudas. Creo que has quedado atrapada en una loca red de intrigas, como alguien extraviado en un laberinto. Puede que me equivoque, por supuesto. Puede que seas lo que cree casi todo el mundo, pero juro que me encuentro entre ese casi restante. Intentaré demostrar que eres inocente de las muertes de Gary Lasch y Annamarie Scalli.

—¿Y si te equivocas? —preguntó Molly.

—En ese caso haré cuanto pueda para que te ingresen en un lugar donde estés cómoda, segura y recibas un buen tratamiento.

Los ojos de Molly brillaron de lágrimas contenidas.

—No volveré a llorar —dijo—. Fran, tú eres la primera y única persona que ha mostrado interés en investigar la posibilidad de que sea inocente. —Miró a Philip—. Incluido tú, mi querido Philip, que matarías dragones por mí. E incluyendo a Jenna, que pondría la mano en el fuego por mí, e incluyendo a mis padres, que si creyeran en mi inocencia estarían aquí en este momento, montando un escándalo. Creo y espero ser inocente de ambas muertes. Si no, te prometo que no daré problemas durante mucho tiempo más.

Fran y Philip intercambiaron una mirada. De tácito acuerdo no comentaron entre sí aquella amenaza implícita de suicidio.

Elegancia sometida a presión, pensó Fran, mientras Molly servía la quiche en una exquisita bandeja de Limoges de pie esbelto y base dorada. Las esterillas individuales de delicados dibujos florales que había sobre la mesa del saloncito hacía juego con los tapices de las paredes.

La pared encarada hacia el jardín tenía un amplio mirador. Algunos brotes verdes presagiaban el fin del invierno. Al final del terreno, algo elevado, Fran reparó en el jardín con rocas ornamentales, y recordó algo que deseaba comentar con Molly.

—Molly, el otro día te pregunté con respecto a las llaves de casa. ¿Dijiste algo acerca de una llave de repuesto?

—Siempre guardábamos una escondida allí. —Molly señaló el jardín—. Una de esas rocas es falsa. Muy hábil, ¿no crees? Al menos, es curioso tener un Peter Rabbitt de cerámica con una oreja desmontable en el porche, para ocultar la llave, por si acaso.

—¿Por si acaso? —repitió Philip Matthews.

—Por si acaso olvidábamos la llave.

—¿Alguna vez olvidaste la tuya, Molly? —preguntó Fran como sin darle importancia.

—Fran, ya sabes que soy una buena chica —contestó Molly con una sonrisa medio burlona—. Siempre lo hago todo bien. Todo el mundo lo decía. Acuérdate de la escuela.

—Sí, y lo decían porque era verdad.

—Me preguntaba qué hubiera pasado si no me lo hubieran puesto todo tan fácil. Era consciente de eso. Sabía que era una privilegiada. Te admiraba mucho cuando ibas a la escuela, porque te esforzabas por conseguir lo que deseabas. Recuerdo que cuando empezaste a jugar a baloncesto aún eras una cría, pero conseguiste formar un equipo.

¡Molly Carpenter me admiraba!, pensó Fran. Ni siquiera creía que hubiera reparado en mi existencia.

—Y después, cuando tu padre murió, lo sentí muchísimo por ti. La gente siempre trataba con deferencia a mi padre, que es un hombre que se gana el respeto de los demás. Es y era un padre maravilloso. No obstante, tu padre demostraba lo orgulloso que estaba de ti. Tú le proporcionaste la oportunidad, pero en mi caso nunca fue así. Recuerdo la expresión de tu padre cuando lograste los puntos que dieron a tu equipo la victoria en el último partido de nuestro último año en la escuela. ¡Fue fantástico!

No sigas, Molly, quiso rogar Fran. No lo hagas, por favor.

—Siento que las cosas le fueran tan mal, Fran. Puede que a mí me pase lo mismo. Una cadena de acontecimientos que no podemos controlar. —Molly dejó el tenedor sobre la mesa—. La quiche está buenísima, pero no tengo hambre.

—Molly, ¿Gary olvidó alguna vez su llave? —preguntó Fran, y

sintió los ojos de Philip Matthews clavados en ella, pidiéndole que no acosara a Molly con más preguntas.

—¿Gary? ¿Olvidar algo? Dios mío, no. Gary era perfecto. Decía que una de las cosas que más le gustaban de mí era mi predictibilidad. Al contrario de la mayoría de las mujeres, nunca llegaba tarde, nunca dejaba las llaves en el coche, nunca olvidaba mi llavero. Recibí una matrícula de honor por eso. —Hizo una pausa, y sonrió como si recordara algo—. Es curioso, ¿te das cuenta de que hoy estoy pensando en términos escolares? Notas y todo eso.

Molly apartó su silla y se puso a temblar. Fran, alarmada, corrió a su lado. En ese momento, sonó el teléfono.

—Será mamá o papá, o Jenna —musitó Molly.

Philip Matthews contestó.

—Es el doctor Daniels, Molly. Quiere saber cómo estás.

Fran contestó por Molly.

—Necesita ayuda. Pídele que venga y hable con ella.

Al cabo de unos momentos de conversar entre susurros, Matthews colgó.

—Vendrá enseguida —prometió—. Molly, acuéstate hasta que llegue. Pareces muy nerviosa.

—Me siento muy nerviosa.

—Vamos.

Philip rodeó con un brazo a Molly y ésta se apoyó contra él, mientras salían del saloncito.

Será mejor que despeje la mesa, pensó Fran, mientras miraba la comida casi intacta. Nadie va a comer nada más.

Cuando Matthews volvió, le preguntó:

—¿Qué va a pasar?

—Si los análisis del laboratorio pueden relacionarla de alguna manera con la muerte de Annamarie, será detenida. No tardaremos en saberlo.

—Oh, Dios mío.

—Fran, obligué a Molly a guardar en secreto casi toda su conversación con Annamarie Scalli. Parte de ella era muy dolorosa, y daría motivos para creer que odiaba a Annamarie. Voy a correr un riesgo ahora, y te contaré todo lo que me dijo, con la esperanza de que puedas ayudarla. Te creo cuando afirmas que intentarás demostrar su inocencia.

—De la cual tú no estás convencido, ¿verdad? —repuso Fran.

—Estoy convencido de que no es responsable de ninguna de ambas muertes.

—No es lo mismo.

—Annamarie contó a Molly que Gary, según sus propias palabras, sintió alivio cuando ella perdió el niño. Después dijo haber escuchado una disputa muy seria entre Gary Lasch y Jack Morrow, sólo unos días antes de que éste fuera asesinado. Después, Morrow pidió a Annamarie que le guardara un expediente muy importante, pero murió antes de poder entregárselo. Molly me dijo que tuvo la clara impresión de que Annamarie sabía algo que no quería decir, y que tenía miedo.

—¿Miedo por su propia seguridad?

—Ésa es la impresión de Molly.

—Bien, algo es algo. Hay otra cosa que quiero investigar. El hijo de la señora Barry, Wally, un hombre joven con graves problemas mentales y emocionales, estaba muy disgustado por la muerte del doctor Morrow, y por algún motivo estaba muy enfadado con Gary Lasch. Además, parece tener un interés muy particular en Molly. Ayer mismo cogió la llave de esta casa del llavero de su madre.

Sonó el timbre de la puerta.

—Yo abriré —dijo Fran—. Será el doctor Daniels.

Pero eran dos hombres, que extendieron sus identificaciones para que las leyera.

—Traemos una orden de detención para Molly Carpenter Lasch —dijo el mayor—. ¿Nos acompaña hasta ella, por favor?

Quince minutos después, el primer cámara que llegó a la casa grabó a Molly Lasch con las manos esposadas a la espalda, el abrigo echado sobre los hombros, la cabeza gacha, el cabello caído sobre la cara, mientras la sacaban de la casa hasta un coche de la oficina del fiscal. De allí fue conducida al palacio de justicia de Stamford donde, como si se repitieran los acontecimientos de casi seis años atrás, fue acusada de asesinato.

47

Edna Barry, que sentía en sus huesos cada día de sus sesenta y cinco años, esperó el telediario de la noche mientras sorbía una taza de té, la tercera en la última hora. Wally había ido a su habitación para echar una siesta, y rezó para que cuando se despertara la medicina hubiera obrado efecto y se sintiera mejor. Había tenido un mal día, atormentado por las voces que sólo él oía. Cuando volvían de la consulta del médico, había descargado un puñetazo sobre la radio del coche porque creyó que el locutor hablaba de él.

Al menos había podido hacerle entrar en casa antes de que Fran Simmons viera el estado de agitación en que se encontraba. Pero ¿qué le habría contado Marta sobre Wally?

Edna sabía que Marta nunca perjudicaría de manera intencionada a Wally, pero Fran Simmons era muy lista, y ya había empezado a hacer preguntas sobre la llave de repuesto de casa de Molly.

Ayer, Marta había visto a Wally coger la llave de casa de Molly del llavero de Edna, y le oyó decir que esta vez la devolvería. No dejes que Marta le haya dicho eso a Fran Simmons, rezó.

Su mente regresó a aquella horrible mañana en que había encontrado el cadáver del doctor Lasch, al miedo que había sentido cada vez que hablaban de una llave. Cuando la policía me interrogó sobre las llaves de la casa les di la que había sacado del escondite del jardín, recordó Edna. Esta mañana no encontré mi llave de la casa y tuve miedo de que Wally la hubiera cogido, un miedo que después resultó justificado. La idea de que la policía volviera a interrogarla sobre la llave la había aterrorizado, pero por suerte no lo habían hecho.

Edna se concentró en el televisor cuando empezaron las noticias. Estupefacta, oyó que Molly había sido detenida, acusada de asesinato, trasladada al palacio de justicia y liberada bajo una fianza de un millón de dólares hacía sólo unos minutos, para luego permanecer en arresto domiciliario. La cámara enfocó a Fran Simmons, que transmitía en directo desde el aparcamiento del Sea Lamp Diner de Rowayton. El aparcamiento todavía estaba acordonado con la cinta amarilla de la policía.

«Aquí fue donde Annamarie Scalli fue asesinada a puñaladas —estaba diciendo Fran—, un crimen por el que Molly Carpenter Lasch fue detenida esta tarde. Nos han informado que se hallaron rastros de la sangre de Annamarie Scalli en la suela de uno de los zapatos de Molly y en su coche.»

—Mamá, ¿Molly está cubierta de sangre otra vez?

Edna se volvió y vio a Wally detrás de ella, con el pelo despeinado y los ojos brillantes de ira.

—No digas esas cosas, Wally —dijo, nerviosa.

—¿Te acuerdas de la estatua del caballo y el vaquero que cogí aquella vez?

—Wally, no hables de eso, por favor.

—Sólo quiero hablarte de eso, nada más —dijo Wally, malhumorado

—Wally, no vamos a tocar ese tema.

—Pero todo el mundo habla de lo mismo, mamá. Ahora, en mi habitación todos estaban gritando en mi cabeza. Hablaban de la estatua. No era muy pesada para mí porque soy fuerte, pero era demasiado pesada para que Molly la levantara.

Las voces que le atormentaban habían regresado, pensó Edna, desolada. La medicina no hacía efecto.

Edna se levantó, se acercó a su hijo y le masajeó las sienes.

—Shhh —dijo para calmarle—. No hables más de Molly ni de la estatua. Ya sabes lo mal que te ponen esas voces, cariño. Prométeme que no dirás ni una palabra más sobre el doctor Lasch o Molly. ¿De acuerdo? Bien, ahora te tomarás otra pastilla.

48

Fran terminó su retransmisión y desconectó el micrófono. Esta noche, Pat Lyons, un joven cámara, había venido desde Nueva York para grabar su reportaje desde el Sea Lamp Diner.

—Me gusta este pueblo —dijo—. Como está junto al agua, me recuerda a un pueblo de pescadores.

—Es un bonito pueblo —admitió Fran, y recordó que cuando era más joven iba de vez en cuando a Rowayton para visitar a una amiga.

Es evidente que el Sea Lamp no es el típico sitio donde la elite se cita para comer, pensó, mientras echaba un vistazo al restaurante, de aspecto algo descuidado. No obstante, su intención era entrar a cenar. Pese a los acontecimientos de los dos últimos días, y la presencia de la cinta y tiza amarillas que indicaban el emplazamiento del coche de Annamarie Scalli, el local estaba abierto.

Fran ya había averiguado que Gladys Fluegel, la camarera que había servido a Molly y Annamarie Scalli, estaba de servicio aquella noche. Tenía que conseguir una de sus mesas.

Se quedó sorprendida al ver que el restaurante estaba medio lleno, pero supuso que se debía a la curiosidad despertada por el asesinato y la consiguiente publicidad. Se detuvo un momento en la entrada, preguntándose si tendría más posibilidades de hablar con la Fluegel si se sentaba en la barra. Sin embargo, la propia camarera solucionó el problema, pues acudió presurosa a su encuentro.

—Usted es Fran Simmons. La estábamos viendo en la tele. Soy Gladys Fluegel. Atendí a Molly Lasch y Annamarie Scalli la otra noche. Se sentaron allí. —Señaló un reservado vacío del fondo.

Fran comprendió que Gladys estaba más que ansiosa por contarle la historia.

—Me gustaría hablar con usted —dijo Fran—. Quizá si ocupo esa mesa podría sentarse conmigo. ¿A qué hora empieza su turno de descanso?

—Concédame diez minutos. Encenderé una hoguera bajo ellos. —Señaló a una pareja anciana sentada a una mesa junto a la ventana—. Ella está muy enfadada porque él quiere buey a la parmesana, y dice que siempre le da gases. Les diré que se decidan de una vez. En cuanto hayan hecho el pedido, me sentaré con usted.

Fran midió la distancia mientras caminaba hacia el reservado. Mientras esperaba a Gladys, estudió el interior del local. Para empezar, la iluminación era escasa, y la mesa estaba en sombras, lo cual la convertía en la elección ideal para alguien que deseara pasar desapercibido. Molly había dicho a Philip que Annamarie parecía atemorizada cuando hablaron, pero no de ella. ¿De qué tenía miedo?, se preguntó.

¿Por qué había cambiado Annamarie su apellido? ¿Porque pensaba que la notoriedad concerniente a la muerte de Gary Lasch la seguiría allá donde fuera? ¿O tenía otros motivos para querer desaparecer?

Según Molly, Annamarie había sido la primera en marcharse del restaurante, y después Molly pagó la cuenta y la siguió. ¿Cuánto tiempo tardó? No mucho, porque de lo contrario Molly habría creído que ya se había marchado. Pero había transcurrido lo suficiente para que Annamarie cruzara el aparcamiento y subiera a su jeep.

Molly dice que la llamó desde la puerta, pensó Fran. ¿La alcanzó?

—¿Adivina lo que van a tomar? —preguntó Gladys, señalando con el pulgar por encima del hombro a la pareja anciana—. Platija a la parrilla con espinacas. Ella pidió por los dos. El pobre tipo ha enfermado de los nervios.

Dejó caer la carta delante de Fran.

—La especialidad de esta noche es fricandó de pechuga de pollo y gulash a la húngara.

Tomaré una hamburguesa en P. J. Clarke's cuando regrese a Nueva York, decidió Fran, y luego murmuró algo acerca de que había quedado con alguien para cenar, y pidió un bollo y café.

Cuando Gladys volvió con el pedido, se sentó.

—Tengo unos dos minutos —dijo—. Aquí fue donde Molly Lasch se sentó. Annamarie Scalli ocupó su asiento. Como ya dije a los detectives ayer, la Scalli estaba nerviosa. Juro que tenía miedo de la Lasch. Después, cuando la Scalli se levantó, Molly Lasch la agarró de la muñeca. La Scalli tuvo que soltarse, y luego salió de aquí a toda mecha, como si tuviera miedo de que Molly Lasch la persiguiera, cosa que ésta hizo. ¿Cuántas mujeres dejan un billete de cinco dólares para pagar una taza de té y un café, que sólo suman un dólar con treinta? Me da pesadillas pensar que segundos después de que abandonara mi mesa, la Scalli estaba muerta. —Suspiró—. Supongo que no me quedará otro remedio que testificar en el juicio.

Te estás muriendo de ganas de testificar, pensó Fran.

—¿Había otras camareras el domingo por la noche?

—Princesa, en este cuchitril el domingo por la noche no hacen falta dos camareras. En teoría tengo asueto los domingos, pero la chica habitual se puso enferma. ¿Adivina quién se comió el marrón? Por otra parte, fue muy interesante estar aquí, teniendo en cuenta lo sucedido.

—¿Estaba el chef o alguien más en la barra? Alguien la ayudaría.

—Oh, sí, el chef estaba por aquí, aunque es exagerado llamar «chef» a ese tío. Pero no estaba precisamente aquí. Siempre está dentro. Ojos que no ven corazón que no siente, si sabe a qué me refiero.

—¿Quién atendía la barra?

—Bobby Burke, un universitario. Trabaja los fines de semana.

—Me gustaría hablar con él.

—Vive en Yarmouth Street, en Belle Island. Eso está al otro lado del puente, a dos manzanas de aquí. Se llama Robert Burke hijo. Encontrará su número en el listín. ¿Quiere entrevistarme para la televisión o algo por el estilo?

—Cuando grabe el programa sobre Molly Lasch, me gustaría hablar con usted —dijo Fran.

—Será un placer complacerla.

Apuesto a que sí, pensó Fran.

Fran llamó a la residencia de los Burke desde el teléfono del coche. Al principio, el padre de Bobby se negó en redondo a permitir que hablara con su hijo.

—Bobby ya ha hecho una declaración ante la policía que contiene todo cuanto tenía que decir. Apenas se fijó en ninguna de las dos mujeres. No podía ver el aparcamiento desde la barra.

—Señor Burke, voy a ser muy sincera con usted. Estoy a sólo cinco minutos de distancia. Acabo de hablar con Gladys Fluegel y temo que haya tergiversado un poco su descripción del encuentro entre Molly Lasch y Annamarie Scalli. Soy periodista, pero también soy amiga de Molly Lasch. Fuimos a la escuela juntas. En nombre de la justicia, apelo a usted. Molly necesita ayuda.

—Espere un momento.

Cuando Burke volvió a ponerse al teléfono, dijo:

—De acuerdo, señorita Simmons, puede venir y hablar con Bobby, pero insisto en quedarme en la habitación con usted. Le daré la dirección de casa.

Es el tipo de chico del que cualquier padre se sentiría orgulloso, pensó Fran cuando se sentó con Bobby Burke en la sala de estar de su modesta casa. Era un adolescente delgado de dieciocho años, con una mata de cabello castaño claro e inteligentes ojos castaños. Sus modales eran tímidos, y de vez en cuando miraba a su padre como en busca de guía, pero alumbró una llamita de humor en sus ojos cuando contestó algunas de las preguntas de Fran, y sobre todo cuando habló de Gladys.

—No había mucha gente, pero vi entrar a las dos señoras —dijo—. Llegaron por separado, con pocos minutos de diferencia. Fue muy curioso. Gladys siempre intenta acomodar a la gente en una mesa cercana a la barra, para no tener que llevar el pedido demasiado lejos, pero la primera señora no lo aceptó. Señaló el reservado del fondo.

—¿Pensaste que estaba nerviosa?

—No lo sabría decir.

—¿Dices que no estabas muy ocupado?

—Exacto. Había pocas personas en la barra. Aunque justo antes de que las dos mujeres se fueran, entró una pareja y ocupó una mesa. Gladys estaba con las dos mujeres cuando la pareja entró.

—¿Aún las estaba sirviendo?

—Tomaba nota, pero tardó lo suyo. Es una fisgona de cuidado, y le gusta saber lo que pasa. Recuerdo que la pareja recién llegada empezó a impacientarse y la llamó. Eso ocurrió cuando la segunda señora se iba.

—Bobby, ¿tuviste la impresión de que la primera mujer en irse, la que fue asesinada en el aparcamiento, salió corriendo como si estuviera nerviosa o asustada?

—Iba deprisa, pero no corría.

—¿Y la segunda mujer? Sabrás que se llama Molly Lasch, ¿verdad?

—Sí, lo sé.

—¿La viste marchar?

—Sí.

—¿Corría?

—También iba deprisa, pero creo que era porque estaba llorando. Sentí pena por ella.

Estaba llorando, pensó Fran. No es propio de una mujer presa de una rabia homicida.

—Bobby, ¿la oíste llamar a alguien cuando salió?

—Me pareció que sí, pero no pillé el nombre.

—¿Llamó por segunda vez? ¿Gritó «Annamarie, espera»?

—No la oí llamar por segunda vez, porque estaba sirviendo café, y tal vez no me di cuenta.

—Acabo de salir del restaurante, Bobby. La barra está cerca de la puerta. ¿No crees que si Molly Lasch hubiera llamado en voz alta a alguien sentado en un coche del aparcamiento para que la oyera, tú también la habrías oído?

El chico reflexionó.

—Supongo que sí.

—¿Te interrogó al respecto la policía?

—Pues no. Preguntaron si oí a la señora Lasch llamar a la otra señora desde la puerta, y dije que creía que sí.

—Bobby, ¿quién había en la barra en aquel momento?

—Sólo dos tíos que se dejan caer de vez en cuando. Habían estado jugando a los bolos. Pero estaban hablando, sin prestar atención a nadie más.

—¿Quiénes eran las personas que entraron, ocuparon una mesa y llamaron a Gladys?

—No sé cómo se llaman. Son de la edad de mis padres. Les veo de vez en cuando. Creo que van al cine, o algo por el estilo, y luego comen algo de regreso a casa.

—Si vuelven, ¿me conseguirás sus nombres y su número de teléfono, y si no te quieren dar esa información, les darás mi tarjeta y les pedirás que me telefoneen?

—Desde luego, señora Simmons —dijo Bobby con una sonrisa—. Me gustan sus reportajes de los telediarios, y siempre miro *Crímenes verdaderos*. Es fantástico.

—Acabo de empezar a trabajar en *Crímenes verdaderos*, pero gracias de todos modos —dijo Fran—. El caso Lasch será el tema de mi primer programa. —Se levantó y se volvió hacia Robert Burke padre—. Ha sido muy amable al permitirme hablar con Bobby.

—Bueno, la verdad es que he visto las noticias —repuso el hombre—, y tengo la sensación de que existen muchas prisas para acelerar este juicio. Es evidente que usted opina lo mismo. —Sonrió—. Es posible que tenga ciertos prejuicios, por supuesto. Soy abogado de oficio.

Acompañó a Fran hasta la puerta y la abrió.

—Señora Simmons, si es usted amiga de Molly Lasch, debería saber algo más. Hoy, cuando la policía interrogó a Bobby, tuve la sensación de que todo cuanto querían oír era una verificación de lo que Gladys Fluegel había testificado, y le aseguro que esa mujer está ávida de atención. No me sorprendería que empezara a recordar toda clase de cosas. Conozco el tipo. Dirá a la policía todo lo que ésta quiera oír, y ya puede apostar a que nada de ello ayudará a Molly Lasch.

49

Había comparecido ante el juez. Le tomaron las huellas dactilares y la fotografiaron. Oyó a Philip Matthews decir: «Mi cliente se declara no culpable, su señoría.» El fiscal adujo que podía escapar a la acción de la justicia y exigió arresto domiciliario. El juez fijó una fianza de un millón de dólares y confirmó el arresto domiciliario.

Esperó, temblorosa en su celda. La fianza fue pagada. Molly, como una niña obediente, apática e indiferente, hizo lo que le decían, hasta que por fin estuvo en el coche con Philip, que la acompañó a su casa.

La rodeó con el brazo y casi la llevó en volandas hasta el salón. La hizo tumbarse en el sofá, colocó un cojín bajo su cabeza, fue en busca de una manta y la arrebujó.

—Estás temblando. ¿Dónde está el encendedor del fuego?

—Sobre la repisa de la chimenea.

No fue consciente de que estaba contestando a una pregunta hasta que oyó su propia voz.

Un momento después, el fuego se encendió, cálido y reconfortante.

—Me quedo —dijo Philip—. He traído mi maletín. Trabajaré en la mesa de la cocina. Tú cierra los ojos.

Cuando los abrió, sobresaltada, eran las siete, y el doctor Daniels estaba sentado a su lado.

—¿Estás bien, Molly?

—Annamarie —dijo con voz ahogada—. Estaba soñando con ella.

—¿Quieres contarme el sueño?

—Annamarie sabía que algo terrible iba a sucederle. Por eso salió a toda prisa del restaurante. Quería escapar a su destino. En cambio, se precipitó hacia él.

—¿Crees que Annamarie sabía que iba a morir, Molly?

—Sí.

—¿Por qué crees que lo sabía?

—Eso era parte del sueño, doctor. ¿Conoce la fábula del hombre a quien dijeron que iba al encuentro de la muerte aquella misma noche en Damasco, y que huyó a Samara para esconderse? Un desconocido se le acercó en una calle de Samara y dijo: «Soy la Muerte. Pensaba que nuestra cita era en Damasco.» —Aferró las manos del doctor Daniels—. Todo era tan real...

—¿Quieres decir que Annamarie no podía salvarse de ninguna manera?

—De ninguna manera. Yo tampoco puedo salvarme.

—Háblame de eso, Molly.

—No lo sé, la verdad —susurró ella—. Hoy, cuando estaba en la celda y cerraron con llave la puerta, no paraba de oír otra puerta que se abría y cerraba. ¿No es extraño?

—¿Era la puerta de una cárcel?

—No, pero todavía ignoro qué puerta es. El sonido está relacionado con lo que pasó la noche que Gary murió. —Suspiró, apartó la manta y se incorporó—. Oh, Dios, ¿por qué no puedo recordar? Si pudiera, quizá tendría una oportunidad.

—Es una buena señal que estés recordando incidentes o sonidos concretos.

—¿De veras? —preguntó Molly con voz débil.

El doctor la estudió con detenimiento. Observó los efectos de la tensión reciente en su rostro: letárgico, deprimido, reservado. Segura de que su destino estaba sellado. Era evidente que no deseaba hablar más.

—Molly, me gustaría que nos viéramos cada día durante un tiempo. ¿De acuerdo?

Esperaba que ella protestara, pero asintió con indiferencia.

—Le diré a Philip que me voy —dijo el médico.

—Él también debería irse a casa. Les estoy muy agradecida a los dos. Hay poca gente que me apoye. Ni siquiera mis padres. Su ausencia es escandalosa.

Sonó el timbre de la puerta. El doctor Daniels vio pánico en los ojos de Molly. ¿Será la policía?, pensó, desolada.

—Yo abriré —dijo Philip.

Daniels vio alivio en el rostro de Molly cuando el repiquetear de unos tacones y una voz de mujer precedieron a Jenna Whitehall. Su marido y Philip la siguieron hasta el salón.

El doctor Daniels observó cómo Jenna daba a Molly un breve abrazo.

—Su comida a domicilio ha llegado, señora —dijo Jenna—. A falta de ama de llaves, el todopoderoso Calvin Whitehall en persona servirá y despejará la mesa, con la inapreciable ayuda del abogado Philip Matthews.

—Me marcho —dijo el médico con una leve sonrisa, contento de que los amigos de Molly hubieran acudido en su ayuda y ansioso por volver a casa. Calvin Whitehall, al que sólo había visto unas pocas veces, le había desagradado instintivamente. Intuía que era una persona autoritaria por naturaleza, que no vacilaría ni un segundo en utilizar su inmenso poder no sólo para lograr sus objetivos, sino para manipular a la gente y disfrutar del placer de verla plegarse a su voluntad.

Se quedó sorprendido cuando Calvin Whitehall le siguió hasta la puerta.

—Doctor —dijo Whitehall en voz baja, como si temiera que le oyeran—, me alegro de verle aquí con Molly. Ella es muy importante para todos nosotros. ¿Cree que existe alguna posibilidad de que la declaren incapacitada, o en su defecto, que la juzguen no culpable de este segundo asesinato por locura transitoria?

—Su pregunta no deja duda de que usted la considera culpable de la muerte de Annamarie Scalli —replicó con frialdad Daniels.

Whitehall reaccionó con sorpresa e indignación ante la repulsa implícita.

—Confiaba en que mi pregunta reflejaría el afecto que mi mujer y yo sentimos por Molly, y nuestra certeza de que una larga condena a prisión sería para ella una sentencia de muerte.

Pobre de aquel que se enfrente contigo, pensó Daniels, cuando observó las mejillas enrojecidas de indignación de Whitehall y el brillo glacial de sus ojos.

—Señor Whitehall, agradezco su preocupación. Tengo la intención de reunirme o hablar con Molly cada día, y tendremos que tomarnos esto con calma.

Se volvió hacia la puerta.

Mientras volvía a casa, el doctor Daniels pensó que Jenna Whitehall podía ser la mejor amiga de Molly, pero estaba casada con un hombre que no toleraba las interferencias y que no permitía a nadie interponerse en su camino. Pensó que el renovado interés por el escándalo relacionado con la muerte de Gary Lasch, el fundador de Remington Health Management, no era un giro positivo para el presidente de la junta de Remington.

¿Ha ido Whitehall a casa de Molly como marido de su mejor amiga, o porque está preparando el plan más conveniente para controlar los perjuicios?, se preguntó Daniels.

Jenna había comprado espárragos *au gratin*, costillar de cordero, patatas, brócoli y bollos, todos los platos ya preparados para ser servidos. Dispuso la mesa de la cocina con presteza, mientras Cal abría una botella e informaba a Molly de que era un Château Lafite Rotschild de Burdeos, «lo mejor de mi bodega particular».

Molly captó la expresión perpleja de Philip y una leve mueca de Jenna por el tono pretencioso de su marido. Sus intenciones son buenas, pensó, pero ojalá no hubieran venido. Se esfuerzan en fingir que se trata de una velada normal en Greenwich, y aquí estamos, reunidos en el último minuto para una cena informal en la cocina. Años antes, cuando Gary aún vivía y ella pensaba que su vida era feliz, Jenna y Cal se dejaban caer de vez en cuando sin previo aviso y siempre se quedaban a cenar.

Felicidad doméstica: eso era mi vida. Me encantaba cocinar e improvisaba una cena en cuestión de minutos. Me gustaba demostrar así que no necesitaba ni quería que ninguna cocinera o ama de llaves viviera en casa de manera permanente. Gary siempre parecía orgulloso de mí: «No sólo es atractiva e inteligente, sino que sabe cocinar. ¿Cómo he podido tener tanta suerte?», decía, tan orgulloso, delante de sus invitados.

Y todo era una farsa, pensó Molly.

Le dolía la cabeza y se masajeó las sienes.

—Molly, ¿prefieres dejarlo? —preguntó Philip. Estaba sentado frente a ella, tal como Jenna les había colocado.

«Como marido y como médico, no valía el precio que pagó por matarle, señora Lasch.»

Molly levantó la vista y vio que Philip la estaba mirando.

—¿Qué te pasa, Molly? —preguntó.

168

Confusa, desvió la vista. Jenna y Cal también la estaban mirando.

—Lo siento —dijo, vacilante—. Creo que he llegado a un punto en que ya no distingo la diferencia entre lo que pienso y lo que digo. Acabo de recordar lo que Annamarie me dijo cuando me encontré con ella el domingo por la noche. Lo que me impresionó fue que creía que yo había matado a Gary, cuando yo precisamente fui a verla con la esperanza de averiguar si ella le había matado.

—Molly, no pienses en eso ahora —dijo Jenna—. Bebe tu vino e intenta relajarte.

—Jenna, escúchame —repuso Molly con vehemencia—. Annamarie dijo que Gary, como médico, no valía el precio que pagué por matarle. ¿Por qué dijo eso? Era un médico maravilloso, ¿no?

Se hizo el silencio mientras Jenna continuaba con los preparativos. Cal se limitó a mirarla.

—¿Comprendéis a qué me refiero? —insistió Molly, con voz casi suplicante—. Tal vez había algo en su vida profesional que nosotros desconocíamos.

—Hay que investigarlo —dijo Philip—. ¿Por qué no hablamos con Fran de eso? —Miró a Cal y Jenna—. Al principio me mostré contrario a que Molly colaborara con Fran Simmons, pero después de conocerla y haberla visto en acción, creo que está de parte de Molly.

Se volvió hacia ésta.

—Por cierto, llamó mientras dormías. Ha hablado con el chico que trabajaba en la barra del restaurante el domingo por la noche. Dice que no te oyó llamar a Annamarie por segunda vez, al contrario de lo que afirma la camarera. Es una minucia, pero tal vez podríamos utilizarlo para desacreditar su testimonio.

—Eso es estupendo. Sé que no lo recordaba —dijo Molly—. No obstante, a veces me pregunto qué es real y qué es imaginario. Acabo de contar al doctor Daniels que algo referente a la noche que Gary murió me ronda por la cabeza, algo sobre una puerta. Dice que empezar a recobrar recuerdos concretos es una buena señal. Así lo espero. Sé que no podría volver a la cárcel. —Hizo una pausa, y después susurró, más para sí que para los demás—: Eso no ocurrirá.

Siguió un largo silencio, que Jenna rompió con jubilosa determinación.

—Eh, no dejemos que esta cena fantástica se enfríe —dijo, y ocupó su sitio en la mesa.

Una hora después, camino de casa en el coche, sentados en el asiento trasero mientras Lou conducía, Jenna y Cal guardaban silencio, hasta que ella dijo:

—Cal, ¿crees posible que Fran Simmons descubra algo que pueda ayudar a Molly? Es una periodista de investigación, y quizá buena.

—Antes hay que tener algo que investigar —dijo con brusquedad Calvin Whitehall—, y en su caso no es así. Cuanto más hurgue Fran Simmons, más descubrirá que vuelve a la misma respuesta, que es la evidente.

—¿A qué crees que se refería Annamarie Scalli cuando criticó a Gary como médico?

—Sospecho, querida, que esos recuerdos repentinos de Molly son muy poco fiables. Yo no les concedería ninguna importancia, y estoy seguro de que ningún jurado lo haría. Ya la oíste. Ha amenazado con suicidarse.

—No es justo que la gente dé a Molly esperanzas infundadas. ¡Ojalá Fran Simmons dejara en paz el asunto!

—Sí, Fran Simmons se está convirtiendo en un terrible problema —admitió Cal.

No tuvo que mirar al retrovisor para confirmar que Lou Knox le estaba mirando mientras conducía. Con un cabeceo apenas perceptible, contestó a la pregunta no verbalizada de Lou.

50

¿Detecté un cambio en el estado de Tasha cuando fui la semana pasada, o sólo lo estoy imaginando?, se preguntó Barbara Colbert mientras se dirigía a Greenwich. Enlazaba y desenlazaba las manos, nerviosa.

La llamada del doctor Black había llegado justo cuando se disponía a salir hacia el Met, pues tenía un abono para las veladas de ópera de los martes.

—Señora Colbert —había dicho el médico—, temo que se ha

producido un cambio en el estado de Tasha. Creemos que sus sistemas van a colapsarse.

Déjame llegar a tiempo, por favor, rezó Barbara. Quiero estar a su lado cuando muera. Siempre me han dicho que lo más probable es que no oiga ni entienda nada de lo que le decimos, pero nunca he estado segura de eso. Cuando llegue el momento, quiero que sepa que estoy a su lado. Quiero rodearla con mis brazos cuando exhale el último suspiro.

Se reclinó en el asiento y lanzó una exclamación ahogada. La idea de perder a su hija era como una puñalada en el corazón. Oh, Tasha... Tasha... ¿Cómo pudo suceder esto?

Cuando Barbara Colbert llegó, encontró a Peter Black junto al lecho de Tasha. Su semblante era lúgubre.

—Sólo podemos esperar —dijo.

Barbara no le hizo caso. Una de las enfermeras acercó una silla a la cama para que pudiera sentarse con el brazo alrededor de Tasha. Miró el adorado rostro de su hija, tan sereno, como si estuviera durmiendo, como si fuera a abrir los ojos de un momento a otro y darle la bienvenida.

Barbara se quedó junto a su hija durante toda la larga noche, indiferente a las enfermeras que aguardaban algo retiradas, o a Peter Black, cuando ajustó la solución que se le inyectaba a Tasha.

A las seis, Black le dijo:

—Señora Colbert, parece que Tasha se ha estabilizado, al menos hasta cierto punto. ¿Por qué no va a tomar una taza de café y deja que las enfermeras cuiden de ella? Vuelva después.

La mujer levantó la vista.

—Sí. He de hablar con mi chófer. ¿Está seguro...?

El hombre sabía a qué se refería, y asintió.

—Nadie puede estar seguro, pero no creo que de momento Tasha vaya a dejarnos.

La señora Colbert salió a la zona de recepción. Tal como esperaba, Dan dormía en una silla. Una mano sobre su hombro fue suficiente para despertarlo por completo.

Dan trabajaba para la familia desde antes de que Tasha naciera, y con los años se había forjado una sólida amistad entre ambos. Barbara contestó a su tácita pregunta.

—Aún no. Dicen que se ha estabilizado. Pero podría ser en cualquier momento.

—Llamaré a los chicos, señora Colbert.

Cincuenta y cincuenta y ocho años, y todavía les llama los chicos, pensó Barbara, vagamente consolada por la certeza de que Dan compartía su pena.

—Pide a uno de ellos que recoja una bolsa del apartamento. Dile a Netty que la tenga a punto.

Se obligó a entrar en la pequeña cafetería. La noche de insomnio todavía no la había afectado, pero sabía que era inevitable.

La camarera de la cafetería conocía el empeoramiento de Tasha.

—Estamos rezando —dijo, y después suspiró—. Ha sido una semana muy triste. El señor Magim murió la madrugada del sábado.

—No lo sabía. Lo siento.

—No fue inesperado, pero todos confiábamos en que aguantaría hasta cumplir los ochenta. ¿Sabe lo que fue muy bonito? Sus ojos se abrieron justo antes de morir, y la señora Magim jura que la miró fijamente.

Ojalá Tasha pudiera decirme adiós, pensó Barbara. Éramos una familia feliz pero poco efusiva. Ahora lo lamento. Muchos padres terminan las conversaciones con sus hijos diciendo «Te quiero». Siempre pensé que era una exageración, una tontería. Ahora, me arrepiento de no habérselo dicho a Tasha cada vez que se marchaba.

Cuando Barbara volvió a la habitación, el estado de Tasha no parecía haber cambiado. El doctor Black estaba de pie junto a la ventana, hablando por su móvil. Bárbara le oyó decir:

—No lo apruebo, pero si insistes no me queda otra alternativa, ¿verdad?

Su voz estaba tensa de ira... ¿o era miedo?

Me pregunto quién le da órdenes, pensó Barbara.

51

El miércoles por la mañana, Fran tenía una cita en Greenwich con el doctor Roy Kirkwood, que había sido el médico de cabecera de Josephine Gallo, la madre del amigo de Tim Mason, el cual había pedido a Fran que investigara su muerte. Se llevó una sorpresa al encontrar vacío el recibidor de la consulta. No suele pasar en estos tiempos, pensó.

La recepcionista deslizó a un lado el cristal que separaba su escritorio de la sala de espera.

—Señorita Simmons —dijo—, el doctor la espera.

Roy Kirkwood aparentaba unos sesenta años. Su ralo cabello plateado, las cejas plateadas, las gafas de montura metálica, la frente arrugada, los ojos inteligentes y bondadosos, todo su aspecto consiguió que Fran pensara que aquel hombre parecía un médico de verdad. Si viniera a verle porque estuviera enferma, confiaría a pies juntillas en él, se dijo. Por otra parte, pensó mientras el hombre le indicaba que tomara asiento, he venido porque una de sus pacientes ha muerto.

—Ha sido muy amable al recibirme, doctor —empezó.

—Yo diría que era necesario para mí verla, señorita Simmons. Tal vez habrá observado que mi sala de espera está vacía. Aparte de los pacientes de toda la vida, de los cuales me ocupo hasta que pueda traspasar sus historiales a otros colegas, me he jubilado.

—¿Su decisión está relacionada con la madre de Billy Gallo?

—Exacto, señorita Simmons. Es cierto que la señora Gallo habría podido padecer un ataque de corazón fatal en cualquier circunstancia, pero con un *bypass* cuádruple habría tenido buenas probabilidades de sobrevivir. Su cardiograma entraba dentro de la normalidad, pero un cardiograma no es lo único que revela si un paciente tiene problemas. Yo sospechaba que sufría obstrucción arterial, y quería someterla a diversas pruebas. Sin embargo, mi petición fue vetada.

—¿Por quién?

—Por la dirección. Por Remington Health Management, para ser concreto.

—¿Protestó la decisión?

—Señorita Simmons, protesté y continué protestando hasta que todo fue inútil. Protesté esa decisión como en otros muchos casos, en que mi recomendación de que los pacientes debían ser derivados a un especialista fue denegada.

—Entonces Billy Gallo tenía razón. Su madre habría podido sobrevivir. ¿Es eso lo que está diciendo?

Roy Kirkwood parecía derrotado y triste.

—Señorita Simmons, después de que la señora Gallo padeciera la oclusión coronaria, fui a ver a Peter Black y exigí que se practicara el *bypass* necesario.

—¿Qué contestó el doctor Black?

—Consintió, a regañadientes, pero la señora Gallo murió antes de llevarse a cabo la intervención. Podríamos haberla salvado si la operación se hubiera autorizado antes. Para la HMO, ella sólo era parte de una estadística, por supuesto, y su muerte significa más beneficios para Remington, de modo que uno se pregunta si en realidad les importa.

—Usted hizo cuanto pudo, doctor.

—¿Cuanto pude? He llegado al final de mi carrera y puedo jubilarme sin problemas económicos, pero que Dios se apiade de los médicos jóvenes. La mayoría empiezan endeudados hasta las cejas, pues han de pagar los préstamos que pidieron para sufragar sus estudios. Créalo o no, la cantidad media que deben son cien mil dólares. Después han de pedir préstamos para comprar equipo y abrir una consulta. Tal como están las cosas hoy, se ven obligados a trabajar para una compañía de seguros médicos, pues el noventa por ciento de los pacientes son socios de ellas.

»Hoy, a un médico se le dice cuántos pacientes ha de atender. Algunos planes llegan hasta el extremo de fijar un tiempo máximo de quince minutos por paciente, y les exigen llevar un registro del tiempo dedicado a cada paciente. Es normal que los médicos trabajen cincuenta y cinco horas a la semana por menos dinero del que ganaban antes de que las HMO se apoderaran de la medicina.

—¿Cuál es la solución? —preguntó Fran.

—HMO no lucrativas gestionadas por médicos, en mi opinión. O médicos que funden sus propias cooperativas. La medicina está realizando notables avances. Hay muchos medicamentos y tratamientos nuevos a disposición de los médicos, que nos permiten prolongar vidas y proporcionar mejor calidad de vida. Lo incongruente es que estos tratamientos y servicios nuevos se denieguen de manera arbitraria, como en el caso de la señora Gallo.

—¿Cómo es posible que Remington se haya impuesto a otras HMO, doctor? Al fin y al cabo, fue fundada por dos médicos.

—Por dos médicos que heredaron el prestigio de un gran médico, Jonathan Lasch. Gary Lasch no era de la misma madera que su padre, ni como médico ni como ser humano. En cuanto a Remington, es avara y mezquina hasta extremos inconcebibles. Por ejemplo, hay recortes sistemáticos de servicios y personal en el hospital Lasch, como parte de su campaña de reducción de gastos.

Ojalá Remington y las HMO que está absorbiendo caigan en manos del plan que lidera el ex secretario de Educación. Es la clase de hombre que el sistema sanitario necesita.

Roy Kirkwood se levantó.

—Le ruego me disculpe, señorita Simmons. Sé que me estoy desahogando con usted. Pero tengo mis motivos. Creo que haría un gran servicio si utilizara el poder de convocatoria de su programa para alertar al público sobre esta situación cruel y alarmante. La gente ignora que los locos se han apoderado del manicomio.

Fran también se levantó.

—Doctor, ¿conocía al doctor Jack Morrow?

Kirkwood sonrió.

—Jack Morrow era el mejor. Inteligente, experto en diagnósticos, y quería a sus pacientes. Su muerte fue una tragedia.

—Parece extraño que su asesinato nunca se haya resuelto.

—Si cree que estoy furioso con Remington Health Management, tendría que haber oído a Jack Morrow. Admito que tal vez fue demasiado lejos en sus quejas.

—¿Demasiado lejos? —se apresuró a preguntar Fran.

—Jack perdía los estribos con facilidad. Tengo entendido que clasificó a Peter Black y Gary Lasch de «par de asesinos». Eso es ir demasiado lejos, aunque confieso que pensé lo mismo de Black y del sistema cuando Josephine Gallo murió. Sólo que no lo dije.

—¿Quién oyó decir eso al doctor Morrow?

—La señora Russo, mi recepcionista. Trabajaba para Jack. Ignoro si otras personas le oyeron.

—¿Es la señora de fuera?

—Sí.

—Gracias por su tiempo, doctor.

Fran salió a la sala de espera y se paró frente al escritorio.

—Tengo entendido que trabajó para el doctor Morrow, señora Russo —dijo a la menuda mujer de pelo cano—. Fue muy amable conmigo cuando mi padre murió.

—Era amable con todo el mundo.

—Señora Russo, sabía mi apellido cuando entré. ¿Sabe que estoy investigando la muerte del doctor Gary Lasch para el programa de televisión *Crímenes verdaderos*?

—Sí.

—El doctor Kirkwood acaba de decirme que usted oyó al doctor Morrow calificar a los doctores Lasch y Black de «par de asesinos». Es una expresión bastante fuerte.

—Acababa de llegar del hospital y estaba muy disgustado. Estoy segura de que se trataba de lo habitual, luchar por un paciente al que se le había denegado un tratamiento. Pero el pobre doctor fue asesinado unas noches después.

—Si no recuerdo mal, la policía llegó a la conclusión de que un drogadicto había forzado la entrada y le había sorprendido trabajando a altas horas en su consulta.

—Exacto. Todos los cajones de su escritorio estaban en el suelo, y el botiquín estaba vacío. Los drogadictos pueden llegar a desesperarse, pero ¿por qué tuvo que matarle? ¿Por qué no se llevó lo que quería y le dejó atado o algo así? —Brillaron lágrimas en los ojos de la mujer.

Porque el asaltante tenía miedo de ser reconocido, pensó Fran. Es el motivo habitual de que un ladrón se convierta en un asesino. Se dispuso a marcharse, pero entonces recordó la otra pregunta que quería hacer.

—Señora Russo, ¿había alguien más delante cuando Morrow llamó asesinos a Lasch y Black?

—Sólo dos personas, gracias a Dios. Wally Barry, un paciente de toda la vida del doctor Morrow, y su madre, Edna Barry.

52

Lou Knox vivía en un apartamento situado sobre el garaje que se alzaba a un lado de la residencia de los Whitehall. El piso de tres habitaciones le agradaba mucho. Una de sus pocas aficiones era la carpintería, y Calvin Whitehall le había permitido utilizar uno de los almacenes de su enorme garaje para albergar sus herramientas y la mesa de trabajo. También había permitido que Knox remodelara el apartamento a su gusto.

La sala de estar y el dormitorio estaban chapados en roble claro. Las paredes estaban cubiertas de estanterías, aunque Lou Knox no era aficionado a la lectura. Las estanterías albergaban el televisor, el equipo estéreo último modelo, y sus colecciones de CD y vídeos.

Constituían también un excelente escondite para la amplia y

creciente colección de pruebas acusadoras que había acumulado, por si debía utilizarlas contra Calvin Whitehall.

Seguramente nunca las necesitaría, puesto que hacía mucho tiempo que Cal y él habían llegado a una entente cordial sobre cuáles serían sus tareas. Además, Lou sabía que recurrir a aquellas pruebas equivaldría a lanzar piedras sobre su propio tejado. Por lo tanto, había una carta que Lou no pensaba utilizar nunca, salvo como último recurso. Hacer eso sería como vengarse a su propia costa, como decía su abuela, que lo había criado, cuando se quejaba del carnicero para el que trabajaba como chico de los recados.

—¿Te paga puntualmente? —preguntaba su abuela.

—Sí, pero pide a sus clientes que añadan la propina a la cuenta —protestaba Lou—, y luego me la descuenta de la paga.

Lou recordaba con satisfacción cómo se había desquitado del carnicero. Cuando iba a entregar un pedido, abría el paquete y se quedaba con una parte: un trozo de pollo, un *filet mignon* o solomillo picado para hacerse una buena hamburguesa.

Su abuela, que trabajaba de cuatro de la tarde a doce de la noche como telefonista de un motel distante quince kilómetros, le dejaba preparada una comida compuesta por espagueti y albóndigas enlatadas, o cualquier otra cosa poco apetitosa. Por lo tanto, los días que birlaba carne volvía a casa de su trabajo, que empezaba después del colegio, y se daba un festín de buey o pollo. Después arrojaba a la basura lo que abuela le había dejado, y nadie se enteraba.

La única persona que descubrió las andanzas de Lou fue Cal. Una noche, cuando Cal y Lou cursaban segundo de secundaria, Cal pasó por su casa cuando estaba friendo un filete birlado.

—Eres un capullo —dijo Cal—. Los filetes se hacen a la parrilla, no se fríen.

Aquella noche se forjó una alianza entre los dos jóvenes: Cal, el hijo de los borrachines del pueblo, y Lou, el nieto de Bebe Clauss, cuya única hija se había esfumado con Lenny Knox y regresó al pueblo dos años después, con el único propósito de entregar el niño a la tutela de su madre. Una vez liberada de aquel peso, volvió a desaparecer.

Pese a su familia, Cal había ido a la universidad, con la ayuda de su astucia y sus ganas de triunfar. Lou vagó de empleo en empleo, sin contar los treinta días que pasó en la cárcel del pueblo por robar en una tienda, y los tres años en el penal del estado por robo con intimidación. Después, casi dieciséis años más tarde, había recibido una llamada de Cal, conocido ya como señor Calvin Whitehall, de Greenwich, Connecticut.

Tengo que ir a besar los pies a mi antiguo colega, pensó Lou de su cita en Greenwich. Cal había dejado muy claro que la reunión se debía únicamente al valor potencial de Lou como factótum.

Lou se trasladó a Greenwich aquel día, a un espartano dormitorio de la casa que Cal había comprado. Era mucho más pequeña que la de ahora, pero estaba en el sitio adecuado.

El noviazgo de Cal con Jenna Graham abrió los ojos a Lou. Una belleza elegante y despampanante con un tío con aspecto de peso pesado retirado. ¿Qué demonios veía en él? Lou adivinó la respuesta: poder. Poder en estado puro. A Jenna le encantaba que Cal lo poseyera, y estaba fascinada por su forma de utilizarlo. Carecía de sus nobles antecedentes, y no provenía de su mundo, pero el tipo salía indemne de cualquier situación. Su mundo fue pronto su hogar. Daba igual lo que la vieja guardia pensara de Calvin Whitehall, porque nadie se atrevía a criticarle.

Los padres de Cal nunca fueron invitados a ir a ver a su hijo. Cuando murieron, con escaso tiempo de diferencia, Lou fue el encargado de arreglarlo todo y mandar sus cuerpos al crematorio lo antes posible. Cal no era un sentimental.

Con los años, la valía de Lou había aumentado a los ojos de Cal, y él lo sabía. Aun así, no albergaba duda de que, si Calvin Whitehall decidía deshacerse de él, sería arrojado a las lampreas. Aún recordaba con amargo humor los trabajillos que había llevado a cabo para Cal, de tal forma que éste siempre quedaba limpio de polvo y paja.

Bien, es un juego para dos, pensó con una sonrisa de astucia. Ahora, le tocaba averiguar si Fran Simmons iba a convertirse en un simple problema o en algo más peligroso. Será interesante, decidió. ¿De tal palo tal astilla?

Lou sonrió cuando recordó al padre de Fran, aquel capullo siempre ansioso por complacer a los demás, cuya madre nunca le había enseñado a desconfiar de los Calvin Whitehall de este mundo. Y cuando aprendió la lección, ya era demasiado tarde.

53

El doctor Peter Black casi nunca se desplazaba a West Redding durante el día. Era un trayecto de unos cuarenta minutos desde Greenwich, incluso cuando había poco tráfico, pero le preocupaba que, como realizaba ese desplazamiento con bastante frecuencia, su cara llegara a ser conocida en la zona.

En el registro de hacienda del condado, el edificio constaba como casa particular, cuyo propietario y residente era el doctor Adrian Logue, un oftalmólogo jubilado. En realidad, la propiedad y el laboratorio pertenecían a Remington Health Management, y cuando se necesitaban repuestos en la sede central, viajaban desde el laboratorio principal en el maletero del coche de Peter Black.

Cuando se detuvo ante el laboratorio, las palmas de Black sudaban. Temía la inevitable discusión que le aguardaba. Más aún, sabía que no saldría vencedor.

Cuando se marchó, menos de media hora más tarde, cargaba con un paquete, cuyo peso no justificaba el agobio que sintió cuando lo depositó en el maletero y volvió a casa.

54

Edna Barry adivinó de inmediato que Molly había tenido compañía la noche anterior. Aunque la cocina estaba impoluta, y la señal de LIMPIO parpadeaba en el lavaplatos, percibió sutiles diferencias. El salero y el pimentero estaban en el aparador, no sobre la encimera, el frutero estaba sobre la tabla de cortar, no sobre la mesa, y la cafetera seguía abierta al lado del horno.

La perspectiva de devolver a la cocina su orden habitual agradaba a Edna. Me gusta mi trabajo, pensó mientras colgaba el abrigo en el armario. No me hará ninguna gracia tenerlo que dejar otra vez.

No obstante, era inevitable. Cuando Molly supo que iba a salir de la cárcel, encargó a sus padres que contrataran a Edna para limpiar la casa y llenar la despensa. Ahora que iba a casa de Molly con regularidad, Wally había vuelto a convertirse en un problema. Apenas habló de Molly mientras ésta estuvo encarcelada, pero su regreso le había afectado. No paraba de hablar de ella y del doctor Lasch. Y cada vez que los mencionaba se enfurecía.

Si dejo de venir aquí tres días a la semana, no le obsesionará tanto, razonó Edna mientras se ponía el delantal que ella misma había elegido. La madre de Molly le había facilitado un uniforme, pero Molly había dicho: «Oh, Edna, eso no es necesario.»

Esta mañana tampoco había señales de que Molly hubiera preparado café, ninguna señal de que ya se hubiera despertado. Subiré a ver cómo está, decidió Edna. A lo mejor, después de todo lo ocurrido, ha dormido como un tronco. Y han pasado muchas cosas. Desde el lunes, que estuve aquí, Molly ha sido detenida otra vez por asesinato y luego puesta en libertad bajo fianza. Es como hace seis años. Tal vez sería mejor que la encerraran.

Marta cree que no debería trabajar aquí porque Molly es peligrosa, pensó Edna mientras subía la escalera, y sintió una vez más la artritis de sus rodillas. Te alegra pensar eso, susurró una voz en su cabeza. Si la policía se concentra en Molly, no pensará en Wally. Pero Molly siempre ha sido muy buena contigo, sugirió otra voz. Podrías ayudarla pero no quieres. Wally estuvo aquí aquella noche, y tú lo sabes. Quizá él podría ayudarla a recordar lo que pasó. Pero no quieres correr ese riesgo. No sabes qué podría decir Wally.

Edna llegó arriba justo cuando Molly salía de la ducha. Al verla con su albornoz, el cabello envuelto en una toalla, Edna recordó a la Molly niña, siempre tan educada, que decía «Buenos días, señora Barry» con su voz tierna y dulce.

—Buenos días, señora Barry.

Edna, con un sobresalto, se dio cuenta de que no era un eco de su memoria. Era Molly, la mujer adulta, quien había hablado ahora.

—Oh, Molly, por un momento te he visto como cuando tenías diez años. Me estoy volviendo majara, ¿verdad?

—Usted no —dijo Molly—. Yo, puede que sí, pero usted no. Siento que haya tenido que subir a buscarme. No soy tan perezosa como parezco. Me fui a la cama bastante temprano, pero no me dormí casi hasta el amanecer.

—Eso no está bien, Molly. ¿Por qué no le pides al médico algo para dormir?

—El otro día lo hice, y dormí a pierna suelta. Intentaré conseguir más. El problema es que el doctor Daniels no cree en las pastillas.

—Yo tengo unos somníferos que el doctor me recetó para Wally, por si se ponía nervioso. No son muy fuertes. ¿Quieres que te traiga algunos?

Molly se sentó ante el tocador y cogió el secador de pelo. Se volvió y miró a Edna Barry.

—Gracias, señora Barry —dijo—. ¿Tiene un frasco de sobra?

—Oh, no te hará falta un frasco entero. Hay unas cuarenta pastillas en el que guardo en el botiquín.

—Pues repártalas conmigo. Tal como van las cosas, puede que las necesite cada noche durante las siguientes semanas.

Edna no sabía si mencionar que estaba enterada de la nueva detención de Molly.

—Siento mucho todo lo que ha pasado. Ya lo sabes.

—Sí, lo sé. Gracias, señora Barry. Y ahora, ¿quiere hacer el favor de subirme una taza de café?

Cogió el secador y lo conectó.

Cuando estuvo segura de que Edna bajaba ya la escalera, Molly apagó el secador y dejó que el cabello húmedo cayera sobre su cuello. El calor de la ducha se había disipado, y notaba los mechones de pelo fríos y húmedos contra su piel.

No pretenderás tomar una sobredosis de pastillas, ¿verdad?, se preguntó. Miró el rostro del espejo. Apenas se reconoció. ¿No es como estar en un lugar desconocido y buscar una salida de emergencia? Se acercó más al espejo y miró los ojos reflejados. Tras haber formulado las preguntas, no estaba segura de las respuestas.

Una hora más tarde, Molly estaba en el estudio, examinando una de las cajas que había bajado del desván. Los fiscales habían revisado dos veces aquellos papeles. Los confiscaron después de la muerte de Gary, los devolvieron después del juicio, y el día anterior volvieron a revisarlos. Supongo que han desistido de descubrir algo interesante en ellos.

Pero ¿qué estoy buscando yo?, se preguntó. Algo que me ayude a comprender lo que Annamarie Scalli quería decir cuando afirmó que, como médico, Gary no valía el precio que pagué por matarle. Ya ni siquiera me importa su infidelidad.

Había algunas fotos enmarcadas en la caja. Las sacó y examinó una de ella y Gary tomada en el baile de caridad de la Asociación Coronaria, el año que se casaron. La estudió con frialdad. Recordó cuando la abuela decía que Gary le recordaba a Tyrone Power, la estrella cinematográfica que le había robado el corazón cincuenta años antes.

Creo que nunca supe ver más allá de la apariencia y el encanto, pensó. Pero sí lo había hecho Annamarie, en algún momento. Pero ¿cómo lo averiguó? ¿Y qué descubrió?

Fran telefoneó a las once y media.

—Molly, me gustaría pasar por tu casa unos minutos. ¿Está la señora Barry?

—Sí.

—Bien. Nos vemos dentro de quince minutos.

Cuando Fran llegó, abrazó a Molly.

—Imagino que ayer tuviste una bonita tarde.

—Inmejorable.

Molly consiguió esbozar una pálida sonrisa.

—¿Dónde está la señora Barry?

—En la cocina, supongo. Parece decidida a prepararme la comida, aunque le he dicho que no tengo hambre.

—Ven conmigo. He de hablar con ella.

El corazón le dio un vuelco a Edna cuando oyó la voz de Fran Simmons. Ayúdame, Señor, por favor, suplicó. No dejes que me haga preguntas sobre Wally. No es culpa suya ser como es.

Fran fue al grano.

—Señora Barry, el doctor Morrow era el médico de su hijo, ¿verdad?

—Sí, exacto. También le atendió un psiquiatra, pero el doctor Morrow era su médico de cabecera —contestó Edna, procurando disimular su creciente inquietud.

—Su vecina, la señora Jones, me dijo que Wally se disgustó mucho cuando el doctor Morrow murió.

—Sí, en efecto.

—¿Es cierto que Wally iba enyesado en aquel tiempo? —preguntó Fran.

Edna se encrespó, y luego asintió con rigidez.

—De la rodilla a los dedos de los pies —dijo—. Llevó el yeso durante una semana después de que encontraron muerto al pobre doctor Morrow. No debería haber dicho eso, pensó. No ha acusado a Wally de nada.

—Lo que iba a preguntarle, señora Barry, es si usted o Wally oyeron alguna vez al doctor Morrow hablar de los doctores Gary Lasch y Peter Black, o tal vez llamarles asesinos.

Molly lanzó una exclamación ahogada.

—No recuerdo nada de eso —dijo en voz baja Edna, y su inquietud se transparentó en la forma de secarse las manos en el delantal—. ¿A qué viene todo esto?

—No creo que hubiera olvidado fácilmente una afirmación semejante, señora Barry. A mí, al menos, me habría causado una profunda impresión. Cuando venía, llamé al señor Matthews, el abogado de Molly, y le pregunté sobre la llave de repuesto que se guarda en el jardín. Según sus notas, usted la entregó a la policía la mañana que encontraron muerto al doctor Lasch en su estudio, y usted les dijo que había estado mucho tiempo en el cajón de la cocina. Dijo que Molly había olvidado la llave un día y había cogido la de repuesto, y que nunca la devolvió a su sitio.

—Pero eso no es cierto —protestó Molly—. Nunca olvidé mi llave, y sé que la de repuesto estaba en el jardín la semana antes de que Gary muriera. Estaba en el jardín y lo comprobé. ¿Por qué dijo eso, señora Barry? No lo entiendo.

55

En el telediario de la noche, tras su reportaje sobre los últimos acontecimientos relacionados con el asesinato de Annamarie Scalli, Fran terminó con esta petición:

—Según Bobby Burke, el camarero que servía en la barra del Sea Lamp Diner la noche del crimen, una pareja entró en el restaurante y ocupó una mesa cercana a la puerta momentos antes de que Annamarie Scalli saliera a toda prisa. El abogado de Molly Lasch, Philip Matthews, ruega a esta pareja que se identifique y haga una declaración sobre lo que observaron en el aparcamiento antes de entrar en el restaurante, o lo que oyeron desde el local. El número del abogado Matthews es el 212-555-2800, pero también pueden llamarme a esta cadena, al 212-555-6850.

—Gracias por este reportaje, Fran —dijo Bert Davis, el presentador del telediario—. A continuación, la información deportiva, con Tim Mason, seguida del tiempo, con Scott Roberts. Pero antes, unos minutos de publicidad.

Fran se quitó el micrófono de la chaqueta y el auricular. Se detuvo frente a la mesa de Tim Mason antes de salir del estudio.

—¿Puedo invitarte a una hamburguesa cuando hayas terminado? —preguntó.

Tim enarcó las cejas.

—Ya me había hecho la ilusión de tomar un filete, pero si quieres una hamburguesa, aceptaré la invitación con mucho gusto.

—Nada de eso. Un filete está muy bien. Estaré en mi despacho.

Mientras esperaba a Tim, Fran repasó los acontecimientos del día. Primero la entrevista con el doctor Roy Kirkwood, luego la llamada a Philip Matthews, y después la aturdida reacción de Edna Barry durante la discusión sobre la llave de repuesto. La señora Barry había afirmado que estaba casi segura de que la llave de repuesto llevaba meses en el cajón, y cuando Molly lo negó, la señora Barry dijo: «Estás equivocada, pero claro, en aquel tiempo te sentías muy confusa.»

Mientras regresaba a la ciudad, Fran había llamado una vez más a Philip para comunicarle que cada vez estaba más segura de que Edna Barry ocultaba algo relacionado con la llave de repuesto. No había colaborado cuando Fran la interrogó al respecto, y ahora ésta sugirió a Philip que la presionara para que dijera la verdad.

Philip había prometido analizar cada palabra de las declaraciones de Edna Barry a la policía, así como su testimonio en el juicio, y después había preguntado sobre la reacción de Molly a las afirmaciones de la señora Barry.

Fran dijo que la habían sorprendido, incluso alterado. Cuando la señora Barry volvió a su casa, Molly había dicho: «Debía de estar desquiciada aun antes de descubrir lo de Annamarie y Gary. Habría jurado que la llave estaba en el jardín unos días antes de que escuchara involuntariamente aquella llamada.»

Apuesto a que tienes razón, Molly, se dijo Fran irritada, justo en el momento que Tim llamaba a la puerta y asomaba la cabeza. Le indicó que entrara con un gesto.

—Vámonos —dijo Tim—. He reservado una mesa para dos en el Cibo's de la Segunda Avenida.

Mientras bajaban por la Quinta Avenida en dirección a la calle Cuarenta y uno, Fran levantó los brazos en un saludo a los edificios y al estruendo que les rodeaba.

—Mi ciudad —dijo con un suspiro—. La quiero. Me alegro de haber vuelto.

—Yo también la quiero —dijo Tim—. Y me alegro de que hayas vuelto.

Una vez en el restaurante, eligieron un reservado.

Después de que el camarero les sirviera vino y tomara nota de su pedido, Fran dijo:

—Tim, según creo, dijiste que tu madre murió en el hospital Lasch. ¿Cuándo ocurrió?

—Hace más de seis años, me parece... ¿Por qué lo preguntas?

—Porque cuando nos presentaron la semana pasada, hablamos de Gary Lasch. ¿No dijiste que cuidó muy bien de tu abuela antes de que muriera?

—Sí. ¿Por qué?

—Porque empiezan a llegarme rumores de otras facetas de Gary Lasch como médico. Hablé con Kirkwood, el doctor que trató a la madre de Billy Gallo. Me dijo que hizo lo imposible para que la examinara un especialista, pero no consiguió la aprobación de la HMO, y después la mujer sufrió un ataque de corazón y murió sin que pudieran hacer nada por ella. Hace mucho tiempo que Gary Lasch murió, por supuesto, y este caso no está relacionado directamente con él, pero el doctor Kirkwood dijo que este enfoque tan restrictivo de la sanidad se remonta a bastantes años. Aunque acaba de cumplir los sesenta, dice que va a jubilarse. Durante casi toda su carrera ha estado vinculado al hospital Lasch, y fue muy explícito cuando dijo que Gary Lasch no se parecía en nada a su padre. Dijo que los problemas que afrontó a causa de la señora Gallo no constituyeron ninguna novedad para él, que el bienestar de un paciente no es una prioridad para el hospital Lasch y Remington Health Management desde hace mucho tiempo. —Fran se inclinó y bajó la voz—. Llegó a decirme que Morrow, el médico que murió durante un robo dos semanas antes de que asesinaran a Lasch, calificó en una ocasión a Lasch y a su socio, el doctor Black, de asesinos.

—Una expresión muy fuerte —dijo Tim mientras partía un panecillo—. De todos modos, mi experiencia fue más positiva.

Como ya he dicho, Gary Lasch me cayó bien, y creo que mi abuela recibió un trato correcto. He pensado en una coincidencia que tal vez no haya mencionado. ¿Te dije que Annamarie Scalli fue una de las enfermeras que la cuidó?

Los ojos de Fran se abrieron de par en par.

—No, no me lo dijiste.

—No me pareció importante. Todas las enfermeras eran magníficas. Recuerdo que Annamarie era muy cariñosa y abnegada. Cuando nos comunicaron que nuestra abuela había muerto, fuimos enseguida al hospital, por supuesto. Annamarie estaba sentada junto a su cama, llorando. ¿Cuántas enfermeras reaccionan así, sobre todo cuando se trata de un paciente al que conocen desde hace poco tiempo?

—No muchas —concedió Fran—. No podrían durar en su profesión si se encariñaran con todos sus pacientes.

—Annamarie era una chica muy guapa, pero también me pareció un poco ingenua —recordó Tim—. Apenas acababa de cumplir veinte años, por el amor de Dios. Cuando me enteré más tarde de que Gary Lasch estaba saliendo con ella, me repugnó como hombre, pero como médico no puedo criticarle nada.

»Decíamos en broma que mi abuela estaba colada por Lasch. Era un tipo muy guapo y atractivo, pero también te hacía creer que se preocupaba mucho por sus pacientes. Inspiraba confianza. Mi abuela decía que a veces iba a verla a las once de la noche. ¿Cuántos médicos hacen eso?

—Annamarie Scalli dijo a Molly que, como médico y marido, Gary Lasch no valía el precio que pagó por matarle —comentó Fran—. Por lo visto, lo dijo con mucha seguridad.

—¿No es lo que diría cualquier mujer en la posición de Annamarie?

—Como mujer sí, pero creo que hablaba como enfermera. —Fran hizo una pausa y meneó la cabeza—. No sé, tal vez me estoy precipitando en mis conclusiones, pero si añadimos a eso que Jack Morrow llamó asesinos a Gary Lasch y Peter Black, opino que hay algo de verdad en el fondo. Presiento que estoy en la pista de algo importante, y sospecho que la mayor parte de esta historia no ha salido a la luz.

—Eres una periodista de investigación. Creo que descubrirás la verdad. Apenas conocí a Annamarie Scalli, pero me sentí muy agradecido por los cuidados que prestó a mi abuela. Me gustaría que detuvieran a su asesino, y es una tragedia que Molly Lasch haya sido acusada injustamente.

El camarero sirvió las ensaladas.

—Acusada injustamente por segunda vez —subrayó Fran.

—Tal vez. ¿Cuál será tu siguiente paso?

—He conseguido concertar una cita mañana con el doctor Peter Black. Podría ser interesante. Aún estoy intentando arreglar una cita con mi antigua compañera de la academia Cranden, Jenna Whitehall, y con su marido, el todopoderoso Calvin Whitehall.

—Unas personas muy ocupadas.

Ella asintió.

—Lo sé, pero su importancia en este caso es fundamental, y estoy decidida a hablar con ellos. —Suspiró—. ¿Qué te parece si dejamos el tema aquí? ¿Crees que mis Yankees ganarán las series mundiales de este año?

Tim sonrió.

—Por supuesto.

56

—Esta vez he venido sola —anunció Jenna cuando telefoneó a Molly desde el coche—. Deja que me quede unos minutos.

—Eres muy amable, pero le di excusas al doctor Daniels para que no viniera, y me costó bastante. Ya sé que sólo son las nueve, pero los ojos se me cierran. Quiero irme a la cama.

—Sólo pido quince minutos.

—Oh, Jen —suspiró Molly—. Tú ganas. De acuerdo. Pero ve con cuidado. Había algunos periodistas al acecho por la tarde, y a Cal no le haría ninguna gracia ver a su mujer y a la famosa Molly Lasch en la misma foto en la primera plana de los periódicos.

Poco después, abrió la puerta con cautela, y Jenna entró.

—Oh, Molly —dijo ésta mientras la abrazaba—. Siento muchísimo lo que estás soportando.

—Eres mi única amiga —dijo Molly, pero se apresuró a añadir—: No, eso no es verdad. Fran Simmons está de mi lado.

—Fran llamó para concertar una cita, pero aún no nos hemos

puesto en contacto. Cal prometió que se la concedería, y creo que Fran irá mañana al hospital para hablar con Peter.

—Sé que quería hablar con todos vosotros. Puedes decirle lo que quieras. Sé que todo lo hace por mi bien.

Entraron en el salón, donde Molly había encendido la chimenea.

—He pensado algo —dijo—. En esta casa tan grande, vivo en tres habitaciones, la cocina, mi dormitorio y esta sala. Cuando todo esto haya terminado, si es que termina, compraré algo más pequeño.

—Buena idea —dijo Jenna.

—Claro que el estado de Connecticut tiene otros planes para mí, como ya sabes, y si se salen con la suya viviré en una celda.

—¡Molly! —protestó Jenna.

—Lo siento. —Se sentó y observó a su amiga—. Estás guapísima. El traje negro es magnífico. Un Escada, ¿verdad? Tacones. Joyas modestas pero hermosas. ¿Dónde has estado, o adónde vas?

—Una comida de trabajo. Volví a casa en un tren nocturno. Esta mañana dejé el coche en la estación, y por la noche vine directamente aquí. Lo he pasado fatal todo el día. Molly, estoy preocupada por ti.

Molly intentó sonreír.

—Yo también estoy preocupada por mí.

Estaban sentadas en el sofá, separadas por la anchura de un almohadón. Molly se inclinó hacia adelante con las manos enlazadas.

—Jen, tu marido cree que yo asesiné a Gary, ¿verdad?

—Sí.

—Y también cree que cosí a puñaladas a Annamarie Scalli.

Jenna no contestó.

—Lo sé —continuó Molly—. Eres mi amiga, Jen, pero hazme un favor: no traigas más a Cal. El único lugar al que puedo llamar refugio es esta casa. No necesito enemigos dentro. —Miró a su amiga—. Oh, Jen, no me empieces a llorar. No tiene nada que ver con nosotras. Aún somos las chicas de la academia Cranden, ¿verdad?

—No lo dudes —dijo Jenna, mientras se pasaba el dorso de la mano por los ojos—. Pero, Molly, Cal no es tu enemigo. Quiere contratar a otros abogados, penalistas muy expertos, para que trabajen con Philip en la preparación de una defensa por enajenación mental transitoria.

—¿Una defensa por enajenación mental transitoria?

—Molly —estalló Jenna—, ¿no comprendes que una condena por asesinato significaría cadena perpetua, sobre todo teniendo en cuenta la anterior condena? No podemos permitir que eso suceda.

—No, no podemos —asintió Molly, al tiempo que se levantaba—. Jen, vamos al estudio de Gary.

La luz del estudio estaba apagada. Molly la encendió, y después la apagó de nuevo.

—Anoche, después de que os fuerais, me acosté, pero no podía dormir. A eso de medianoche bajé aquí, ¿y sabes una cosa? Cuando encendí la luz, como ahora, recordé que había hecho lo mismo la noche que volví a casa desde Cape Cod, aquel domingo por la noche. Ahora estoy segura de que la luz del estudio estaba apagada cuando llegué, Jenna. ¡Lo juro!

—¿Qué significa eso?

—Piénsalo bien. Gary estaba sentado ante su escritorio. Había papeles encima, así que debía de estar trabajando. Era de noche. Debía de tener la luz encendida. Si llegué a casa, abrí esta puerta y encendí la luz, eso significa que el asesino de Gary debió apagarla. ¿No lo entiendes?

—Molly —murmuró Jenna con asombro.

—Ayer dije al doctor Daniels que recordaba algo de aquella noche, acerca de una puerta y una cerradura.

Molly vio incredulidad en el rostro de su amiga. Sus hombros se hundieron.

—Hoy la señora Barry dijo que la llave de repuesto que escondíamos en el jardín llevaba en casa desde hacía varias semanas. Según ella, porque un día olvidé mi llave, pero yo no recuerdo ni una cosa ni la otra.

—Molly, deja que Cal traiga abogados para que ayuden a Philip a preparar tu defensa —rogó Jenna—. Hoy ha hablado con dos de los mejores. Ambos tienen experiencia en presentar defensas psiquiátricas, y estamos convencidos de que podrían ayudarte. —Vio abatimiento en el rostro de su amiga—. Al menos, piénsalo.

—Tal vez por eso soñé con una puerta y una cerradura —dijo Molly con expresión sombría, sin hacer caso de la sugerencia de Jenna—. Tal vez pueda elegir: una celda de prisión cerrada con llave, o una habitación cerrada con llave en un manicomio.

—Venga, Molly. Voy a tomar una taza de té contigo y después dejaré que te vayas a la cama. Dices que no duermes mucho. ¿El doctor Daniels no te recetó nada?

—Me dio algo el otro día, pero la señora Barry me trajo esta tarde unas pastillas que el médico prescribió a Wally.

—¡No deberías tomar medicamentos de otras personas!

—Sé que es inofensivo. No olvides que fui la mujer de un médico. Aprendí algunas cosas.

Cuando Jenna se fue, unos minutos más tarde, Molly cerró con doble vuelta de llave la puerta principal y encajó la falleba. El sonido que hizo al apoyar el pie sobre ella, algo a medio camino entre un taconazo y un chasquido, le dio que pensar.

Levantó y bajó la falleba repetidas veces, escuchó con detenimiento en cada ocasión, mientras suplicaba a su subconsciente que le explicara por qué aquel ruido tan familiar le resultaba de repente tan ominoso.

57

Lo primero que hizo el doctor Peter Black el jueves por la mañana fue ir a ver a Tasha. Según todos los criterios médicos, a estas alturas ya debería de estar muerta, pensó angustiado mientras caminaba hacia la habitación de la paciente.

Quizá había sido una equivocación implicarla en el experimento, pensó. Por lo general, este experimento producía resultados clínicos positivos, y en ocasiones fascinantes, pero resultaba difícil llevarlo a cabo, sobre todo por culpa de la madre de Tasha. Barbara Colbert era demasiado avispada y estaba muy bien relacionada. Había muchos pacientes ingresados que eran candidatos apropiados para esta extraordinaria investigación, pacientes cuyos parientes jamás sospecharían nada extraño y que considerarían un regalo del cielo que el enfermo recobrara la lucidez en el postrer instante.

Nunca tendría que haber dicho al doctor Logue que Harvey Magim pareció reconocer a su mujer al final, se reprendió Black. Pero ahora ya era demasiado tarde para detenerse. Era preciso dar el siguiente paso. Se lo habían dejado muy claro. El nuevo paso estaba contenido en el paquete que había traído del laboratorio de

West Redding, y ahora se encontraba a buen recaudo en el bolsillo de su chaleco.

Cuando entró en la habitación, encontró a la enfermera de guardia dormida junto a la cama de Tasha. Estupendo, pensó. Una enfermera dormida era justo lo que necesitaba. Le proporcionaría una excusa para echarla de la habitación.

—Sugiero que vaya a tomar una taza de café —dijo con severidad tras despertarla sin miramientos—. Tráigala aquí. La esperaré. ¿Dónde está la señora Colbert?

—Dormida en el sofá —susurró la enfermera—. Pobre mujer, al final se durmió. Sus hijos ya se han ido. Volverán esta noche.

Black asintió y se volvió hacia la paciente, mientras la enfermera salía. El estado de Tasha no había variado en absoluto. Se había estabilizado gracias a la inyección que le había administrado cuando empezaba a declinar.

Sacó el pequeño paquete del bolsillo. Pesaba mucho para su tamaño, o al menos eso le pareció. La inyección de la noche anterior había dado los resultados esperados, pero la que iba a administrarle ahora era totalmente impredecible.

Logue ha perdido el control, pensó.

Levantó el brazo fláccido de Tasha y lo palpó hasta encontrar una vena apropiada. Clavó la aguja y vio cómo el líquido desaparecía de la jeringuilla.

Consultó su reloj. Eran las ocho de la mañana. Dentro de doce horas todo habría terminado, de una forma u otra. Entretanto, debía afrontar la desagradable perspectiva de la entrevista que había concedido a aquella periodista chismosa, Fran Simmons.

58

Después de una noche de insomnio, Fran fue temprano al despacho para estudiar los antecedentes de Peter Black y preparar la entrevista. Había pedido al departamento de investigación que dejara sobre su escritorio los datos biográficos que pudiera reunir, y la alegró ver que habían cumplido.

Leyó la información a toda prisa, pero le sorprendió que fuera tan escasa y poco destacable. Nacido en Denver en el seno de una familia de clase obrera, estudió en escuelas locales, obtuvo notas mediocres en la facultad de medicina, trabajó de residente en un hospital de poca monta de Chicago y después como médico fijo. Un historial vulgar, se dijo Fran.

Lo cual conducía a preguntarse por qué le llamó Gary Lasch, pensó Fran.

A las doce entró en el despacho del doctor Black. El mobiliario poseía una elegancia más apropiada para un alto ejecutivo que para un médico, aunque el médico fuera el director general de un hospital y una mutualista médica.

No había imaginado cómo sería Peter Black. Tal vez esperaba algo similar a las descripciones de Gary Lasch, pensó, mientras estrechaba su mano y le seguía hasta la salita que había delante de una amplia ventana panorámica. Un bonito sofá de piel, dos butacas a juego y una mesilla auxiliar creaban un confortable ambiente.

Según todas las fuentes, Gary Lasch había sido un hombre apuesto, de fascinante personalidad. La tez de Peter Black era cetrina, y su estado de nervios sorprendió a Fran. Gotas de sudor perlaban su frente y su labio superior. Se le notó cierta rigidez al sentarse en el borde de una butaca. Era como si estuviera en guardia contra un ataque anunciado. Si bien intentaba ser cortés, no podía disimular la tensión de su voz.

La invitó a café, invitación que Fran declinó.

—Señorita Simmons, hoy tengo una agenda particularmente apretada, y supongo que usted también, así que vayamos al grano. He accedido a verla porque quería hacer hincapié, con el mayor énfasis, en que considero indignante el hecho de que, para aumentar sus niveles de audiencia, esté explotando a Molly Lasch, una enferma mental.

Fran le miró sin pestañear.

—Pensaba que estaba ayudando a Molly, no explotándola, doctor. ¿Puedo preguntar si su diagnóstico se basa en un examen médico, o se debe a la prisa por llevarla a juicio?

—Señorita Simmons, está claro que no tenemos nada que decirnos. —Se levantó—. Si me perdona...

Ella siguió sentada.

—Me temo que no lo haré. Doctor Black, sabe que he venido

desde Manhattan para hacerle algunas preguntas. El hecho de que accediera a recibirme fue, en mi opinión, una aceptación tácita de ello. Creo que por lo menos me debe diez minutos de su tiempo.

Black volvió a sentarse.

—Diez minutos, señorita Simmons. Ni un segundo más.

—Gracias. Molly me contó que fue a verla el sábado por la noche con los Whitehall para pedirle que yo retrasara mi investigación debido a su inminente fusión con otras compañías de seguros médicos. ¿Es así?

—Sí. También me preocupaba el bienestar de Molly. Ya se lo expliqué.

—Doctor Black, conocía a Jack Morrow, ¿verdad?

—Desde luego. Era uno de nuestros médicos.

—¿Eran amigos?

—Nuestra relación era amistosa, diría yo. Nos respetábamos. Pero no nos tratábamos fuera de aquí.

—¿Discutió con él poco antes de que muriera?

—No. Tengo entendido que cambió unas palabras con mi colega el doctor Lasch. Creo que fue por una petición de tratamiento denegada a uno de sus pacientes.

—¿Sabía que se refirió a usted y al doctor Lasch como «un par de asesinos»?

—Pues no, pero tampoco me sorprende. Jack era un hombre irreflexivo, propenso a perder los estribos.

Está asustado, pensó Fran mientras lo observaba. Y está mintiendo.

—Doctor, ¿sabía que Gary Lasch mantenía relaciones con Annamarie Scalli?

—No. Me quedé estupefacto cuando Gary lo contó.

—Eso fue pocas horas antes de que muriera, ¿verdad?

—Sí. Durante toda la semana Gary había dado muestras de preocupación, y aquel domingo Cal Whitehall y yo fuimos a verle. Fue entonces cuando nos enteramos.

Peter Black consultó su reloj y se inclinó un poco hacia adelante.

Está a punto de ponerme de patitas en la calle, pensó Fran. Pero antes tengo un par de preguntas más.

—Doctor, Gary Lasch era amigo íntimo de usted, ¿verdad?

—En efecto. Nos conocimos en la facultad de medicina.

—¿Se vieron con frecuencia después de la facultad?

—Yo no diría eso. Trabajé en Chicago después de graduarme. Gary vino aquí en cuanto terminó su residencia y empezó a colaborar con su padre. —Se levantó—. Bien, he de volver a trabajar.

Dio media vuelta y se encaminó hacia su escritorio.

Fran le siguió.

—Una última pregunta, doctor. ¿Pidió usted a Gary Lasch venir aquí?

—Gary me llamó después de la muerte de su padre.

—Con el debido respeto, Lasch le invitó a unirse a él como socio a partes iguales en la institución que su padre había fundado. Había cierto número de médicos excelentes en la zona de Greenwich que habrían podido servir, pero le invitó a usted, aunque sólo había trabajado en un hospital de Chicago muy poco distinguido. ¿Qué le convirtió en alguien tan especial?

Peter Black giró en redondo.

—¡Márchese, señorita Simmons! —le espetó—. Su descaro es increíble al venir aquí a hacer insinuaciones calumniosas, cuando la mitad de la población de la ciudad fue víctima del robo de su padre.

Fran se encogió.

—*Touché* —dijo—. No obstante, doctor Black, no cejaré en mi empeño de encontrar respuestas. Porque usted no me ha facilitado ninguna, ¿verdad?

59

El jueves por la mañana, en Buffalo, Nueva York, después de un funeral privado, los restos de Annamarie Scalli fueron enterrados en el mausoleo familiar. No se hicieron públicos los detalles de la ceremonia ni hubo cortejo fúnebre. Su hermana, Lucille Scalli Bonaventure, acompañada de su marido y sus dos hijos, fueron las únicas personas presentes en el funeral y entierro privados.

La falta de publicidad había sido una decisión impuesta por la dolida Lucy. Dieciséis años mayor que Annamarie, siempre se había referido a su hermana menor como su primogénita. Lucy, de rostro agradable, había querido mucho a su hermana, que creció tan bonita como inteligente.

A medida que Annamarie maduraba, Lucy y su madre hablaban con frecuencia de sus novios y de la posible carrera que elegiría. Dieron su aprobación, entusiasmadas, cuando se decantó por la enfermería. Era una carrera muy provechosa, y existían muchas posibilidades de que acabara casándose con un médico. ¿Quién no querría casarse con una chica como Annamarie?

Cuando aceptó el empleo en el hospital Lasch de Greenwich, Connecticut, se disgustaron por tenerla tan lejos de casa, pero cuando fue a Buffalo en dos ocasiones para pasar el fin de semana en casa de su madre, acompañada del doctor Morrow, ambas tuvieron la impresión de que sus sueños iban a convertirse en realidad.

Lucy, sentada en el primer banco de la capilla durante la breve ceremonia, pensó en aquellos tiempos felices. Recordó las bromas que Jack Morrow hacía con su madre, cuando le decía que ni siquiera Annamarie sabía cocinar como ella. Recordó en especial la noche que se había quejado: «Señora, ¿cómo puedo lograr que esa hija suya se enamore de mí?»

Ella estaba enamorada de él, pensó Lucy, mientras las lágrimas resbalaban por sus mejillas... hasta que aquel odioso Gary Lasch decidió seducirla. De lo contrario no estaría dentro de ese ataúd, pensó Lucy, furiosa. Habría estado casada con el doctor Jack Morrow durante estos últimos siete años. Habría podido ser madre y enfermera a la vez. Jack la habría animado a proseguir su profesión. Era tan enfermera de vocación como él médico.

Lucy se volvió y miró el ataúd con angustia, cubierto con la tela blanca que simbolizaba el bautismo de Annamarie. Sufriste tanto por culpa de ese... ese bastardo, pensó. Cuando te deslumbró, intentaste decirme que no estabas preparada para casarte con Jack. Pero no era verdad. Sí estabas preparada, pero desorientada. Annamarie, eras una cría. Él sí sabía lo que hacía.

—Que su alma y las almas de todos los fieles difuntos...

Lucy apenas era consciente de la voz del sacerdote, que en ese momento bendecía el ataúd de su hermana. Su dolor e ira eran demasiado grandes. Annamarie, mira lo que te ha hecho ese hombre, pensó con amargura. Arruinó tu vida. Hasta abandonaste tu trabajo de enfermera, en una época lo único que deseabas hacer. No hablaste de ello, pero sé que nunca te perdonaste por algo que pasó en el hospital. ¿Qué fue?

Y el doctor Jack. ¿Qué le pasó? La pobre mamá estaba fascinada con él. Nunca le llamó Jack. Siempre doctor Jack. Annamarie, nunca te tragaste la historia de que un drogadicto le había matado.

¿Por qué tuviste tanto miedo durante todos esos años? Incluso cuando Molly Lasch fue a la cárcel tenías miedo.

Hermanita... Oh, querida hermanita.

Lucy tomó conciencia de los sollozos entrecortados que resonaban en la capilla, y comprendió que surgían de ella misma. Su marido le palmeó la mano, pero ella la retiró. En aquel momento, la única persona del mundo con quien se sentía unida era Annamarie. El magro consuelo que obtuvo cuando el ataúd recorrió el pasillo fue que, tal vez en un mundo diferente, su hermana y Jack Morrow gozarían de una segunda oportunidad de encontrar la felicidad.

Después del entierro, el hijo y la hija de Lucy se marcharon a sus trabajos, y su marido volvió al supermercado del que era encargado.

Lucy fue a casa y examinó la cómoda de Annamarie. La guardaba en la habitación donde Annamarie dormía siempre que iba a Buffalo. Los tres cajones de arriba contenían ropa interior, medias y jerséis, para que Annamarie los utilizara los fines de semana. El cajón del fondo estaba lleno de fotos, álbumes familiares, algunas cartas y postales. Fue cuando estaba revisando aquellas fotos, con los ojos anegados en lágrimas, cuando Lucy recibió una llamada de Fran Simmons.

—Sé quién es usted —contestó con brusquedad Lucy, la voz cargada de emoción—. Es la periodista que quiere airear todos esos asuntos sucios. Bien, no vuelva a llamarme, y deje que mi hermana descanse en paz.

Fran, que llamaba desde Manhattan, dijo:

—Lamento mucho su pérdida, pero debo advertirle: que Annamarie no descansará en paz si el caso contra Molly Lasch va a juicio. El abogado de Molly no tendrá otro remedio que describir a Annamarie en los términos más reprobables.

—¡Eso no es justo! —aulló Lucy—. No era una destrozahogares. Era casi una adolescente cuando conoció a Gary Lasch.

—Y también Molly. Cuantas más cosas averiguo, más lo lamento por ambas. Señora Bonaventure, mañana por la mañana volaré a Buffalo, y quiero reunirme con usted. Confíe en mí, por favor. Sólo intento averiguar la verdad sobre lo ocurrido, no sólo la noche que Annamarie murió, sino hace seis años o más en el hospital donde ella trabajaba. También quiero saber por qué Annamarie estaba tan asustada. Usted sabe que vivía atemorizada.

—Sí, lo sé. Pasó algo en el hospital poco antes de que Gary Lasch muriera —dijo Lucy—. Mañana cojo un avión para ir a vaciar el apartamento de Annamarie en Yonkers. No hace falta que venga usted aquí. Me reuniré con usted allí, señorita Simmons.

60

El jueves por la tarde, Edna Barry llamó a Molly y preguntó si podía pasar por su casa.

—Desde luego, señora Barry —dijo Molly con tono frío. Edna Barry se había mostrado muy segura sobre la cuestión de la llave de repuesto, y no sólo eso, sino que había manifestado una franca hostilidad en su insistencia de que Molly no recordaba lo sucedido.

Me pregunto si querrá disculparse, pensó Molly, mientras volvía a examinar las pilas de material que había dejado en el suelo del estudio.

Gary había sido muy meticuloso en todo lo que hacía. Ahora, gracias a la policía, sus archivos personales y documentos médicos estaban desordenados por completo. ¿Qué más da?, pensó. Tengo tiempo de sobra.

Había empezado a apartar un montón de fotos que pensaba enviar a la madre de su difunto marido. Ninguna conmigo, por supuesto, pensó con ironía, sólo las de Gary con diversas personalidades.

Nunca me llevé muy bien con mi suegra, pensó, y no la culpo por odiarme. Yo también odiaría a la mujer que creyera culpable de la muerte de mi único hijo. La muerte de Annamarie Scalli habría removido sus recuerdos, y no sería de extrañar que los medios anduvieran en su busca.

Pensó en Annamarie y en su conversación. Me pregunto quién adoptó al hijo de Gary. Me sentí herida cuando descubrí que Annamarie estaba embarazada, la odié y la envidié. Pero a pesar de lo que ahora sé, del desprecio que Gary sentía por mí, anhelo el hijo que perdí.

Tal vez algún día tenga otra oportunidad, se dijo, sentada en el suelo con las piernas cruzadas. La idea de que quizá algún día se abriría una nueva vida ante ella la conmocionó. Menuda broma, se dijo, y meneó la cabeza. Hasta Jenna, mi mejor amiga, dejó clara su convicción de que mis únicas opciones son la cárcel o un manicomio. ¿Cómo puedo imaginar que la pesadilla terminará alguna vez?

De todos modos, aún albergaba esperanzas, y sabía por qué. Fragmentos de recuerdos se empezaban a abrir paso en su memoria. Momentos del pasado sepultados en su inconsciente emergían poco a poco. Algo pasó anoche cuando estaba cerrando la puerta, pensó, y recordó la extraña sensación experimentada. No sé qué era, pero fue real.

Empezó a clasificar las revistas científicas y médicas que Gary guardaba por orden cronológico en sus estanterías. Las publicaciones eran de diversa índole, pero Gary debía de tener motivos para conservarlas. Un vistazo a alguna de ellas reveló que había consultado un artículo, como mínimo, de cada una. Supongo que podría tirarlas todas, pensó Molly, pero les echaré una última mirada cuando me haya organizado un poco mejor, aunque sea por pura curiosidad de ver qué temas interesaban a Gary.

Sonó el timbre de la puerta de la cocina y oyó la voz de la señora Barry.

—Soy yo, Molly.

—Estoy en el estudio —contestó, mientras continuaba apilando las revistas.

Oyó pasos que se acercaban por el pasillo. Recordó haber pensado a menudo que la señora Barry pisaba fuerte. Sólo llevaba zapatos ortopédicos de suela de goma, que resonaban.

—Lo siento, Molly. —Edna empezó a hablar casi antes de entrar en la habitación.

Molly levantó la vista y comprendió que no venía a disculparse. Su expresión era decidida, con la boca apretada. Sujetaba la llave de la casa en una mano.

—Sé que no es muy cortés por mi parte después de tantos años, pero ya no puedo trabajar para ti. Me voy.

Molly, perpleja, se levantó.

—Señora Barry, no ha de dejar el empleo por el asunto de la llave. Las dos creemos que tenemos razón, pero estoy segura de que existe una explicación lógica, y confío en que Fran Simmons la descubrirá. Ha de entender por qué este punto es tan importante para mí. Si otra persona utilizó esa llave para entrar en casa, fue esa persona y no yo quien la dejó en el cajón. ¿Y si alguien que conocía el escondite de la llave entró aquel domingo por la noche?

—No creo que nadie más entrara aquella noche —dijo Edna con voz aguda—. Y no me voy por lo de la llave. Siento decir esto, Molly, pero tengo miedo de trabajar para ti.

—¿Miedo? —Estupefacta, miró al ama de llaves—. ¿Miedo de qué?

Edna desvió la vista.

—¿No tendrá miedo... de mí? Oh, Dios mío. —Molly extendió la mano, estremecida—. Déme la llave, señora Barry. Váyase, por favor. Ahora.

—Molly, has de comprenderlo. No es culpa tuya, pero has matado a dos personas.

—¡Fuera de aquí, señora Barry!

—Molly, consigue ayuda. Te ruego que consigas ayuda.

Edna Barry dio media vuelta, al tiempo que emitía una especie de gemido y sollozo, y se fue a toda prisa. Molly esperó hasta que vio salir el coche a la calle. Entonces, cayó de rodillas y hundió la cara entre las manos. Mientras se balanceaba, sollozos ahogados escaparon de su pecho.

Me conoce desde que era una niña y cree que soy una asesina. ¿Qué posibilidades me quedan?, se preguntó. ¿Qué posibilidades?

A unas calles de distancia, mientras esperaba a que cambiara el semáforo, una afectada Edna Barry se recordaba una y otra vez que no había tenido otra alternativa que dar esa excusa a Molly para dejar de trabajar en su casa. Fortalecía su historia sobre la llave de repuesto, y mantendría a gente como Fran Simmons alejada de Wally. Lo siento, Molly, pensó cuando recordó el dolor que había asomado a los ojos de la joven, pero has de comprenderlo, la sangre es más espesa que el agua.

61

Mientras picoteaba la comida que el ama de llaves le había servido en una bandeja en su despacho, Calvin Whitehall ladraba órdenes a Lou Knox. Había estado de un humor de perros toda la mañana, en parte, sospechaba Lou, porque el problema que representaba Fran Simmons se le escapaba de las manos. Lou sabía que la mujer había solicitado reiteradamente una entrevista, y se negaba a aceptar las dilaciones de Cal. A juzgar por la conversación entre Jenna y Cal que había escuchado, Lou también sabía que la Simmons tenía una cita con Peter Black a las doce del mediodía.

Cuando el teléfono privado sonó a las doce y media, Lou intuyó que sería Black para informar sobre la entrevista. Su intuición no le engañó, porque Cal se puso hecho una furia.

—¿Qué contestaste cuando preguntó por qué Gary te había mandado buscar? Si sigue esa pista... ¿Por qué la recibiste, para empezar? Sabes que lo único que puedes conseguir es perjudicarte. No hace falta mucho cerebro para saber eso.

Cuando Cal colgó con violencia el auricular, parecía al borde de un ataque de apoplejía. El teléfono volvió a sonar casi de inmediato, y su tono se suavizó en cuanto oyó la voz del que llamaba.

—Sí, doctor, he hablado con Peter hace unos momentos... No, no me dijo nada especial. ¿Por qué?

Lou sabía que la llamada debía de ser de Adrian Logue, el oftalmólogo, o lo que dijera ser, que vivía en la granja de West Redding. Por algún motivo que Lou no comprendía, tanto Whitehall como Black, y antes aún Gary Lasch, siempre trataban a Logue con suma consideración. En algunas ocasiones, Lou había llevado a Cal a la granja. La estancia era breve, y Lou siempre tenía que esperar en el coche.

Había visto de cerca a Logue una o dos veces, un tipo flaco, de aspecto inofensivo y cabello cano, que debía rondar ahora los setenta años. A juzgar por la expresión de su jefe, era evidente que su conversación con el médico le estaba desquiciando.

Siempre era una mala señal que Cal mantuviera una frialdad externa en lugar de estallar. Mientras Lou miraba, el rostro de Cal se transformó en una máscara tensa y gélida, y sus ojos entornados adquirieron aquel brillo opaco que recordaban a Lou un tigre antes de saltar.

Cuando Cal habló, tenía la voz controlada, pero aterraba por su confianza y autoridad.

—Doctor, mi respeto por usted no puede ser mayor, pero no tenía ningún derecho a obligar a Peter Black a seguir adelante con este tratamiento, y él no tenía ninguna obligación de obedecer sus deseos. No se me ocurre nada más peligroso, sobre todo ahora. Bajo ninguna circunstancia puede estar presente cuando se produzca la reacción. Como de costumbre, tendrá que contentarse con el vídeo.

Lou no oyó lo que decía el doctor Logue, pero sí captó que alzaba el tono de voz.

Cal le interrumpió.

—Doctor, le garantizo que recibirá el vídeo esta noche.

Colgó con brusquedad y dirigió tal mirada a Lou que éste comprendió que tenía graves problemas.

—Creo haberte comentado que Fran Simmons era un problema —dijo—. Ha llegado el momento de solventar ese problema.

62

En cuanto Fran salió del despacho de Peter Black, llamó a Philip Matthews. El abogado estaba en su despacho, y por su tono Fran dedujo que algo le preocupaba.

—¿Dónde estás, Fran? —preguntó.

—En Greenwich. Saldré para Nueva York dentro de poco.

—¿Puedes pasarte por mi oficina hacia las tres? Temo que la situación de Molly es cada vez peor.

—Allí estaré —dijo Fran, y colgó el teléfono del coche. Se estaba acercando a un cruce y frenó cuando cambió el semáforo. ¿Izquierda o derecha?, se preguntó. Quería parar en la oficina del *Greenwich Time* y hablar con Joe Hutnik.

Sin embargo, una imperiosa necesidad la impulsaba a pasar por delante de la casa en la que ella y sus padres habían vivido durante aquellos cuatro años. La desdeñosa referencia de Peter Black a su padre la había herido en lo más hondo. El dolor, no obstante, no era por ella sino por su padre. Quería ver la casa otra vez. Era el último lugar en que había pasado un rato con él.

Hagámoslo, decidió. Tres manzanas más adelante, enfiló por una calle bordeada de árboles que le resultó muy familiar. Habían vivido en mitad de la manzana, en una casa de ladrillo y estuco estilo Tudor. Su intención era pasar por delante muy despacio, pero aparcó en el bordillo frente a la casa, al otro lado de la calle, y la miró con los ojos llenos de lágrimas.

Era una casa bonita, con emplomados que brillaban a la luz del sol. Parece que no ha cambiado nada, pensó mientras evocaba la larga sala de estar de techo alto, con la hermosa chimenea de mármol irlandesa. La biblioteca era pequeña, recordó. Su padre comentaba en broma que había sido construida para albergar diez libros, pero ella opinaba que era un lugar magnífico para recluirse.

El que tan buenos recuerdos cruzaran por su mente la sorprendió. Si papá hubiera reflexionado, pensó, aunque hubiera ido a la cárcel, hace años que habría salido y empezado de nuevo en otro lugar. No tuvo por qué suceder. Eso era lo que atormentaba a su madre y a ella. ¿Deberían haberse dado cuenta de algo el último día? ¿Podrían haberlo evitado? Si hubiera hablado con nosotras, pensó Fran. ¡Si hubiera dicho algo!

¿Adónde fue a parar el dinero?, se preguntó. ¿Por qué no se encontró rastro de él, o al menos alguna pista de una inversión fallida? Algún día descubriré la respuesta, se juró mientras aceleraba.

Consultó su reloj. Era la una y veinte. Lo más probable era que Joe Hutnik estuviera comiendo, pero por si acaso decidió pasar por el *Time*.

De hecho, Joe estaba sentado ante su escritorio, e insistió en que Fran no le interrumpía. Además, quería hablar con ella.

—Han pasado muchas cosas desde la semana pasada —dijo, mientras indicaba que se sentara y cerraba la puerta.

—Eso creo —admitió Fran.

—El material para tu programa crece sin cesar.

—Joe, Molly es inocente de ambos crímenes. Lo sé. Lo siento en las tripas.

Joe enarcó las cejas.

—Sé sincera conmigo, Fran. Estás bromeando, ¿verdad? Porque de lo contrario te estás engañando.

—Ni una cosa ni otra, Joe. Estoy convencida de que no mató a su marido ni a la Scalli. Escucha, tú tienes tomado el pulso a la ciudad. ¿Qué has oído?

—Muy sencillo. La gente está impresionada, triste, pero no sorprendida. Todo el mundo piensa que Molly está como un cencerro.

—Me lo temía.

—Pues deberías temer algo más. Tom Serrazzano, el fiscal, está presionando a la junta de libertad condicional para que se la revoque. Sabe que está comprometido por no haberse opuesto a la libertad bajo fianza por la nueva acusación, pero insiste en que la declaración de Molly cuando salió de la cárcel es contradictoria con su declaración ante el comité de libertad condicional, en el sentido de que aceptaba la responsabilidad por la muerte de su marido. Como ahora lo niega, el fiscal defiende que ha cometido un fraude contra la junta de libertad condicional, y debería cumplir la totalidad de la sentencia. Puede que lo consiga.

—Eso significaría que Molly volviese de inmediato a la cárcel.

—Yo diría que eso es lo más probable.

—No puede suceder —murmuró Fran, tanto para sí como para Joe—. Esta mañana me he entrevistado con el doctor Peter Black. He llevado a cabo algunas investigaciones sobre el hospital y la aseguradora Remington. Algo está pasando allí, pero aún no he descubierto qué. Pero Black estaba muy nervioso cuando llegué al hospital. Casi perdió los estribos cuando le pregunté por qué pensaba que Gary Lasch le había elegido como socio del hospital Lasch y Remington Health Management, cuando su historial académico y profesional era mediocre y había muchos candidatos mejor cualificados.

—Es curioso. Según recuerdo, la impresión que tuvimos por aquí fue que era una estratagema para convencerle de que trabajara en el hospital.

—No lo fue, créeme. —Fran se levantó—. Me marcho, Joe. Quiero conseguir copias de todo lo que el *Time* escribió acerca de la campaña de recaudación de fondos para la biblioteca en la que mi padre estuvo implicado, y todo lo que se escribió acerca de mi padre y los fondos desaparecidos después de su muerte.

—Me ocuparé de ello —prometió Hutnik.

Fran agradeció el detalle de que Joe no hiciera preguntas, pero aun así pensó que le debía una explicación.

—Esta mañana, cuando intentaba tirar de la lengua al doctor Black, se defendió como gato panza arriba. ¿Qué derecho tenía yo a interrogarle?, preguntó. Era la hija de un ladrón que había robado las donaciones de la mitad del pueblo.

—Eso fue muy desagradable —dijo Hutnik—, pero creo que es fácil imaginar los motivos. Debe de estar sometido a grandes presiones ahora, y no quiere que nada amenace la absorción de HMO más pequeñas por Remington. La verdad es que, al menos según mis fuentes, el trato ha encontrado problemas, muchos problemas. American National lleva ventaja, y por lo que he oído las cosas no andan muy bien en Remington. Estas nuevas HMO, aunque son pequeñas, inyectarían capital y permitirían a Remington comprar más tiempo.

Joe abrió la puerta.

—Como ya te dije el otro día, el presidente de American National es uno de los médicos más respetados del país, y uno de los críticos más implacables de la gestión actual de las HMO. Opina que la única solución es un sistema a escala nacional, pero hasta que ese día llegue, American National, bajo su liderazgo, está consiguiendo las notas más altas en el campo de la salud.

—¿Crees que Remington va a perder?

—Eso parece. Las HMO más pequeñas, que iban a suponer una inyección para Remington, coquetean ahora con American National. Parece increíble, pero podría suceder que Whitehall y Black, pese a las acciones de Remington que poseen, no fueran capaces de evitar una *opa* hostil.

Tal vez sea mezquino por mi parte, pensó Fran mientras volvía a Nueva York, pero después del escándalo de papá, nada me daría más placer que ver fracasar a Peter Black.

Se detuvo en la oficina, examinó su correo y después cogió un taxi para ir al bufete de Philip Matthews, en el World Trade Center.

Le encontró sentado ante su escritorio, que estaba cubierto de papeles. Su expresión era sombría.

—Acabo de hablar con Molly —dijo—. Está muy afectada. Edna Barry se despidió esta mañana, ¿y sabes qué motivo dio? No te lo pierdas: tiene miedo de Molly, miedo de estar cerca de una mujer que ha matado a dos personas.

—¿Cómo se atrevió a decir eso? —Fran le miró con incredulidad—. Philip, te aseguro que esa mujer oculta algo.

—Fran, he revisado la declaración de Edna a la policía después de que descubriera el cadáver de Gary Lasch. Coincide con lo que os dijo a Molly y a ti ayer.

—¿Te refieres a la parte en que afirma que Molly fue la única en utilizar la llave de repuesto, y que no la devolvió a su escondite del jardín? Molly niega que eso sucediera. Después de que la señora Barry descubriera el cadáver, cuando la policía estaba interrogando a gente, ¿no preguntaron también a Molly por la llave?

—Cuando Molly despertó cubierta de sangre aquel lunes por la mañana, y se enteró de lo ocurrido, cayó en un estado semicatatónico, y así permaneció varios días. No he encontrado documentación acerca de que la interrogaran por la llave. No olvides que no había la menor señal de que hubieran forzado la entrada, y las huellas de Molly estaban en el arma homicida.

—Lo cual significa que creerán en la historia de Edna Barry, aunque Molly esté segura de que miente. —Fran se paseó de un lado a otro, irritada—. Dios mío, Molly no encuentra una salida por ninguna parte.

—Fran, esta mañana recibí una llamada del todopoderoso Calvin Whitehall. Quiere enviarme a unos cuantos pesos pesados para ayudarme en la defensa de Molly. Ya ha comprobado que están disponibles. Les ha proporcionado detalles del caso, y según Whitehall, todos están de acuerdo en que el alegato debería ser «no culpable por motivo de enajenación mental transitoria».

—No permitas que eso suceda, Philip.

—No quiero que suceda, pero hay otro problema. El fiscal está removiendo cielo y tierra para que revoquen la libertad condicional de Molly.

—Eso me ha dicho Joe Hutnik, del *Greenwich Time*. Menudo panorama: el ama de llaves de Molly dice que tiene miedo de ella, y los amigos de Molly intentan que la recluyan en un manicomio. Eso es lo que lograría el alegato de enajenación mental, ¿verdad?

—Ningún jurado la dejaría en libertad después de un segundo asesinato, así que en cualquier caso acabaría encerrada. No conseguiremos un nuevo acuerdo con el fiscal, y tampoco estoy seguro de que el alegato de enajenación mental surta efecto.

Fran percibió abatimiento en la expresión de Philip.

—Esto se está convirtiendo en un asunto personal para ti, ¿verdad?

Philip asintió.

—Hace mucho tiempo que es algo personal. Sin embargo, te juro que, si pensara que mis sentimientos por Molly pudieran influir en mi discernimiento a la hora de defenderla, entregaría el caso al mejor abogado criminalista que pudiera encontrar.

Fran miró con pena a Philip Matthews y recordó que su primera impresión de él, cuando le vio en la puerta de la cárcel, fue que protegía a Molly con uñas y dientes.

—Lo creo —dijo.

—Hará falta un milagro para impedir que Molly vuelva a la cárcel.

—Mañana tengo una cita con la hermana de Annamarie Scalli —dijo Fran—. En cuanto vuelva al despacho hoy, pediré al departamento de investigaciones que busque todo lo que haya en el archivo sobre Remington Health Management y todo lo relacionado con él. Cuanto más descubro, más creo que aquellos asesinatos estaban menos relacionados con las andanzas mujeriegas de Gary Lasch que con problemas existentes en el hospital Lasch y en Remington Health Management.

Cogió el bolso y, antes de salir, se detuvo ante la ventana.

—Tienes una vista espectacular de la estatua de la Libertad —dijo—. ¿Es para animar a tus clientes?

Philip sonrió.

—Es curioso —dijo—. Eso mismo dijo Molly la primera vez que estuvo aquí, hace seis años.

—Bueno, por el bien de Molly esperemos que la estatua de la Libertad sea también la estatua de la Suerte. Intuyo algo, y si estoy en lo cierto podría ser la brecha que estamos buscando. Deséame suerte, Philip. Hasta luego.

63

El cambio radical que se produjo en el estado de Tasha empezó hacia las cinco. Barbara fue testigo directo de él.

Durante los dos últimos días, las enfermeras no le habían aplicado el leve maquillaje que proporcionaba una pizca de color a su tez cenicienta, pero un tono rosáceo empezó a insinuarse en sus mejillas.

Dio la impresión de que la rigidez de sus extremidades, que constantes masajes habían mantenido a raya, se relajaba de manera espontánea. Barbara no tuvo necesidad de ver a la enfermera alejándose de puntillas, ni oír sus murmullos cuando hablaba por teléfono desde la sala de estar, para saber que estaba llamando al médico.

Así será mejor para Tasha, se dijo. Por favor, Dios mío, dame fuerzas. Déjala vivir hasta que lleguen sus hermanos. Quieren estar con ella cuando se acerque el final.

Barbara se levantó de la silla y se sentó en la cama, con cuidado de no mover el laberinto de goteros y tubos de oxígeno. Cogió las manos de su hija entre las suyas.

—Tasha, Tasha... —murmuró—. Mi único consuelo es que vas a reunirte con tu padre, y él te quería tanto como yo.

La enfermera aguardaba en la puerta. Barbara levantó la vista.

—Quiero estar a solas con mi hija —dijo.

Los ojos de la enfermera estaban llenos de lágrimas.

—Lo comprendo. Lo siento muchísimo.

Barbara asintió y al volverse creyó ver que Tasha se movía y le pareció sentir una presión en sus manos.

La respiración de Tasha se aceleró. A Barbara se le partía el corazón, mientras esperaba el último suspiro.

—Tasha, querida Tasha...

Fue vagamente consciente de una presencia en la puerta. El médico. Váyase, pensó, pero no se atrevió a volver la cabeza, por si su hija expiraba.

De pronto, Tasha abrió los ojos y sus labios se curvaron en una sonrisa.

—Doctor Lasch, qué estúpida fui —murmuró—. Me enredé con los cordones de mi bamba y salí volando.

Barbara se quedó boquiabierta.

—¡Tasha!

Su hija volvió la cabeza.

—Hola, mamá...

Sus ojos se cerraron, pero volvieron a abrirse lentamente.

—Mamá, ayúdame... por favor.

Exhaló su último suspiro.

—¡Tasha! —gritó Barbara—. ¡Tasha! —Giró en redondo. Peter Black estaba inmóvil en el umbral—. ¡Doctor, usted lo ha oído! Me ha hablado. ¡No la deje morir! ¡Haga algo!

—Oh, querida señora —dijo Black con tono tranquilizador, mientras la enfermera entraba a toda prisa—. Dejemos partir en paz a este ser querido. Todo ha terminado.

—¡Me ha hablado! —chilló Barbara Colbert—. ¡Usted la oyó! —Abrazó el cuerpo de su hija—. Tasha, no te vayas. ¡Te estás recuperando!

Unos brazos fuertes la sujetaron y la obligaron a soltar a su hija.

—Mamá, estamos aquí.

Barbara miró a sus hijos.

—Me ha hablado —sollozó—. ¡Pongo a Dios por testigo de que antes de morir me habló!

64

Lou Knox estaba viendo la televisión cuando recibió la llamada que esperaba. Cal le había avisado que debería llevar un paquete a West Redding, pero no estaba seguro de a qué hora sería.

Cuando llegó a la casa, Cal y Peter Black estaban en la biblioteca. Comprendió al instante que habían discutido. La boca de Cal era una fina línea recta y tenía las mejillas enrojecidas. En cuanto al doctor Black, sostenía un vaso alto de lo que parecía whisky a palo seco, y a juzgar por sus ojos vidriosos no era su primer trago de la noche.

La televisión estaba encendida, pero en la pantalla no se veía nada. Ya habían parado la cinta. Cuando Cal vio a Lou, gritó a Black:

—¡Dásela, imbécil!

—Cal, te digo... —protestó Black con voz apagada.

—¡Dásela!

Black cogió una cajita que había en una mesa envuelta en papel marrón. Se la extendió a Knox.

—¿Es el paquete que debo llevar a West Redding, señor? —preguntó Lou.

—Sabes muy bien que sí. Date prisa.

Lou recordó la llamada que Cal había hecho aquella mañana. Debía de ser la cinta de la que había hablado con el oftalmólogo, el doctor Logue. Cal y Black debían de haberla visto, porque resultaba evidente que habían abierto y vuelto a envolver el paquete.

—Ahora mismo, señor —dijo. Pero no hasta que vea de qué va la cinta, pensó mientras salía.

Corrió a su apartamento y cerró la puerta con doble llave. No fue difícil abrir el paquete sin romper el papel que lo envolvía. Tal como esperaba, contenía una cinta de vídeo. La introdujo en el aparato y apretó *play*.

¿De qué va este rollo?, se preguntó mientras miraba la pantalla. Vio una habitación de hospital, por cierto muy elegante, con una joven dormida o inconsciente en la cama, y a una anciana de aspecto distinguido sentada a su lado.

Espera un momento, pensó Lou, sé quién es esta mujer. Es Barbara Colbert, y la chica es su hija, la que lleva años en coma. La familia donó tanto dinero para el edificio de cuidados intensivos que le dieron el nombre de la chica.

La hora en que se había grabado la cinta aparecía en la esquina inferior derecha de la pantalla: 8.30. ¿Habían grabado durante todo el día?, se preguntó Lou. La cinta no podía tener una duración de doce horas.

La avanzó hasta el final, rebobinó un poco y apretó *play*. La imagen mostró a la anciana llorando, sujetada por dos hombres. El doctor Black estaba inclinado sobre la cama. La chica debía de haber muerto, pensó Lou. Consultó la hora al pie de la imagen: las 17.40.

Hace sólo un par de horas, pensó Lou. Pero no pueden haber grabado esta cinta debido a la muerte de la chica, razonó. Hace años que estaba en coma, sabían que podía morir en cualquier momento.

Lou era consciente de que Cal aparecería de un momento a otro para saber qué le había retrasado. Mientras prestaba oídos a los pasos de Cal, volvió a rebobinar. Lo que vio le produjo un escalofrío. Costaba creerlo, pero la chica dormida durante años despertaba, volvía la cabeza, hablaba con claridad, y creía hablar con el doctor Lasch. Y después cerraba los ojos y moría. Y allí estaba Black, asegurándole a la madre que la chica no había dicho nada.

Era escalofriante. Lou sabía que algo gordo estaba pasando. También supo que se la estaba jugando cuando empleó un tiempo precioso en duplicar el último cuarto de hora de la cinta y esconder la copia detrás de las estanterías.

Estaba subiendo al coche cuando Cal salió.

—¿Qué te ha retrasado? ¿Qué has estado haciendo, Lou?

Lou sabía que su rostro debía de transparentar un miedo atroz, pero se obligó a controlarse. Sabía lo que contenía aquella cinta, y el poder que le proporcionaba. Largos años de convertir el engaño en un arte le ayudaron a la perfección.

—Estaba en el baño. Tengo el estómago revuelto.

Sin esperar respuesta, cerró la puerta del coche y puso en marcha el motor. Una hora después había llegado a la granja de West Redding, y entregó el paquete al hombre que conocía como doctor Adrian Logue.

Casi febril de exaltación, Logue cogió el paquete y cerró la puerta en las narices de Lou.

65

—Fue una de las cosas más difíciles que he hecho en mi vida —explicó Edna Barry por teléfono a Marta Jones. Había terminado de limpiar la cocina después de la cena y le pareció un buen momento para tomar una última taza de té y contar la historia a su amiga.

—Sí, debió de ser horrible para ti —admitió Marta.

Edna no tenía duda de que Fran Simmons volvería a husmear otra vez, a hacer más preguntas, y que tal vez pasaría a ver a Marta. Bien, si lo hacía, Edna quería que su vecina estuviera al corriente de la verdadera historia. Esta vez, se prometió, Marta transmitiría una información que no perjudicaría a Wally. Tomó otro sorbo de té y cambió el auricular de oído.

—Marta —continuó—, tú fuiste la que me metiste la idea de que Molly podía ser peligrosa, ¿te acuerdas? Intenté no pensar en eso, pero se comporta de una manera rara. Está muy silenciosa. Se queda sentada durante horas. No quiere ver a nadie. Hoy estaba sentada en el suelo, examinando cajas. Había pilas de fotos del doctor.

—¡No! —exclamó Marta—. Pensaba que se habría deshecho de ellas hace mucho tiempo. ¿Por qué las conservó? ¿Tú querrías tener una foto del hombre que mataste?

—A eso me refería cuando hablaba de su actitud extraña. Ayer, cuando dijo que nunca sacó la llave del escondite del jardín, bueno, me di cuenta de que todo eso de sus olvidos viene de antes de que el doctor muriera. Creo que todo empezó cuando tuvo el aborto. La depresión se ahondó, y después Molly nunca volvió a ser la misma.

—Pobrecilla —suspiró Marta—. Sería mejor para ella que la encerraran en un lugar donde pueda recibir cuidados, pero me alegro de que te mantengas alejada de ella. No olvides que Wally te necesita, y eso ha de ser lo primero.

—Yo pienso lo mismo, Marta. Es estupendo tener una amiga como tú con quien hablar. Estaba muy preocupada y necesitaba desahogarme.

—Siempre me tienes a tu disposición, Edna. Vete a dormir temprano y descansa.

Satisfecha por haber logrado su propósito, Edna se levantó, apagó la luz de la cocina y entró en el salón. Wally estaba mirando el canal de noticias. El corazón de Edna dio un vuelco cuando vio el reportaje sobre Molly en la puerta de la cárcel. El presentador estaba diciendo:

«Sólo han pasado diez días desde que Molly Carpenter Lasch salió de la prisión de Niantic, después de cumplir una condena de cinco años y medio por el asesinato de su marido, el doctor Gary Lasch. Ahora, ha sido acusada del asesinato de la amante de su marido, Annamarie Scalli, y el fiscal Tom Serrazzano está presionando para que revoquen su libertad condicional.»

—Wally, ¿por qué no cambias de canal? —sugirió Edna.

—¿Van a meter en la cárcel otra vez a Molly, mamá?

—No lo sé, querido.

—Parecía muy asustada cuando le encontró. Sentí pena por ella.

—Wally, no digas eso. No sabes de qué estás hablando.

—Sí lo sé, mamá. Yo estaba allí, ¿recuerdas?

Edna, presa del pánico, agarró la cara de su hijo con ambas manos y le obligó a mirarla.

—¿Te acuerdas lo mucho que te asustó la policía cuando el doctor Morrow fue asesinado? ¿Que no pararon de hacerte preguntas acerca de dónde habías estado la noche del crimen? ¿Recuerdas que, antes de que llegaran, te obligué a ponerte otra vez el yeso y a utilizar las muletas para que te dejaran en paz?

Asustado, Wally intentó soltarse.

—Déjame, mamá.

Edna clavó la vista en su hijo.

—Wally, nunca has de hablar de Molly o de esa noche. Nunca más, ¿lo has entendido?

—No lo haré.

—Wally, no volveré a trabajar para Molly. De hecho, tú y yo nos vamos de viaje. Nos iremos en coche a algún sitio, tal vez a las montañas, o a California. ¿Te gustaría?

Wally compuso una expresión dubitativa.

—Creo que sí.

—Entonces, jura que nunca más volverás a hablar de Molly.

Siguió una larga pausa, hasta que Wally dijo en voz baja:

—Lo juro, mamá.

66

Por más que Molly lo intentó, el doctor Daniels no aceptó excusas por segundo día consecutivo. Dijo que iría a las seis, y a esa hora en punto llamó al timbre.

—Tiene que ser muy valiente para estar a solas conmigo —murmuró Molly mientras cerraba la puerta—. Si no lo es, vaya con cuidado. No me dé la espalda. Podría ser peligroso.

El doctor se estaba quitando el abrigo mientras ella hablaba. Se detuvo, con un brazo todavía en la manga, y la observó.

—¿Qué quieres decir con eso, Molly?

—Entre. Se lo explicaré. —Le condujo hasta el estudio—. Mire. —Indicó las pilas de carpetas y revistas esparcidas por el suelo, las fotos y álbumes sobre el sofá—. Como ve, no estaba sólo meditando.

—Yo diría que has estado haciendo limpieza —repuso el doctor Daniels.

—En cierto sentido, pero es algo más que eso. Se llama «empezar de nuevo», o tal vez «un nuevo capítulo», o «enterrar el pasado». Elija a su gusto.

Daniels se acercó al sofá.

—¿Puedo? —preguntó, indicando las fotografías.

—Mire todo lo que quiera, doctor. Las de la izquierda son para enviar a la madre de Gary. Las de la derecha van a la carpeta circular.

—¿Las vas a tirar?

—Me parece saludable, doctor. ¿No cree?

Daniels las estaba ojeando.

—Veo que hay bastantes con los Whitehall.

—Jenna es mi mejor amiga. Como ya sabe, Cal, Gary y Peter Black dirigían conjuntamente Remington. Hay muchas fotos de Peter y sus dos ex esposas por ahí.

—Sé que aprecias mucho a Jenna, Molly. Pero ¿y Cal? ¿También le aprecias?

Alzó la vista y vio la insinuación de una sonrisa en los labios de Molly.

—Doctor, es imposible apreciar a Cal —contestó—. Dudo que le caiga bien a alguien, incluyendo a su ex compañero de colegio, chófer y factótum Lou Knox. Cal fascina más que cae bien. Puede ser muy divertido. Y es muy inteligente. Recuerdo una cena celebrada en su honor a la que asistieron seiscientas personas muy importantes. ¿Sabe lo que Jenna me dijo? «El noventa y nueve por ciento han venido por miedo.»

—¿Crees que eso molestaba a Jenna?

—No, cielos. Jenna adora el poder de Cal. Claro que ella también es fuerte. Nada se interpone en su camino. Por eso ya es socia de un prestigioso bufete. Lo consiguió sin ayuda de nadie. —Molly hizo una pausa—. Yo, por mi parte, soy pusilánime. Siempre lo he sido. Jenna siempre ha sido brillante. A Cal le gustaría verme desaparecer de la faz de la tierra.

Estoy de acuerdo, pensó John Daniels.

—¿Jenna vendrá esta noche? —preguntó.

—No. Tenía una cena en Nueva York, pero ha llamado esta tarde. Me alegré de que lo hiciera. Después de que la señora Barry se marchara, necesitaba una inyección de moral.

Daniels esperó. Mientras la observaba, la expresión de Molly se demudó en otra de pena e incredulidad. Su voz sonó monocorde cuando le contó la visita de Edna Barry y sus palabras de despedida.

—Llamé a mi madre esta tarde —añadió Molly—. Le pregunté si ella y mi padre también me tenían miedo. Le pregunté si por eso no estaban a mi lado cuando les necesitaba. La semana pasada no quería ver a nadie. Cuando volví a casa, creo que me sentí como alguien que ha padecido quemaduras graves: ¡no me toquéis! ¡Dejadme en paz! Pero cuando encontraron el cadáver de Annamarie, quise que estuvieran conmigo. Les necesitaba.

—¿Qué dijeron?

—Que no pueden venir. Papá se recuperará, pero sufrió un pequeño ataque. Por eso no han venido. Llamaron a Jenna y se lo contaron, y le pidieron que no me dejara. Y ha cumplido su palabra. Ya lo ha visto.

Molly desvió la vista.

—Era importante que hablara con ellos. Necesitaba saber que me apoyaban. Han sufrido mucho por todo esto. Cuando la señora Barry se marchó, si hubiera pensado que también ellos me iban a abandonar, habría... —Su voz enmudeció.

—¿Qué habrías hecho, Molly?

—No lo sé.

Sí lo sabes, pensó Daniels. El rechazo de tus padres habría sido la gota que colma el vaso.

—¿Cómo te sientes ahora? —preguntó.

—Acosada, doctor. Si revocan mi libertad condicional y me mandan de vuelta a la cárcel, no podré soportarlo. Necesito más tiempo, porque le juro que voy a recordar exactamente lo que sucedió aquella noche.

—Podríamos intentar la hipnosis, Molly. Antes no funcionó, pero eso no quiere decir que no funcione ahora. Lo que bloquea la memoria es como un iceberg, y tal vez se esté resquebrajando. Podría ayudarte.

Ella meneó la cabeza.

—No, he de hacerlo sola. Hay... —Se interrumpió.

Era demasiado pronto para contar a Daniels que, durante toda la tarde, un nombre había acudido una y otra vez a su cabeza: Wally.

Pero ¿por qué?

67

Barbara Colbert abrió los ojos. ¿Dónde estoy?, se preguntó. ¿Qué ha pasado? Tasha. ¿Tasha? Recordó que su hija le había hablado antes de morir.

—Mamá.

Walter y Rob, sus hijos, se erguían sobre ella, compadecidos, fuertes.

—¿Qué ha pasado? —susurró.

—Mamá, ¿sabes que Tasha ha muerto?

—Sí.

—Perdiste el conocimiento por la conmoción y el agotamiento. El doctor Black te administró un sedante. Estás en el hospital. Quiere que te quedes aquí uno o dos días, en observación. Tu pulso era débil.

—Walter, Tasha salió del coma. Me habló. El doctor Black tuvo que oírla. La enfermera también. Preguntadles.

—Mamá, enviaste a la enfermera a la otra habitación. Tú hablaste a Tasha, mamá. No ella a ti.

Barbara se sacudió el sopor.

—Puede que sea vieja, pero no estoy loca —dijo—. Mi hija salió del coma. Lo sé. Me habló. Recuerdo con claridad lo que dijo. Walter, escúchame. Tasha dijo: «Doctor Lasch, qué estúpida fui. Me enredé con los cordones de mi bamba y salí volando.» Entonces me reconoció y dijo: «Hola, mamá.» Y después me rogó que la ayudara. El doctor Black la oyó cuando pidió ayuda. Sé que la oyó. ¿Por qué no hizo algo? Se quedó quieto.

—Mamá, por favor, hizo cuanto pudo por Tasha. Así es mejor, de veras.

Barbara intentó incorporarse.

—Repito... que no estoy loca. No imaginé a Tasha saliendo del coma —dijo, y la ira dotó a su voz del habitual tono autoritario—. Por alguna terrible razón, Peter Black nos está mintiendo.

Walter y Rob Colbert sujetaron las manos de su madre, mientras el doctor Black, que se había mantenido alejado de su vista, avanzaba y le clavaba una aguja en el brazo.

Barbara Colbert sintió que se hundía en una oscuridad tibia y envolvente. Luchó un momento contra ella, pero al final sucumbió.

—Lo más importante es que descanse —tranquilizó el doctor a sus hijos—. Por más preparados que estemos para perder a un ser querido, cuando llega el momento de decir adiós la conmoción puede ser abrumadora. Pasaré a verla más tarde.

Cuando Black volvió a su despacho, había un mensaje de Calvin Whitehall. Debía llamarle de inmediato.

—¿Has convencido a Barbara Colbert de que anoche sufrió alucinaciones? —preguntó Cal.

Peter sabía que la situación era desesperada, y que no serviría de nada mentir a Cal.

—Tuve que darle otro sedante. No la vamos a convencer con facilidad.

Calvin Whitehall guardó un largo silencio. Al cabo, dijo:

—Confío en que te des cuenta de la que has armado.

Black no contestó.

—Por si la señora Colbert no fuese un gran problema, acabo de recibir una llamada de West Redding. Tras haber revisado una y otra vez la cinta, el doctor exige que revelemos el proyecto a los medios de comunicación.

—¿Es que no sabe lo que eso significaría? —repuso Black, estupefacto.

—Le da igual. Está loco. Insistí en que esperara hasta el lunes, con el fin de preparar una rueda de prensa como es debido. Para entonces ya me habré ocupado de él. Entretanto, sugiero que te responsabilices de la señora Colbert.

Cal colgó el teléfono con violencia, y a Peter Black no le cupo duda de que esperaba ser obedecido.

68

Lucy Bonaventure tomó un avión matinal desde Buffalo al aeropuerto de La Guardia de Nueva York, y a las diez entraba en el apartamento de Annamarie en Yonkers. Durante los casi seis años que Annamarie había vivido allí, Lucy nunca había visto su casa. Annamarie le había comentado que el apartamento era pequeño. Sólo tenía una habitación, y además siempre convenía más a Annamarie ir a Buffalo de visita.

Lucy sabía que la policía había registrado el apartamento, y comprendió su aspecto desordenado. Los adornos estaban amontonados sobre la mesilla auxiliar. Los libros estaban apilados de cualquier manera en los estantes, como si los hubieran sacado y devuelto a su sitio al azar. Era evidente que habían examinado el contenido de los cajones del dormitorio, y que manos descuidadas lo habían devuelto a su sitio sin preocuparse de nada más.

Había encargado al gerente del complejo que se ocupara de la venta del apartamento. Lucy sólo debía vaciarlo. Quería hacerlo en un día, pero se dio cuenta de que tardaría bastante más. Era doloroso estar en el apartamento, ver el perfume favorito de Annamarie sobre el tocador, ver el libro que había estado leyendo todavía sobre la mesilla de noche, abrir el ropero y ver sus trajes, vestidos y uniformes, y saber que nunca volvería a llevarlos.

Entregaría toda la ropa, así como los muebles, a alguna obra de caridad. Al menos, razonó Lucy, las personas necesitadas los aprovecharían. Era un pequeño consuelo.

Fran Simmons, la periodista, llegaría a las once y media. Mientras la esperaba, Lucy empezó a vaciar el tocador, dobló su contenido y lo guardó en cajas de cartón que el gerente le había proporcionado.

Lloró al ver las fotografías que encontró en el cajón del fondo, que plasmaban a Annamarie con su bebé en brazos, fotos tomadas pocos minutos después de que naciera. Parecía muy joven en las fotos, y miraba al bebé con ternura. Había otras fotos de él, cada una con una inscripción en la parte posterior: «primer cumpleaños», «segundo cumpleaños», hasta el último, el quinto. Era un niño guapo, de vivaces ojos azules, cabello castaño oscuro y una sonrisa alegre. Annamarie quedó destrozada al tener que deshacerse de él, pensó Lucy. ¿Debía enseñar las fotos a Fran Simmons? Decidió que sí. Quizá la ayudarían a comprender a Annamarie y el terrible precio que había pagado por sus equivocaciones.

Fran llamó al timbre a las once y media en punto, y Lucy Bonaventure la hizo entrar. Por un momento las dos mujeres se examinaron. Fran vio a una mujer rolliza de más de cuarenta años, de ojos hinchados, facciones regulares y piel que parecía enrojecida a causa del llanto. Lucy vio a una mujer esbelta de unos treinta años, cabello castaño claro largo hasta el cuello y ojos gris azulados. Como explicó a su hija al día siguiente, «No es que fuera vestida de punta en blanco. Llevaba un traje pantalón marrón oscuro, con una bufanda marrón, amarilla y blanca al cuello, y unos sencillos pendientes de oro, pero su aspecto era típicamente neoyorquino. Parecía muy agradable, y cuando me expresó sus condolencias por la muerte de Annamarie, supe que lo decía en serio. Preparé café, y dijo que le apetecía una taza, así que nos sentamos en la mesita de la cocina de Annamarie».

Fran sabía que lo más prudente era ir al grano.

—Señora Bonaventure, empecé a investigar el asesinato del

doctor Lasch porque Molly Lasch, a quien conocí en la escuela, me pidió que lo hiciera para presentar su caso en el programa *Crímenes verdaderos*, en el que colaboro. Quiere descubrir la verdad sobre esos asesinatos tanto como usted. Ha pasado cinco años y medio en prisión por un crimen que no recuerda, y yo me he convencido de que no lo cometió. Hay demasiadas preguntas sin respuesta sobre la muerte del doctor Lasch. Nadie la investigó a fondo en su momento, y yo lo intento hacer ahora.

—Sí, bueno, su abogado intentó dar a entender que Annamarie había matado al doctor Lasch —dijo Lucy, sin poder contener su ira.

—Su abogado hizo lo que cualquier abogado haría. Puso de relieve que Annamarie declaró haber estado sola en su apartamento de Cos Cob la noche del crimen pero nadie pudo corroborarlo.

—Si el juicio no se hubiera interrumpido, habría llamado al estrado a Annamarie para interrogarla e intentar presentarla como una asesina. Sé que ése era su plan. ¿Todavía es el abogado de Molly Lasch?

—Sí. Y es muy bueno. Señora Bonaventure, Molly no mató al doctor Lasch ni a Annamarie. Y tampoco mató al doctor Jack Morrow, al que apenas conocía. Tres personas han muerto, y creo que la misma persona es responsable de esos crímenes. El culpable debe ser castigado, pero no fue Molly. Esa persona es el motivo de que Molly fuera a prisión. Esa persona es el motivo de que haya sido detenida por el asesinato de Annamarie. ¿Quiere que envíen a la cárcel a Molly Lasch por algo que no hizo, o quiere encontrar al asesino de su hermana?

—¿Por qué Molly Lasch siguió el rastro de Annamarie y pidió entrevistarse con ella?

—Molly creía que su matrimonio había sido feliz. Pero no fue así, o Annamarie no habría salido a relucir. Molly intentaba averiguar por qué su marido fue asesinado y por qué fracasó su matrimonio. Nada mejor que empezar por la amante de su marido. Usted puede ayudarnos en esto. Annamarie tenía miedo de alguien, o de algo. Molly se dio cuenta cuando se encontraron aquella noche, pero usted debió de saberlo mucho antes. ¿Por qué adoptó el apellido de soltera de su madre? ¿Por qué abandonó su empleo de enfermera en el hospital? A juzgar por todo lo que he descubierto, era una enfermera maravillosa y adoraba su profesión.

—Sí, en efecto —dijo con tristeza Lucy Bonaventure—. Se impuso un grave castigo cuando lo dejó.

Pero necesito saber por qué, pensó Fran.

—Señora Bonaventure, usted dijo que había pasado algo en el hospital, algo que turbó terriblemente a Annamarie. ¿Tiene idea de qué era, o cuándo pasó?

Lucy guardó silencio un momento, mientras se debatía entre su deseo de proteger a su hermana y la ferviente necesidad de castigar a su asesino.

—Ocurrió poco antes del asesinato del doctor Lasch —dijo al cabo—, durante un fin de semana. Se produjo una tremenda equivocación en el tratamiento de una joven paciente. El doctor Lasch y su socio, el doctor Black, estaban implicados. Annamarie pensaba que Black había cometido un terrible error, pero no informó porque Lasch le rogó que callara, con el argumento de que si se filtraba una palabra sobre la chapuza, destruiría al hospital.

Lucy levantó la cafetera y se la ofreció a Fran. Ésta negó con la cabeza, y Lucy se sirvió más café. Dejó la cafetera sobre el quemador y volvió a sentarse. Contempló su taza de café antes de volver a hablar. Fran sabía que estaba eligiendo sus palabras con sumo cuidado.

—En los hospitales ocurren errores involuntarios, señorita Simmons. Todos lo sabemos. Por lo que Annamarie me dijo, la joven estaba corriendo cuando se lesionó, y llegó deshidratada al hospital. El doctor Black le administró una especie de fármaco experimental, en lugar de la solución salina normal, y cayó en estado vegetativo.

—¡Qué horror!

—El deber de Annamarie era informar de ello, pero no lo hizo, a petición del doctor Lasch. Luego, unos días más tarde, oyó a Black decir al doctor Lasch: «Esta vez se lo he dado a la persona apropiada. La fulminó al instante.»

—¿Quiere decir que estaban experimentando deliberadamente con los pacientes? —preguntó Fran, impresionada por la revelación.

—Sólo puedo decirle lo que he deducido a partir de lo poco que Annamarie me contó. No hablaba mucho de eso, y sólo lo hacía si tomaba una copa de vino de más y necesitaba desahogarse.

Lucy hizo una pausa y volvió a contemplar la taza.

—¿Había algo más? —preguntó Fran con suavidad, ansiosa por lograr que continuara hablando pero sin querer presionarla demasiado.

—Sí. Annamarie me dijo que la noche siguiente a que administraran a la joven el fármaco incorrecto, murió una señora que había sufrido dos infartos y llevaba ingresada unos días en el hospital. Annamarie no estaba segura, pero sospechaba que administraron a la anciana el fármaco experimental, y al parecer era la «persona apropiada» de la que había hablado Black, porque fue la única que murió en el hospital aquella semana, y porque Black entraba y salía de la habitación sin hacer marcas en la gráfica.

—¿Annamarie no quiso informar sobre aquella muerte?

—No tenía la menor prueba de ninguna irregularidad en la segunda muerte, y cuando realizaron análisis a la joven, los resultados no revelaron sustancias sospechosas. Annamarie habló con Black y le preguntó por qué no había hecho marcas en la gráfica de la anciana. El doctor le dijo que no sabía a qué se refería, y le advirtió que, si empezaba a esparcir rumores infundados, la denunciaría por calumnias. Cuando ella le preguntó sobre la joven que estaba en coma, él dijo que había sufrido un paro cardíaco en la ambulancia.

Lucy hizo una pausa y volvió a llenarse la taza de café.

—Trate de comprender. Annamarie creía a pies juntillas que el primer incidente fue una equivocación involuntaria. Estaba enamorada de Gary Lasch y en aquel momento ya sabía que estaba embarazada de él, aunque todavía no se lo había dicho. No quería admitir que estaba relacionado con experimentos irregulares, ni tampoco quería causar problemas a él o al hospital. Entonces, mientras se debatía sobre lo que debía hacer, Jack Morrow fue asesinado, y Annamarie se asustó. Creía que Morrow había empezado a sospechar que algo raro pasaba en el hospital, pero sólo era una sospecha. Por lo visto, quería darle algo para que lo guardara, una carpeta con papeles o algo por el estilo, pero no tuvo la oportunidad. Lo asesinaron antes. Después, dos semanas más tarde, Gary Lasch también fue asesinado. Para entonces, Annamarie estaba aterrorizada.

—¿Annamarie dejó de querer al doctor Lasch?

—Al final. Él la evitaba, y ella empezó a temerle. Cuando le dijo que estaba embarazada, Lasch le pidió que abortara. De no ser por la prueba del ADN, estaba segura de que él habría jurado que no era su hijo.

»La muerte de Jack Morrow supuso un terrible golpe para Annamarie. Aunque mantenía relaciones con Lasch, creo que siempre quiso a Jack. Cuando me enseñó la foto de Lasch, dijo: «Estaba obsesionada con él. Provoca ese efecto en las mujeres. Utiliza a la gente.»

—¿Creía Annamarie que las irregularidades continuaban en el hospital, incluso después de que Gary Lasch fuera asesinado?

—No tenía modo de saberlo. Además, sus energías se concentraron muy pronto en el niño que llevaba en su seno. Señorita Simmons, rogamos a Annamarie que no se deshiciera del bebé. La habríamos ayudado a criarlo. Pero lo dio en adopción porque creía que no era digna de él. Me dijo: «¿Qué le diré a mi hijo, que me enamoré de su padre, quien fue asesinado por culpa de esa relación? Cuando me pregunte cómo era su padre, ¿le diré que era un peligro para sus pacientes y que traicionó a quienes confiaban en él?»

—Annamarie dijo a Molly que no valía la pena ir a la cárcel por Gary Lasch, ni como médico ni como marido —dijo Fran.

Lucy sonrió.

—Muy propio de Annamarie —dijo.

—No sabe cuán agradecida le estoy, señora Bonaventure. Sé que esto ha sido muy duro para usted.

—Sí, tiene razón, pero le voy a enseñar algo antes de que se vaya. —Lucy entró en el dormitorio y recogió las fotografías que había dejado sobre el tocador. Se las enseñó—. Ésta es Annamarie con su bebé. Observe lo joven que era. La familia adoptiva le envió una foto de cumpleaños durante los cinco primeros años. Éste es el pequeño al que ella abandonó. Pagó un precio terrible por sus errores. Espero que, si Molly Lasch es inocente, pueda demostrarlo. Pero dígale que, a su modo, Annamarie también estuvo encarcelada, una pena autoimpuesta tal vez, pero llena de dolor y privaciones. Y si quiere saber de quién tenía miedo, está en lo cierto, no creo que fuera de Molly Lasch. Creo que la persona a la que temía de verdad era el doctor Peter Black.

69

—¿Qué te pasa, Cal? No has dejado de ladrarme, cuando lo peor que he hecho ha sido sugerir que te marcharas unos días y jugaras un poco a golf.

—Jenna, me parece que la simple lectura de los diarios, con las noticias sobre la muerte de esa enfermera y la detención de Molly, te ayudarían a comprender por qué estoy desquiciado. Deberías darte cuenta, querida mía, de que una fortuna se escurrirá entre nuestros dedos si American National consigue hacerse con esas HMO, y luego lanza una *opa* hostil sobre Remington. Ambos sabemos que te casaste conmigo por lo que podía darte. ¿Quieres cambiar a un estilo de vida más humilde?

—Lamento mucho haberme tomado el día libre —replicó Jenna. Había seguido a Cal hasta su despacho, alarmada por la tensión que había mostrado durante el desayuno.

—¿Por qué no vas a ver a tu amiga Molly? —sugirió Cal—. Estoy seguro de que tus consuelos la aplacarán.

—La situación es delicada, ¿verdad, Cal? —repuso Jenna en voz baja—. Voy a decirte una cosa, no como esposa sino como una luchadora igual que tú. Te conozco. Por delicada que sea la situación, ya encontrarás una forma de salir bien librado.

Whitehall emitió una carcajada breve y carente de humor, muy similar a un ladrido.

—Gracias, Jenna. Era justo lo que necesitaba. No obstante, creo que tienes razón.

—Voy a ver a Molly. Me quedé preocupada cuando la vi el miércoles por la noche. Estaba muy deprimida. Cuando hablé con ella ayer, después de que la señora Barry renunciara a su empleo, estaba muy afectada.

—Ya me lo dijiste.

—Lo sé. Y sé que estás de acuerdo con la señora Barry. Tú tampoco querrías estar a solas con Molly, ¿verdad?

—Exactamente.

—Cal, la señora Barry dio a Molly veinte pastillas para dormir que habían recetado a su hijo. Estoy muy preocupada por eso. Temo que, en su estado depresivo, sienta la tentación de...

—¿De suicidarse? Una idea maravillosa. Justo lo que el médico le recetó. —Cal desvió la vista—. No hay problema, Rita, puedes entregarme el correo.

Cuando la criada entró, Jenna rodeó el escritorio y besó la frente de su marido.

—No bromees, Cal, por favor. Creo que Molly está pensando en suicidarse. Ya la oíste la otra noche.

—Me reafirmo en mi opinión. Se haría un favor si se decantara por esa opción. Y también haría un favor a un montón de gente.

70

Marta Jones sabía que sólo Wally podía llamar al timbre de su puerta con tanta insistencia. Cuando empezaron los timbrazos, estaba en el piso de arriba, arreglando el armario de la ropa blanca. Bajó corriendo la escalera con un suspiro, mientras sus rodillas artríticas protestaban en cada peldaño.

Wally tenía las manos hundidas en los bolsillos y la cabeza gacha.

—¿Puedo entrar? —preguntó con voz inexpresiva.

—Sabes que puedes entrar siempre que quieras, querido.

Wally entró.

—No quiero irme.

—¿Adónde no quieres ir, querido?

—A California. Mamá está haciendo las maletas. Nos vamos mañana por la mañana. No me gusta ir en coche mucho rato. No quiero ir. He venido a despedirme.

¿California?, se preguntó Marta. ¿Qué pasa?

—Wally, ¿estás seguro de que tu madre ha dicho California?

—Sí, California, estoy seguro. —Se removió inquieto e hizo una mueca—. También quiero despedirme de Molly. No la molestaré, pero no quiero irme sin decirle adiós. ¿Cree que haré bien si me despido de ella?

—Sí.

—Iré a verla esta noche —murmuró Wally.

—¿Qué has dicho, querido?

—He de irme. Mamá quiere que vaya a mi reunión.

—Buena idea. Sabes que esas reuniones siempre te gustan, Wally. Escucha, ¿no es tu madre la que llama?

Marta abrió la puerta. Edna estaba en los peldaños de su casa, con el abrigo puesto, mirando a su hijo.

—¡Wally está aquí! —gritó Marta—. Vamos, Wally. —La curiosidad la impulsó a cruzar el jardín sin molestarse en coger el abrigo—. Edna, ¿es verdad que os vais a California?

—Wally, entra en el coche —suplicó Edna—. Vas a llegar tarde, ya lo sabes.

Wally obedeció a regañadientes.

—Marta —susurró—, no sé si acabaremos en California o en Tombuctú, pero sé que he de irme de aquí. Cada vez que pongo las noticias oigo algo malo sobre Molly. Lo último es que habrá una reunión especial del comité de libertad condicional el lunes. El fiscal quiere que le revoquen la condicional. Si eso sucede, tendrá que cumplir el resto de la condena por el asesinato del doctor Lasch.

Marta se estremeció.

—Oh, Edna, lo sé. Lo oí en las noticias de la mañana, y creo que es terrible. Esa pobre chica debería estar en un manicomio, no en una cárcel. Pero no será eso lo que te impulsa a marcharte de aquí.

—Lo sé. Ahora he de irme. Hablaré contigo más tarde.

Cuando volvió a su casa, Marta estaba helada y decidió que necesitaba una taza de té. Se lo preparó y lo sorbió poco a poco. Pobre Edna, pensó. Se siente culpable por haber dejado de trabajar para Molly, pero no tenía elección. Wally ha de ser su principal preocupación.

Cuando piensas en ello, se recordó con un suspiro, llegas a la conclusión de que el dinero no hace la felicidad. Toda la fortuna de la familia Carpenter no podrá impedir que Molly vaya a la cárcel.

Pensó en la otra familia importante y acaudalada de Greenwich que había protagonizado el telediario matinal. Natasha Colbert, que había estado en coma seis años, por fin había muerto, y su pobre madre, postrada de dolor, había sufrido un infarto y al parecer no sobreviviría. Quizá Dios le haría un favor si se la llevaba, pobre mujer, meditó Marta mientras meneaba la cabeza. Tanto dolor...

Subió para terminar de adecentar el armario. Mientras trabajaba, pensó que a Edna le daría un ataque si se enterara de que le había dicho a Wally que estaría bien despedirse de Molly Lasch. Suspiró. Pero no vale la pena que se lo mencione a Edna, se dijo, porque se disgustaría. Ya tiene suficientes problemas. En cualquier caso, mañana se habrán marchado.

71

Cuando dejó a la hermana de Annamarie, Fran Simmons permaneció sentada en su coche unos minutos. Se sentía aturdida. Una cosa era que los doctores Lasch y Black hubieran administrado un fármaco inadecuado a una paciente, algo que la había precipitado a un coma irreversible, y después hubieran ocultado su error. Por terrible que fuera, no tenía comparación con el uso deliberado de un fármaco experimental para acabar con la vida de un paciente. Por lo visto, eso era lo que Annamarie Scalli había creído.

Ella trabajaba allí en aquella época, pero sabía que no podía demostrar sus sospechas. Así pues, ¿cómo voy a demostrar algo yo?, se preguntó Fran.

Según su hermana, Annamarie había dicho que Peter Black era la persona que no sólo había cometido la equivocación, sino que también había matado a la anciana. ¿Había proporcionado eso suficientes motivos para asesinar a Gary Lasch? La muerte de Lasch eliminaba a un testigo de su crimen. Era posible, decidió. Si eres capaz de creer que un médico puede matar a sangre fría. Pero ¿por qué?

Hacía frío en el coche. Fran encendió el motor y subió la calefacción al máximo. No es el aire lo que me ha helado, pensó, sino que estoy helada por dentro. La maldad que campea en ese hospital ha causado un gran dolor a numerosas personas. Pero ¿por qué? ¿Por qué? Molly ha sido castigada por un crimen que no cometió. Annamarie renunció a su hijo y a su profesión para castigarse. Una joven fue reducida a un estado vegetativo por culpa de un fármaco experimental. Era probable que una anciana hubiese muerto prematuramente en el curso de un experimento.

Y ésos son sólo los casos que conozco. ¿Cuántos más habrá? Puede que la situación todavía se prolongue, pensó Molly con un escalofrío. Pero creo que la clave de todo es la relación, el vínculo o lo que sea entre Gary Lasch y Peter Black. Ha de existir un motivo para que Lasch trajera a Black a Greenwich y le convirtiera en socio de un hospital que pertenecía a la familia.

Una mujer que paseaba a su perro pasó junto al coche y miró a Fran con curiosidad. Será mejor que me ponga en marcha, pensó. Sabía adónde iría a continuación: a hablar con Molly, a ver si podía decirle algo sobre la relación entre Lasch y Black. Si podía resolver ese misterio, tal vez acabaría averiguando qué sucedía en el hospital.

Camino de Greenwich, llamó a su despacho para saber si había mensajes, y le dijeron que Gus Brandt quería hablar con ella urgentemente.

—Antes de que me pases con él, mira si el departamento de investigación me ha enviado material sobre Gary Lasch y Peter Black —dijo a su ayudante.

—Está sobre tu escritorio —contestó la joven—. Tienes para una semana, como mínimo; la información sobre Calvin Whitehall es voluminosa.

—Ya estoy impaciente. Gracias. Pásame a Gus, por favor.

Su jefe estaba a punto de salir a comer.

—Me alegro de que me hayas localizado, Fran —dijo—. Parece que el lunes por la tarde irás a ver a tu amiga Molly Lasch a la trena. El fiscal acaba de declarar que no alberga la menor duda de que su libertad condicional será revocada. En cuanto sea oficial, Molly volverá a la prisión de Niantic.

—No pueden hacerle eso —protestó Fran.

—Ya lo creo que pueden. Y yo creo que lo harán. La primera vez salió bien librada porque admitió que había asesinado a su marido, pero en cuanto salió libre empezó a proclamar que no era culpable. Eso significa una violación de la condicional, nena. Acusada de un nuevo asesinato, ¿qué votarías tú si tuvieras que decidir acerca de su encarcelamiento? En cualquier caso, prepara un reportaje para esta noche.

—De acuerdo, Gus. Hasta luego —dijo Fran con el corazón encogido.

Pensaba llamar a Molly y decir que necesitaba verla, pero se le había ocurrido una idea cuando Gus dijo que iba a comer. Susan Branagan, la voluntaria de la cafetería del hospital Lasch, había comentado que le habían concedido la insignia de los diez años de servicios, lo cual significa que ya estaba en el hospital cuando una joven entró en coma irreversible hace más de seis años, pensó Fran. Es un caso poco frecuente. Tal vez recuerde quién era la joven y qué fue de ella.

Hablar con la familia de esa joven e intentar obtener detalles sobre su accidente sería una forma concreta de verificar la historia que Annamarie había contado a su hermana, pensó Fran. Tal vez sea una conjetura aventurada, pero no improbable. Espero no tropezarme con el doctor Peter Black, pensó Fran. Le daría un ataque si supiera que estaba haciendo más preguntas sobre el hospital.

Era la una y media cuando llegó a la cafetería del hospital. El comedor estaba repleto, y las voluntarias no daban abasto. Había dos mujeres trabajando detrás de la barra, pero Fran comprobó, decepcionada, que Susan Branagan no era una de ellas.

—Hay un asiento en la barra, o si quiere esperar, va a quedar una mesa libre —dijo la jefa de comedor.

—Supongo que la señora Branagan tiene asueto hoy —dijo Fran.

—Oh, no. Está allí. Hoy sirve las mesas. Mire, ahora sale de la cocina.

—¿Puedo esperar a que quede libre una de sus mesas?

—Está de suerte. La que va a quedar ahora está en su zona. Parece que ya está preparada.

La jefa de comedor la guió a través de la sala hasta una mesa pequeña y le entregó el menú. Un momento después, oyó una voz risueña.

—Vaya, buenas tardes. ¿Ha decidido lo que le apetece, o necesita un poco más de tiempo?

Fran levantó la vista y comprobó que Susan Branagan no sólo la recordaba, sino que sabía quién era.

—Me alegro de volver a verla, señora Branagan —dijo, con los dedos cruzados.

Susan Branagan resplandeció.

—No sabía que estaba hablando con una persona famosa cuando estuvimos charlando el otro día, señorita Simmons. En cuanto me enteré, empecé a verla en el telediario de la noche. Me encantan sus reportajes sobre el caso de Molly Lasch.

—Ya veo que está muy ocupada, pero me gustaría hablar con usted unos minutos, si no le importa. Me ayudó mucho el otro día.

—Y desde que hablamos, esa pobre chica sobre la que me preguntó, la enfermera Annamarie Scalli, fue asesinada. No puedo creerlo. ¿Piensa que Molly Lasch lo hizo?

—No, señora Branagan. ¿Acaba su turno pronto?

—A las dos. A esa hora, la cafetería se vacía. Por cierto, será mejor que tome su pedido.

Fran echó un vistazo al menú.

—Un sándwich y un café.

—Bien. Si no le importa esperar, será un placer hablar con usted más tarde.

Media hora más tarde, Fran paseó la mirada por la cafetería. Tal como había dicho la camarera, el local se había vaciado en sus tres cuartas partes. El tintineo de los platos y el murmullo de las voces había disminuido. Susan Branagan había despejado la mesa y prometido que volvería en un abrir y cerrar de ojos.

Cuando regresó, ya no llevaba su delantal de voluntaria, y sostenía una taza de café en cada mano.

—Mucho mejor —suspiró, mientras dejaba los cafés sobre la mesa y se sentaba delante de Fran—. Como ya le dije, me encanta este trabajo, pero a mis pies no les gusta tanto como al resto de mi cuerpo. Pero no ha venido aquí para hablar de mis pies, y acabo de recordar que la peluquera me espera dentro de media hora, así que dígame en qué puedo ayudarla.

Me gusta esta mujer, pensó Fran. No le importa ir al grano.

—Señora Branagan, dijo el otro día que acababan de concederle la insignia por sus diez años de servicios.

—Exacto. Y, Dios mediante, algún día recibiré la de los veinte años.

—Ya. Me gustaría preguntarle sobre algo que sucedió en el hospital hace mucho tiempo. De hecho, ocurrió poco antes de que los doctores Morrow y Lasch fueran asesinados.

—Oh, señorita Simmons, aquí pasan muchas cosas —repuso la señora Branagan—. No estoy segura de que pueda ayudarla.

—Pero tal vez recuerde este incidente. Al parecer, una joven fue ingresada después de sufrir un accidente mientras corría, y cayó en un coma irreversible. Quizá sepa algo sobre ella.

—¿Algo sobre ella? —exclamó Susan Branagan—. Está hablando de Natasha Colbert. Ha estado en nuestra unidad de cuidados intensivos durante años. Murió anoche.

—¿Anoche?

—Sí. Es muy triste. Sólo tenía veintitrés años cuando tuvo el accidente. Cayó mientras corría y sufrió un paro cardíaco en la ambulancia. Ya conoce a la familia Colbert, los propietarios de la gran cadena de periódicos. Son muy ricos. Después del accidente, sus padres donaron dinero para la unidad de cuidados intensivos, que ahora lleva su nombre. Mire al otro lado del jardín. Es aquel edificio de dos pisos tan bonito.

Un paro cardíaco en la ambulancia, pensó Fran. ¿Quién era el chófer de la ambulancia? ¿Quiénes los camilleros? Tenía que hablar con ellos. No debería de ser muy difícil localizarlos.

—Su madre sufrió un colapso cuando Tasha murió anoche. Ahora está en el hospital, y tengo entendido que ha sufrido un infarto. —Susan bajó la voz—. ¿Ve a ese hombre guapo de allí? Es uno de los hijos de la señora Colbert. Tiene dos. Se turnan para no dejarla sola ni un instante. Éste bajó a comer hace una hora.

Si la señora Colbert fallece como consecuencia del dolor que le ha causado la pérdida de su hija, será una víctima más de lo que está pasando aquí, pensó Fran.

—Es muy penoso para sus hijos —siguió Susan—. A todos los efectos, perdieron a su hermana hace más de seis años, pero siempre es duro cuando llega el fin. —Bajó la voz—. He oído que la señora Colbert se volvió un poco loca cuando Tasha murió. La enfermera dijo que empezó a chillar y a decir que Tasha había despertado de su coma y le había hablado, lo cual es imposible, por supuesto. Afirmó que Tasha había dicho algo como «Doctor Lasch, me enredé con los cordones de mi bamba y salí volando», y después «Hola, mamá».

Fran sintió un nudo en la garganta.

—¿La enfermera estaba en la habitación con la señora Colbert en aquel momento? —preguntó.

—Tasha tenía una habitación doble, y la señora Colbert había enviado a la enfermera a la salita. Quería estar a solas con su hija. Pero cuando Tasha murió, la señora Colbert no estaba sola. El doctor apareció en el último momento. Dice que no oyó nada, y que la señora Colbert sufrió alucinaciones.

—¿Quién era el médico? —preguntó Fran, aunque estaba segura de la respuesta.

—El director del hospital, Peter Black.

Si las sospechas de Annamarie eran ciertas más de seis años antes, y si la señora Colbert estaba en lo cierto sobre lo sucedido anoche, daba para pensar que, después de acabar con Tasha, Black había continuado experimentando con su madre, pensó Fran.

Miró al hombre que Susan había señalado. Ardía en deseos de correr hacia él, de advertirle que su madre representaba un peligro para Peter Black y que debía sacarla del hospital antes de que fuera demasiado tarde.

—Ah, ahí viene el doctor Black —dijo Susan—. Se dirige hacia el señor Colbert. Espero que no sean malas noticias.

Black habló en voz baja con el hombre, el cual asintió, se levantó y le siguió fuera de la sala.

—Oh, Señor —dijo la señora Branagan—. Seguro que son malas noticias.

Fran no contestó. Antes de salir, el doctor Black la vio e intercambiaron una mirada. Sus ojos eran fríos, amenazadores. No eran los ojos de un médico.

Acabaré contigo, pensó Fran. Aunque sea lo último que haga, acabaré contigo.

72

Siempre que se precipitaba una crisis, Calvin Whitehall poseía la envidiable virtud de eliminar todo rastro de frustración y rabia de su ánimo. La llamada que recibió de Peter Black a las cuatro y media de aquella tarde puso a prueba dicha capacidad.

—A ver si lo he entendido bien —dijo—. ¿Me estás diciendo que Fran Simmons estaba en la cafetería del hospital hablando con una voluntaria cuando fuiste a decirle al hijo de Barbara Colbert que su madre había muerto?

Era una pregunta retórica.

—¿Hablaste con la voluntaria y le preguntaste acerca de su conversación con Fran Simmons?

Peter Black estaba llamando desde la biblioteca de su casa, y sostenía su segundo whisky en la mano.

—La señora Branagan se había marchado cuando pude dejar a los hijos de la señora Colbert sin quedar mal. Telefoneé a su casa cada cuarto de hora hasta que la localicé. Había ido a la peluquería.

—No me interesa adónde había ido —replicó Whitehall con frialdad—. Me interesa lo que contó a la Simmons.

—Estuvieron hablando sobre Tasha Colbert. La Simmons le preguntó si sabía algo acerca de una joven paciente que había sufrido un accidente y caído en un coma irreversible hacía más de seis años. Al parecer, la señora Branagan le contó todo lo que sabía sobre el caso.

—¿Incluyendo la afirmación de Barbara Colbert de que había oído hablar a su hija antes de morir?

—Sí, Cal. ¿Qué vamos a hacer?

—Voy a salvar tu pellejo. Tú vas a acabar tu copa. Ya hablaremos más tarde. Adiós, Peter.

Apenas se oyó el ruido del auricular al ser colgado. Peter Black apuró su bebida y volvió a llenarse el vaso.

Calvin Whitehall permaneció sentado durante varios minutos, mientras consideraba y rechazaba diversas estrategias. Al cabo tomó una decisión, la analizó a fondo y comprendió que de esa manera eliminaría dos de sus problemas: West Redding y Fran Simmons.

Llamó a West Redding. El teléfono sonó doce veces antes de que alguien contestara.

—Calvin, he estado viendo la cinta. —La voz del médico parecía casi juvenil debido a la emoción—. ¿Te das cuenta de lo que hemos logrado? ¿Has hecho los preparativos para la rueda de prensa?

—Para eso le llamaba, doctor —dijo Cal con tono afable—. Usted no ve la televisión, así que no sabe de qué estoy hablando, pero hay una joven que está adquiriendo fama a nivel nacional como periodista de investigación, y estoy haciendo gestiones para que vaya a hacerle una entrevista preliminar. Sabe que hemos de mantener un secreto absoluto, pero empezará a preparar un especial de media hora que se emitirá dentro de una semana. Ha de comprender que es esencial estimular el interés público, para que cuando este asombroso descubrimiento científico salga a la luz, el programa sea visto por una enorme audiencia nacional. Todo será planeado con suma meticulosidad.

Whitehall recibió la respuesta que esperaba.

—Estoy muy complacido, Calvin. Soy consciente de que podemos toparnos con algunos problemas legales, pero eso carece de importancia, teniendo en cuenta la magnitud de mi descubrimiento. A los setenta y seis años de edad, quiero que reconozcan mis logros, antes de que mi tiempo se termine.

—Así será, doctor.

—Aún no me has dicho el nombre de esa joven.

—Simmons, doctor. Fran Simmons.

Calvin colgó y pulsó el botón del intercomunicador que le conectaba con el apartamento del garaje.

—Sube, Lou —ordenó.

Aunque Calvin no había anunciado planes para aquella noche, y Jenna se había marchado en su coche, Lou Knox había esperado la llamada. Había visto y oído lo suficiente para saber que Cal estaba teniendo serios problemas, y que tarde o temprano le llamaría para ayudarle a solucionarlos.

Estaba en lo cierto, como de costumbre.

—Lou —dijo Cal con tono casi cordial—, el doctor Logue se ha convertido en un grave problema, al igual que Fran Simmons.

Lou esperó.

—Lo creas o no, voy a facilitar una entrevista a la señorita Simmons con el buen doctor. Creo que no deberías estar muy lejos cuando tenga lugar. El doctor Logue guarda muchos productos combustibles en su laboratorio de la granja. El laboratorio está en la segunda planta, pero hay una escalera exterior que lo comunica con un amplio balcón trasero. La ventana que da a ese balcón siempre está un poco abierta a efectos de ventilación. ¿Me sigues, Lou?

—Sí, Cal.

—Señor Whitehall, Lou, por favor. Podrías olvidarte delante de alguien.

—Lo siento, señor Whitehall.

—En el laboratorio hay una bombona de oxígeno. Estoy seguro de que un tipo tan listo como tú podría pegar fuego a la habitación, bajar la escalera y alejarse de la casa antes de que la bombona estalle. ¿No crees?

—Sí, señor Whitehall.

—La misión puede llevarte varias horas, pero serás recompensado con generosidad, por supuesto. Ya lo sabes.

—Sí, señor.

—Le he estado dando vueltas a la mejor forma de convencer a la señorita Simmons de que vaya a la granja. Su visita hay que mantenerla en el más estricto secreto. Por lo tanto, creo que debería recibir un soplo estimulante, preferiblemente de una fuente anónima. ¿Me sigues?

Lou sonrió.

—Yo.

—Exacto. ¿Qué dices, Lou?

«¿Qué dices?» era el toque humorístico habitual de Cal cuando sabía que un buen plan iba a llevarse a la práctica.

—Ya me conoce —dijo Lou, evitando pronunciar el nombre de Cal—. Me gusta jugar al espía doble.

—Lo has hecho bien otras veces. Esta vez debería de ser muy fácil. Y provechoso, Lou. No lo olvides.

Mientras intercambiaban una sonrisa, Lou pensó en el padre de Fran Simmons y en el soplo que Lou le había pasado, diciendo que había oído a Cal hablar del alza espectacular que iban a experimentar de la noche a la mañana ciertas acciones. Y también pensó en los cuarenta mil dólares que Simmons había tomado a toda prisa del fondo para la biblioteca, convencido de que los devolvería en pocos días. Lo que impulsó a Simmons a quitarse la vida fue una segunda retirada de fondos, con su firma falsificada, que elevó el déficit a cuatrocientos mil dólares. Sabía que, después de admitir la primera retirada ilegal, nadie lo creería inocente de la segunda.

Cal fue muy generoso en aquella ocasión, recordó Lou. Le había permitido quedarse con los primeros cuarenta mil dólares que Simmons le había entregado junto con los certificados de un paquete de acciones sin valor.

—Bien, me parece lo más apropiado que sea yo quien llame a Fran Simmons, señor —dijo Lou a su antiguo compañero de colegio.

73

En cuanto Fran salió del hospital, telefoneó a Molly desde el coche.

—He de verte cuanto antes —dijo.

—Aquí estaré. Pásate. Jenna está conmigo, pero tiene que marcharse pronto.

—Espero llegar a tiempo. He intentado fijar una cita para hablar con ella y su marido. Estaré ahí en un par de minutos.

Tengo el tiempo justo, pensó Fran mientras consultaba su reloj y calculaba que debía volver a Nueva York antes de media hora, pero quiero ver con mis propios ojos cómo se encuentra Molly. Habrá recibido la noticia de que el lunes se celebra la reunión extraordinaria de la junta de libertad condicional. Pensó que, si Jenna estaba allí, no podría preguntar a Molly por qué Gary Lasch había invitado a Peter Black a compartir la dirección del hospital. Jenna se lo comentaría a su marido. Claro que, comprendió, teniendo en cuenta su historia, Molly contaría a Jenna lo que hablasen.

A las tres menos diez, Fran llegó a casa de Molly. Había un Mercedes descapotable aparcado delante de la puerta. Debía de ser el coche de Jenna.

Hace años que no la veo, pensó Fran. ¿Seguirá tan guapa como entonces? Por un momento la invadió la vieja sensación de insuficiencia, mientras recordaba los años que había vivido en Greenwich y acudido a la escuela del pueblo.

Cuando estaban en la academia Cranden, todo el mundo sabía que la familia de Jenna no tenía dinero. Jenna solía decir en broma: «Mi bisabuelo ganó mucha pasta y sus descendientes se la pulieron toda.» Pero nadie discutía su linaje de sangre azul. Al igual que los antepasados de Molly, los de Jenna habían sido colonos ingleses de finales del siglo XVII, que llegaron a Boston como acaudalados representantes de la Corona, al contrario que la mayor parte de los emigrantes, que confiaban en ganarse la vida trabajando duramente en el Nuevo Mundo.

Molly abrió la puerta cuando Fran bajó del coche. Era evidente que había estado vigilando su llegada. Su aspecto asustó a Fran. Estaba pálida como un muerto y tenía grandes ojeras bajo los ojos.

—Hora de reunión —dijo—. Jenna ha esperado para verte.

Jenna estaba en el estudio, examinando unas fotografías. Se levantó de un brinco cuando vio a Fran.

—Volveremos a encontrarnos[1] —canturreó, mientras atravesaba corriendo la sala para abrazarla.

—No me recuerdes aquella estúpida historia —repuso Fran

---

1. Traducción de *We'll Meet Again*, un estándar de la música británica. *(N. del T.)*

con una mueca exagerada. Después de un breve abrazo, retrocedió—. Oye, Jenna, ¿no es hora ya de que empieces a ajarte un poco?

El aspecto de Jenna era espectacular. Su cabello castaño oscuro caía con desenvuelta majestuosidad hasta un punto situado justo encima del cuello de su chaqueta. Sus enormes ojos color avellana brillaban. Su cuerpo esbelto se movía con un aire, en apariencia inconsciente, de elegancia descuidada, como si la belleza que poseía y los cumplidos que recibía por ella lo fueran por mérito propio.

Por un instante, Fran creyó que el reloj había retrocedido. Cuando más cerca estuvo de Molly y Jenna durante aquellos cuatro años en la academia, fue el tiempo que trabajaron juntas en el anuario. Hoy, esa sala le recordaba el despacho del anuario, con montañas de papeles y carpetas, fotografías esparcidas y pilas de revistas antiguas.

—Ha sido un día muy provechoso —dijo Molly—. Jenna llegó a las diez y no se ha movido desde entonces. Hemos examinado todo lo que había en el escritorio de Gary y en las estanterías. Nos hemos deshecho de un montón de cosas.

—No ha sido un día muy divertido, pero ya habrá tiempo para distracciones más adelante, ¿verdad, Fran? —dijo Jenna—. Cuando esta pesadilla haya terminado, Molly irá a la ciudad y se quedará en el apartamento conmigo. Vamos a pasar varios días en el maravilloso salón de belleza que he descubierto, para que nos mimen hasta lo indecible. Iremos de compras hasta hartarnos y después recorreremos los mejores restaurantes de Nueva York. Le Cirque 2000 será nuestro punto de partida.

Hablaba con tal confianza que por un momento Fran llegó a creerla, hasta el punto de experimentar la sensación de haber sido excluida y desear apuntarse. Sombras del ayer una vez más, pensó.

—He dejado de creer en los milagros, pero si ese milagro se produjera, Fran será una de las invitadas —dijo Molly—. Sin vuestro apoyo no habría aguantado tanto.

—Lo conseguirás, te lo prometo, por mi honor de esposa de Cal el Todopoderoso —sonrió Jenna—. A propósito, Fran, temo que la fusión le tiene muy ocupado y nervioso al mismo tiempo, lo cual da como resultado una combinación terrorífica. Puedo reunirme contigo casi cualquier día de la semana que viene, pero sería mejor que aplazaras la entrevista con él.

Abrazó a Molly.

—He de irme, y creo que Fran quiere estar un rato a solas contigo. Me alegro mucho de volverte a ver, Fran. Hasta la semana que viene, ¿de acuerdo?

—Perfecto.

Molly acompañó a Jenna a la puerta. Cuando volvió al estudio, Fran dijo:

—Molly, he de regresar a Nueva York ahora mismo, de modo que no me andaré con rodeos. Ya te habrás enterado de que el lunes se celebra una reunión extraordinaria de la junta de libertad provisional, supongo.

—Oh, sí, no sólo me he enterado, sino que he recibido una citación para asistir. —El rostro y la voz de Molly transmitían serenidad.

—Sé lo que estás pensando, pero no te precipites. Te aseguro que habrá novedades. Ayer hablé con la hermana de Annamarie y me contó cosas espeluznantes sobre el hospital Lasch. Están relacionadas con tu marido y con Peter Black.

—Peter Black no mató a Gary. Eran carne y uña.

—Molly, si la mitad de mis sospechas sobre Peter Black son ciertas, es un hombre malvado, capaz de cometer cualquier crimen. Necesito saber algo, y confío en que tengas la respuesta. ¿Por qué invitó tu marido a Black a trasladarse aquí y compartir la dirección del hospital? Sé algunas cosas acerca de Black. Era un médico mediocre y no contribuyó a la operación ni con un centavo. Nadie regala la mitad de un hospital a un antiguo compañero de colegio, y creo que Gary y Black ni siquiera eran eso.

—Peter ya estaba en el hospital cuando empecé a salir con Gary. El tema nunca salió a colación.

—Me lo temía. Molly, no sé lo que estoy buscando, pero hazme un favor y deja que eche un vistazo a los archivos de Gary antes de tirarlos. Tal vez encuentre algo útil.

—Como quieras —dijo Molly con indiferencia—. Ya he trasladado al garaje tres bolsas de basura llenas. Las volveré a entrar. ¿Te interesan las fotos?

—De momento guárdalas. Quizá nos sirva alguna para el programa.

—Ah, sí, el programa —suspiró Molly—. ¿De verdad fue hace diez días cuando te pedí que emprendieras una investigación que demostrara mi inocencia? Ay, la ingenuidad del cordero —dijo con una triste sonrisa.

Ha renunciado a toda esperanza, pensó Fran. Sabe que todas las posibilidades apuntan a que el lunes volverá a la cárcel para cumplir el resto de su condena de diez años, y eso antes de que empiece el nuevo juicio por el asesinato de Annamarie Scalli.

—Molly, mírame.

—Te estoy mirando, Fran.

—Has de confiar en mí. Creo que el asesinato de Gary es uno más en una serie de crímenes que tú no pudiste cometer ni cometiste. Créeme, voy a demostrarlo, y cuando lo haga, tu nombre quedará limpio por completo. —Tiene que creerme, pensó Fran, con la esperanza de que su tono hubiera sido convincente. No cabía duda de que Molly se estaba hundiendo en una oscura depresión.

—Y después, me someteré a un cambio de imagen y comeré en los mejores restaurantes de Nueva York. —Hizo una pausa y meneó la cabeza—. Jenna y tú sois grandes amigas, pero creo que ambas mezcláis realidad y ficción. Temo que mi destino está sellado.

—Molly, he de irme a preparar la retransmisión de esta noche. No tires nada de esto, por favor.

Fran echó un vistazo a las fotografías esparcidas en el sofá y tuvo la impresión de que Gary Lasch aparecía en casi todas.

Molly reparó en que Fran estaba mirando las fotos.

—Jenna y yo nos abandonamos a los recuerdos antes de que llegaras. Los cuatro pasamos muy buenos momentos juntos, o al menos eso pensaba yo. Sólo Dios sabe lo que mi amante esposo pensaba en aquellos momentos. Algo como: «Caramba, una noche más con una esposa aburrida.»

—¡Basta, Molly! ¡Basta de zaherirte! —rogó Fran.

—¿Zaherirme? ¿Para qué? Todo el mundo está en ello. No hace falta que les ayude. Fran, has de volver a Nueva York, así que vete. No te preocupes por mí. Por cierto, ¿te sirven de algo esas revistas antiguas? Les eché un vistazo, pero sólo contienen artículos médicos. Se me ocurrió leerlos, pero mi curiosidad intelectual se ha evaporado.

—¿Escribió Gary alguno de esos artículos?

—No. Sólo señaló los que le interesaban.

Lo que interesaba a Gary Lasch como médico también me interesa a mí, pensó Fran.

—Me las llevo —dijo—. Las examinaré y luego las tiraré.

Se agachó y recogió la pila del suelo.

Molly abrió la puerta principal. Fran se detuvo un momento, desgarrada entre la necesidad de irse y la reticencia a dejar a Molly en aquel estado de abatimiento.

—¿Algún recuerdo nuevo, Molly?

—Pensaba que sí, pero como todo lo demás, nada importante. Lo único que sé es que el lunes tendré derecho a cuatro años y medio más de alojamiento y manutención gratuitos, eso sin contar la sentencia por el asesinato de Annamarie.

—¡No te rindas, Molly!

No te rindas, Molly, se repetía Fran una y otra vez, al tiempo que consultaba con mirada preocupada el reloj del salpicadero, mientras se abría paso entre un tráfico más denso de lo habitual en dirección a Nueva York.

74

—No quiero ir a California, mamá. —El tono de Wally era cada vez más beligerante a medida que transcurría el día.

—Wally, no vamos a hablar de eso, así que olvídalo —contestó con firmeza su madre.

Edna vio impotente que su hijo salía de la cocina como una exhalación y subía la escalera. Todo el día se había negado a tomar su medicina, y ella estaba muy preocupada.

He de sacarle de aquí, pensó. Pondré un poco de la medicación en un vaso de leche caliente cuando se acueste. Eso le ayudará a dormir y a calmarse.

Miró el plato intacto de Wally. Por lo general, su hijo gozaba de buen apetito, y esta noche, en un esfuerzo por aplacarle, ella había preparado su plato favorito: chuletas de ternera con espárragos y puré de patatas. Pero en lugar de comer, Wally se había quedado sentado a la mesa, mascullando para sí con actitud hosca. Las voces de su cabeza le están hablando, pensó Edna, y eso la preocupó más.

El teléfono sonó. Seguramente era Marta. Debía tomar una decisión rápida. Habría sido estupendo compartir una tranquila taza de té con Marta, pero esa noche no era una buena idea. Si Wally empezaba a hablar otra vez sobre la llave y sobre la noche que el doctor Lasch murió, quizá Marta acabaría tomándole en serio. Deben de ser imaginaciones suyas, se dijo, algo que temía cada vez que Wally hablaba de la noche del asesinato. ¿Y si no eran sólo imaginaciones suyas?, se preguntó por un momento. No podía ser. Aunque Wally hubiera estado allí, lo sucedido aquella noche no había sido culpa suya. El teléfono sonó por cuarta vez, de modo que al final contestó.

A Marta Jones le había costado un gran esfuerzo marcar el teléfono de Edna, pero había decidido advertir a Marta acerca de que había alentado a Wally a despedirse de Molly Lasch. Pensaba sugerirle que mañana por la mañana, cuando se fueran de la ciudad, Edna pasara por casa de Molly y dejara que Wally hablara con ella. Eso le gustaría, Marta estaba segura.

Cuando Edna contestó, Marta dijo:

—Pensaba ir a tu casa para despedirme de vosotros, si te parece bien.

Edna tenía la respuesta preparada.

—Marta, la verdad es que aún no he hecho las maletas, de modo que... ¿Qué te parece si vienes por la mañana a desayunar con nosotros?

Bueno, no puedo imponerle mi presencia, pensó Marta, y además tiene voz de cansada. No quiero importunarla.

—Estupendo —dijo con forzada alegría—. Espero que Wally te esté ayudando.

—Wally ha subido a su cuarto y está viendo la televisión. Ha tenido uno de sus días difíciles, así que le voy a dar una dosis extra de su medicina con leche caliente, y se la subiré ahora mismo.

—Ah, entonces seguro que se tranquiliza —dijo Marta—. Hasta mañana.

Colgó, aliviada al saber que Wally estaba en su habitación y pronto se dormiría. Supongo que ha desistido de ir a ver a Molly esta noche, pensó. Una cosa menos de qué preocuparse.

75

Entre las noticias principales del telediario de la noche se encontraban la muerte de Natasha Colbert, después de seis años en coma irreversible, seguida por la muerte, menos de veinticuatro horas más tarde, de su madre, la filántropa y miembro de la alta sociedad Barbara Canon Colbert.

Fran estaba sentada ante su mesa del estudio y miraba con ojos sombríos las imágenes que destellaban en la pantalla: Tasha, radiante y viva, con su cabello rojo flamígero; y su elegante y hermosa madre. Peter Black os mató a las dos, pensó Fran, aunque puede que jamás consiga demostrarlo.

Había hablado con Philip Matthews, y el abogado le había comunicado su agorera predicción de que, casi con toda seguridad, Molly volvería a la cárcel el lunes.

—Hablé con ella poco después de que la dejaras, Fran —dijo Philip—. Después llamé al doctor Daniels. Irá a verla esta noche. Ha reconocido que, si la mandan de nuevo a la cárcel el lunes, es muy probable que se derrumbe. Yo estaré con ella, por supuesto, y él también quiere estar presente.

Ésta es la primera vez que odio mi trabajo, pensó Fran mientras recibía la señal de que estaba en antena.

—La junta de libertad condicional de Connecticut ha convocado una sesión extraordinaria para el lunes por la tarde, y ha insinuado la posibilidad de que Molly Lasch sea devuelta a la cárcel para cumplir el resto de su condena de diez años por el asesinato de su marido, el doctor Gary Lasch.

Terminó el reportaje diciendo:

—En este país, durante el pasado año, tres asesinos convictos fueron exculpados de los crímenes por los que habían sido encarcelados, debido a la aparición de nuevas pruebas o a la confesión de los verdaderos culpables. El abogado de Molly Lasch ha prometido no cejar en su empeño de revocar o anular la confesión voluntaria de culpabilidad de su cliente, así como de demostrar que Molly Lasch es inocente de la acusación de asesinato por la muerte de Annamarie Scalli.

Fran se desenganchó el micrófono con un suspiro de alivio y se levantó. Había llegado a la emisora justo a tiempo de ir a maquillaje y ponerse la chaqueta. Apenas había tenido ocasión de saludar con un ademán a Tim mientras corría hacia el estudio. Ahora, Tim la llamó.

—Espérame, Fran. Quiero hablar contigo.

Fran había dejado sobre su escritorio las revistas que Molly le había dado. Ahora, mientras esperaba a Tim, empezó a examinar el material sobre Lasch y Whitehall solicitado al departamento de investigación.

Las páginas sobre Calvin Whitehall y el doctor Gary Lasch eran muy detalladas y minuciosas. Da la impresión de que investigación ha puesto toda la carne en el asador, pensó agradecida. Esta noche voy a leer hasta la madrugada.

—Parece que vas a leer hasta la madrugada.

Fran levantó la vista. Tim estaba en la puerta.

—Piensa en un deseo, rápido —le dijo—. Acabas de decir exactamente lo que yo estaba pensando, y cuando eso ocurre, tus deseos se cumplen.

—No lo sabía, pero es fácil: me gustaría que tomaras una hamburguesa conmigo —propuso con una sonrisa—. Hoy he hablado con mi madre por teléfono, y cuando le dije que dejé que pagaras la cena de la otra noche, me puso de vuelta y media. Dijo que no estaba de acuerdo con que hombres y mujeres paguen a escote, a menos que se trate de una comida de negocios o un caso de extrema necesidad económica. Dijo que con mi paga y la falta total de responsabilidades no debería ser tan tacaño. —Sonrió—. Creo que tenía razón.

—Yo no estoy tan segura, pero sí, me gustaría tomar una hamburguesa, si no te importa que sea rápida. —Fran indicó las pilas de revistas y carpetas—. He de empezar a revisarlo esta misma noche.

—Me supo mal cuando me enteré de la reunión extraordinaria de la junta de libertad condicional. No pinta bien para Molly, ¿verdad?

—No, nada bien.

—¿Cómo va la investigación?

Fran vaciló.

—Algo muy extraño, incluso siniestro, está pasando en el hospital Lasch, pero debo admitir que no tengo la menor prueba, y que ni siquiera debería hablar de ello.

—Tal vez deberías olvidarlo por un rato —sugirió Tim—. ¿P. J. te va bien?

—De acuerdo, y sólo está a dos minutos de casa.

Tim recogió las revistas y demás material del escritorio.

—¿Quieres llevarte todo eso?

—Sí. Le voy a dedicar todo el fin de semana.

—Suena divertido. Vámonos.

Mientras comían sus hamburguesas en P. J. Clarke, hablaron de béisbol, el comienzo de los entrenamientos de primavera, así como los puntos fuertes y débiles de varios equipos y jugadores.

—Tendré que ir con cuidado —dijo Tim mientras pagaba la cuenta—. Podrías apoderarte de la sección de deportes.

—Tal vez haría un trabajo mejor que el que hago ahora —contestó con ironía Fran.

Tim insistió en acompañarla a su apartamento.

—No permitiré que cargues con todo eso —dijo—. Te romperías el brazo. Te aseguro que me iré enseguida.

Cuando salieron del ascensor en su planta, Fran le comentó las muertes de Natasha y Barbara Colbert.

—Por las mañanas suelo correr —explicó Tim—. Hoy, mientras lo hacía, pensé en que Natasha Colbert salió una mañana a correr, igual que yo, tropezó y encontró su fin.

¿Tropezó con un cordón de la bamba desanudado?, pensó Fran mientras abría la puerta. Encendió la luz.

—¿Dónde quieres que lo deje? —preguntó Tim.

—Encima de la mesa, por favor.

Él depositó el material y se volvió.

—Creo que pensé en Tasha Colbert porque ingresó en el hospital cuando mi abuela estaba allí.

—Ah, ¿sí?

Tim salió al pasillo.

—Sí. Yo había ido a ver a mi abuela la tarde que la ingresaron por el paro cardíaco. Estaba a dos habitaciones de mi abuela. Mi abuela murió al día siguiente. —Guardó silencio un momento, y después se encogió de hombros—. Bien. Buenas noches, Fran. Pareces cansada. No trabajes hasta muy tarde.

Se marchó sin advertir la expresión apenada de Fran. Ella cerró la puerta y se apoyó contra la hoja. Estaba segura de que la abuela de Tim era la anciana a la que Annamarie Scalli se había referido, la paciente enferma del corazón que, en un principio, iba a recibir el fármaco experimental que acabó con Tasha Colbert y que, una noche después, le fue administrado.

76

—Molly, antes de irme voy a darte un sedante para que duermas toda la noche —dijo el doctor Daniels.

—Como quiera, doctor —dijo ella con indiferencia.

Estaban en el salón.

—Iré a buscar un vaso de agua —dijo Daniels. Se levantó para ir a la cocina.

Molly pensó en el frasco de somníferos que había dejado sobre la encimera.

—El grifo del bar está más cerca, doctor —dijo a toda prisa.

Él la estaba observando cuando ella se introdujo la pastilla en la boca y la tragó con agua.

—Me encuentro bien, de veras —dijo.

—Te encontrarás todavía mejor después de un buen sueño. Vete a la cama ahora mismo.

—Lo haré. —Le acompañó hasta la puerta—. Son más de las nueve. Lo siento. Le he estropeado todas las veladas de la semana, ¿verdad?

—No has estropeado nada. Hablaremos mañana.

—Gracias.

—Recuerda: vete a la cama ahora mismo, Molly. Tendrás sueño muy pronto.

Ella esperó, y cuando estuvo segura de que él ya se había alejado, cerró la puerta con doble llave y bajó la falleba. Esta vez el ruido le resultó familiar e inofensivo.

Me lo imaginé todo, pensó. El sonido, la sensación de que había alguien más en casa aquella noche. Lo recuerdo así porque así deseaba que fuera.

¿Había apagado todas las luces del estudio? No se acordaba. La puerta estaba cerrada. La abrió y tanteó en busca del interruptor. Cuando la luz iluminó la habitación, algo que se estaba moviendo delante de la ventana llamó su atención. ¿Había alguien fuera? Sí. A la luz de la lámpara del estudio, vio a Wally Barry en el jardín, a escasa distancia de la ventana, mirándola. Molly lanzó un grito y dio media vuelta.

Y de pronto el estudio se le antojó diferente. Estaba chapado otra vez, como antes... Y Gary estaba allí, dándole la espalda, caído sobre el escritorio, con la cabeza empapada en sangre.

De un corte profundo en la cabeza, manaba abundante sangre que empapaba su espalda, mojaba el escritorio y caía al suelo.

Molly intentó gritar, pero no pudo. Se volvió y buscó a Wally con la mirada para pedirle ayuda, pero se había ido. Sus manos, su cara, su ropa, estaban cubiertas de sangre.

Aterrorizada, salió de la habitación dando tumbos, subió la escalera y se desplomó en la cama.

Cuando despertó, doce horas más tarde, todavía atontada por los efectos de la pastilla, comprendió que el vívido horror recordado sólo era una parte de la insoportable pesadilla en que su vida se había convertido.

77

Fran sabía que, si intentaba leer en la cama, se dormiría, de modo que se puso un pijama viejo y cómodo, y después se instaló en su butaca de cuero, con los pies sobre el almohadón.

En primer lugar se dedicó al expediente de Gary Lasch. Parece un Beaver Cleaver algo sofisticado, pensó. Asistió a un buena escuela preparatoria y a una buena universidad, pero no de la prestigiosa Ivy League. Supongo que no pudo permitírsela. Terminó la universidad con notas discretas, y acabó sus estudios en la Meridian Medical School de Colorado. Con posterioridad, fue a trabajar con su padre. Poco después, su padre murió, y Gary fue nombrado director del hospital.

Y entonces fue cuando empezó a brillar, observó Fran. Compromiso con la joven de la alta sociedad Molly Carpenter. Más y más artículos sobre el hospital Lasch y su carismático director general. Después, artículos sobre Gary y su socio Peter Black, que fundaron la compañía de seguros médicos Remington junto con el financiero Calvin Whitehall.

A continuación, su deslumbrante boda con Molly. Luego, recortes sobre la guapa pareja: Gary y Molly en fiestas y bailes de caridad y otros acontecimientos sociales.

Había intercalados más artículos sobre el hospital y la HMO, y noticias sobre las conferencias que Gary había pronunciado en congresos médicos. Fran leyó algunas. La perorata habitual, pensó, y las dejó a un lado.

El resto de la carpeta de Gary Lasch estaba relacionado con su muerte. Montones de artículos sobre el asesinato, el juicio, Molly.

Fran, muy a su pesar, admitió que en todo el material no se detectaba el menor indicio de que el doctor Lasch fuera algo más que un médico normal, lo bastante listo para hacer una buena boda e introducirse en el circo de las compañías de seguros médicos. Hasta que fue asesinado, por supuesto.

Bien, vamos con el todopoderoso Calvin Whitehall, se dijo con un suspiro. Cuarenta minutos más tarde, con los ojos irritados de cansancio, pensó que Whitehall era muy diferente. El mejor adjetivo para describirle no es «todopoderoso» sino «despiadado». Es un milagro que aún no le hayan metido en la cárcel, se dijo.

La lista de querellas presentadas contra Whitehall a lo largo de los años ocupaba varias páginas. Las notas informaban de que en algunas se había llegado a un acuerdo «mediante una cantidad no especificada», mientras que la mayoría habían sido desechadas o resueltas con un veredicto favorable a Whitehall.

Había muchos artículos recientes sobre la previsible adquisición de varias HMO pequeñas por Remington Health Management, y también se hacía mención a la posibilidad de una *opa* hostil a Remington.

Ese proyecto de fusión está en peligro, reflexionó Fran mientras continuaba leyendo. Whitehall tiene mucho dinero, pero según estos artículos, algunos de los principales accionistas de su competidor, American National, también son poderosos. Por lo que veo aquí, todos creen que el futuro de la medicina en este país exige la tutela del presidente de American National, el ex secretario de Sanidad. Si estas citas son fidedignas, lograrán que esto suceda.

Al contrario que el de Gary Lasch, el expediente de Calvin Whitehall no contenía una larga lista de obras de caridad ni patronazgos. Sin embargo, había un dato curioso: Whitehall había sido miembro del comité de recaudación de fondos para la biblioteca junto con su padre. Su nombre se mencionaba en artículos periodísticos de la carpeta dedicada al robo. Nunca lo supe, pensó Fran. Pero por entonces era una cría. Mamá no me habló del robo, y ella y yo nos fuimos de Greenwich poco después de que papá se suicidara.

Los artículos incluían varias instantáneas de su padre. Los pies de foto no eran halagadores.

Fran se acercó a la ventana. Pasaba de la medianoche, y aunque en muchos apartamentos había luces encendidas, estaba claro que la ciudad se disponía a dormir.

Cuando consiga la entrevista con Whitehall, voy a hacerle algunas preguntas muy directas, pensó irritada. Por ejemplo, ¿cómo logró papá robar tanto dinero del fondo sin que nadie se diera cuenta? Tal vez él sepa decirme dónde puedo encontrar registros que revelen si papá se apoderó del dinero poco a poco o de golpe.

Calvin Whitehall es un financiero, se dijo. Ya en aquella época era un hombre rico. Debería darme algunas respuestas sobre mi padre, o al menos decirme dónde encontrarlas.

Pensó en acostarse, pero decidió echar un vistazo a algunas de las revistas que Molly le había dejado. Miró las fechas de las portadas. Molly había dicho que eran antiguas, pero Fran se quedó sorprendida al comprobar que algunas se remontaban a veinte años atrás. Las más recientes eran de hacía trece años.

Miró primero las más viejas. En la página del índice estaba subrayado un artículo titulado «Una petición de sensatez». El nombre del autor le sonaba vagamente, pero quizá estaba equivocada. Empezó a leer. No me gustan las opiniones de este tipo, pensó horrorizada.

La segunda revista, de dieciocho años antes, contenía un artículo del mismo autor. Se titulaba «Darwin, la supervivencia de los más aptos y la condición humana en el tercer milenio». Incluía una fotografía del autor, profesor de investigación en la Meridian Medical School. Aparecía en el laboratorio con dos de sus estudiantes más prometedores.

Los ojos de Fran se abrieron de par en par cuando relacionó la cara del profesor con el nombre que le sonaba, y después reconoció a los dos estudiantes.

—¡Bingo! —exclamó—. Esto lo explica todo.

78

A las diez de la mañana del sábado, Calvin Whitehall puso su plan en marcha. Había convocado a Lou Knox en su estudio para que éste llamara a Fran Simmons en su presencia.

—Si no está, prueba cada media hora —dijo—. Quiero que vaya a West Redding hoy, o mañana a lo sumo. No podré tener controlado a nuestro amigo el doctor Logue mucho más tiempo.

Lou sabía que no se esperaban de él comentarios o respuestas. En esta fase de los acontecimientos, Cal era propenso a hablar en voz alta.

—¿Llevas el móvil?

—Sí, señor.

Se utilizaría el móvil para esta llamada, no sólo porque transmitiría «número desconocido» si Fran tenía un identificador de llamadas, sino porque, como medida de seguridad, el número estaba a un nombre falso en un apartado de correos del condado de Wetchester, Nueva York.

—Llámala y procura convencerla. Éste es el número. Me alegra decir que estaba en el listín.

De lo contrario, pensó Cal, habría sido muy fácil decirle a Jenna que se lo pidiera a Molly, con la excusa de que quería concertar la cita que Fran Simmons había solicitado. Pero se alegraba de ahorrarse este paso. Habría violado su regla de oro: en cualquier plan, cuanta menos gente esté enterada mejor.

Lou cogió el papel y empezó a pulsar los números del móvil. Hubo dos llamadas, y después contestaron. Asintió a Cal, que le observaba.

—¿Sí? —dijo Fran.

—¿Señorita Simmons? —preguntó Lou, utilizando el leve acento alemán de su difunto padre.

—Sí. ¿Quién es?

—No puedo decirlo por teléfono, pero ayer la oí en la cafetería del hospital, cuando hablaba con la señora Branagan. —Hizo una pausa para causar efecto—. Señorita Simmons, trabajo en el hospital, y usted tiene razón, algo terrible está pasando allí.

Fran, que se encontraba en su sala de estar, todavía en pijama, buscó con la vista su pluma, la vio sobre el almohadón y cogió la libreta que había sobre la mesa.

—Lo sé —dijo con calma—, pero por desgracia no puedo probarlo.

—¿Puedo confiar en usted, señorita Simmons?

—¿Qué quiere decir?

—Hay un anciano doctor que ha estado inventando fármacos para utilizar en experimentos con los pacientes del Lasch. Tiene miedo de que el doctor Black quiera matarlo, y quiere contar la historia de sus investigaciones antes de que se lo impidan. Sabe que eso le causará problemas, pero le da igual.

Seguramente se refiere a Adrian Lowe, el médico de esos artículos, pensó Fran.

—¿Ese médico ha hablado con alguien más de esto? —preguntó.

—Sé a ciencia cierta que no. Le recojo paquetes para el hospital. Lo hago desde hace tiempo, pero no me enteré de lo que contenían hasta ayer. Me habló de sus experimentos. Estaba loco de entusiasmo. Quiere que el mundo sepa lo que hizo para conseguir que la hija de los Colbert saliera del coma antes de morir. —Hizo una pausa y bajó la voz—. Señorita Simmons, hasta lo tiene grabado en vídeo. Lo sé porque lo vi.

—Me gustaría hablar con él —dijo Fran, intentando conservar la voz serena.

—Es un anciano, señorita Simmons, prácticamente un ermitaño. Pese a sus deseos de dar a conocer sus experimentos, está asustado. Si va acompañada de otra gente se cerrará como una ostra y no le sacará nada.

—Si quiere que vaya sola, de acuerdo —repuso Fran—. De hecho, lo prefiero.

—¿Le parece bien esta noche a las siete?

—Por supuesto. ¿Adónde he de ir?

Lou juntó el índice y el pulgar en señal de victoria.

—¿Sabe dónde está West Redding, Connecticut, señorita Simmons? —preguntó.

79

Edna llamó a Marta el sábado por la mañana a primera hora.

—Wally duerme todavía, así que vamos con retraso —dijo como sin darle importancia. Lo que en realidad deseaba era decirle que no se molestara en venir a despedirse, pero sabía que sonaría fatal, sobre todo después de darle largas la noche anterior.

—Prepararé una tarta de café —dijo Marta—. Sé que a Wally le encanta. Llámame cuando estéis preparados y vendré.

Durante las siguientes dos horas, Marta reflexionó sobre la llamada telefónica de su amiga. Sospechaba que había problemas en casa de Edna. Había notado más tensión en su voz que la noche anterior. Además, anoche también había observado que el coche de Edna salía por el camino de acceso justo antes de las nueve, y aquello era algo inusitado. Edna detestaba conducir por la noche. Sí, algo muy raro estaba pasando.

Tal vez les convenga marcharse, decidió Marta. Marzo es un mes horrible, y las malas noticias se suceden unas a otras: la enfermera asesinada en Rowayton, la posibilidad de que Molly Lasch vuelva a la cárcel (aunque de todos modos debería estar encerrada), la muerte de la señora Colbert y de su hija con escasas horas de diferencia.

Edna telefoneó a las once y media.

—Estamos preparados para esa tarta de café —dijo.

—Voy enseguida —contestó Marta, aliviada.

Desde que entró en la cocina de Edna, Marta comprendió que había estado en lo cierto sobre los problemas, y que aún no habían terminado. Era evidente que Wally estaba pasando uno de sus peores momentos. Tenía las manos hundidas en los bolsillos, se le veía desaliñado, y no cesaba de lanzar miradas furiosas a su madre.

—Wally, mira lo que te he traído —dijo Marta. Sacó la tarta del papel de aluminio—. Aún está caliente.

Wally no le hizo caso.

—Mamá, solamente quería hablar con ella. ¿Qué hay de malo en eso?

Oh, Dios, pensó Marta. Apuesto a que fue a ver a Molly Lasch.

—No entré. Sólo miré. La otra vez tampoco entré. No me crees, ¿verdad?

Marta captó la expresión aterrada de Edna. No tendría que haber venido, pensó, y miró alrededor como si buscara una vía de escape. Edna detesta que esté presente cuando Wally se trastorna. A veces se va de la lengua. Hasta le he oído insultarla.

—Wally, cariño, come un poco de tarta —suplicó Edna.

—Mamá, Molly hizo anoche lo mismo que la última vez que fui allí. Encendió la luz y se asustó. Pero no sé de qué se asustó. Esta vez el doctor Lasch no estaba allí cubierto de sangre.

Marta dejó en la mesa el cuchillo que iba a utilizar para cortar la tarta y se volvió hacia su amiga de toda la vida.

—¿De qué está hablando Wally, Edna? —preguntó en voz baja, mientras las piezas de un rompecabezas confuso empezaban a encajar en su mente.

Edna rompió en lágrimas.

—No está hablando de nada. No sabe lo que dice. Díselo a Marta, Wally. Díselo. ¡No estás hablando de nada!

El exabrupto de su madre le sobresaltó.

—Lo siento, mamá. Prometo que no volveré a hablar de Molly.

—No, Wally, creo que deberías hacerlo —dijo Marta—. Edna, si él sabe algo sobre la muerte del doctor Lasch, has de llevarle a la policía para que le escuchen. No puedes permitir que esa mujer se presente ante la junta de libertad condicional y la envíen de nuevo a la cárcel, si es inocente.

—Wally, saca las maletas del coche. —La voz de Edna sonó resignada, mientras miraba a Marta con ojos suplicantes—. Sé que tienes razón. He de dejar que Wally hable con la policía, pero concédeme tiempo hasta el lunes por la mañana. He de buscar un abogado para que le proteja.

—Si Molly Lasch ha pasado cinco años y medio en prisión por un crimen que no cometió, y tú lo sabías, creo que serás tú la que necesitará un abogado —repuso Marta con tristeza y abatimiento mientras miraba a su amiga.

Se hizo el silencio, en tanto Wally masticaba ruidosamente un trozo de tarta de café.

80

Fran pasó el resto de la mañana del sábado examinando los artículos que el doctor Adrian Lowe había escrito, así como los escritos acerca de él. Comparado con él, el doctor Kevorkian[1] parece Albert Schweitzer, pensó. La filosofía de Lowe era de una sencillez meridiana: gracias a los avances de la medicina, demasiada gente vivía demasiado tiempo. Los ancianos consumían recursos económicos y médicos que podían emplearse mejor en otras cosas.

Un artículo afirmaba que gran parte de los complejos tratamientos dedicados a los enfermos crónicos eran innecesarios y an-

---

1. Llamado Doctor Muerte, porque practicaba la eutanasia a sus pacientes terminales. (N. del T.)

tieconómicos. Expertos médicos debían llegar a esa decisión y llevarla a la práctica sin consultar a los familiares.

Otro artículo exponía la teoría de Lowe de que los inválidos eran un material útil, tal vez hasta necesario, para probar fármacos nuevos. El fármaco podría serles de gran ayuda o matarlos. En cualquier caso, el resultado siempre sería positivo para la sociedad.

Fran siguió leyendo y averiguó que las teorías de Lowe se habían radicalizado tanto que fue expulsado de la facultad de medicina en que impartía clases, y hasta fue condenado por la Asociación Norteamericana de Médicos. En una ocasión, fue acusado de dar muerte deliberada a tres pacientes, pero no pudo demostrarse. Después desapareció. Fran recordó por fin dónde había oído hablar de él: en un cursillo sobre ética al que había asistido en la universidad.

¿Instaló Gary Lasch al doctor Lowe en West Redding para que continuara sus investigaciones científicas? ¿Llamó también al otro estudiante aventajado de Lowe, Peter Black, para que le ayudara a realizar experimentos en pacientes del hospital Lasch? Todo empezaba a apuntar en esa dirección.

Todo encaja, pensó Fran. De una manera terrible, lógica y brutal. Esta noche, Dios mediante, obtendré las pruebas. Si este médico loco quiere dar a conocer sus supuestos logros, ha acudido a la persona adecuada. ¡Voy por él! No puedo esperar más.

Su informante anónimo le había dado la dirección concreta del lugar donde Lowe se escondía. West Redding se encontraba a noventa kilómetros al norte de Manhattan. Menos mal que es marzo, no agosto, pensó Fran. En verano, la Merritt Parkway estaba atestada de veraneantes que iban a las playas. Aún así, su intención era salir con suficiente antelación. La cita era a las siete. Bien, ardía en deseos de que ya fuera esa hora.

Pensó en el equipo que convenía llevar. No quería asustar a Lowe, pero rezó para que le permitiera utilizar la grabadora para la entrevista, o incluso la cámara de vídeo. Al final decidió llevar ambas. Cabían sin problemas en su bolso, junto con la libreta.

A las dos había terminado de preparar las preguntas para Lowe. A las tres y cuarto se había duchado y vestido. Llamó a Molly para saber cómo estaba, y la asustó su tono abatido.

—¿Estás sola, Molly?

—Sí.

—¿Irá alguien?

—Philip ha llamado. Quería venir esta noche, pero Jenna estará aquí. Le he pedido que esperara a mañana.

—Molly, aún no puedo decirte nada concreto, pero están pasando muchas cosas, y todo es prometedor. Parece que he dado con algo que podrá ayudaros mucho a Philip y a ti.

—No hay nada como las buenas noticias, ¿eh, Fran?

—Esta noche estaré en Connecticut, y si salgo ahora podría pasar a verte unos minutos. ¿Te gustaría?

—No te preocupes por mí.

—Estaré ahí dentro de una hora —dijo Fran, y colgó antes de que Molly pudiera negarse.

Se ha rendido, pensó Fran mientras pulsaba con impaciencia el botón del ascensor. En ese estado, no debería estar sola ni un minuto.

81

Es culpa mía, no cesaba de repetirse Philip Matthews. Cuando Molly salió de la cárcel, tendría que haberla metido en el coche y llevármela de allí. No sabía lo que hacía cuando habló con la prensa. No entendía que no se puede aceptar ante la junta de libertad condicional la responsabilidad por la muerte de tu marido, y luego salir y decir que no lo hiciste. ¿Por qué no se lo advertí?

El fiscal habría podido pedir la revocación de la libertad condicional en cuanto hizo esa declaración, razonó Philip. Eso significa que ahora quiere su cabeza sólo por el segundo asesinato.

Mi única posibilidad de salvar de la cárcel a Molly, cuando nos presentemos ante la junta el lunes, es hacerles entender que existe una fundada probabilidad de que haya sido acusada injustamente de la muerte de Annamarie Scalli. Luego he de rogar a los miembros que comprendan que no era su intención retractarse de su admisión, sino que sólo deseaba recuperar su memoria de aquella noche para afrontar lo sucedido. Pensó en ello. La argumentación podría funcionar. Si podía convencer a Molly de que se atuviera a esa historia... «Si» era la palabra fundamental.

Molly contó a los periodistas su impresión de que había alguien más en la casa la noche que Gary Lasch fue asesinado, recordó, y también mencionó su certeza de que era incapaz de matar a un ser humano. Quizá podría convencer a la junta de que fue la declaración de alguien sumido en el dolor y la desesperación, que no intentó engañarles para lograr la libertad condicional. Podría aducir que sufría una aguda depresión en la cárcel, cosa que está documentada.

En cualquier caso, todas mis argumentaciones sobre su estado mental no servirán de nada si soy incapaz de suscitar dudas sobre el asesino de Annamarie Scalli, pensó. Todo se reduce a eso.

Por ese motivo, el sábado por la tarde, Philip Matthews fue al Sea Lamp Diner de Rowayton. El aparcamiento donde Annamarie Scalli había muerto ya no estaba acordonado. El pavimento necesitaba una urgente renovación y las rayas que delineaban las plazas eran casi invisibles. No se veía el menor indicio de que una joven hubiera sido brutalmente asesinada allí, ni de que Molly Lasch corriera el peligro de pasar el resto de sus días entre rejas porque se habían encontrado rastros de sangre de la mujer asesinada en su zapato y en su coche.

Philip había contratado a un investigador de confianza para que le ayudara en el caso, y juntos estaban empezando a dar forma a la defensa que emplearía en el juicio.

Molly dijo que había visto un sedán de tamaño mediano abandonar el aparcamiento cuando salió del restaurante. El investigador de Philip ya había establecido que ningún otro cliente había salido del restaurante unos minutos antes de que Annamarie se precipitara al exterior.

Molly dijo que había ido directamente a su coche. Había reparado en un jeep aparcado, pero ignoraba que era el vehículo de la joven. El investigador había llegado a la conclusión de que Molly había pisado la sangre encontrada en su zapato, y después el zapato había dejado una huella en la alfombrilla del coche.

Todas las pruebas eran circunstanciales, meditó Philip mientras entraba en el restaurante. La sangre de su zapato es la única prueba tangible que la relaciona con el crimen. Si el asesino estaba en ese sedán, significa que había parado en el aparcamiento, porque Molly le vio salir. Por lo tanto, concluyó Philip, lo que ocurrió fue que, después de apuñalar a Annamarie, el asesino corrió a su coche y huyó justo cuando Molly salía del restaurante. No habían encontrado el arma asesina. Puedo argüir que algunas gotas de sangre cayeron del cuchillo al asfalto, y Molly las pisó sin darse cuenta.

Pero existe un problema más importante que todavía no podemos explicar, pensó: el móvil del asesino. ¿Por qué siguió alguien a Annamarie Scalli hasta el restaurante, esperó a que saliese y la asesinó? Nada en su vida privada, aparte de la relación con el marido de Molly años antes, apuntaba a un móvil. La habían investigado al detalle. Sé que Fran Simmons está trabajando en alguna teoría sobre el hospital que tal vez esté relacionada con Annamarie, pensó. Sólo espero que descubra algo pronto.

Cuando Philip entró en el restaurante, vio que Bobby Burke atendía la barra. Y le alivió comprobar que Gladys Fluegel no estaba a la vista. Su detective le había advertido que su versión acerca de que Molly había intentado retener a Annamarie y luego corrido tras ella adquiría tintes más sensacionalistas cada vez que la repetía.

Philip se sentó en la barra.

—Hola, Bobby —dijo—. Un café.

—Caramba, qué rapidez, señor Matthews. Apuesto a que la señorita Simmons le llamó enseguida.

—¿De qué estás hablando?

—Telefoneé a la señorita Simmons hace una hora y le dejé un mensaje.

—Ah, ¿sí? ¿Sobre qué?

—Esa pareja a la que estaban buscando, la que estuvo aquí el domingo por la noche, ha venido a comer hoy. Son de Norwalk. Resulta que fueron a Canadá el lunes por la mañana y volvieron anoche. ¿Me creerá si le digo que no sabían nada de lo sucedido? Dijeron que les gustaría hablar con usted. Su apellido es Hilmer, Arthur y Jane Hilmer.

Bobby bajó la voz.

—Señor Matthews, entre nosotros, cuando les dije lo que Gladys había contado a la poli, contestaron que eran todo mentiras. Dijeron que no oyeron a la señora Lasch gritar «Annamarie» dos veces. Según ellos, la llamó una vez. Y están seguros de que no gritó «¡Espera!». Fue la señora Hilmer quien gritó «Camarera»,[1] con el fin de llamar la atención de Gladys.

1. Juego de palabras intraducible en castellano. «Espera» es *wait* en inglés, y «camarera», *waiter*. (N. del T.)

Con los años, Philip Matthews sabía que se había convertido en un cínico. La gente era predecible y nunca te decepcionaba. En aquel momento, no obstante, se sintió como un niño en el País de las Maravillas.

—Dame el número de los Hilmer, Bobby —dijo—. ¡Esto es fantástico!

Bobby sonrió.

—Aún hay más, señor Matthews. Los Hilmer afirman que cuando llegaron vieron a un tipo sentado en un sedán de tamaño mediano, en el aparcamiento. Hasta vieron bien su cara, porque le iluminaron con los faros cuando aparcaron. Pueden describirle. Estoy seguro de que ese tío no entró aquí, señor Matthews. Hubo pocos clientes aquella noche, y me acordaría.

Molly había dicho desde el primer momento que vio un sedán de tamaño mediano salir del aparcamiento, pensó Philip. Quizá ésta sea nuestra gran oportunidad.

—Los Hilmer no estarán en casa hasta las nueve de esta noche, señor Matthews. Dijeron que si alguien quería verles después de esa hora, que fuera a su casa. Son conscientes de lo importante que puede ser esto para la señora Lasch, y están ansiosos por colaborar.

—Iré a su casa —dijo Philip Matthews—. ¡Oh, Dios, por supuesto que iré!

—Los Hilmer dicen que aquella noche aparcaron al lado de un Mercedes nuevo. Se acuerdan porque hacía frío, y era muy cerca de la entrada. Les dije que debía de ser el coche de la señora Lasch.

—Es evidente que no contraté a la persona adecuada para que me ayudara en la investigación, Bobby. ¿Dónde has aprendido todo esto?

Bobby sonrió.

—Señor Matthews, soy hijo de un abogado de oficio, y es un buen maestro. Yo también quiero ser abogado de oficio.

—Pues no habrías podido empezar mejor. Venga, sírveme ese café. Lo necesito.

Mientras bebía, Philip pensó si debía llamar a Molly y hablarle de los Hilmer, pero decidió esperar hasta haberles visto. Tal vez puedan contarme más cosas, pensó. He de conseguir a un dibujante para que haga un boceto del tipo que vieron en el aparcamiento. ¡Esto podría significar nuestra salvación!

Oh, Molly, pensó, mientras la imagen de su rostro, triste y atormentado, aparecía en su mente. Daría mi brazo derecho por librarte de esta pesadilla. Y daría cualquier cosa en el mundo por verte sonreír.

82

Con metódica minuciosidad, Calvin Whitehall preparó a Lou para su misión en West Redding. Le explicó que el elemento sorpresa era esencial para que el plan funcionara.

—La ventana que da al balcón estará abierta. Así podrás lanzar al laboratorio nuestro pequeño cóctel molotov. De lo contrario, tendrás que romper el cristal —dijo—. La mecha es corta, pero debería concederte tiempo suficiente para bajar por la escalera y alejarte del edificio antes de la explosión.

Lou escuchó con atención mientras Cal le explicaba que el doctor Logue le había llamado, entusiasmado por su encuentro con la prensa. Era evidente que estaba ansioso por enseñar a Fran Simmons sus hallazgos, de modo que Lou podía dar por hecho que los dos estarían en el laboratorio cuando la bomba estallara.

—Tendrá toda la apariencia de un desgraciado accidente, si encuentran sus restos —dijo Cal con indiferencia—. Si estuvieran abajo, tal vez tendrían tiempo de salir. Por arriba les será imposible hacerlo —prosiguió—. La puerta del laboratorio tiene dos cerraduras, y siempre están cerradas con llave, porque Logue teme que atenten contra su vida.

Y tiene razón, pensó Lou, pero después admitió que, como de costumbre, la atención de Cal a los detalles era notable, y significaría una salvaguardia para él.

—A menos que lo estropees todo, Lou, el incendio y la explosión consiguiente solucionarán los dos problemas que representan el doctor y Fran Simmons. La granja tiene más de cien años de antigüedad, y la escalera es muy estrecha y empinada. No hay manera, suponiendo que la explosión sea tan grande como espero, de que ninguno de los dos pueda salir del laboratorio y bajar la escalera a tiempo de escapar. Sin embargo, deberías estar preparado para semejante eventualidad, por supuesto.

«Estar preparado» era el eufemismo que Cal utilizaba para decirle que llevara su pistola. Habían pasado siete años desde la última vez que la había disparado, pero algunas habilidades nunca se oxidaban. Como ir en bicicleta o nadar, pensó Lou. Nunca lo olvidas. Su arma más reciente había sido un buen cuchillo afilado.

La granja se hallaba en una zona boscosa y aislada, y aunque la explosión se oyera, Cal le había asegurado que tendría tiempo de volver a la carretera principal antes de que la policía y los bomberos aparecieran. Lou intentó disimular su impaciencia, mientras Cal vomitaba toda aquella información. Había ido con suficiente frecuencia a la granja para conocer la configuración del terreno, y era muy astuto.

Lou se fue del apartamento a las cinco. Era muy pronto, pero Cal creía importante adelantarse a problemas en potencia, como atascos de tráfico. «Deberías llegar con suficiente antelación para aparcar el coche sin que se vea desde la granja, antes de que Fran Simmons aparezca», le había advertido Cal.

Cuando Lou subió al coche, vio acercarse a Cal por un lado del garaje.

—Sólo quería despedirme de ti —dijo con una sonrisa cordial—. Jenna va a pasar la noche con Molly Lasch. Cuando regreses, ven a casa y tomaremos una copa.

Después de trabajillos como éste, no hay problema en que te llame Cal, pensó Lou. Muchas gracias, viejo amigo. Puso en marcha el coche y se dirigió hacia la Merritt Parkway norte, en el primer tramo de su trayecto a West Redding.

83

Fran tuvo la impresión de que el estado de Molly había empeorado de la noche a la mañana. Sus ojeras habían adquirido un tono violáceo, sus pupilas eran enormes, y sus labios y piel, cenicientos. Su voz sonaba baja y vacilante. Fran casi tuvo que esforzarse por oírla.

Se habían sentado en el estudio, y Fran reparó varias veces en que Molly paseaba la vista por la habitación, como si la viese por primera vez.

Parece tan sola y desesperada, pensó Fran, tan abatida... Ojalá sus padres pudieran estar con ella.

—Molly, ya sé que no es mi problema, pero te lo he de preguntar —dijo—. ¿No podría tu madre dejar a tu padre en casa? Necesitas su compañía.

Molly meneó la cabeza.

—No es posible, Fran. Si mi padre no hubiera sufrido una apoplejía, los dos estarían aquí. Lo sé. Temo que el ataque fue más grave de lo que ellos admiten. He hablado con él y está animado, pero con todos los problemas que les he causado, si algo le pasara mientras ella estuviera aquí me volvería loca.

—¿Y qué dolor les causarás si te pierden? —repuso con brusquedad Fran.

—¿Qué quieres decir?

—Pues que estoy muy preocupada por ti, y Philip también, y Jenna. No me iré por las ramas: todas las probabilidades indican que el lunes volverán a encerrarte.

—Por fin alguien que habla claro —suspiró Molly—. Gracias, Fran.

—Escúchame bien. Creo que existen muchas posibilidades de que, aunque vayas a Niantic, salgas muy pronto, y no en libertad condicional sino exculpada por completo.

—Érase una vez —ironizó Molly—. No sabía que creías en los cuentos de hadas.

—¡Basta! Molly, siento mucho dejarte en este momento, pero no puedo quedarme. Tengo una cita muy importante para muchas personas, sobre todo para ti. De lo contrario no te abandonaría. ¿Sabes por qué? Porque creo que ya te has rendido. Creo que has decidido que ni siquiera vas a presentarte ante la junta de libertad condicional.

Molly enarcó las cejas, pero no la contradijo.

—Confía en mí, por favor. Nos estamos acercando a la verdad. Lo sé. Créeme. Cree en Philip. Quizá no te importe, pero ese tipo te quiere, y no descansará hasta demostrar que eres la auténtica víctima de toda esta conjura.

—Me gustó esa frase de *Una tragedia americana* —murmuró Molly—. A ver si la recuerdo bien: «Ámame hasta que muera, y después olvídame.»

Fran se levantó.

—Molly, si de veras decides poner fin a tu vida, encontrarás una forma, estés sola o protegida por el ejército del Papa, como decía mi abuela.

»Voy a decirte una cosa: estoy enfadada con mi padre por haberse suicidado. No, más que enfadada: estoy furiosa. Robó un montón de dinero y habría ido a la cárcel. Pero también habría salido de la cárcel y yo habría ido a buscarle con timbales y trompetas.

Molly permanecía en silencio, con la vista clavada en sus manos.

Fran, impaciente, secó las lágrimas de sus ojos.

—En el peor de los casos —continuó—, cumplirás tu condena. No lo creo, pero podría ser. Cuando salgas, aún serás lo bastante joven para disfrutar, y digo disfrutar, de unos cuarenta años más de vida. Tú no mataste a Annamarie Scalli. Todos lo sabemos, y Philip se encargará de demostrarlo. Por el amor de Dios, cariño, serénate. Se supone que los de sangre azul tenéis clase. ¡Demuéstralo! —Y se marchó.

Molly se acercó a la ventana y vio cómo el coche de Fran se alejaba. Gracias por tus palabras, pero es demasiado tarde, Fran, pensó. Ya no tengo clase.

84

El doctor esperaba con ansiedad a Fran Simmons desde hacía media hora, cuando los faros del coche anunciaron su llegada. El timbre sonó a las siete en punto, un detalle de puntualidad que consideró gratificante. Él, un científico, siempre era puntual, y esperaba que los demás también lo fueran.

Abrió la puerta y se presentó con un educado saludo.

—Durante casi veinte años he sido conocido en esta zona como Adrian Logue, un oftalmólogo jubilado —dijo—. En realidad, mi verdadero nombre, el que ahora recupero con orgullo, es Adrian Lowe, como usted ya sabe.

Las fotos que había visto en las revistas de Adrian Lowe databan de hacía casi veinte años, y mostraban a un hombre mucho más robusto del que se erguía ante ella.

Medía casi metro ochenta, era delgado y algo encorvado. Su cabello ralo era más cano que gris. La expresión de sus ojos azul pálido sólo se podía definir como cordial. Sus modales eran deferentes, y hasta parecía un poco tímido cuando la invitó a entrar en la pequeña sala de estar.

En conjunto, pensó Fran, no es la clase de persona que esperaba. Pero en realidad ¿qué esperaba?, se preguntó, mientras elegía una silla de respaldo recto en lugar de la mecedora que el médico le ofrecía. Después de leer los artículos que escribió, y sabiendo lo que sé de él, pensaba que tendría aspecto de fanático, de ojos alucinados y movimientos convulsos, o de médico nazi que desfilaría al paso de la oca.

Iba a preguntarle si le permitiría grabar la conversación, cuando el hombre dijo:

—Espero que haya traído una grabadora, señorita Simmons. No quiero que citen mal mis palabras.

—Por supuesto, doctor.

Fran extrajo la grabadora y la encendió. No dejes que descubra lo mucho que ya has averiguado sobre sus propósitos, se advirtió. Haz todas las preguntas importantes. Más tarde, esta cinta será una prueba de suma utilidad.

—Subiremos a mi laboratorio directamente, y hablaremos allí. Pero antes déjeme explicarle por qué está aquí. No, para ser más concreto, déjeme explicarle por qué estoy aquí.

El doctor Lowe apoyó la cabeza en el respaldo de la mecedora con un suspiro.

—Señorita Simmons, supongo que conocerá el viejo tópico de «No hay mal que por bien no venga». Esta premisa es especialmente cierta en la práctica de la medicina. En ocasiones hay que tomar decisiones sumamente difíciles.

Fran escuchó sin comentarios mientras Lowe explicaba sus puntos de vista sobre los avances médicos y la necesidad de redefinir el concepto de «cuidados controlados».

—Ciertos tratamientos deberían interrumpirse, pero no estoy hablando sólo de sistemas de mantenimiento artificial de la vida —dijo—. Digamos que una persona ha sufrido el tercer infarto, o que tiene más de setenta años y está en diálisis desde hace cinco años, o se le ha concedido el enorme dispendio económico de un trasplante de corazón o hígado que ha fracasado. ¿No es hora ya de que esa persona fallezca, señorita Simmons? No cabe duda de que se trata de la voluntad de Dios. ¿Por qué hemos de luchar contra lo inevitable? El paciente no estará de acuerdo, por supuesto, y sin duda la familia exigirá que se continúe el tratamiento. Por lo tanto, debería existir otra autoridad capacitada para acelerar el final inevitable sin consultar con la familia ni con el paciente, y sin provocar más gastos al hospital. Una autoridad capaz de tomar una decisión clínica, objetiva y científica.

Fran escuchaba estupefacta la filosofía casi inimaginable que el hombre proponía.

—¿Está diciendo, doctor Lowe, que ni el paciente ni la familia tendrían derecho a decir o saber nada acerca de la decisión tomada para acabar con la vida del paciente?

—Exacto.

—¿Está diciendo también que los inválidos deberían convertirse, sin saberlo y contra su voluntad, en conejillos de indias de los experimentos que usted y sus colegas llevarían a cabo?

—Querida señorita —dijo con tono condescendiente—, quiero que vea una cinta de vídeo. Quizá la ayude a comprender por qué mis investigaciones son tan importantes. Tal vez haya oído hablar de Tasha Colbert, una joven procedente de una familia importante.

Dios mío, está a punto de admitir su responsabilidad, pensó Fran.

—Debido a una infortunada confusión, el tratamiento terminal que iba a administrársele a una enferma crónica anciana fue administrado a la señorita Colbert, en lugar de la solución salina que necesitaba. Esto dio lugar a un coma irreversible, al que sobrevivió más de seis años. He estado experimentando con el fin de descubrir un fármaco que invirtiera ese coma profundo, y anoche tuvo éxito por primera vez, siquiera por unos momentos. Pero ese éxito es el inicio de algo magnífico en la ciencia. Permítame que le enseñe la prueba.

Lowe introdujo una cinta en un aparato de vídeo.

—Nunca veo la televisión —explicó—, pero tengo este aparato para ayudarme en mis investigaciones. Sólo le enseñaré los cinco minutos finales de la vida de Natasha Colbert. Bastará con eso para que se haga una idea de lo que he conseguido durante los años pasados aquí.

Con incredulidad, Fran vio cómo Barbara Colbert murmuraba el nombre de su hija agonizante.

Su audible exclamación cuando la joven se removió, abrió los ojos y empezó a hablar, deleitó al doctor Lowe.

—¡Mire, véalo usted misma! —exclamó.

Fran vio cómo la chica reconocía a su madre, cerraba los ojos, volvía a abrirlos y suplicaba a su madre que la ayudara.

Las lágrimas afloraron a sus ojos cuando vio a Barbara Colbert suplicar a su hija que viviera. Casi con odio, vio cómo el doctor Black negaba a Barbara Colbert que su hija hubiera recobrado la conciencia.

—Sólo duró un minuto. El fármaco no es muy potente —explicó Lowe mientras paraba y rebobinaba la cinta—. Algún día, invertir los estados de coma será algo rutinario. —Guardó la cinta en su bolsillo—. ¿Qué está pensando, querida?

—Estoy pensando, doctor Lowe, que con su evidente genio, es increíble que no haya dedicado sus esfuerzos a la conservación de la vida y a la mejora de su calidad, en lugar de a la destrucción de vidas consideradas inaceptables.

El hombre sonrió y se levantó.

—Querida, el número de científicos que están de acuerdo conmigo son legión. Permítame que le enseñe mi laboratorio.

Fran, que sentía una mezcla de horror y temor creciente por estar a solas con aquel hombre, le siguió por la estrecha escalera. Tasha Colbert, pensó airada. Uno de sus «eficaces» fármacos la dejó en aquel estado. Y también a la abuela de Tim, que esperaba celebrar su ochenta aniversario. Y a Barbara Colbert, que no se tragó las afirmaciones del criminal discípulo de Lowe, Peter Black, cuando dijo que había sufrido alucinaciones. Hasta puede que esté hablando de la madre de Peter Gallo. ¿Cuántos más?, se preguntó.

El rellano estaba escasamente iluminado, pero cuando Adrian Lowe abrió la puerta de su laboratorio, fue como entrar en otro mundo. Aunque sabía poca cosa acerca de laboratorios de investigación, Fran supuso que aquel debía de ser el no va más de la perfección técnica.

La habitación no era muy grande pero estaba repleta de aparatos de todo tipo, situados de manera que cada centímetro era útil. Además del último grito en tecnología informática, Fran reconoció algunos aparatos que había visto en la consulta de su propio médico. También había una bombona de oxígeno, con válvulas y tubos conectados. Varias máquinas parecían destinadas a analizar productos químicos, pero el aspecto de otras sugería que servían para analizar a seres vivos. Ratas, espero, se dijo Fran, estremecida. Casi ninguno de aquellos aparatos significaba nada para ella, pero se quedó impresionada por la limpieza y orden reinantes. Es aterrador e impresionante a la vez, pensó mientras se adentraba en el laboratorio.

Adrian Lowe resplandecía de orgullo.

—Señorita Simmons, mi antiguo estudiante Gary Lasch me trajo aquí después de que me expulsaran de la profesión médica. Creía en mí y en mis investigaciones, y me prestó todo el apoyo que necesitaba para llevar a cabo mis pruebas y experimentos. Después envió a buscar a Peter Black, otro de mis antiguos estudiantes, compañero de clase de Gary. No fue una decisión acertada. Tal vez debido a sus problemas con el alcohol, Black resultó un cobarde peligroso. Me ha fallado en numerosas ocasiones, si bien hace poco me ayudó a conseguir el éxito más grande de mi carrera. Además está Calvin Whitehall, quien tuvo la amabilidad de concertar nuestra cita, y que ha sido un fervoroso partidario de mi investigación, tanto desde el punto de vista económico como filosófico.

—¿Qué ha hecho Calvin Whitehall? —preguntó Fran mientras otro escalofrío recorría su espina dorsal.

Adrian Lowe pareció confuso.

—Concertó nuestra cita, por supuesto. Sugirió que usted sería el contacto periodístico más adecuado. Habló con usted y me avisó de su visita.

Fran eligió sus siguientes palabras con sumo cuidado.

—¿Qué le dijo exactamente el señor Whitehall, doctor?

—Querida, usted ha venido para realizar una entrevista de media hora conmigo, la cual me permitirá anunciar al mundo mis descubrimientos. Los miembros de la clase médica continuarán cebándose en mí, pero a la larga, tanto ellos como el público en general acabarán aceptando la verdad de mi filosofía y el genio de mi investigación. Y usted, señorita Simmons, allanará el camino. Va a dar mucha publicidad por adelantado al programa, y lo emitirá por su prestigioso canal.

Fran guardó silencio un momento, estupefacta.

—Doctor Lowe, ¿es consciente de que tanto usted como el

doctor Black y Calvin Whitehall se exponen a una posible querella criminal?

El anciano se encrespó.

—Por supuesto. Calvin ha aceptado que es una parte necesaria de nuestra importante misión.

Santo Dios, pensó Fran, este imbécil se ha convertido en un peligro para ellos. Y yo también. Este laboratorio significa otro peligro para ellos. Querrán deshacerse de él... y de nosotros. Dios mío, he caído en una trampa.

—Doctor —dijo, intentando aparentar una serenidad que no sentía—, tenemos que salir de aquí ahora mismo. Nos han tendido una trampa. Calvin Whitehall nunca permitiría que revelara esto, sobre todo por televisión. ¿Comprende?

—No entiendo... —contestó el médico con una expresión de confusión casi infantil.

—Confíe en mí, por favor.

El anciano estaba a su lado, en la zona central del laboratorio, con las manos apoyadas en la superficie de formica.

—Señorita Simmons, está diciendo tonterías. El señor Whitehall...

Fran lo cogió por el brazo.

—Doctor, aquí corremos peligro. Tenemos que irnos.

Oyó un leve ruido y notó una corriente de aire. Una ventana se estaba abriendo al fondo de la habitación.

—¡Mire! —gritó al tiempo que señalaba a una figura borrosa, apenas visible contra la oscuridad nocturna.

Vio la oscilación de una diminuta llama, vio cómo un brazo la alzaba... De pronto comprendió lo que iba a suceder. El intruso iba a arrojar una bomba incendiaria dentro del laboratorio. Iba a volarlo... y de paso a ellos dos.

El doctor Lowe liberó su mano. Fran sabía que era inútil intentar huir, pero también sabía que debía intentarlo.

—Por favor, doctor.

El anciano, con un veloz movimiento, sacó una escopeta de debajo de la mesa, apuntó y disparó. El estruendo ensordeció a Fran pero vio desaparecer el brazo que sostenía la llama, y a continuación oyó el golpe sordo de un cuerpo al caer al suelo. Un instante más tarde se elevaron llamas del balcón.

Lowe descolgó un extintor sujeto a la pared y se lo entregó a

Fran. Luego, corrió hasta una caja fuerte, la abrió a toda prisa y rebuscó en su interior.

Fran se asomó a la ventana. Las llamas estaban lamiendo los zapatos del asaltante, que estaba tendido en el balcón, gimiendo y aferrándose el hombro herido. Fran dirigió el chorro de espuma contra las llamas que rodeaban al hombre.

Pero el fuego se había propagado ya a la barandilla del balcón, y al cabo de unos segundos llegaría a los peldaños. Parte del líquido de la bomba incendiaria se había escurrido entre las tablas del porche, y vio llamas por debajo. Fran comprendió que ningún extintor podría salvar la casa. También sabía que, si abría la puerta que daba acceso al balcón, las llamas invadirían el laboratorio y envolverían la bombona de oxígeno.

—¡Salga, doctor! —gritó.

El anciano salió corriendo del laboratorio cargado con carpetas y Fran lo oyó bajar por la escalera.

Miró hacia el porche. Sólo había una forma de salvar al hombre herido, y estaba decidida a hacerlo. No podía permitir que muriera cuando el laboratorio estallara. Salió al porche por la estrecha ventana, sin abandonar el extintor. Las llamas amenazaban de nuevo al herido y estaban a punto de trepar por la pared exterior de la casa. Fran inundó de espuma el espacio que separaba la ventana de la escalera, con el fin de crear un sendero. El intruso había caído casi junto a la escalera. Fran pasó las manos bajo su hombro derecho, lo alzó con todas sus fuerzas y lo lanzó escaleras abajo.

Fran resbaló con la espuma y cayó detrás de él. Su cabeza golpeó contra un escalón, su hombro rozó el borde del siguiente, y se torció el tobillo cuando tocó suelo por fin.

Aturdida, consiguió ponerse en pie, justo cuando Lowe aparecía por un lado de la casa.

—¡Cójale! —gritó Fran—. Ayúdeme a sacarle de aquí antes de que la casa estalle.

El intruso se había desmayado y pesaba como una losa. Fran, con un esfuerzo casi sobrehumano, cargó con casi todo el peso, ayudada por Lowe, y alejó a Lou Knox casi seis metros antes de que la explosión tan cuidadosamente planificada por Calvin Whitehall tuviera lugar.

Corrieron a refugiarse mientras las llamas se elevaban hacia el cielo nocturno y los escombros caían por doquier.

85

Cuando Fran se marchó, Molly subió al cuarto de baño, se detuvo ante el espejo y estudió su cara. Se le antojó desconocida, como si estuviera mirando a una extraña a la que no tuviera muchas ganas de conocer.

—Eras Molly Carpenter, ¿verdad? —preguntó a su imagen—. Molly Carpenter era una persona muy afortunada, incluso privilegiada. Bien, ¿sabes una cosa? Ya no está aquí, y no puedes volver y fingir que eres ella. Sólo puedes volver a ser un número que vive en un pabellón de celdas. No suena muy divertido, ¿verdad? Y puede que no sea una buena idea.

Abrió los grifos para llenar el jacuzzi, vertió sales de baño y entró en el dormitorio.

Jenna había dicho que pasaría por una fiesta antes de venir. Su ama de llaves se encargaría de la cena. Jenna tendrá un aspecto soberbio, pensó Molly. Después tomó una decisión. La sorprenderé. Esta noche probaré a ser por última vez Molly Carpenter.

Una hora más tarde, con el pelo lavado y brillante, un maquillaje que disimulaba las ojeras, vestida con pantalones de seda verde pálido y una blusa a juego, Molly esperó la llegada de Jenna.

Apareció a las siete y media, tan hermosa como Molly suponía.

—Perdona el retraso —gimió—. Estaba en el Hodges. Son clientes del bufete. Todos los peces gordos de Nueva York vinieron, así que no pude huir tan pronto como deseaba.

—No iba a salir —contestó Molly con calma.

Jenna retrocedió y la miró de arriba abajo.

—Estás increíble. Tienes un aspecto maravilloso.

Molly se encogió de hombros.

—No sé. Oye, ¿tu marido quiere que nos emborrachemos? Cuando trajeron la cena, venía acompañada por tres botellas de aquel vino tan bueno que trajo la otra noche.

Jenna rió.

—Muy propio de Cal. Si una botella sería un bello recuerdo, tres botellas te recordarán lo importante que es. No es una mala cualidad, diría yo.

—En absoluto.

—Vamos a probarlo —sugirió Jenna—. Emborrachémonos.

Vamos a fingir que todavía somos las chicas que arrasábamos esta ciudad.

Lo fuimos, ¿verdad?, pensó Molly. Me alegro de haberme vestido bien. Tal vez sea mi último hurra, pero será divertido, sé lo que debo hacer esta noche. Nunca más seré una prisionera. ¿Qué sabe Fran de eso? Recordó las palabras de Fran: «Estoy enfadada con mi padre... Estoy furiosa... Cree en Philip. Tal vez no sea importante para ti, pero ese tío te quiere...»

Estaban ante la barra que había en un hueco del pasillo que comunicaba la cocina con el salón. Jenna cogió el sacacorchos y abrió una botella de vino. Examinó los estantes y eligió dos delicadas copas de vino.

—Mi abuela tenía unas iguales —dijo—. ¿Recuerdas los testamentos de nuestras abuelas? Tú heredas esta casa y Dios sabe qué más. Yo heredo seis copas. Era lo único que conservaba la abuela cuando abandonó este mundo.

Jenna sirvió el vino, tendió una copa a Molly y dijo:

—Salud.

Cuando entrechocaron las copas, Molly tuvo la inquietante sensación de que veía algo incomprensible en los ojos de Jenna, algo nuevo e inesperado.

No pudo imaginar de qué se trataba.

86

Lou tendría que haber vuelto a las nueve y media. Como hacía con todo, Calvin Whitehall había calculado el tiempo exacto que su esbirro tardaría en llegar a West Redding, encargarse del asunto y regresar. Mientras contemplaba el reloj de su biblioteca, admitió que, a menos que Lou volviera pronto, algo había salido muy mal.

Una pena, porque se trataba de un juego de ganar o perder. No habría paliativos si fracasaba.

A las diez empezó a pensar cómo distanciarse de su ayudante Lou Knox.

A las diez y diez sonó el timbre de la puerta. Había dicho al ama de llaves que se tomara la noche libre, algo que hacía con frecuencia. Le molestaba tener sirvientes en la casa todo el tiempo.

Cal era consciente de que dicha sensación era producto de sus orígenes. En la mayoría de los casos, por más alto que llegues en la vida, los orígenes humildes desencadenan reacciones humildes, pensó.

Se encaminó por el pasillo hacia la puerta, y de paso se miró en un espejo. Vio a un hombre corpulento, de tez rubicunda y cabello ralo. Por algún motivo acudió a su mente un comentario que había oído sobre él cuando acababa de salir de Yale. La madre de uno de sus amigos había susurrado: «Cal no parece cómodo con su traje de Brooks Brothers.»

No le sorprendió encontrar, no a una, sino a cuatro personas en la puerta.

—Señor Whitehall —dijo el portavoz—. Soy el detective Burroughs, de la oficina del fiscal. Queda detenido por conspiración para asesinar a Frances Simmons y al doctor Adrian Lowe.

Conspiración para asesinar, pensó Whitehall, y dejó que la frase resonara en su mente. Era peor de lo que esperaba. Miró al detective Burroughs, que le devolvió la mirada con aire risueño.

—Señor Whitehall, debo informarle que su sicario, Lou Knox, está cantando como un pájaro desde su cama del hospital. Y otra buena noticia: el doctor Adrian Lowe está declarando ahora mismo en la comisaría. Parece que no encuentra alabanzas suficientes para usted, a juzgar por todos los esfuerzos que ha realizado para hacer posible esta investigación criminal.

87

A las siete, Philip Matthews había aparcado delante de casa de los Hilmer, con la esperanza de que llegaran antes.

Sin embargo, no fue hasta las nueve y diez cuando su coche entró en el camino de acceso.

—Lo siento mucho —se disculpó Arthur Hilmer—. Sabíamos que era muy posible que alguien nos estuviera esperando, pero nuestra nieta actuaba en una obra teatral y... bien, ya sabe cómo son esas cosas.

Philip sonrió. Un hombre agradable, pensó.

—No puede saberlo, claro —se corrigió Hilmer—. Nuestro hijo tiene cuarenta y cuatro años. Yo diría que usted es de su quinta.

Philip sonrió.

—¿Lee las hojas de té?

A continuación se presentó, explicó brevemente el riesgo que corría Molly de volver a la cárcel, y que podían ser muy importantes en su defensa.

Entraron en la casa. Jane Hilmer, una mujer de unos sesenta años, todavía atractiva y bien conservada, ofreció a Philip un refresco, una copa de vino o un café, pero el abogado rehusó todo.

Arthur Hilmer comprendió que deseaba ir al grano.

—Hoy hemos hablado con Bobby Burke en el Sea Lamp Diner —dijo—. Nos sorprendió mucho enterarnos de lo sucedido en el restaurante el domingo por la noche. Fuimos al cine y después a tomar un bocadillo.

—Nos marchamos a primera hora de la mañana para visitar a nuestro hijo, que vive en Toronto —explicó Jane Hilmer—. Regresamos anoche. Hoy, antes de ir a ver la obra de Janie, paramos a comer en el restaurante, y fue entonces cuando nos enteramos. —Miró a su marido—. Como ya he dicho, nos quedamos muy sorprendidos. Dijimos a Bobby que queríamos ayudar en lo posible. Bobby le habrá dicho que echamos un buen vistazo al tipo del sedán que estaba aparcado.

—Sí —confirmó Philip—. Voy a pedirles que mañana por la mañana vayan a declarar a la oficina del fiscal, y luego quiero que vean al dibujante de la policía. Un boceto del hombre de ese sedán sería muy útil.

—Con mucho gusto —dijo Arthur Hilmer—, pero creo que aún podré serle más útil. Prestamos particular atención a las dos mujeres cuando se fueron. Habíamos visto a la primera pasar junto a nuestra mesa, y era evidente que estaba preocupada. Después, la rubia de aspecto elegante, ahora sé que es Molly Lasch, se marchó. Estaba llorando y la oí gritar «Annamarie».

Philip se puso tenso. No me des malas noticias, rogó en silencio.

—Fue evidente que la otra mujer no la oyó —continuó Hilmer—. Hay una pequeña ventana oval sobre la mesa de la cajera. Desde donde yo estaba sentado veía con claridad el aparcamiento, la parte más cercana al restaurante. La primera mujer debió de atravesar el aparcamiento hasta la parte más oscura, porque no la vi. Pero estoy seguro de que vi a la segunda, me refiero a Molly Lasch. Fue directamente a su coche y se marchó. Puedo jurar que le resultó imposible cruzar el aparcamiento hasta ese jeep y apuñalar a la otra mujer, entre el momento en que la vi salir del local y cuando se alejó en su coche.

Philip no supo que sus ojos se habían humedecido hasta que se los secó con el dorso de la mano, en un gesto reflejo.

—No encuentro palabras —dijo, y se interrumpió. Se puso en pie como impulsado por un resorte—. Mañana intentaré encontrar las palabras adecuadas para darle las gracias. Ahora he de volver a Greenwich.

88

Peter Black estaba de pie ante la ventana de su dormitorio, con un vaso de whisky en la mano. Vio con ojos empañados que dos coches desconocidos subían por su sendero de entrada. No necesitó observar los movimientos de los cuatro hombres cuando salieron y subieron por la senda de adoquines para saber que todo había terminado. Cal el Todopoderoso se ha estrellado por fin, pensó con agrio humor. Por desgracia, me ha arrastrado con él.

Siempre hay que tener un plan de emergencia. Era uno de los lemas favoritos de Cal. ¿Tendrá uno ahora?, pensó. La verdad es que nunca me gustó ese tipo, así que me da igual.

Se acercó a la cama y abrió el cajón de su mesilla de noche. Sacó un estuche de piel y extrajo una hipodérmica, ya llena de líquido.

La estudió con curiosidad. ¿Cuántas veces había dado esa inyección, con expresión compasiva, a sabiendas de que los ojos confiados que le miraban pronto se desenfocarían y se cerrarían para siempre? Según el doctor Lowe, ese fármaco no sólo no dejaba el menor rastro en la sangre, sino que no causaba dolor.

Pedro llamó a la puerta del dormitorio para anunciar a los indeseados visitantes.

Peter Black se tendió en la cama. Tomó un último sorbo de whisky y después se hundió la aguja en el brazo. Suspiró mientras pensaba que el doctor Lowe al menos no había mentido respecto a la ausencia de dolor.

89

—Me encuentro bien —insistió Fran.

Se había negado a ir al hospital, y un coche de policía la condujo a la oficina del fiscal en Stamford, en compañía del doctor Lowe. Desde allí llamó a Gus Brandt a su casa, y relató a su jefe los acontecimientos de la noche. Gus había retransmitido la entrecortada historia de Fran mediante la conexión telefónica, con una filmación de archivo como fondo.

Cuando la policía había llegado al escenario de la explosión, el doctor Lowe anunció que quería entregarse a las autoridades y hacer una declaración completa sobre los adelantos médicos que su investigación había logrado.

De pie en medio del campo, mientras el incendio proseguía a su espalda, y con las carpetas abrazadas contra su cuerpo, pidió disculpas a Fran.

—Esta noche podría haber muerto, señorita Simmons. Todos mis logros habrían desaparecido conmigo. Debo ponerlos a buen recaudo de inmediato.

—Doctor —había dicho Fran—, si bien usted tiene más de setenta años, olvidó rápidamente su filosofía cuando alguien intentó acabar con su vida.

La policía les había conducido a la oficina del fiscal. Fran había hecho su declaración al ayudante Rudy Jacobs.

—Había grabado la conversación con Lowe. Ojalá hubiera cogido la grabadora antes de que se produjera la explosión...

—Señorita Simmons, no nos hace falta —dijo Jacobs—. Me han dicho que el buen doctor está cantando como un ruiseñor. Le estamos grabando en cinta y en vídeo.

—¿Han identificado al hombre que intentó matarnos?

—Por supuesto. Se llama Lou Knox. Es de Greenwich, donde vive y trabaja como chófer de Calvin Whitehall, y por lo visto se encarga de trabajillos muy variados.

—¿Ha resultado malherido?

—Recibió un balazo en el hombro y sufrió algunas quemaduras, pero se recuperará. También me han dicho que se ha soltado de la lengua. Sabe que le hemos pillado in fraganti, y su única esperanza de salir mejor librado es la plena colaboración.

—¿Han detenido a Calvin Whitehall?

—Acaban de traerle. Le están fichando ahora mismo.

—¿Puedo verle? —preguntó Fran con una sonrisa de ironía—. Fui al colegio con su mujer, pero no le conozco personalmente. Será interesante conocer al individuo que intentó volatilizarme.

—Es comprensible. Sígame.

Ver a un hombre corpulento, medio calvo y de facciones vulgares, vestido con una arrugada camisa deportiva, sorprendió a Fran. Del mismo modo que el doctor Lowe no se parecía en nada a las fotos que había visto de él, no había nada en aquel hombre derrotado que sugiriera a «Cal el Todopoderoso», como Jenna llamaba a su marido. De hecho, costaba imaginar a Jenna —hermosa, elegante, refinada— casada con alguien de aspecto tan vulgar.

¡Jenna! Esto será espantoso para ella, pensó Fran. Iba a hacer compañía a Molly esta noche. ¿Se habrá enterado ya?

Sin duda el marido de Jenna iría a la cárcel, pensó Fran, mientras reflexionaba sobre el futuro inmediato. Aún es posible que Molly vuelva también a la prisión. A menos que algo de lo descubierto esta noche sobre las irregularidades cometidas en el hospital Lasch pueda ayudarla. Mi padre prefirió suicidarse a enfrentarse a la cárcel. Es extraño el vínculo que nos une a las chicas de la academia Cranden: a todas nos ha tocado de cerca la realidad de la cárcel.

Se volvió hacia el ayudante del fiscal.

—Señor Jacobs, empiezo a sentir todo el cuerpo dolorido. Creo que aceptaré su invitación de acompañarme a casa.

—Por supuesto, señorita Simmons.

—Pero antes me gustaría hacer una llamada, para escuchar mis mensajes.

—Desde luego. Volvamos a mi despacho.

Había dos mensajes. Bobby Burke, el camarero del Sea Lamp Diner, había telefoneado a las cuatro para decirle que había localizado a la pareja que cenó en el restaurante el domingo por la noche, cuando Molly se reunió con Annamarie Scalli.

Una buena noticia, pensó Fran.

La segunda llamada era de Edna Barry, y se había producido a las seis.

«Señorita Simmons, esto es muy difícil para mí, pero creo que debo confesar algunas cosas. Mentí sobre la llave de repuesto de la casa de Molly porque tenía miedo de que mi hijo... estuviera implicado en la muerte del doctor Lasch. Wally está muy turbado.»

Fran apretó el auricular contra su oído. Edna sollozaba tanto que era difícil entenderla.

«Señorita Simmons, a veces Wally cuenta fantasías. Oye cosas en su cabeza y piensa que son ciertas. Es el motivo de que temiera por él.»

—¿Se encuentra bien, señorita Simmons? —preguntó Jacobs al reparar en su expresión de intensa concentración.

Fran se llevó el dedo a los labios, mientras se esforzaba por escuchar la débil voz de Edna Barry.

«No dejé hablar a Wally. Siempre que lo intentaba, yo le hacía callar. Pero hace poco dijo algo que, si es verdad, tal vez sea importante. Wally afirma que vio a Molly llegar a su casa la noche que el doctor Lasch murió. La vio entrar en casa y encender la luz del estudio. Él estaba de pie ante la ventana del estudio, y cuando ella encendió la luz vio al doctor Lasch cubierto de sangre. Lo que viene a continuación es lo más importante, en caso de ser cierto y Wally no lo esté imaginando. Jura que una mujer salió por la puerta principal de la casa. No obstante, ella reparó en su presencia y entró de nuevo a toda prisa. Wally no le vio la cara y no sabe quién es, y huyó en cuanto la vio.»

Siguió una pausa y más sollozos.

«Señorita Simmons, tendría que haber permitido que le interrogaran, pero nunca me había hablado de esta mujer. No era mi intención perjudicar a Molly, sólo temía por mi hijo. —Los sollozos arreciaron, pero finalmente la señora Barry recobró la compostura—. Es todo lo que puedo decirle. Supongo que usted o el abogado de Molly querrán hablar con nosotros mañana. Estaremos aquí. Adiós.»

Fran, estupefacta, colgó. Wally no está bien de la cabeza, pensó, y quizá no admitan su testimonio. Pero si está diciendo la verdad y si vio a una mujer salir de casa de Molly...

Recordó lo que Molly le había contado sobre sus recuerdos de aquella noche. Ella creía que había alguien más en la casa. Había oído una especie de repiqueteo... Pero ¿qué mujer? ¿Annamarie? Meneó la cabeza. No, no lo creo. ¿Otra enfermera con la que Gary estuviera flirteando? Un repiqueteo. Yo también he oído un repiqueteo en casa de Molly, se dijo. Lo oí ayer, cuando Jenna estaba allí. Era el repiqueteo de sus tacones altos en el pasillo.

Jenna.

Oh, Dios mío, ¿es posible? Nadie forzó la entrada, no hubo violencia. Wally vio a una mujer abandonar la casa. Gary tuvo que ser asesinado por una mujer a la que conocía. Pero no fue Molly, ni Annamarie... Todas esas fotos... la forma en que Jenna las miraba.

90

—No quiero más, Jenna, de verdad. Si sigo bebiendo voy a pillar una curda de campeonato.

—Oh, Molly, por el amor de Dios, sólo has tomado una copa y media.

—Pensaba que era la tercera. —Meneó la cabeza para despejarse—. Este vino es muy potente.

—¿Qué más da? Con todo lo que llevas en la cabeza, relajarte te irá muy bien. Apenas has probado la cena.

—He comido suficiente, y estaba buena. Lo que pasa es que no tengo hambre. —Levantó la mano en señal de protesta cuando Jenna le sirvió más vino—. No, ya no puedo más. La cabeza me da vueltas.

—Deja que dé vueltas.

Estaban sentadas en el estudio, con las cabezas apoyadas en el respaldo de dos cómodas butacas, una frente a la otra, separadas por una mesilla baja. Durante unos minutos guardaron silencio, con música de jazz como fondo sonoro.

—¿Sabes una cosa? —dijo Molly—. Anoche tuve una pesadilla. Estaba muy inquieta. Creí ver a Wally Barry en la ventana.

—¡Por Dios!

—Me sobresalté mucho. Wally nunca me haría daño, lo sé, pero al verle en la ventana, di media vuelta y de repente esta habitación me resultó igual a como estaba cuando volví a casa aquella trágica noche... Y ahora sé por qué efectué esa asociación: creo que Wally estaba aquí aquella noche.

Molly había mantenido la cabeza reclinada mientras hablaba. Empezaba a sentirse somnolienta. Intentaba conservar los ojos abiertos y la cabeza erguida. ¿Qué acababa de decir? De repente, sus ojos se abrieron de par en par, y se inclinó hacia adelante.

—¡Jen, acabo de recordar algo importante!

Jenna rió.

—Todo lo que recuerdas es importante, Molly.

—Este vino tiene un sabor curioso.

—Bien, no contaré al Todopoderoso lo que has dicho. Lo consideraría un insulto.

—Un repiqueteo, un chasquido. Otro sonido que oí.

—Molly, te estás poniendo histérica.

Jenna se levantó y se colocó detrás de la butaca. Rodeó con sus brazos a su amiga y posó la mejilla sobre su cabeza.

—Fran piensa que voy a suicidarme.

—¿De veras? —preguntó Jenna. Rodeó la butaca y se sentó en el borde de la mesilla, delante de Molly.

—La verdad es que lo había planeado. Por eso me vestí de largo. Quería tener un aspecto elegante cuando me encontraran.

—Tu aspecto siempre es elegante, Molly —repuso Jenna con suavidad, y le tendió la copa de vino, que cogió y apuró su contenido.

—No es nada elegante ser desmañada —murmuró Molly, y volvió a reclinarse en la butaca—. Jen, aquella noche vi a Wally en la ventana. Estoy segura. Puede que anoche lo soñara, pero antes no. Llámale y dile que venga a hablar conmigo.

—Molly, sé razonable —replicó Jenna—. Son las diez de la noche. —Cogió unas servilletas de papel y limpió el vino derramado sobre la mesilla—. Te volveré a llenar la copa.

—No... no... Ya he bebido bastante. —Me duele la cabeza, pensó Molly. Clic chas.

—Clic chas —dijo en voz alta.

—¿Qué dices?

—El sonido que oí aquella noche. Clic chas, clic, clic, clic.

—¿Eso oíste, cariño?

—Ajá.

—Bravo, estás recobrando la memoria. Sigue sentada y relájate. Te llenaré el vaso.

Molly bostezó, mientras Jenna cogía la copa vacía e iba a la cocina.

—Clic, clic, clic —repitió Molly al tiempo que los tacones altos de Jenna repiqueteaban en el suelo.

91

Camino de Greenwich, Philip decidió avisar a Molly con unos minutos de antelación antes de presentarse en su casa. Llamó y esperó nervioso a que ella o Jenna contestaran.

El teléfono sonó diez veces. O Molly estaba profundamente dormida o había desconectado el timbre. No creo que lo haya desconectado, pensó. Muy pocas personas tienen su número, y en este momento no querrá estar aislada de nosotros.

Recordó su conversación con ella aquella tarde. Molly parecía tan abúlica y deprimida... Tal vez sí se ha dormido. No, Jenna está con ella, se recordó mientras llegaba al cruce y enfilaba por la calle de Molly. O quizá Jenna se marchó pronto. Consultó el reloj del salpicadero: las diez. Es tarde, pensó. Es posible que por fin esté durmiendo a pierna suelta. ¿Y si regreso a casa?, titubeó. No. Aunque tenga que sacarla de la cama, he de contarle el testimonio de los Hilmer. Sólo un milagro podría tranquilizarla más que esta noticia. Valdrá la pena despertarla.

De pronto un coche de policía con las luces encendidas le adelantó. Horrorizado, Philip vio que entraba en el sendero particular de la casa de Molly.

92

Jenna volvió al estudio con una copa de vino para Molly.

—Eh, ¿qué estás haciendo? —preguntó.

Molly se había sentado en el sofá, donde había desplegado las fotografías que habían mirado antes.

—Más recuerdos —contestó, arrastrando un poco las palabras. Alzó el vaso a modo de saludo burlón—. Señor, míranos a los cuatro. —Arrojó una foto sobre la mesilla auxiliar—. Éramos tan felices... al menos eso creía yo.

Jenna sonrió.

—Éramos felices, Molly. Un cuarteto fantástico. Lástima que se acabara.

—Ya. —Molly tomó un sorbo de vino y bostezó—. Se me cierran los ojos. Lo siento...

—Lo mejor que podrías hacer es terminarte esa copa y dormir doce horas seguidas.

—Los cuatro —dijo Molly con voz somnolienta—. Me gusta estar contigo, Jenna, pero con Cal no.

—Cal no te cae bien, ¿verdad, Molly?

—A ti tampoco. De hecho, creo que le odias. Por eso tú y Gary...

Molly apenas fue consciente de que su amiga le quitaba la copa de la mano. Notó que Jenna le rodeaba los hombros y le acercaba la copa a los labios, al tiempo que susurraba con dulzura:

—Bebe, Molly, sigue bebiendo...

93

—Es el coche de Jenna —dijo Fran a Jacobs cuando enfilaron el sendero particular—. Hemos de darnos prisa. ¡Está dentro con Molly!

Jacobs había subido al coche de policía con Fran y dos agentes. Antes de que el vehículo se detuviese por completo, Fran se apeó y vio que otro coche se detenía detrás de ellos. Indiferente al dolor que laceraba su tobillo, subió corriendo los peldaños de la casa y llamó al timbre.

—Fran, ¿qué pasa?

Fran vio a Philip Matthews correr hacia ella. ¿También tenía miedo por Molly?, se preguntó. El sonido del timbre resonaba dentro de la casa.

—¿Le ha pasado algo a Molly, Fran? —Philip ya estaba a su lado, flanqueado por los policías.

—¡Philip! Es Jenna. ¡Fue ella! No hay otra explicación. Fue la otra persona que estuvo aquí la noche que Gary Lasch fue asesinado. No puede permitir que Molly recupere la memoria. Sabe que Molly la oyó huir aquella noche. Está desesperada. ¡Hemos de detenerla! Sé que estoy en lo cierto.

—Derriben la puerta —ordenó Jacobs a los policías.

La puerta, de caoba maciza, resistió los embates estoicamente hasta que al final se desprendió de sus goznes y cayó al suelo.

Cuando entraron en el vestíbulo, un nuevo sonido resonó en toda la casa: los gritos histéricos de Jenna pidiendo ayuda.

La encontraron arrodillada junto al sofá del estudio, donde Molly estaba derrumbada, con la cabeza cubierta en parte por una foto de su difunto marido. Tenía los ojos abiertos de par en par y su mano colgaba por el borde del sofá. Había una copa de vino caída sobre la alfombra, con su contenido derramado.

—¡No me di cuenta de lo que estaba haciendo! —aulló Jenna—. Debió de introducir somníferos en el vino. —Rodeó con los brazos el cuerpo inerte de Molly y sollozó mientras la acunaba—. ¡Oh, Molly! Despierta, despierta...

—Aléjese de ella. —Philip Matthews apartó a Jenna y enderezó a Molly sin miramientos—. ¡No puedes morir ahora! ¡Ahora no! —gritó—. No dejaré que mueras.

Y a continuación la levantó en vilo y la llevó presurosamente al cuarto de baño de los invitados. Jacobs y un policía le siguieron.

Al cabo de unos segundos, Fran oyó la ducha, y después a Molly vomitar el vino que Jenna había atiborrado de somníferos.

Jacobs salió del cuarto de baño.

—¡Traigan el oxígeno del coche! —ordenó—. Y pidan una ambulancia.

—No paraba de repetir que quería morir —balbució Jenna—. Iba a la cocina y se llenaba el vaso una y otra vez. Imaginaba cosas raras. Decía que estabas enfadada, Fran, que querías matarla. Está loca. Ha perdido la razón.

—Si Molly estuvo loca alguna vez, Jenna, fue cuando confió en ti —masculló Fran.

—Tienes razón, Fran.

Molly, sostenida por Philip y un agente, entró en la habitación, empapada y medio atontada por los somníferos, pero su voz y sus ojos eran inequívocamente acusadores.

—Tú mataste a mi marido —dijo—. E intentaste matarme a mí. Fue a ti a quien oí aquella noche. Tus tacones repiqueteando en el pasillo. Ése fue el sonido que oí. El repiqueteo de tus tacones, y el chasquido de la falleba cuando abriste la puerta.

—Wally Barry te vio, Jenna —terció Fran. Vio a una mujer, pensó. No dijo que fuese Jenna, pero a lo mejor me cree.

—Jenna —continuó Molly—, dejaste que me pudriera cinco años y medio en la cárcel por un crimen que tú cometiste. Y habrías dejado que volviera a la cárcel. Querías que me condenaran por la muerte de Annamarie Scalli. ¿Por qué, Jenna? Dime por qué.

Jenna paseó la vista entre sus dos amigas, al principio con ojos casi suplicantes.

—Te equivocas, Molly... —empezó, pero se interrumpió, sabiendo que era inútil. Estaba atrapada y todo había terminado—. ¿Quieres saber por qué, Molly? —preguntó—. ¿Por qué? —Su voz empezó a alzarse—. ¡¿Por qué?! Tu familia tenía dinero. Y Cal también. Gary y yo necesitábamos lo que tú y Cal nos ofrecíais. ¿Por qué crees que te presenté a Gary? ¿Por qué tantas reuniones los cuatro juntos? Pues para que Gary y yo pudiéramos estar juntos lo máximo posible, a pesar de todas las veces que estuvimos juntos a solas durante años.

—Señora Whitehall, tiene derecho a guardar silencio —empezó Jacobs.

Jenna no le hizo caso.

—Gary y yo nos enamoramos desde el momento en que nos conocimos. Y un sábado por la tarde me contaste que Gary mantenía relaciones con esa enfermera, y que estaba embarazada. —Lanzó una carcajada amarga—. Yo era la tercera en discordia. Vine aquí a pedirle explicaciones. Aparqué el coche más abajo, para que no lo vieras si llegabas con antelación. Discutimos. Intentó echarme antes de que tú llegaras. Luego se sentó ante su escritorio, me dio la espalda y dijo: «Empiezo a pensar que no me equivoqué tanto al casarme con Molly. Al menos cuando se enfada se va a Cape Cod y se niega a hablar conmigo. Vete a casa de una vez y déjame en paz.» —La ira abandonó su voz—. Y entonces, ocurrió... No lo había planeado. No era mi intención.

La sirena de la ambulancia que se acercaba rompió el silencio que se hizo cuando Jenna enmudeció. Fran se volvió hacia Jacobs.

—Por el amor de Dios —dijo—, no permita que esa ambulancia traslade a Molly al hospital Lasch.

94

—Los índices de audiencia del programa de anoche fueron espectaculares —dijo Gus Brandt, seis semanas más tarde—. Felicidades. Es el mejor episodio de *Crímenes verdaderos* que hemos emitido.

—Bien, puedes vanagloriarte de haberlo puesto en marcha

—respondió Fran—. Si no me hubieras enviado a cubrir la salida de Molly de la cárcel, nada de esto habría ocurrido, o habría ocurrido sin mí.

—Me gusta en especial lo que Molly dijo en el resumen, eso de que hay que tener fe en uno mismo y aguantar cuando te sientes al límite de tus fuerzas. Afirma que gracias a ti no se suicidó.

—Jenna casi lo consiguió por ella —dijo Fran—. Si sus planes hubieran salido bien, todos habríamos dado por sentado que Molly se había suicidado. De todos modos, yo habría albergado mis dudas. No creo que en el momento decisivo Molly hubiera tomado esas pastillas.

—Habría sido una gran pérdida. Es una mujer muy hermosa.

Fran sonrió.

—Sí, y siempre lo ha sido. Por dentro y por fuera. Eso es mucho más importante, ¿no crees?

Gus Brandt devolvió la sonrisa a Fran, y adoptó poco a poco una expresión benevolente.

—Sí. Hablando de cosas importantes, creo que te has ganado unas vacaciones. Tómate un día libre. ¿Qué tal el domingo?

Fran sonrió.

—¿Conceden el premio Nobel de la Generosidad?

Volvió a su despacho con las manos en los bolsillos y la cabeza gacha, lo que sus hermanastros llamaban la «postura pensante de Fran».

Estoy viajando casi sin combustible desde el día que esperé a Molly a la salida de la prisión de Niantic, admitió para sí. Todo ha quedado atrás, pero aún me estoy lamiendo las heridas.

Habían pasado muchas cosas. En su esfuerzo por escapar a una posible sentencia de muerte, Lou Knox había proporcionado todo tipo de información sobre Cal Whitehall y los misteriosos sucesos del hospital Lasch. La pistola que guardaba en el bolsillo cuando fue detenido en la granja era la que había utilizado para matar al doctor Jack Morrow.

—Cal me dijo que Morrow era uno de esos tíos que no paran de provocar problemas —dijo a los policías—. Siempre hacía demasiadas preguntas en el hospital sobre los pacientes fallecidos. De modo que me ocupé de él.

Los Hilmer habían identificado a Lou como al hombre al que habían visto en el sedán del aparcamiento del Sea Lamp Diner. Knox explicó el motivo de la muerte de Annamarie.

—Habría podido causar muchos problemas. Oyó a Lasch y Black hablar de que iban a deshacerse de aquella vieja. También aceptó encubrir a Black cuando se le fue la mano con la hija de los Colbert, pero Cal se acojonó cuando supo que Molly se había citado con la Scalli en Rowayton. Estaba seguro de que ésta se iría de la lengua. Una investigación tal vez la habría conducido hasta los hombres de la ambulancia, que habían sido sobornados para decir que Natasha Colbert sufrió un paro cardíaco camino del hospital. Tendría que haberme librado de ellos. Por lo tanto, era más sencillo librarse de la Scalli.

Cuando empiezas a contar las personas que fueron asesinadas a sangre fría porque representaban una amenaza, además de las que murieron en aras de la investigación, se te pone la carne de gallina, se dijo Fran. Y papá también fue una víctima. Por culpa de su carácter débil, desde luego, pero el verdadero causante de su muerte fue Whitehall. Jacobs había enseñado a Fran los certificados de acciones sin valor que Lou había guardado como recuerdo de la pequeña estafa cuya víctima había sido su padre.

—Cal ordenó a Lou Knox que diera a su padre un soplo, con el fin de que comprara cuarenta mil dólares de estas acciones —explicó Jacobs—. Estaba seguro de que su padre mordería el anzuelo, porque admiraba el éxito económico de Whitehall. Éste confiaba en que su padre tomaría prestado el dinero del fondo para la biblioteca. Era miembro del comité, junto con su padre, y también tenía acceso a esa cuenta. El reintegro de cuarenta mil dólares se convirtió en uno de cuatrocientos mil gracias a las manipulaciones de Lou Knox, y su padre fue consciente de que no podría restituirlos ni demostrar que no se había apropiado de toda esa cantidad.

Aun así, se apoderó de un dinero que no era suyo, aunque él lo consideró una especie de préstamo, pensó Fran. Al menos papá estará sonriendo, porque el otro «soplo» de Lou no me voló por los aires, como él pretendía.

Iba a cubrir los juicios del doctor Lowe, Cal Whitehall y Jenna para la cadena. Ironías de la vida, la defensa de Jenna aduciría crimen pasional, la misma acusación de la que Molly había sido declarada culpable.

Mala gente, todos ellos. Pero pagarán por lo que han hecho con muchos años de cárcel, reflexionó. Por el lado positivo, American

National Insurance adquirirá Remington Health Management, con un hombre bueno y decente al mando. Molly va a vender la casa y se trasladará a Nueva York, donde empezará a trabajar en una revista el mes que viene. Philip está loco por ella, pero Molly necesita mucho tiempo para cicatrizar sus heridas y encauzar su vida antes de pensar en un compromiso. Lo que tenga que ocurrir ocurrirá, y él lo sabe.

Fran cogió su chaquetón. Me voy a casa, decidió. Estoy cansada y necesito relajarme. O tal vez todo sea culpa de la astenia primaveral, pensó mientras miraba las flores que se exhibían en el Rockefeller Center.

Se volvió y vio a Tim Mason en la puerta.

—Te he visto hoy. Y he pensado que parecías estar en baja forma —dijo—. Mi receta es que vayamos juntos al estadio de los Yankees. El partido empieza dentro de tres cuartos de hora.

Ella sonrió.

—Una solución perfecta para la tristeza —admitió, al tiempo que tomaba una veloz decisión.

Tim enlazó su brazo con el de Fran.

—La cena consistirá en cerveza y salchichas.

—Recuerda que tú invitas —dijo ella—. Piensa en lo que opina tu madre al respecto.

—Por supuesto. Sin embargo, una pequeña apuesta sobre el resultado del partido redondearía mi satisfacción.

—Ganarán los Yankees, pero te concedo un margen de tres puntos —dijo Fran.

Entraron en el ascensor y la puerta se cerró a su espalda.

ESTE LIBRO HA SIDO IMPRESO
EN LOS TALLERES DE
CAYFOSA-QUEBECOR, S. A. CTRA. DE CALDAS, KM 3
STA. PERPÈTUA DE MOGODA (BARCELONA)